rowohlt
POLARIS

Eva Pantleon

Ein Stern macht noch keinen Himmel

Roman

Rowohlt Polaris

Originalausgabe
Veröffentlicht im Rowohlt Taschenbuch Verlag,
Hamburg, Mai 2022

Redaktion Heike Brillmann-Ede
Covergestaltung und -motiv bürosüd, München
Satz aus der DTL Documenta bei CPI books GmbH, Leck
Druck und Bindung GGP Media GmbH,
Pößneck, Germany
ISBN 978-3-499-00392-9

Die Rowohlt Verlage haben sich zu einer nachhaltigen Buchproduktion verpflichtet. Gemeinsam mit unseren Partnern und Lieferanten setzen wir uns für eine klimaneutrale Buchproduktion ein, die den Erwerb von Klimazertifikaten zur Kompensation des CO_2-Ausstoßes einschließt.
www.klimaneutralerverlag.de

FSC
www.fsc.org
MIX
Papier aus verantwortungsvollen Quellen
FSC® C014496

Ich fürchte ja, du hast eine Meise, bist verrückt,
nicht bei Sinnen. Aber ich verrate dir was:
Das macht eben die Besten aus.

Lewis Carroll, Alice in Wonderland

Wenn du jemanden liebst,
gehen deine Wimpern hoch und runter,
und kleine Sterne kommen aus dir heraus.

Karen, 7 Jahre, «Herzkind.net»

Familie ist die einzige Art von Beziehung, die durch
den Kapitalismus noch nicht transformiert wurde.
Alles im Leben kann man sich aussuchen, aber nicht
die Familie. (...) Dadurch nimmt sie in der Gesellschaft einen
ganz besonderen Platz ein. (...) Familie bedeutet, sich nicht
zu verlassen, Konflikte auszutragen. Ganz altmodisch.

Eva Illouz, Soziologin

1

Es war dieser Moment, in dem Janne Helmkamp erstmals Zweifel bekam. Zweifel, ob das Leben als Landärztin wirklich das Richtige für sie sei. Eigentlich hatte Sonnchen nur gesagt, der alte Pfleiderer sei draußen und – dabei hatte sie kurz ihren Kopf zur Seite geneigt – er sei nicht allein. Daran dachte Janne jetzt, als langsam die Tür aufging. Und daran, dass sie künftig den Kopfneigungen von Magda «Sonnchen» Sonnemann, der guten Fee und Allround-Managerin ihrer Praxis, mehr Beachtung schenken sollte.

Denn wer jetzt etwas schüchtern die Tür aufstupste und seinen Kopf hereinsteckte, war nicht Georg Pfleiderer. Es war ein Ziegenbock, dessen große runde Glupschaugen sie ebenso konsterniert anblickten wie sie wahrscheinlich ihn.

Janne seufzte. Es war Freitagmittag, bereits nach Ende der Sprechstunde. Sie hatte seit acht Uhr morgens zugehört, erklärt, beruhigt und verständnisvoll genickt. Sie hatte unter anderem in vier entzündete Hälse und ein nicht ganz sauberes Ohr geblickt, zwei Zecken entfernt, vier Bäuche und sechs Wirbelsäulen untersucht und selbst dann nicht den Kopf geschüttelt, als Heiner Hoisbauer ihr weismachen wollte, dass seine gelben Finger «doch nur von der Leberwurscht käme tät» – nicht aber von den Selbstgedrehten, von denen der alte Mann trotz seines Asthmas einfach nicht die Finger lassen konnte.

Nun aber, in diesem Moment, Auge in Auge mit einem

offensichtlich schlecht gelaunten Ziegenbock, verließ sie etwas die Courage. Zwar war ihr Langmut mit Patienten legendär – *Janne ist unser Deeskalations-Guru*, hatte ihr Kollege Konrad immer gesagt. Damals, als sie noch zusammen Nachtdienste in der Notaufnahme der Tübinger Luisenklinik schoben und Janne dort allgemein als «Dr. Magic» galt: jemand, der selbst randalierende Patienten mit 2,5 Promille zu bändigen vermochte. Doch es gab Grenzen. Und die waren auch bei Janne erreicht, als der behornte Paarhufer jetzt stockend und unter lautem Meckern in ihr Sprechzimmer geschoben wurde.

Als sie sich dann alle gegenüberstanden – Janne, Georg Pfleiderer und der Ziegenbock –, war sie sehr froh, bereits acht Jahre in Baden-Württemberg und anderthalb davon in Pfaffingen verbracht zu haben. Sie hätte sonst kein Wort verstanden. Denn Georg Pfleiderer war sich der Delikatheit der Lage durchaus bewusst. Und das so sehr, dass er nicht nur fortwährend betreten seine Hände knetete, sondern auch einen Sturzbach an Lauten auf sie niederprasseln ließ, aus dem Janne zumindest «roi gedreda» – also *reingetreten* – und «Pepperl» heraushörte. Und da der Ziegenbock dabei jedes Mal mit dem Kopf wippte, nahm sie an, dass Letzteres der Name des Tiers war.

Zum Glück kam Sonnchen hinzu, übersetzte den Rest und klärte die Sache so schnell auf. Es wär halt so weit zum Tierarzt, und die «Frau Doktr» müsst doch bitte nur mal kurz schaun, der arme Kerl wär schon ganz wüscht vor Kummer, hätt wahrscheinlich was im Huf.

Janne seufzte, schaute erst in die treuen braunen Augen von Georg Pfleiderer, dann in die seines Ziegenbocks – und zog schließlich mit der etwas unwilligen Hilfe von Sonnchen dem noch unwilligeren Tier einen dicken Dorn aus dem Huf.

Nachdem Mann und Ziegenbock abgezogen waren, lüftete Janne gut durch, telefonierte noch mit drei Patienten wegen ihrer Laborwerte und merkte, während sie Sonnchen ins Wochenende verabschiedete, dass ihr fast die Lider zufielen. Es war spät gewesen letzte Nacht. Wie immer in letzter Zeit. War ja auch kein Wunder. Bei dem, was sie vorhatte. Janne rieb sich die Augen. Einen Moment nur. Einen kleinen Moment nur. Entspannen. Ach ja.

* * *

Das Erste, was sie wahrnahm, als sie erwachte, waren kleine rosa Kakadus, die auf neongelben Palmwedeln hockten. Das Zweite war eine Stimme, die freundlich fragte: «Magscht ein Kräuterteele?» Danach brauchte sie noch etwa zwei Sekunden, um die Lage zu überblicken. Vor ihr stand Bruno Häberle in einem seiner geliebten Hawaiihemden, daneben seine fünfundachtzigjährige Mutter. Während Bruno zaghaft an der Strickjacke zuppelte, die Janne als Decke diente, hielt ihr seine Mutter Klara – das Klärle – eine Tasse dampfenden Tees entgegen.

Klack, machte die große Praxisuhr an der Wand, es war 14:00 Uhr. Sie hatte fast eine Stunde geschlafen. Auf der Behandlungsliege, auf der sie sonst Pfaffinger Bäuche abtastete und Lebern ultraschallte. Jetzt aber hatte die Liege frei. Denn es war Freitagnachmittag und Zeit für Hausbesuche.

Bruno schien dafür bereits bestens gerüstet: Über dem Hawaiihemd trug er seine alte Sanitäterjoppe – ein Kleidungsfossil, an dem wahrscheinlich schon mehr Blut herabgeflossen war als an der Duschwand in *Psycho*. Dazu die verbeulte Schirmmütze, ohne die Bruno nirgendwohin ging, sowie jenes breite Lächeln im Gesicht, ohne das als Begleitung wiederum Janne nur ungern irgendwohin ging. Zumindest nicht auf jene Hausbesuchstour, die auf ihrer persönlichen Hitliste irgendwo zwischen Zahnarztbesuch und Kampfhundekraulen rangierte.

«Hascht schlafe?», erkundigte sich Bruno nun mit einer Kommunikationsbereitschaft, die Janne misstrauisch machte.

«Was ist? Hat jemand angerufen?»

«Jo, die Straubinger-Marie hat's wieder hingeschlagen», verkündete Brunos Mutter im Tonfall einer antiken Schicksalsgöttin. «Ich hab der Tochter gesagt, sie soll ihr erst mal ein Obstwässerle gebe. Die Marie war schon immer ein bissle schwach auf der Brust.»

Janne stöhnte und setzte sich auf. Seit Monaten versuchte sie, es den Menschen in und um Pfaffingen klarzumachen: dass man, sollte sich der Berger-Max morgens um sechs oder zu einer anderen unwirtlichen Zeit beim Weinpressen den Zeh halb abreißen, entweder den ärztlichen Notdienst oder eben auf ihrem Handy anrufen sollte. Aber keinesfalls, nicht und niemals, einfach nur bei Bruno oder seiner Mutter. Aber Janne war ja noch immer die neue Frau Doktor.

Bruno dagegen war, ja, man konnte es eigentlich nur «eine Institution» nennen. Er war in Pfaffingen geboren, aufgewachsen, hatte im Kreis vierzig Jahre als Rettungssanitäter gewirkt und niemals eine Notwendigkeit gesehen, von dort wegzugehen, geschweige denn den Wunsch verspürt.

Dennoch hatte Bruno Häberle, als Janne die einzige Hausarztpraxis Pfaffingens übernahm, nur einen kurzen Blick auf sie werfen müssen – auf die neue Frau Doktor aus dem hohen Norden. Dann hatte er genickt und Janne Helmkamp in sein bärengroßes Herz geschlossen. Und das war für ihr Ansehen im Ort etwa so gut gewesen wie ein Ritterschlag oder dreitausend Likes auf der Facebookseite «Pfaffingen: Perle des Alb-Donau-Kreises».

Das Beste von allem aber war: Er begleitete Janne, wenn sie auf Hausbesuchstour ging.

«Was soll ich sonst machen? Zu Hause mit der Mutter Kochshows gucken? Außerdem kennt keiner die Straßen hier wie ich», hatte Frührentner Bruno sie freundlich abgekanzelt, als sie einwandte, dass das «doch nicht ginge», noch dazu «einfach so». Bruno Häberle hatte nur so breit wie gutmütig gelächelt und seine formidable Zahnlücke gezeigt, und damit war «der Käs gegesse».

Mittlerweile waren die beiden ein eingespieltes Team und wurden von den «Älblern» Dick & Doc genannt – die große dünne Janne mit dem Pixie Cut und der runde, ein Meter fünfundsechzig kleine Bruno mit seinem ganzen Stolz auf dem Kopf: einer Siebzigerjahre-Retro-Mähne, die in Würde ergraut, aber noch immer *Wild At Heart* um seine Wangen wogte.

Ebendiese Mähne strich er sich jetzt aus dem Gesicht und drehte sie zu einem Dutt, den er wie einen kleinen Knödel auf seinem Kopf befestigte. Das war das Aufbruchszeichen. Wenn Bruno sein Haar bändigte, wurde es ernst. Janne stand auf, gähnte und streckte sich, dann griff sie nach Jacke und Arztkoffer.

«Die Marie Straubinger also?»

Brunos Mutter nickte und reichte ihr ein kleines Paket, das in mehreren Schichten Alufolie steckte. Es sah aus wie eine silberne Riesenzigarre.

«Kannscht ihr das gebe?»

«Was ist das?»

Klara Häberles Gesicht, das mit seinen Furchen und Linien an ein abstraktes Gemälde erinnerte, verzog sich zu einem freundlichen Grinsen. «Ganz was Feines. Frisch geselchter Speck, dafür tut die Marie meilenweit gehen.»

Janne machte «Puh» und sah Bruno Hilfe suchend an. Schließlich hatte Marie Straubinger, soweit sie sich erinnerte, nicht nur starkes Übergewicht, sondern auch Leberprobleme und Bluthochdruck. Sehr salz- und fetthaltige Wurstwaren boten sich da nicht gerade als erste Wahl an. Doch Bruno zuckte nur die Schultern. Denn wenn er eines gelernt hatte in seinem Leben, dann war es das: Es war unnötiger Energieverschleiß, mit seiner Mutter diskutieren zu wollen.

«Du hast also der Straubinger-Tochter wirklich geraten, ihrer Mutter einen Schnaps zu geben?», fragte Janne jetzt auch nur noch in der vagen Hoffnung, sich vorher verhört zu haben. Doch Klara Häberle nickte nur und richtete mit einem zufriedenen Lächeln ihr schiefes Brillengestell.

«Ach, Klara», sagte Janne, «wie oft hab ich ...» Sie unterbrach sich, schüttelte den Kopf. Es würde nichts nutzen. Klara Häberle begriff sich nun mal als zweite medizinische Instanz Pfaffingens und versorgte jeden, der anrief, großzügig mit dem Hausmittelfundus einer fünfundachtzigjährigen Albbewohnerin. Warmes Bier bei Erkältung inklusive.

Janne winkte ihr daher einfach noch mal zu und rannte zur Tür hinaus, wo bereits ein röhrendes *Schrumm, Schrumm* zu hören war. Und das konnte nur eines bedeuten: Bruno war vorgefahren – in seinem alten VW-Bus Edwin.

Es war zum Glück nicht weit. Denn als Janne auf der Fahrt in Marie Straubingers Krankenakte sah und noch mal die Symptome durchging, die Bruno ihr geschildert hatte – vor allem extreme Müdigkeit –, schwante ihr, was das Problem sein könnte: ein Fortschreiten der bereits chronischen Leberentzündung, schlimmstenfalls schon eine Zirrhose.

Schließlich, so jedenfalls hatte sie es neulich bei einem Infoabend für die Pfaffinger erklärt: «... ist die Leber ein stiller, selbstloser Arbeiter, ja quasi die Mutter Teresa unter den Organen. Tag für Tag schaufelt sie gutmütig Berge von Giften und Abfallprodukten aus unserem Körper und murrt erst, wenn es gar nicht anders mehr geht. Genau das aber ist das Problem – oft ist es dann schon zu spät und guter Rat teuer oder leider auch unmöglich.»

Die fünf anwesenden Damen, allesamt Freundinnen vom Klärle, hatten andächtig genickt. Janne hatte allerdings den Verdacht, dass das nur auf eines zurückzuführen war: dass sie Mutter Teresa erwähnt hatte. Denn die war ja mittlerweile immerhin heiliggesprochen, und heilig war noch immer und trotz allem viel wert in Pfaffingen.

Sie fuhren weiter durch den Ort. Die Straubingers wohnten am Hang auf der anderen Seite des Tals, in dem Pfaffingen wie in einem grünen Topf lag. Bruno steuerte den Bus problemlos durch die engen Gassen, wahrscheinlich, dachte Janne, würde er das auch mit geschlossenen Augen hinkriegen.

Für Freitagnachmittag um halb drei war nicht viel los. Beim Billigbäcker, der sich im alten Gemeindehaus eingenistet hatte, saßen zwei Gestalten und aßen aufgebackene Teiglinge. Und gleich gegenüber blinkte die Deko eines Nagelstudios in Pink-Blau-Silber, was nicht wirklich gut zu den alten Fachwerkbalken darüber passte. Und dann war da noch der Mann, der drüben am Brunnen mit einem bodenlangen Mantel und drei riesigen weißen Hunden saß und auf das verwies, was das Leben auf der Alb seit jeher geprägt hatte: das Schafehüten.

«Das ist der Sohn vom alten Höfl», sagte Bruno, während er an der einzigen Verkehrsampel Pfaffingens wartete, «aber lang wird der die Sache wohl auch nicht mehr machen.»

Dann erzählte er Janne, wie er als Junge einmal die Sommerferien hindurch mit dem Wanderschäfer über die Alb ziehen durfte.

«Ist echte Knochenarbeit. Von wegen idyllisch und die süßen Lämmle. Die Biester sind schneller als der Wind und in Nullkommanix weggerannt. Außerdem beißen die.»

«Was? Dich hat ein Lamm gebissen?»

«Nicht nur eins», sagte Bruno mit Grabesstimme, «Dutzende. Die haben so fiese kleine spitze Zähne. Ich denke bei jedem Lammkotelett daran.»

«Du bist herzlos.»

«Das ist mein Job. Ich bin der coolste aller Sanis.»

«Phh», machte Janne, «du, mein Lieber, bist vor allem eins. Wie sagt deine Mutter doch immer? E rechder Senfseggl.»

Bruno pfiff bewundernd. «Gar nicht mal schlecht. Wenn du so weitermachst, kannst du bald auch mit der alten Josefa schwätzen.»

«Im Leben nicht», erwiderte Janne und versuchte weiter, die Hieroglyphen zu entziffern, mit denen ihr Vorgänger Marie Straubingers Akte gefüllt hatte.

Es war eine sehr spontane Entscheidung gewesen, die Praxis des alten Pfaffinger Doktors zu übernehmen. Und manchmal fragte sie sich, welcher Teufel sie geritten hatte:

ihre gut bezahlte Oberarztstelle in der Klinik in den Wind zu schießen zugunsten eines Arbeitsalltages mit eingewachsenen Fußnägeln, randalierenden Verdauungstrakten und jeder Menge Urviechern. So nannte sie jenen Typus Mann, der in Pfaffingen überaus zahlreich anzutreffen war: Männer, die in ihrem Leben noch keinen Kochtopf angefasst hatten und lieber fünf Minuten stumm auf ihren Behandlungstisch starrten, als das Wort Prostata auszusprechen.

Doch Janne konnte mit ihnen. Mit den Urviechern und mit den dazugehörigen Frauen, die ebenfalls oft ziemliche «Grantler» waren. Jannes Freunde hatten ihr zum Einzug eine Schürze geschenkt mit der Aufschrift: «Vorsicht vor dr Hausfrau, dr Hond isch harmlos.» Sie fand mittlerweile, dass der Spruch stark aus dem Leben gegriffen war. Besonders die nicht mehr ganz jungen Pfaffingerinnen ließen erahnen, dass es auch jenseits von Afrika noch matriarchale Lebensformen gab. Oder wie Klara Häberle immer sagte: «Weischt, Jannele, wenn die Zähne mal ausgefallen sind, hat die Zunge freien Lauf.»

Bruno brummte jetzt *Born In The USA*, während sein Fast-Vornamenspartner Bruce Springsteen selbiges Lied aus dem Kassettenrekorder röhrte. Janne pfiff mit und lehnte sich nach vorn, um besser zu sehen. Sie waren inzwischen aus dem Topf hinaus und fuhren steil bergan. Der alte VW-Bus ächzte und schnaufte. Er hörte sich an wie einer der Wasserbüffel, die man oben auf der Alb züchtete. Die Büffel sahen immer etwas verloren aus, wie sie da auf heiteren Bergwiesen standen – graue Kolosse mit Hinterteilen, so breit wie Flatscreen-Fernseher, und Hörnern wie aus einem Fantasy-Epos. Doch ihr Züchter, die Medien hatten ihn «Buffalo Bill von der Alb» getauft, hatte alle bösen Stimmen

Lügen gestraft. Die Büffel entwickelten sich prächtig, zeugten neue kleine Kolosse und ergaben formidable Braten.

Wahrscheinlich bin ich wie die Büffel, dachte Janne jetzt und nickte dem ersten Koloss zu, den sie passierten. *Na ja, nur dünner. Aber mich kann man ebenfalls überallhin verpflanzen.* Sie blickte über die Albwiesen, wo noch immer Äpfel an den knorrigen alten Bäumen hingen, bis hinunter ins Tal. Von hier oben wirkte Pfaffingen mit seinen roten Dächern und der dicken runden Zwiebelkuppel der alten Kirche wie ein verwunschener Ort aus dem Märchen. Sie kurbelte das Fenster herunter – der Bus stammte aus einer Ära, in der solches noch möglich war – und hörte ein Käuzchen rufen.

«Das ist jetzt nicht wahr, oder?»

«Was denn, Frau Doktor?», erkundigte Bruno sich höflich.

Janne wedelte mit der Hand Richtung Fenster. «Na, das da draußen. Diese Bilderbuchidylle ... Albwiesen, Apfelbäume, tagaktive Käuzchen. Fehlen nur noch Bambi und ein paar rotbackige Kinder im Trachtenanzug.»

Sie lächelte etwas spöttisch. *Wie immer,* dachte Bruno, wenn ihr etwas zu naheging. Er schnaubte.

«Hascht nicht gut geschlafen? Oder etwa ...», er brummte missmutig, «... wieder Post von den Deppen bekommen?»

Janne zog die Schultern hoch und dachte an den Brief, der seit einer Woche auf ihrem Schreibtisch lauerte wie ein böses Insekt. Ein Bescheid über eine Regresszahlung an die KV, die Kassenärztliche Vereinigung, das leidige Problem vieler Landärzte. Denn der Prüfstelle war es egal, ob man in Berlin-Mitte oder an einem Ort praktizierte, dessen Infrastruktur, nun ja, komplex war. So sehr, dass viele ältere

Patienten den Weg in die Praxis einfach nicht schafften und die Ärztin daher zu ihnen kommen musste. Irgendein Sachbearbeiter aber registrierte dann nur, dass Dr. X weit mehr Hausbesuche abgerechnet hatte als der Durchschnittsarzt, und das bedeutete eben zu viel. So einfach war das. Zumindest nach den Regeln der KV. Für die Landärzte aber bedeutete es Regresszahlungen. Oft in jedem Quartal. Schlimmstenfalls fünfstellig.

Janne seufzte. Bruno aber schob eine neue Kassette in den Rekorder und ließ Elvis Presley durch das offene Fenster *Are You Lonesome Tonight?* über die schwäbische Alb hinwegröhren. Die Büffel hoben nicht mal den Kopf.

* * *

Es war fast 15:00 Uhr, bis sie bei den Straubingers ankamen. Die saßen in drei Generationen – Mutter und Tochter sowie Großvater Josef – am Esstisch beim «Veschpern». Für Janne war das Konzept dieser Mahlzeit lange Zeit undurchschaubar geblieben. Bis sie begriff, dass es gar kein Konzept gab. Gevespert wurde grundlegend immer, überall und in jeder Altersgruppe. Manch schwäbischer Gasthof offerierte daher mittlerweile Vesperangebote, die sich wie ein Windows-Update lasen. Angepriesen wurden unter anderem «Quinoa-Saitenwürstle-Bowl» oder «Crossover-Brezel mit Beef-Sashimi».

Bei den Straubingers gab es kein Sashimi. Janne bezweifelte auch, dass der alte Straubinger jemals etwas angerührt hatte, das weniger als eine Stunde gegart worden war. Sauerbraten mit Spätzle galten hier quasi als Grundnahrungsmittel.

«Tut euch setzen», begrüßte sie Helga Straubinger. «'s sind

noch Saitenwürschtle da, hat der Alfons aus dem Schwarzwald mitbracht.»

Doch mit Hinweis auf die Patientin, die Janne blass und still im hinteren Teil des Zimmers auf der Couch liegen sah, lehnten sie dankend ab und gingen hinüber. Marie Straubinger, die Frau des alten Josef, war nicht nur sehr bleich, sie schien auch tief und fest zu schlafen.

«So tut sie daliegen, schon seit heute Morgen. Wie tot», rief der alte Straubinger vom Esstisch.

Janne nahm eine von Maries Händen in ihre. Es waren große, raue Altfrauenhände, die nach hundert Jahren Feldarbeit aussahen, aber die Spätzle wahrscheinlich noch immer schneller vom Brett schaben konnten als jeder Fernsehkoch.

Sie fühlte Maries Puls. Ganz regelmäßig, kein Grund zur Besorgnis. Danach checkte sie weitere Vitalfunktionen, horchte Herz und Lunge ab, tastete nach Lymphknoten am Hals und bewegte schließlich den Kopf der alten Frau vorsichtig in verschiedene Richtungen. Alles in Ordnung. Nur die Atmung schien ihr sehr langsam zu sein. Janne runzelte die Stirn.

«Die hat nix, oder?», rief Josef. «Des hab ich gleich gesagt. Meine Frau hat a Kuddl wia an Ochs.»

Janne blickte Bruno an. Seine Lippen zuckten kurz nach oben, dann murmelte er: «Eine Kondition wie ein Ochse.»

Bemüht, ein ernstes Gesicht zu wahren, wandte Janne sich jetzt an Helga Straubinger. «Könnte ich bitte mal alle Medikamente Ihrer Schwiegermutter sehen? Wirklich alles, auch Naturheilmittel oder Nahrungsergänzungen.»

«Klar, Frau Doktor, oi Momentle, ja?», sagte Helga und verschwand.

Janne untersuchte noch die Augen der Patientin und nickte.

«Was?», flüsterte Bruno.

«Guck dir mal die Pupille an.» Sie schob vorsichtig das Lid des zweiten Auges nach oben.

«Heiligs Blechle.»

Janne nickte, auch in diesem Auge war die Pupille nur stecknadelgroß. Zumindest schien jetzt aber etwas Leben in die alte Frau zurückzukehren. Die Lider flatterten, sie öffnete sie auch ganz, hatte aber merklich Mühe zu fokussieren.

«Hallo, Frau Straubinger, wie geht es Ihnen?», sagte Janne. «Ich bin Janne Helmkamp, die neue Ärztin.»

Die alte Marie starrte sie an, schien aber nicht viel zu begreifen.

Unterdes kehrte Helga Straubinger mit einem Körbchen zurück, in dem eine Handvoll kleiner Schachteln lag. Die betrachtete Janne aufmerksam und fragte dann: «Was davon hat sie denn zuletzt eingenommen?»

«Alle z'samme», warf der alte Josef schmatzend ein. Er schob sich in gleichbleibendem Rhythmus Wurstbrotschnitze zwischen sein Gebiss, das nicht wirklich gut fixiert schien.

«Stimmt das?» Janne wandte sich noch einmal an die Schwiegertochter, ihre Stimme war jetzt einen Hauch energischer. Denn unter den Medikamenten fand sich das, was sie vermutet hatte: ein Opioid, wenn auch schwach dosiert. Ein morphinhaltiges Schmerzmittel, das noch ihr Vorgänger verschrieben hatte.

Helga Straubinger stotterte: «I weiß net.»

In diesem Moment ging die Haustür auf. Ein leichter Geruch nach Kuhmist wehte herein und mit ihm ein vierschrötiger Mann unbestimmbaren Alters, aber definitiv wenig guter Laune. «Dreckswetter, elendes, der ganze Oktober gehört abgeschafft.»

Janne zog ein ratloses Gesicht, schließlich strahlte draußen herrlichste Sonne.

«Die Trauben», erklärte Bruno, «zu viel Sonne ist auch nicht gut.»

Janne wippte mit dem Kinn, wandte sich wieder ihrer Patientin zu, die jetzt ein wenig wacher wirkte. «Frau Straubinger, erinnern Sie sich vielleicht, ob Sie dieses Medikament heute genommen haben?» Janne zeigte ihr die Schachtel mit dem Schmerzmittel.

Marie nickte. «Das Rheuma war wieder so arg. Aber i hen nicht mehr genomme als sonst. Ganz im Gegenteil: nur oi halbe.» Ein kleines Lächeln schlich sich in ihr Gesicht. «Dann tun die auch länger reiche, die Tablette, gell?», fügte sie hinzu.

Janne schaute sie einen Moment entgeistert an, holte dann eine kleine weiße Plastikbox aus dem Körbchen mit den Medikamenten und hielt sie hoch. «Ist das etwa ein Tablettenteiler?»

Bruno brummte: «Heidenei!»

«Ja, wieso?», schaltete sich plötzlich der schlecht gelaunte Weinbauer ein, der bisher nur muffiges Starren beigetragen hatte. Er trug die dreckigsten Gummistiefel, die Janne je gesehen hatte, und dazu einen Ausdruck im Gesicht, der einer Kriegserklärung gleichkam.

«Weischt, Alfons», klinkte Bruno sich ein, der natürlich verstand, worauf Janne hinauswollte, «nicht alle Tabletten darf man teilen.»

Seine Stimmlage, ein tiefes freundliches Gebrumme,

tat prompt seine Wirkung. Alfons Straubinger senkte die innere Mistgabel wieder herunter und zog eine Miene wie ein Nussknacker, der tapfer zu lächeln versucht. «Wieso ned?»

In den folgenden fünfzehn Minuten erklärte Janne den Straubingers das Prinzip einer Retard-Tablette und warum es keine gute Idee war, diese zu teilen. Denn je nach Verarbeitung konnte es passieren, dass dann die komplette Opioiddosis auf einmal verabreicht wurde – statt über vierundzwanzig Stunden verteilt. Und so hatte die Straubinger-Marie offenbar an diesem Morgen den ersten Drogenrausch ihres achtzigjährigen, grundsoliden Hausfrauendaseins durchlebt, der offenbar noch nicht ganz abgeklungen war. Als Janne hinzufügte, dass das auch böse hätte enden können, schlimmstenfalls mit Atemstillstand, nickte die alte Dame nur und lächelte schläfrig.

Janne seufzte. Sie sah zu Bruno hinüber, der sich aber um sein Handy kümmern musste, das schon seit geraumer Zeit erstickte Laute von sich gab.

«Mama isch calling», flüsterte er in jenem Pumuckl-Idiom, das manchmal durchblitzte und eine Folge seiner früheren Berufstätigkeit war. Als junger Sanitäter hatte er für die damals auf der Alb stationierte U. S. Army gearbeitet.

Janne gab Marie Straubinger das Päckchen von Brunos Mutter, das wie eine ganze Räucherhütte duftete.

Marie schnupperte daran und lächelte sonnig. «Geselchter Speck», erklärte sie und fügte mit einem Blick auf Janne erläuternd hinzu: «Erscht gepökelt, dann schwarz geräuchert.»

«So was hatte ich befürchtet», murmelte Janne, während Bruno den Straubingers bereits sein «Adele» zurief. Sie wollte gerade erneut den Mund aufklappen, als Bruno sie am Arm packte und sanft, aber bestimmt in Richtung des hellblauen Busmobils schob.

«Weißt du, Meckerle», sagte Bruno, während Edwin schnaufend vom Berg hinunterzockelte, «mit Regeln kommen wir hier nicht weiter. Die Leute essen seit achtzig Jahren so. Meinst du, die werden das jetzt noch ändern?»

Janne schwieg, schob die Unterlippe vor, doch dann drehte sie sich zu Bruno um. «Aber wenn sie so weiterisst, Bruno, bei den Leberwerten und vor allem dem Bluthochdruck …» Sie schüttelte den Kopf. «Ich hatte heute schon Sorge, sie hätte vielleicht einen Schlaganfall. Und hast du gesehen, was da auf dem Tisch stand? Brezeln, Salami und irgendein Blauschimmelkäse. Da kannst du dir auch gleich den Salzstreuer in den Hals schütten.»

Bruno nickte. «Aber Essen ist halt nicht nur Essen. Das weischt auch, oder?»

Als sie ein leises «Ja, schon» murmelte, patschte Bruno kurz mit seiner Hand auf ihre. «Ich weiß, du meinst es gut. Und außerdem», er spulte an der Kassette herum, bis Frank Zappa durch den Bus nölte, «was ist schon so ’n bisschen Hartwurst. Erinnerst du dich noch an die Maurers in Gundelfingen, die mit der Marzipantorte?»

Janne hielt sich die Augen zu, lachte. «Sag’s nicht, sonst krieg ich wieder Albträume. Ich habe noch nie so viel Buttercreme essen müssen, nur um jemanden gegen Keuchhusten impfen zu dürfen.»

Bruno lachte auch und ging vom Gas, um rechts in den Ort einzubiegen. Sie hatten noch sechs Patienten vor sich, die alle in und um Pfaffingen wohnten.

Janne jedoch rief: «Stopp, wart mal, Bruno. Was ist denn mit Herrn Bützner drüben in Koselbach?»

Bruno sah sie fragend an. «Aber da waren wir doch schon letzte Woche. Wenn wir jetzt wieder hinfahren, kriegscht bestimmt noch mehr böse Briefe von den Deppen, Meckerle.»

Jannes Miene nahm jenen rebellischen Ausdruck an, dessentwegen Bruno ihr diesen Spitznamen gegeben hatte.

«Ist mir wurscht. Wenn die meinen, für die Betreuung eines schwer krebskranken Patienten reicht es, alle drei Wochen mal vorbeizuschauen und freundlich zu sagen: ‹Hier ist noch ein Schmerzmittel für Sie, Herr Bützner, aber leider das, von dem Ihnen so schwindlig wird, das andere zahlt die Kasse nicht. Ansonsten schicke ich Ihnen gerne den Palliativdienst, wenn's recht ist. Denn meine Besuchspauschale habe ich für dieses Quartal schon überschritten, tut mir wirklich leid.› Das kann's doch echt nicht sein, oder?»

Bruno grinste, ließ den Motor an und fuhr geradeaus in den Nachbarort. In den nächsten zwei Stunden sah Janne nach Manfred Bützner und seinen durch die Chemo angegriffenen Schleimhäuten, begutachtete in und um Pfaffingen schief gewickelte Verbände, weitere Zeckenbisse und entzündete Hälse, prüfte die rheumatischen Gelenke der alten Josefa, beruhigte eine junge Mutter mit einem verschnupften Baby und war dann gerade dabei, die letzte Karteikarte in ihre Tasche zu stopfen, als Bruno ein komisches Gesicht machte.

«Wassen los, Brunole? Ist doch Feierabend, oder? Zeit für ein Bierle. Oder auch zwei.»

Bruno bremste so abrupt, dass Edwin einen Satz machte und die Kassette verschluckte. Cat Stevens verstummte jäh, und auch Bruno schien es die Sprache verschlagen zu haben. Er stellte den Motor ab, starrte wortlos vor sich hin.

Janne hob beide Hände an die Schläfen und wedelte damit herum. «Uaaah, Bruno, ich bin's, der Geist des Wochenendes. Gekommen, um dich heimzubringen zu Klara und dem Sauerbraten.»

Bruno grinste. «Ein bisschen verrückt bist du schon, oder?»

«Psssst.» Janne hielt sich den Zeigefinger vor den Mund, flüsterte: «Aber sag's keinem weiter, ja?» Dann grinste sie ebenfalls und hob die Stimme wieder, um freundlich nachzubohren: «Also, was gibt's? Wenn du so ein Gesicht ziehst, hast du noch irgendwas Seltsames auf Lager. Ich hätte nur eine Bitte: Wenn's geht, einen Patienten mit nicht mehr als zwei Beinen. Einen Ziegenbock hatte ich heute schon.»

Bruno nickte. «Alles gut, sie hat zwei Beine. Aber eben auch einen Vater. Der ist das Hauptproblem.»

«Eines, das sich gemeinhin schwer vermeiden lässt, es sei denn, man ist ein Wurm.» Jannes Miene wurde ernster. «Aber es geht schon um einen Menschen, oder?»

Mittlerweile war es dunkel draußen, und sie konnte Brunos Gesicht nur erahnen. Doch sein besorgter Tonfall verriet ihr genug.

«Es ist die Gerlinde Herner. Deswegen hat meine Mutter vorhin angerufen. Du kennst die Gerlinde, oder?»

Janne nickte. Erst vorletzte Woche war das Mädchen wieder in ihrer Sprechstunde gewesen. Ein blasser Teenager mit unergründlichen Bauchschmerzen und noch nicht verheilten, feinen Schnitten an den Armen. Als Janne sie vorsichtig darauf ansprach, war sie knallrot geworden.

«Was ist mit ihr?»

«Ihre Mutter hat gesagt, die Gerlinde kommt nicht mehr aus ihrem Zimmer, schon seit zwei Tagen nicht. Und der Herner-Jakob, also ihr Vater, will nicht, dass jemand nach ihr sieht. Du schon gar nicht, sagt er, warum auch immer.» Bruno schnaubte nicht ohne Empörung. «Aber freitags am späten Nachmittag geht er immer ins Gasthaus zur Erna. Und da könnten wir halt … Also, wenn du vielleicht … Na ja, ich dacht halt …»

«Hm», machte Janne und schwieg einen Moment. Sie hatte das Fenster geöffnet und atmete die kühle feuchte Herbstluft ein, die nach Wald, Moosen und Pilzen roch. «Ich weiß nicht, Bruno. Ich bin keine Psychologin, und Jakob Herner und ich sind, na ja, nicht gerade die besten Freunde.»

«Ach, vergiss doch den bleeden Seggl. Mit dem steht jeder auf Kriegsfuß. Andere Füße hat der doch gar nicht. Aber versuchen könntest du's doch vielleicht, oder?»

Janne drehte an ihrem schmalen Silberring herum. Den, den sie nie abnahm. Dann zuckte sie die Schultern. «Klar, kann ich.»

* * *

Das Haus der Familie Herner in Pfaffingens Neubaugebiet hatte alles, was es brauchte für ein präsentables Eigenheim: bodentiefe Fenster, grün glasierte Dachziegel und im Vorgarten eine beleuchtete Gips-Gartenelfe. Und dahinter ein Leben so einbruchsicher wie die Metallhaustür mit dem Dreifachschloss. Janne kannte sich da aus, schließlich war sie in so einem Haus aufgewachsen. Es roch leicht nach Feuer. Dänischer Kaminofen, aus Gusseisen, tippte sie. Dann schüttelte sie sich, als wollte sie etwas vertreiben, und griff nach ihrer Arzttasche.

«Also, los geht's.»

«Die wirst du doch nicht brauchen …» Bruno zeigte auf die Arzttasche.

«Keine Ahnung. Ich bin aber ganz gern gerüstet, wenn ich den nativen Lebensraum cholerischer Patriarchen betrete.»

«Wie?», prustete Bruno los. «Hast du dich echt mit dem Herner angelegt? Mit dem Rindviech?»

Janne kicherte. «Bin ich wahnsinnig? Nein, eigentlich habe ich gar nichts gemacht, außer der Gerlinde vor ein paar Monaten die Pille zu verschreiben. Da war sie sechzehn und berechtigt, das allein zu entscheiden. Aber einen Tag später ist ihr Vater in der Praxis aufgetaucht. Ich kann dir sagen, schön war das nicht.» Sie machte eine dramatische Pause.

«Gab es Tote?», fragte Bruno teilnahmsvoll.

«Fast. Ich glaube, Sonnchen hatte schon den Feuerlöscher von der Wand genommen, weil er nicht zu brüllen aufhörte. Wenn ich mich recht erinnere, war dabei von Anstiftung zur Unzucht die Rede. Und das vor voll besetztem Wartezimmer.» Janne verdrehte die Augen. «Nahezu filmreif. Aber eine Wiederholung brauche ich trotzdem nicht.»

Bruno stöhnte, hielt sich die Hände vors Gesicht. «Dem ist doch echt nicht zu helfen.» Er sah zum Haus der Herners hinüber. «Wollen wir's lieber lassen?»

«Ach was. Sollte er aufkreuzen, hören diesmal wenigstens keine zwanzig Patienten mit.»

Sie betraten den Vorgarten mit dem geharkten Kies und den generalstabsmäßig verteilten Grünpflanzen in den Beeten. Unkraut konnte Janne nicht ausmachen. Sie vermutete, dass es sich schlicht nicht zu gedeihen traute.

Statt einer Klingel gab es einen goldenen Löwenkopf als

Türklopfer. Schon nach dem ersten *Tacktack* ging die Tür auf. Eine etwas verhuscht wirkende Mittvierzigerin strahlte sie an.

«Die Frau Doktor, wie nett, und der Herr Häberle, guten Tag, kommen Sie rein. Ich bin so froh, dass Sie da sind, denn wir wissen einfach nicht mehr … nicht mehr …» Ihre Stimme hickste, brach ab.

«Ist schon gut, Frau Herner. Das ist doch selbstverständlich. Ist denn was passiert, dass es Ihrer Tochter so schlecht geht?»

Henriette Herner riss die rehbraunen Augen auf. «Sie redet nicht, aber ich glaub, mit dem Khalid – also dem jungen Mann, mit dem sie … na ja –», sie errötete, «na ja … ist wohl nichts mehr.» Sie seufzte tief. «Wollen Sie vielleicht einfach mal nach ihr schauen, Frau Doktor?»

Janne und Bruno folgten ihr in den ersten Stock, und Janne dachte, dass sie noch nie ein so sauberes Haus gesehen hatte. Und auch keines, in dem so wenig auf das Vorhandensein lebender Existenzen hingewiesen hätte.

Soweit Janne wusste, gab es noch einen zehnjährigen Sohn, und sie fragte sich, was sie wohl mit dem machten. Ihn an seiner Playstation festschweißen, damit er keine dreckigen Fußballschuhe ins Haus trug?

Gerlindes Tür war schon von ferne sichtbar und ein Fanal der Rebellion in dieser Stätte gediegener Wohnkultur: Die komplette Fläche war zugeklebt mit Postern. Janne erkannte Justin Bieber, einen leicht verlotterten Gitarristen, der wie Kurt Cobain aussah, außerdem Lady Gaga und etliche weitere singende Jugendidole.

«Cool», sagte Bruno und sang leise ein paar Takte.

«Bruno», zischte Janne mit einem Grinsen. Dann hob sie

die Hand und klopfte an die Tür. «Gerlinde? Hier ist Janne Helmkamp. Deine Mutter hat mir gesagt, dass es dir nicht so gut geht. Und ich dachte, ich schau mal nach dir. Du sahst neulich schon etwas bedrückt aus, als du in meiner Sprechstunde warst. Vielleicht magst du mir erzählen, was los ist? Sind die Bauchschmerzen denn besser?»

Janne verstummte, wartete einige Momente, klopfte noch einmal. «Gerlinde? Alles klar, dann möchtest du heute wohl nicht reden. Ich gehe jetzt wieder. Aber du kannst jederzeit in meine Sprechstunde kommen. Auch nur zum Reden, okay?»

Janne wartete erneut, dann drehte sie sich um und sagte leise: «Es war ein Versuch, Frau Herner. Sollte sie am Montag nicht in die Schule wollen, rufen Sie mich gern an. Dann schauen wir weiter.»

Hinter ihr klickte es, Janne fuhr herum. Im Türrahmen stand ein Mädchen mit langen strähnigen Haaren, traurigen Augen und einem kleinen Metallring im Nasenflügel, an dem man noch getrocknetes Blut sah.

«Gerlinde? Bischt wahnsinnig? Lass das net den Papa sehen», zischte Henriette Herner.

Gerlindes Unterlippe schob sich vor. Sie ignorierte ihre Mutter, sah Janne fragend an.

«Soll ich reinkommen?»

Gerlinde nickte und gab den Weg in ihr Zimmer frei, in dem es sehr dunkel war und leise Musik lief.

Bruno redete derweil auf Frau Herner ein, um sie abzulenken. Aber das wäre gar nicht nötig gewesen. Denn in diesem Moment gab es hinter ihnen auf der Treppe massives Getöse. Es klang, als rumpelte ein Trupp Skinheads mit ihren Stiefeln die Treppe herauf. Und das war gar nicht mal so weit von der Wahrheit entfernt – zumindest was die aktuelle Reflexionsfähigkeit des Mannes anging, der nun auf sie zurauschte. Es war kein anderer als Jakob – Jackl – Herner in all seiner kracherten Lederhosenpracht, der Vater der blassen Gerlinde.

«Was wellet Sie denn hier?»

Das *Sie* hörte sich an, als wolle er es Janne vor die Füße spucken. Sie trat vorsichtshalber etwas zur Seite.

«Herr Herner», schaltete sich Bruno dazwischen mit all dem Schmelz, den fünfzig Jahre Elvis-Hören in seine Stimme gelegt hatten. Ältere Damen bekamen da immer dieses Leuchten in den Augen. Nicht so Jakob Herner, der ihn schlichtweg ignorierte. Er baute sich vor Janne auf, strich sich etwas Fett aus seinem borstigen Schnauzbart, der an eine alte Nagelbürste erinnerte, und raunzte: «Ich frage nur noch ein Mal. WAS wollen Sie hier?»

Janne sah zu Bruno, der schüttelte fast unmerklich den Kopf, doch Janne wich nicht gern vor einer Herausforderung zurück, schon gar nicht, wenn sie einen Trachtenanzug trug. Also richtete sie sich zu ihren ganzen ein Meter achtzig auf und sagte mit fester Stimme: «Herr Herner, Ihrer Tochter geht es nicht gut, soweit ich weiß. Ich würde gern mal mit ihr sprechen.»

«Meiner Tochter geht's blendend, und außerdem tut Sie das sowieso ja mal gar nichts angehen, dass wir uns verstehen, ja?»

«Jackl», war nun die verzagte Stimme seiner Frau zu hören. *Sie klingt, als wolle sie sich permanent entschuldigen,* dachte Janne und lächelte ihr aufmunternd zu.

«Was willscht?», schnauzte Jakob Herner.

«Vielleicht kann ja –»

«Schluss. Aus. Nix da. Raus mit euch.»

Janne überlegte kurz, was er wohl machen würde, wenn sie nicht gingen, entschied dann aber, dass sie es nicht ausprobieren wollte. Bruno sah das offenbar ähnlich. Beide folgten sie Jakob Herner die Treppe hinunter.

Erst als die Tür hinter ihnen zuknallte, entfuhr es Bruno: «Jesses, der hat sie doch net alle.»

Es schien von Herzen zu kommen.

* * *

Sie brauchten den gesamten Nachhauseweg, um zu entscheiden, ob Jakob Herner ein großer, ein ganz großer oder ein außergewöhnlich blöder Vollidiot war, bis es schließlich mit Bruno durchging und er vor sich hin bruddelte: «So a krommbohrds Arschloch gibt's scho ned nomal. Den kann von mir aus der Teifl hole.»

Janne nickte. «Aber Spaß werden sie mit dem da unten in der Hölle auch nicht haben. Wahrscheinlich schickt ihn der Teufel gleich wieder fort.» Sie schnaubte. «In die Abteilung für verpeilte Paranoiker.» Sie überlegten dann noch, ob Brunos Großneffe Jossi, der dieselbe Schule wie Gerlinde besuchte, mal nach ihr schauen könnte und ob das auf dem Plakat wirklich Kurt Cobain gewesen war, da bremste Bruno bereits vor dem alten Fachwerkhaus, in dem sich Jannes Praxis und Wohnung befanden.

Janne stieg aus und rief: «Dank dir, Bruno. Tschüssle.»

Und Bruno erwiderte: «Adele.»

Dann grienten sie einander an mit der Verbundenheit alter Schlachtgesellen, bis Bruno Gas gab und Edwin, der Bus, offenbar etwas müde von seiner Bergtour, stotternd anfuhr, um Bruno zu seinem Sauerbraten zu bringen.

Janne aber stieg die Treppen zu ihrer über der Praxis gelegenen Wohnung hinauf, schloss auf und ließ sich in voller Montur auf ihr Sofa fallen. Sie streckte die müden Glieder von sich und schloss kurz die Augen, um zu entspannen, doch sie sah nur wieder Jakob Herner vor sich. Was für eine Wut der Mann in sich hatte. Was sie aber auch gesehen hatte, war, wie Gerlinde hinter dem Rücken ihres Vaters ein klein wenig gegrinst hatte. Und das allein war den ganzen Auftritt wert gewesen, fand Janne.

Und somit ging auch diese Arbeitswoche zu Ende wie so viele andere in diesem knappen Jahr, das sie nun bereits als die «Frau Doktr» von Pfaffingen und den siebzehn umgebenden Dörfern und Weilern praktizierte: mit dem Gefühl, zum Niederknien müde zu sein, aber so zufrieden, als habe sie eine sandelholzumdampfte Relaxwoche in einem Ayurveda-Center hinter sich.

Zufrieden mit ihrer Entscheidung, trotz aller Unkenrufe der Kollegen («Bischt ned ganz gebacken? Du? Auf die Alb?») ihre Oberarztstelle in der Klinik in Tübingen aufgegeben zu haben. Zufrieden, nun statt in einer Zweizimmerwohnung mit Fußbodenheizung in einem hutzeligen Fachwerkhaus zu leben, in dem der Wind durch alle Ritzen pfiff. Und zufrieden, dort unter schwarzen alten Balken zu schlafen, die immer noch leicht nach Schinken dufteten. Schließlich sei früher hier unterm Dach die Wurschtkammer gewesen, hatte der Vermieter ihr erklärt, sofern sie ihn richtig verstanden hatte.

Denn Janne Helmkamp war nicht nur eine waschechte Stadtpflanze, sie war zudem rund achthundert Kilometer weiter nördlich geboren – da, wo Grüßgottle *Moin, Moin* hieß und die Vokale so breit waren wie die Elbe lang.

Mittlerweile aber verstand sie das meiste, wusste, dass «Ha noi» nichts mit Vietnam zu tun hatte und «Adele» nichts mit der Queen of Pop aus England. Und auch sonst hatte sie sich bestens eingelebt. Sie vermisste weder Kinos noch Kneipen oder die Möglichkeit, sich Gerichte aus zweiundzwanzig verschiedenen Nationen an die Haustür liefern zu lassen. Sie fand es entspannend, beim Bäcker nur noch zwischen drei Sorten Brötchen entscheiden zu müssen und einen Schuster zu haben, der ihre Schuhgröße auswendig konnte.

«Jannilein, in dir schlummerte tatsächlich eine Landpomeranze. Wer hätte das gedacht? Dr. Cool goes Pampa – und findet's auch noch toll», hatte ihr Kollege und guter Freund Konrad gesagt, den Kopf geschüttelt und bis über alle Sommersprossen gegrinst.

Seitdem fuhren er und seine Frau Ella so klaglos wie regelmäßig raus oder vielmehr hoch, um Janne zu besuchen. Dorthin, wo Pfaffingen lag, etwa vierzig Kilometer von Tübingen entfernt. Ein Ort, verschlafener als bei den Zwergen hinter den sieben Bergen, mit Menschen, so knorrig wie alte Baumwurzeln, und Gastwirtschaften, die so urig und betagt wirkten, als habe Schiller höchstpersönlich hier seine ersten Verse verfasst.

Und in exakt solch eine Lokalität begab sich Janne auch an diesem Abend, nachdem sie die Patientenakten vom Nachmittag zu Ende ausgefüllt, sich umgezogen und zusammen mit der Nachbarskatze drei Minuten Yoga gemacht hatte – auch wenn die Katze beim herabschauenden Hund leider weit mehr brillierte als Janne.

* * *

Nun saßen sie also wieder einmal alle drei zusammen: Janne, Konrad und seine Frau Ella, die auch heute aus Tübingen herübergekommen waren. Oder eigentlich saßen nur Konrad und Janne, weil Ella gerade draußen vor dem Fenster telefonierte und dabei äußerst emphatische Redebeiträge von sich zu geben schien. Jedenfalls bewegte sie ihren Mund schneller als weiland Dieter Thomas Heck. Die Redebeiträge drinnen bei Janne und Konrad waren etwas verhaltener. Genauer gesagt verständigten sich die beiden mittels kleiner grunzender Bemerkungen, wie sie vor allem zweierlei hervorbringt: eine betagte Ehe oder eine großartige Arbeitsbeziehung. Janne wusste, wie es war, einen *Zwölf-Stunden-Herr-Doktor-was-soll-ich-mit-der-Leber-auf-Station-sieben-machen?*-Kliniktag hinter sich zu haben. Und Konrad konnte sich bestens vorstellen, was es hieß, ganz auf sich allein gestellt die Verantwortung für einen riesigen, sehr betagten Patientenstamm zu haben.

«Haschd wohl 'nen schweren Tag gehabt?», fragte jetzt auch Karl-Heinz, der Wirt, mitfühlend und tätschelte Janne mit seiner Möbelpackerpranke erstaunlich zart die Schulter. Die nickte, seufzte tief und schicksalsergeben und stocherte in den Tofu-Maultaschen herum, die Heinz' Frau Auguste – die Guschte – eigens für sie kreiert hatte.

«Und du isschd echt nie Floisch?», hatte die Guschte extra noch mal gefragt, und als Janne den Kopf schüttelte, hoffnungsvoll hinterhergeschoben: «Aber vielleicht ein Würschtle?» Als Janne abermals verneinte, hatte sie missmutig auf ihre Küchentheke gestiert, wo ein Stück Tofu blass und eingeschweißt des Hackmessers einer schwäbischen Köchin harrte, die Vegetarier offenbar für Angehörige einer exotischen Sekte hielt.

Konrad stopfte sich derweil mit Zwiebelrostbraten voll und spülte mit der Leberknödelsuppe nach, die Ella übrig gelassen hatte. Die beiden waren ein seltsames Paar. Er war der Typ *Homo maximus entspanntus*, der in seinen nahezu antiken Turnschuhen in aller Ruhe durchs Leben schlufften, selten etwas krummnahm und nur unter Androhung etwas wirklich ernst. Die Patienten liebten ihn. Konrad konnte selbst das Wort Analfistel wie etwas Nettes klingen lassen.

Ella dagegen war eine dieser gestylten Superfrauen, bei deren Anblick jede andere Frau im Raum sich spontan wie ein Sack Hafergrütze fühlte. Janne hatte sie noch nie ohne eine zum Pullover passende Handtasche gesehen, und ihre langen dunklen Wimpern sahen aus wie gephotoshopt. Unter all dem optischen Budenzauber aber war sie eine handfeste Nordhessin, die gern seltsame Witze erzählte, einen schwarzen Gürtel in Taekwondo besaß und schneller eine Venenkanüle gelegt hatte, als Janne gucken konnte.

Zusammen waren die drei in Tübingen als eine Art Trio medicale durch viele Stationen der Arztwerdung geschlittert. Erst bei der Fachspezialisierung hatte sich gezeigt, wie unterschiedlich sie im Grunde waren: Konrad wurde Urologe, Ella Hautärztin und Janne – die Pragmatikerin – erst Internistin, dann noch Ärztin für Allgemeinmedizin. Im Moment aber war sie vor allem eins: müde.

«Sorry, Konrad, aber ich geh schon mal», murmelte sie, legte einen Zehneuroschein auf den Tisch und stand auf.

«Janni, du kannst jetzt nicht gehen. Wir müssen noch was besprechen», flötete es von rechts, und Ella, die gerade von draußen reinkam, schob ihre langen Beine unter den Tisch. Sie klimperte kurz mit den XL-Wimpern, dann legte sie los:

«Wir gehen auf eine Party. Nicht irgendeine Party. DIE Party. Und zwar gleich morgen.»

Ihre Stimme erreichte Quietschwerte. Konrad zersäbelte derweil den letzten Leberknödel, während Janne verstohlen gähnte, sich aber wieder setzte.

Ella nahm Konrad die Gabel aus der Hand, schob sich einen Bissen Knödel in den Mund und nuschelte kauend: «Denn wisst ihr, mit wem ich gerade gesprochen habe?» Sie lächelte erwartungsvoll in die Runde. Doch da es den Anwesenden für eine Replik entweder an Energie oder schlicht am nötigen Enthusiasmus mangelte, platzte sie heraus: «Mit Eberhard, meinem Cousin. Er hat uns eingeladen.»

Konrad gab jetzt immerhin ein «Aha» von sich, Janne guckte einfach müde. Um sich Nachdruck zu verleihen, stand Ella wieder auf und wedelte mit den Armen. Dabei erinnerte sie dank ihres Dior-Pullis, der Arme wie ein Partyzelt hatte, an eine große Fledermaus. Janne biss sich auf die zuckenden Lippen, Konrad hustete auffällig, aber Ella war nicht zu bremsen.

«Also, meine Lieben. Ihr wisst doch. DER Eberhard, der Hochwohlgeborene, seines Zeichens der sechsundzwanzigste. Kurz gesagt: Wir gehen auf die Burg. Zur Halloweenparty. Mit allem Drum und Dran.»

Konrad erbleichte etwas, ahnte er doch, dass dies mehr Gebot als Einladung war. In Adelsdingen kannte Ella keinen Spaß. Als Tochter eines – wenn auch seit Jahrhunderten verarmten – nordhessischen Freiherrn konnte sie den deutschen Adelskalender rauf und runter beten.

Ella wiederum wusste, womit sie ihren Mann am besten ködern konnte. Also beugte sie sich vor und sagte im sanften Überzeugungston einer Verkaufsshow-Moderatorin: «Oh ja, und nicht zu vergessen, es wird bestimmt wieder den 1967er Margaux geben, den Großonkel Ferdinand zu Feiern immer aus seinem Weinkeller holen lässt. Der schmilzt förmlich auf der Zunge.»

Konrads Augen weiteten sich merklich. Und hatte es noch so etwas wie Widerstand in ihm gegeben, so schmolz dieser nun ebenfalls dahin, denn Konrad hatte ein nahezu pathologisches Verhältnis zu Rotwein. Nicht dass er viel davon trinken würde, er redete nur gern darüber. Er konnte über Rotwein reden wie andere Männer über die Bundesliga oder den Trockenbau am Kaninchenstall: lang, laut und detailreich. Jetzt allerdings blieb er stumm und wiederholte nur mit fast ehrfürchtiger Stimme: «Ein 67er?»

Ella nickte. Mit einem Lächeln, das Kleopatra auch nicht besser hinbekommen hätte, nachdem sie Cäsar den Triumphzug durch Rom abgeschwatzt hatte.

Es war also beschlossene Sache: Konrad und Ella würden auf die gräfliche Halloweenparty gehen. Und Janne?

«Du kommst natürlich mit, Dr. Magic», bestimmte Ella und richtete ihren langen, dünnen Zeigefinger wie einen Spieß auf die Freundin.

«Erbarmen.» Janne grinste und hielt die Hände vors Gesicht. «Ist Mission Ella wieder gestartet? Mit wem willst du mich dieses Mal verkuppeln? Wieder mit einem dieser landadeligen Weltverschwörungsexperten?»

«Ja, sorry, aber ich konnte doch nicht wissen, dass der Theo so gaga ist … Der schien eigentlich immer ganz vernünftig.»

Janne prustete in ihren Trollinger. «Ha! Weißt du, was der mir nach dem ersten Viertele anvertraut hat? Dass hinter unseren Aufrufen zur Borreliose-Impfung ein Komplott von Bill Gates und Hillary Clinton steckt.»

«Was?» Konrad verschluckte sich fast am allerletzten Leberknödelrest. «Ist nicht wahr.»

Janne nickte mit getragener Miene. «Und in das World Trade Center wäre damals kein Flugzeug geflogen, alles Fake News. Nein, die wurden gesprengt, und zwar von Außerirdischen, die mit einer Gruppe Illuminaten im Bunde stehen.»

Ella kicherte. «Echt? Na ja, da hattest du ja wenigstens einen unterhaltsamen Abend.»

Janne zirbelte ihre Brauen zusammen. «Nie wieder, hörst du? Sonst klaue ich dir deinen Chanel-Nagellack.»

Ella wieherte fröhlich, und Konrad grunzte «Bloß nicht», während Janne nun endgültig aufstand und ihre Jacke anzog.

«Also, meine Lieben.»

Weiter kam sie nicht, da es schräg gegenüber am Fenster erst wummste, dann krachte und schließlich das helle Sirren splitternden Glases durch den Raum schallte, gefolgt von ächzendem Stöhnen. Alle drei Ärzte am Tisch sprangen auf.

Janne war als Erste dort. Ein älterer Herr hatte beim Aufstehen offenbar das Gleichgewicht verloren und war umgefallen. Leider derart unglücklich, dass er seitlich mit dem Arm in die alte Glasfensterscheibe des Gasthofes gedonnert war und diese zertrümmert hatte. Alles war voll Blut. Der Mann hing noch immer halb im Fensterrahmen und klammerte sich mit der anderen Hand an der Fensterbank fest.

«Konni, komm, wir müssen ihn hochkriegen», rief Janne, beugte sich zu dem alten Mann hinunter und sprach ruhig auf ihn ein.

Konrad fasste ihn von hinten unter die Arme, Janne bewegte vorsichtig seine verletzte Hand, und so verhalfen sie ihm gemeinsam in die Senkrechte und setzten ihn auf einen Stuhl.

«Er steht noch unter Schock», sagte Janne, Konrad nickte, während Ella zum Auto rannte, um den Erste-Hilfe-Koffer zu holen.

Janne setzte sich neben den Verletzten, ignorierte dessen Frau, die in zyklischen Rhythmen ganze Redesalven schwäbischer Laute von sich gab, und sprach weiter beruhigend auf ihn ein. Irgendwann schien er zu verstehen, wippte leicht mit dem Kopf und ließ zu, dass sie langsam seinen linken Arm anhob, um sich die verletzte Hand anzusehen.

Und was dann geschah, war so unwahrscheinlich, dass Konrad, der die ganze Zeit neben Janne stand, eher an den Weihnachtswichtel geglaubt hätte als an das, was er vor sich sah: Die Frau, mit der gemeinsam er ganze Armeen von Patienten punktiert, katheterisiert und reanimiert hatte, dieselbe Frau wimmerte nun angesichts der blutigen Hand vor ihr plötzlich leise und wurde weiß wie die gekalkte Wand.

In Janne selbst aber wurde es dunkel. Als hätte ihr jemand eine Gangster-Sonnenbrille aufgesetzt und das Licht gedimmt. Sie sah nur noch Schemen und hörte erneut das Klirren der Fensterscheibe. Nur dass es jetzt zu einem Geräusch-Tsunami anschwoll und wie in einem irre gewordenen Tonstudio von allen Seiten als Echo zurückschallte. Als seien es Hunderte von Glasscheiben, die nacheinander zerbarsten. Janne schaffte es gerade noch, «Konrad, schau du» zu rufen. Dann riss sie die Hände an ihre Ohren, stand auf und taumelte zur Seite. Eine Finsternis umgab sie, in der das einzig Sichtbare eine Reihe aufflackernder Blitzlichter waren: Glasscherben, eine blutige Hand und das Gesicht eines kleinen Jungen – Bildschnipsel, die in Endlosschleife vor ihren Augen abliefen.

«Janne, was ist denn?»

Ella war mit dem Erste-Hilfe-Koffer zurückgekehrt. Mit einem Blick erfasste sie die Lage, drückte Konrad den Koffer in die Hand und legte Janne vorsichtig einen Arm um die Schultern.

Doch die antwortete nicht, schien auch sonst nichts mitzubekommen. Den Kopf gesenkt, lehnte sie an einer Wand, die Arme um ihren Oberkörper verschränkt, und wippte sachte vor und zurück.

Derweil versorgte Konrad notdürftig den Patienten, bis der vom Wirt eilig herbeigerufene Krankenwagen kam. Während zwei Sanitäter den alten Mann vorsichtig auf einen Tragestuhl hoben und mitnahmen, versuchten die Freunde weiter, Janne anzusprechen, doch es kam keine Reaktion. Ihre Augen waren halb geschlossen und wie blicklos, als sähen sie nach innen. So jedenfalls beschrieb Konrad es Janne später, als sie wieder an ihrem Tisch saßen. Ein bisschen blass war sie noch, ihr fein ziseliertes Gesicht trug puppenhaft starre Züge. Aber zumindest nippte sie an dem Glas Wasser, das ihr Ella besorgt hatte, und murmelte: «K... Keine Ahnung, was los war ... Bin wohl etwas überarbeitet ... Dieses Klirren ... Das viele Glas ... Das ging ja ewig lang.»

Konrad und Ella tauschten einen schnellen Blick. Das Geräusch hatte bestenfalls wenige Sekunden gedauert, Janne aber war mindestens fünf Minuten lang wie weggetreten gewesen. Doch nun presste Janne ihren Mund zu einer sturen Linie zusammen, die deutlich verkündete, dass das Thema für sie abgeschlossen war. Dass es offenbar nicht zur Debatte stand, diesen Komplettaussetzer von Dr. Janne Helmkamp zu diskutieren, einem Menschen, der nach allem, was ihre Freunde wussten, belastbarer war als ein dreifach verzinkter Stahlträger.

Janne fragte noch nach dem alten Herrn, war beruhigt, als sie hörte, dass er längst auf dem Weg ins Krankenhaus war. Dann stand sie so hastig auf, dass ihr Stuhl quietschend über den alten Steinboden schrammte.

Und vielleicht war es das, diese ungelenke Bewegung ihrer Freundin, die ihren langen schmalen Körper normalerweise eleganter bewegte als jeder Flamingo, was Ella nun veranlasste, ihr vorsichtig die Hand auf den Arm zu legen.

«Janni, wir sind's, deine Freunde.»

Die aber zuckte zurück, als habe sie sich verbrannt.

«Ist alles in Ordnung?», fing nun auch noch Konrad an.

Doch Janne mied seinen Blick, winkte nur einmal kurz zum Abschied. «Mir geht's bestens. Wir sehen uns dann morgen. Tschüs, ihr zwei!»

* * *

Janne lief nach Hause, plumpste auf ihr Sofa und starrte, da sie sonst zu nichts zu gebrauchen war, zum Teufel hinauf. Der hockte oben auf dem Schrank und starrte zurück. Mit maliziösem Lächeln. Irgendein Schrankbauer musste sich hier einst – das Holzungetüm hatte mindestens ein Jahrhundert auf dem Buckel – zu Höherem berufen gefühlt haben. Denn Mr Teufel und seine Freunde, allesamt schräge Vögel und böse Fratzen, fanden sich in solcher Vielzahl in den Schnitzereien des Möbels wieder, als hätte ihr Schöpfer eine Geisterbahn geplündert oder Designnachhilfe bei Hieronymus Bosch bekommen.

Janne seufzte. Das hatte ihr gerade noch gefehlt. Holzkopfgeister als Ergänzung zu denen, die sowieso durch ihren Kopf spukten. Sie drehte ihr Smartphone in den Händen und überlegte, ob sie ihn anrufen sollte. Ihren Bruder Benny. Vielleicht hätte er eine Idee? Was um alles in der Welt da vorhin in der Gaststube passiert war? Denn immerhin war es sein Gesicht gewesen, das sie da auf einmal vor sich gesehen hatte. Das Gesicht des kleinen Ben. Mit weit aufgerissenen Augen. Und dazu dieses Klirren, immerzu dieses Klirren.

Doch Janne Maria Helmkamp war ein durch und durch rationaler Mensch. Sie glaubte nur, was sie messen, verstehen und in eine Excelliste eintragen konnte. Sie glaubte auch an große Ideen, an Demokratie, die Lehren von Hippokrates und den Sinn von Kartoffelwickeln bei Halsschmerzen. Aber sie glaubte nicht an Geister. Auch nicht an die der Vergangenheit.

Und deshalb ging sie jetzt einfach ins Bett. Putzte sich die Zähne mit ihrer veganen Bambuszahnbürste, beäugte das blasse schmale Gesicht im Spiegel, streckte sich die Zunge raus und murmelte: «Keep smiling, Miss Plemplem.» Dann kletterte sie die halsbrecherische Stiege hinauf, die zur früheren Wurstkammer führte. Dorthin, wo gut verborgen vor neugierigen Besucheraugen das peinlichste Möbelstück der ganzen Wohnung residierte: ein verschnörkeltes Eisenhimmelbett mit blauen Samtvorhängen.

Niemand wohl hätte der resoluten Frau Dr. Helmkamp, deren zweiter Vorname Vernunft war, ein solches Bett zugetraut. Aber sie hatte es einfach haben müssen, nicht zuletzt wegen seines Namens. Das Bett hieß «Bette Davis» und sah auch so aus. Alles daran war einen Tick zu großspurig: die eisernen Löwenfüße, die wirren Schnörkel am Baldachin, dessen hemmungslos leuchtendes Königsblau, das sich auch bestens zu Krönungszeremonien gemacht hätte.

Sobald Janne zwischen die Laken gekrochen war, zog sie die vorderen Vorhänge vor, löschte das Licht und blickte nach oben. Dorthin, wo der geheime Zauber von Bette Davis, dem Hollywoodbett, lag: Auf den Stoff des Baldachins waren Leuchtsterne appliziert. Aber nicht irgendwelche Plastikdinger. Nein, es waren Hightech-Sterne, die mit sanfter Wehmut auf Janne herabglitzerten, als würden sie hauptberuflich in der Milchstraße arbeiten. Sie verfehlten auch heute ihre Wirkung nicht. Das Gedankenknäuel in Jannes Kopf entwirrte sich langsam, Ängste und Fragen ließen sich in eine Ecke scheuchen, aus der sie ihr zwar morgen früh wieder entgegenspringen würden, aber für heute war nun Ruhe. Sie zog sich die Decke bis ans Kinn, schloss die Augen und atmete endlich richtig aus.

2

Aufräumen wäre eine Option, dachte Frau Doktor Helmkamp und ließ den Blick über die Bücherberge auf dem Boden schweifen, die Skizzen und Thesenblätter an den Wänden, das ganze Chaos, in dem sie seit Wochen lebte. Genauer gesagt, seit sie beschlossen hatte, ihren Opa vor Gericht zu bringen.

Doch daran wollte sie jetzt nicht denken. Eigentlich wollte sie überhaupt nicht denken. Eine zutiefst überbewertete Tätigkeit. Sie schloss kurz die Augen, dann wandte sie sich um und sah nach draußen.

Dorthin, wo schon wieder der Abend heraufzog und sich gierig über die Reste des Tageslichts hermachte. Seltsame Zickzacklinien waren es, die die Dämmerung heute an den Himmel malte. Linien, die sie an irgendetwas erinnerten. Ihr Handy klingelte. Sie schaute nicht nach. Sie wusste sowieso, dass es ihre Mutter war. Es war immer ihre Mutter.

Plötzlich wurde ihr klar, woran die Zickzacklinien sie erinnerten: an ein EEG, die elektronische Messung der Gehirnströme, eine der Standarduntersuchungen in der Psychiatrie. Das Bild, das dabei entstand, sah genauso aus. *Zick, Zack. Zick, Zack.* Wie oft hatte sie es bei ihrer Mutter gesehen.

Wieder ging das Telefon. «Do kennsch grad brülla» – Flüche waren Jannes wichtigstes Souvenir aus sechs Jahren Dienst in schwäbischen Notaufnahmen. Sie fummelte ihr Handy aus der Jacke.

«Ja, Mama?»

«Ja, doch!»

«Was ist denn?»

Sie sprang auf, lief im Zimmer auf und ab, während ihre Mutter am anderen Ende des Telefons so laut redete, dass sie das Handy vom Ohr weghalten musste.

«Mama!? Mama, bitte setz dich mal und hör mir zu!»

Jannes Stimme klang energisch. Nur wer sehr genau hinhörte, hätte das leichte, unterschwellige Zittern wahrnehmen können. Ihre Mutter aber hörte nicht genau hin, das tat sie nie. Sie redete und redete, bis Janne das Gespräch einfach wegdrückte und das Telefon aufs Sofa schmiss.

«Ich kann das jetzt nicht», sagte sie zu dem kleinen fetten Marzipan-Buddha, den Ella ihr mal aus Lübeck mitgebracht hatte. Er war über fünf Jahre alt und mittlerweile sicher ungenießbar. Dafür lächelte er noch immer breit vor sich hin und war auch sonst ein wunderbarer Lebenspartner, fand Janne. Weder schaute er Sportsendungen und brüllte dabei wie ein Hirsch, noch verteilte er seine schmutzige Unterwäsche in den Ecken ihrer Wohnung.

Nein, Mr Marzipan saß einfach nur da, lächelte und war somit exakt das, was Janne jetzt brauchte: einen Mann, der sie freundlich ansah. Denn leider herrschte in ihrem Leben deutlich Mangelware an dieser Spezies, während sich der Typus «Mann, laut, nervtötend» nur allzu häufig tummelte – nicht zuletzt in ihrer eigenen Familie.

Das Telefon, dessen Klingelton sie ausgestellt hatte, gab nun aggressive Schnarrlaute von sich. Janne ignorierte sie, ging in die Küche und kochte sich Tee. Viel Tee. Den würde es brauchen, um all das herunterzuspülen. Das, was seit dem vorigen Abend gebetsmühlenartig durch ihren Kopf spukte: Wie konnte sie nur einen solchen Aussetzer haben? Mitten in einer Notsituation? Sie war sich nicht sicher, wie viel Konrad und Ella bemerkt hatten. Sie hatte es vertuschen wollen – so wie sie es auch vor sich selbst zu vertuschen versuchte. Doch die Fragen lauerten noch immer dicht unter der Oberfläche ihres Bewusstseins wie Fische unter einer Eisdecke: Was, wenn es auch bei ihr losging? Wenn sie dieselben Symptome bekam wie ihre Mutter?

Janne presste ihre Hände an beide Schläfen, blickte hinüber zu dem Foto an der Wand: Mama in ihrer Lieblingsrolle als Salome in Richard Strauss' gleichnamiger Oper. Ihre Mundwinkel zuckten nach oben. Es war aber auch zu komisch. Denn natürlich hatte ihre Mutter, die Opernsängerin Marina Helmkamp, die Rolle der Salome in Perfektion verkörpert: eine Wahnsinnsrolle für eine Wahnsinnige.

Janne seufzte und öffnete den Kühlschrank. Ganz vorne stand ein selbst gemachter Algen-Pudding, der allmählich eine grau-schleimige Oberfläche aufwies. *Diagnose: Experiment gescheitert*, dachte sie.

Aber es gab auch Hoffnung: eine Packung Schokotrüffel, reserviert für ganz besondere Momente. *Und wer sagt denn, dass so ein Moment nicht auch ein ganz besonders nervtötender sein kann?* Sie grinste, schob den Schleimpudding zur Seite und sich einen der Schokotrüffel in den Mund und ging dann halbwegs versöhnt mit dem Tag zu ihrem Schreibtisch. Der Plan war, die Arztbriefe abzuarbeiten, die gestern gekommen waren.

Doch genauso gut hätte sie versuchen können, den Algen-Pudding an die Wand zu nageln. Die Geister der Vergangenheit hatten schlicht keine Lust, Feierabend zu machen. Ganz im Gegenteil. Sie fingen gerade erst an.

«Sehr geehrte Frau Kollegin, besten Dank für die Überweisung des Patienten Alfons Kehrer –»

Gestern Abend, da in der Kneipe, da warst du völlig weggetreten. Ist das bei ihr auch so losgegangen? Denk nach.

«Die neurologische Untersuchung ergab –»

Du hast Bilder gesehen. Dein Arm schmerzte. Es war so real … so verdammt real …

«… konnte eine distal betonte Polyneuropathie nachgewiesen werden, die –»

Immer wieder dieses Klirren der Fensterscheibe.

Was war das?

Je massiver Janne versuchte, ihre Gedanken zurückzupfeifen, desto lauter wurden sie, kreisten sie ein wie ein Rudel Hyänen, jagten und hetzten sie durch dreißig Jahre gelebten Lebens zurück in ihre Kindheit. Ihre Kindheit, die vor allem eines gewesen war: abwechslungsreich. Und das in einem solchen Ausmaß, dass Jannes Traum vom Glück bis heute eigentlich nur in einem bestand: Gleichförmigkeit. *Ein Lebensentwurf wie eine Konservenbüchse*, sagte sie immer – *außen formfest, innen vorgekocht nach der immer gleichen Rezeptur, bloß keine Überraschungen.* Und das war durchaus nicht komisch gemeint. Schließlich hatte ihre Familie die unschöne Angewohnheit, ebendiesen Lebensplan permanent zu bombardieren.

So zumindest fühlte es sich auch jetzt wieder an, als erneut ihr Handy dingelte, dieses Mal mit einer WhatsApp, dann kam noch eine und eine weitere. Und das konnte ihrer Erfahrung nach nur eines bedeuten: Ihr Bruder Benny tackerte wieder einmal seine Mitteilungen im Telegrammstil durch die Welt.

Ich will das jetzt nicht, dachte sie, stand auf und holte

den Staubsauger aus dem Schrank. Ein Höllengerät namens Vampyrette, das mehr Lärm machte als ein Traktor, aber genau deshalb so wunderbar war. Es übertönte schlicht alle Handys und Telefone dieser Welt und wischte einem mit seinem militanten Geröhre auch gleich noch alle Gedanken aus dem Kopf. Doch kaum war sie beim Saugen so richtig in Fahrt gekommen und machte mit dem schnorchelnden Gerät in ihrer Hand Jagd auf noch die letzten Spinnweben, begann ihr Handy auch noch zu blinken, was bedeutete, dass eine dringende Mail eingegangen war. Sie stellte die Höllenmaschine aus, knipste das Handy an und war dann eine Weile sehr still.

«Das kann er doch nicht machen», knurrte sie, stellte die Vampyrette wieder an und schleuderte ihr Handy zurück aufs Sofa. Das Handy mit den Botschaften ihres kleinen Bruders Ben. Benny, der inzwischen gar nicht mehr klein und neunundzwanzig Jahre alt war, auch wenn Janne fand, dass das leider keinen allzu großen Unterschied machte. Besonders nachdem sie alles gelesen hatte.

«Liebe Quaki», schrieb er, und bereits das, der alte Kindername, ließ ihre Alarmglocken lauter klingeln als das Ulmer Münster zu Weihnachten. Quaki nannte er sie nur in Momenten größter Rührung – etwa wenn Werder Bremen gewonnen oder er zu viel Rotwein getrunken hatte – oder wenn er wieder einmal an jenem Punkt war. Jenem Punkt, der in immer kürzeren Abständen zu kommen schien. Dem Punkt, an dem ihr kleiner Bruder sein Leben nicht mehr aushielt und alles hinschmiss: Studium, Lehre, Job, Beziehung, sich selbst – und wegrannte. Dann kamen Postkarten. Schrillbunte Grüße aus Irgendwo. Mit acht oder zehn Wörtern darauf. Dieses Mal reichte es offenbar nur für schnell hingetackerte WhatsApps. Aber immerhin fast dreißig Wörter. Sollte sie das misstrauisch machen?

«Liebe Grüße aus Neuseeland», ging es weiter. *Neuseeland? Wieso Neuseeland?*, röhrte es durch Jannes Kopf. Er soll doch auf seinem Sachbearbeiterstuhl in der Klinik in Tübingen sitzen und – *eben* – Sachen bearbeiten.

Hab heute drei Schafe geschoren, bockige Biester die. :-)
Dr. Bechthoff habe ich gekündigt, er hat mich gleich freigestellt.
Cooler Typ. Bis bald, Quaki, ich melde mich. Nächste Woche
Indien. B.

Drei ganze und zwei halbe Sätze. Immerhin. *Und nächste Woche Indien?* Janne wusste nicht, ob sie weinen, lachen oder ins Sofakissen beißen sollte. Und während sie noch darüber nachsann, ob vielleicht eine Joggingrunde samt einer eiskalten Dusche die bessere Option sei, begann ihre Unterlippe zu zittern. Sie ignorierte es und stapfte nach unten in die Praxis, um ein paar Unterlagen zu holen. Sie würde jetzt endlich die verdammten Arztbriefe … Doch unten angekommen, wanderte ihr Blick wie zwanghaft zur Tür ihres Behandlungszimmers.

Dahin, wo das vergilbte Masern-Impfposter klebte, dessen blond gelocktes Fotomodell sie an ihren Bruder als Kind erinnerte.

Vielleicht war es das. Aber vielleicht war es auch einfach das Getute von oben, das ihr den Rest gab. Es setzte just in diesem Moment ein: ein durchdringendes, hakeliges *Tröt, Tröt*. Das konnte nur Schnöschen sein – gesprochen Schnöschen –, die Neunjährige, die mit ihrer Mutter in der kleinen Dachwohnung über Janne wohnte.

Schnöschen hieß eigentlich Elvira, aber das sagte keiner.

Und sie spielte Blockflöte. Nicht gut, aber gern und machte so gewisse Talentdefizite durch schiere Ausdauer wett. Auch heute ertönte wieder und wieder dieselbe Melodie. Es waren die Anfangstakte von *Muss i denn, muss i denn zum Städtele hinaus*, wobei sie jedes Mal den letzten Ton auf «hinaus» vergeigte. Und vielleicht war es dieser falsche Ton, dieser völlig missratene Auszug aus dem Städtele, der Janne einen Gulplaut ausstoßen und letztendlich in Tränen ausbrechen ließ.

Sie heulte mit vollem Einsatz. Es brodelte, schluchzte und schniefte aus ihr heraus, als wollte sie niemals wieder damit aufhören. Ja, als hätte ein isländischer Hexenmeister einen Geysir in ihr entfacht, der nun aus ihr herausströmte und alles mit sich riss: das ganze armselige Halbleben, das sie führte – immer geführt hatte, seit sie denken konnte. Ein Leben voller Ängste, Sorgen und kleiner Lügen, die nie aufhörten, ihr leise zuzuraunen. Sie wusste natürlich, was mit ihr los war. Ganze Regale standen damit voll in den Buchhandlungen: Ratgeber, die das innere Kind, den inneren Schweinehund oder gleich die ganze Menschheit heilen wollten. Nichts davon hatte ihr je wirklich helfen können. Alles, was sie in sich entdeckt hatte, war ein kleines Monster. Eines, das jetzt hämisch grinste und «Na, Dr. Jannilein» bruddelte. «Biste hingefallen? Na dann, du weißt doch, wie's geht: Schön aufstehen, Krönchen richten und weitermachen.»

Und tatsächlich: Janne schüttelte sich, von ihrem Gesicht wich jener Ausdruck, den fast nie jemand sah. Die Miene eines Kindes, eines kleinen Mädchens, das sehr müde war. Sie ging nach oben zurück, um endlich die Arztbriefe zu schreiben und die Überreste ihrer Fassung zusammenzuklauben.

Als es zwei Stunden später an der Tür klingelte, brauchte sie trotzdem einige Momente, doch dann atmete sie noch einmal tief durch und öffnete die Tür mit einem breit grinsenden «Euch zwei kriege ich aber auch gar nicht los, oder?».

«Genau, Süße, wir sind wie Schmeißfliegen und kommen immer wieder», gab Ella zurück und schmatzte Janne zur Begrüßung auf die Wange.

Konrad hievte derweil keuchend eine riesige Tasche die Treppe hoch.

«Was ist dadrin? Ein Baby-Elefant?», fragte Janne nicht ohne Misstrauen in der Stimme.

«Viel besser. Ich war im Kostümfundus des Reutlinger Tonnekeller, du erinnerst dich doch noch an das Theater im Gewölbe, oder?» Ella schob sich zur Tür herein und taxierte Janne nachdenklich von Kopf bis Fuß.

«Hm ... vielleicht die Hexe? Aber ich glaube, der Kürbis wäre am besten für dich – oder was meinst du, Konni?»

Jannes Gesicht hätte ratloser kaum wirken können. Konrad, der hinter Ella stand, lautmalte ein «Ha-llo-ween» über deren Kopf hinweg, bis bei Janne der Groschen fiel. Die Party. Auf der Burg. Heute Abend. Das hatte ihr gerade noch gefehlt.

Da sie noch Verbandsscheren sterilisieren wollte, lotste sie die beiden erst mal runter in ihre Praxis im Erdgeschoss. Dort machte Konrad es sich auf der Behandlungsliege bequem, während Ella die Blumen goss, die außer ihr nie jemand zu beachten schien.

Janne pfiff unterdes ein Frank-Sinatra-Medley, durchsetzt mit Puccini – ihre besondere Spezialität –, und tat so, als wäre alles gut.

«Kann das nicht Ayla machen? Oder das Wurschtelchen?», moserte Konrad mit Blick auf die Verbandsscheren.

«Klar, aber Ayla musste gestern früher gehen, weil ihre Oma Geburtstag hatte, und Yolanda, die du ... die du nicht mehr so nennen sollst, wurde eben, na ja, mal wieder nicht fertig.» Janne schnaufte seltsam.

«Ist alles gut, Janne», schaltete Ella sich ein und bedeutete Konrad hinter ihrem Rücken, ruhig zu sein. Denn mochte Ella auch gelegentlich mehr Haare auf den Zähnen haben als Space-Teddy Chewbakka auf dem Kopf, so war sie doch gut in der Lage, zu erkennen, wann jemand genug hatte oder sogar weit darüber hinaus war. Und dass Janne diesen Zustand innerhalb von vierundzwanzig Stunden offenbar zum zweiten Mal erreichte, gefiel ihr gar nicht.

Sie nahm Janne die Scheren aus der Hand und drängte sie sanft in Richtung Schreibtischstuhl, was nicht einfach war, denn ihr Körper wirkte etwa so entspannt wie ein Punchingball. Doch nachdem sie sich gesetzt und noch dreimal nach Luft gejapst hatte, erzählte sie es schließlich: dass Benny geschrieben hatte und dass sie deshalb ziemlich ausgerastet, aber zumindest die Wohnung jetzt sauber sei.

«Manche Menschen sind einfach so», bemerkte Konrad.

Ella nickte und lächelte Janne aufmunternd zu. «Genau. Er ist halt ein fahrender Geselle, dein Brüderchen. Ein echtes Goldstück, wenn er mal da ist, aber lange hat man ihn eben nie. Ich wette, die nächste Karte kommt aus Kuala Lumpur.»

Janne seufzte. «Da war er letztes Jahr. Die Teeplantage. Und nachher hatte er drei Monate Durchfall. Nein, offenbar will er nun weiter nach Indien.»

Konrad hob den Kopf von der Liege und grinste. «Aber im

Moment ist er in Neuseeland, ja? Gibt's da nicht diese fiesen Sandfliegen, die Leishmaniose übertragen?»

«Konrad!», zischte Ellas Stimme durch den Raum.

Aber Janne lachte nur, und Konrad zuckte die Schultern.

«Wieso? Irgendeinen Preis zahlen wir alle für unsere kleinen Macken. Was mich zu einer ganz anderen Frage bringt.» Sein Blick schweifte zu dem Teewagen neben Jannes Schreibtisch. «Was ist eigentlich in der tollen Biene-Maja-Dose dort drüben?»

Janne ging hinüber, öffnete die Dose und reichte sie ihm. «Bedien dich, Vielfraß, ist aber Vollwert und zuckerarm.»

«Oh nein», stöhnte Konrad und griff sich wie tödlich getroffen an die Brust. «Gesundkekse. Das wird meinen Organismus auf Tage in Gewissenskonflikte bringen und –»

«Blubb, blubb.» Ella hielt ihm den Mund zu.

«Wieso?», quietschte er durch ihre Finger. «Ich bin eine wandelnde klinische Langzeitstudie: Wie viel Zucker und Transfette kann ein Körper vertragen, ohne wie Jabba The Hutt auszusehen?»

«Wieso? Du siehst doch aus wie Jabba The Hutt», sagte Ella und rettete sich zu Janne, bevor Konrad nach ihr greifen konnte.

Janne lachte und fühlte, wie sich ihre versteinerten Nackenmuskeln ein Stück weit entspannten. Sie stupste Ella mit dem Kopf an. «Was würde ich nur ohne euch tun?»

«Das, meine Liebe, ist eine rein theoretische Frage, denn wir sind ja da. Immer», stupste Ella zurück.

«Und los wirst du uns auch nicht, es sei denn, die Keksversorgung bricht ab.» Konrad biss krachend in einen Müslikeks und kaute eine Weile zufrieden vor sich hin. Dann aber schoben sich seine Augenbrauen zusammen, und er taxierte

Janne eindringlich. «Oder es sei denn, du bekommst Probleme mit Ellas Fähigkeiten als Kostümbildnerin.»

Janne blinzelte und sah fragend von Konrad zu Ella, deren Gesichtsfarbe ein leuchtendes Purpur angenommen hatte. Prima Durchblutung in den fazialen Kapillaren, dachte Janne noch, als es auch schon losbrach.

«Wie meinst du das? Was soll das hei...», raunzte Ella und näherte sich ihrem Mann wie eine Amazone auf Kriegspfad.

Bevor es womöglich zum Handgemenge auf ihrer Patientenliege kam, beschloss Janne, lieber einzuschreiten – und versuchte die Tasche, die Ella mitgebracht hatte, vom Boden hochzuhieven.

«Was um Gottes willen ist denn da drin? Eine Leiche? Warst du mal wieder in der Pathologie, Ella? Müssen wir reden?»

«Viel schlimmer», nuschelte Konrad irgendwo aus Ellas Haar, in dem er gerade sein Gesicht vergrub. «Sie war im Kostümver... Autsch, du sollst mich nicht beißen!»

Er rieb sich noch die Nase, während Ella und Janne gemeinsam die Riesentasche auf den ärztlichen Schreibtisch hoben.

«Meine Güte», keuchte Janne erneut, «was hast du denn bloß alles dabei?»

Über Ellas Gesicht ging ein Leuchten. «Du wirst nicht glauben, was ich gefunden habe.»

Janne war sich nicht sicher, ob sie das wirklich wissen wollte. Doch als Ella ihr breitestes Lächeln anknipste, die Tasche öffnete und einen Blick auf ihre Schätze gewährte – darunter eine ausklappbare Plastiksense und eine Werwolf-Maske –, schloss sie nur für einen Moment die Augen. Sie wusste, wann Widerstand zwecklos war.

3

Es sind rare Momente des Lebens, in denen man sich, in ein ballonförmiges oranges Sackkostüm gepresst, auf einer Party der letzten Adelsgeschlechter Baden-Württembergs wiederfindet, und man sollte sie genießen. Das jedenfalls versuchte Ella ihrer Freundin Janne gerade mittels exzessiven Mienenspiels von der anderen Seite des Raums oder vielmehr der Halle zu vermitteln. Denn mochte Burg Sternfels mit ihren plumpen Konturen und wirr verteilten Türmchen auch kein wirkliches Kleinod spätbarocker Burg-Baukunst sein, so machte sie das allemal wett durch schiere Größe. Die Halle, in der sie mit gut dreihundert anderen Gästen standen, hatte etwa die Ausmaße einer Flugzeugwerft. Und Janne hätte es sehr begrüßt, tatsächlich ein Flugzeug zur Hand zu haben, um wegzufliegen. Weit, weit weg.

Offiziell war das Ganze als Halloweenparty deklariert. Das jedenfalls sollte Ella ihrer Freundin noch Wochen, ja, Jahre später versichern. Doch auf Burg Sternfels, dem Familiensitz der Grafen von Pappenbach, schien sich keiner darum zu scheren. Statt von Gästen in Hexen-, Kobold- oder Gespensterkostümen wimmelte es von platingelockten Damen in winzigen Designerfummeln und einem Rudel passender Männchen im Smoking.

Janne aber trug – so bunt wie unübersehbar – Kürbis. Genauer gesagt einen möhrenfarbenen *Catsuit*. Als solchen jedenfalls hatte Ella das hautenge Ganzkörperdings tituliert, in das sie Janne gesteckt hatte, ergänzt durch ein voluminöses Kleid mit Reifrock, auf dem ein geschnitztes Kürbisgesicht abgebildet war. Komplettiert wurde das Ensemble durch eine Art grüne Kasperlemütze, die schief auf Jannes blondem Pixie Cut hing und ihr das Aussehen einer traurigen Clownin verlieh.

Als sie die Halle betreten hatten – Janne im Kürbis, Konrad als Tod mit brauner Kutte und Sense in der Hand und Ella in einem Skelett-Catsuit –, hatte Janne kurz erwogen, im Erdboden zu versinken, in den Burggraben zu springen oder Ella umgehend zu erdrosseln. Doch angesichts von Konrads frisch absolvierter Notarztausbildung hätte das nichts genutzt. Er hätte sie sowieso gleich reanimiert.

Also begnügte sie sich damit, im Geist eine Voodoopuppe mit Ellas Gesicht zu nadeln und zu beten, dass der Abend schnell vorübergehen möge.

«Mein Onkel nimmt Mottopartys richtig ernst», hatte Ella noch zwei Stunden zuvor verkündet und vor Jannes und Konrads staunenden Augen endlich ihre Schätze aus dem Kostümverleih ausgebreitet.

«Da, bedient euch.»

Janne bereute noch immer, dass sie sich nicht für das Sensenmannkostüm entschieden hatte, doch irgendetwas hatte sie zögern lassen. Wahrscheinlich der hippokratische Eid, der in ihrem Gewissen pochte und ein spaßbefreiter Geselle war. Also blieb ihr nur der Kürbis. Denn sich mit ihrer dürren Figur in den Skelett-Catsuit zu werfen war undenkbar. Und dass das grelle Orange des Kostüms ihrem Teint den Ton blassen Kochkäses verlieh, hatte Ella lachend beiseitegeredet.

«Ach, weißt du, Süße, an Halloween gilt doch sowieso:

je grässlicher, desto besser. Sonst erkennen dich die Untoten und holen dich.»

Auf Burg Sternfels schien sich niemand um die Untoten zu sorgen. Es sei denn, Cocktailkleider mit Ausschnitten bis zum Bauchnabel waren ein probates Hausmittel dafür, Geister dorthin zu schicken, wo sie herkamen. Janne aber stand bereits volle fünfundvierzig Minuten in ihrem monströsen Kürbiskleid im Widerschein eines elfarmigen Lüsters, machte Small Talk mit Menschen, die sie noch nie in ihrem Leben gesehen hatte und auch nicht beabsichtigte, dies jemals wieder zu tun, und hätte nichts dagegen gehabt, wenn sie ein Untoter oder der Leibhaftige persönlich dort weggeholt hätte. Sie wollte nur weg. Nach Hause. Den Kürbis aus- und die Jeans anziehen und den ganzen Abend mit dem Rest Trollinger ertränken, der auf ihrer Fensterbank stand. Gleich neben den Mullbinden.

Ihr Blick fiel auf die Terrassentür. Etwa zehn Meter waren zu überbrücken. Doch direkt in der Schusslinie stand Gräfin von Pappenbach, die Gastgeberin, und fächelte ihr mit ihrer aristokratischen Langhand einen Gruß zu.

«Liebe Frau Doktor, kommen Sie doch, Sie müssen unbedingt Herrn zu Braunfels kennenlernen. Er interessiert sich sehr für – wie heißt das noch gleich, was Sie anbieten – Kommatherapie?»

«Gemmotherapie», berichtigte Janne und befahl ihrem Gesicht, sich nicht zu verziehen. Herr zu Braunfels, ein gut genährter älterer Herr, taxierte sie mit funkelnden Schweinsäuglein und schob dann seinen Bauch und zwei Gläser Punsch in ihre Richtung.

Janne ergriff die Flucht nach vorn, spurtete an Herrn zu Braunfels samt Bauch vorbei und entkam durch die Terrassentür. Draußen schlug ihr Eiseskälte entgegen. Und es war dunkel. Stockdunkel. Sie stolperte gegen einen Marmorlöwen, dann fast die Treppe hinunter und stapfte schließlich über den matschigen Burgrasen, als sie eine Stimme zurückhielt.

«Haben Sie den nicht vergessen?», fragte die Stimme mit einem leichten Akzent, den sie nicht zuordnen konnte. Im Gegenlicht erkannte sie eine hünenhafte Gestalt, die ihren ausgebeulten Rucksack wie eine Trophäe vor sich herschwenkte. Eines von den Smokingmännchen, das offensichtlich ihren Abgang belauert hatte. Zögernd tapste sie zurück, hangelte sich die Treppe hinauf und plumpste, da der marmorne Löwe wiederum seinen Tribut forderte, dem Riesen einfach vor die Füße. Der rührte sich nicht, sondern starrte sie nur an.

«Hat Ihnen noch nie jemand gesagt, dass das unhöflich ist?», fauchte sie von unten und zerrte an ihrem orangegelben Sackkostüm, um zumindest eine weniger entwürdigende Sitzposition zu erlangen.

Über ihr gluckste es. Erst leise und verkniffen, dann völlig ungehemmt. Der Kerl lachte. So sehr, dass sein ganzer Brustkorb zitterte und er bedrohlich zu schwanken begann. Das war genug. Soweit ihre bodennahe Schräglage dies zuließ, holte Janne Schwung und trat. Der Riese hatte leider die besseren Reaktionen. Ihr Bein zappelte ins Leere, wo sie ein Schienbein vermutet hatte. Aber sein Besitzer grinste, reichte ihr eine Hand und sagte: «Kommen Sie, Teuerste, hier oben ist die Luft besser.»

Lieber hätte sie ihm in die Hand gebissen, aber es half nichts. Janne fasste nach der dargebotenen Rechten und fand sich Sekunden später einem Paar Augen gegenüber, das ihr für einen Moment die Luft raubte. Nicht weil ihr Besitzer so unfassbar gut aussehend gewesen wäre. Nein, der Mann hatte in etwa die Eleganz eines Grizzlybären, leichte Bluthochdruckprobleme und gut zehn Kilo zu viel auf den Rippen, konstatierte die Ärztin in ihr. Doch seine Augen, die waren so hell, so grün und nett, dass sie am liebsten hineingekrochen wäre.

«Äh … danke», stotterte sie und starrte ratlos in die grünen Untiefen.

Der Riese starrte zurück, gab aber keinen Ton von sich, sondern fixierte sie, als müsse er in ihrem Gesicht die Fehler eines Original-und-Fälschung-Suchbildes ausfindig machen. Entweder war er kurzsichtig, dachte sie, oder er rätselte über den Genpool, aus dem ihre norddeutsch-italienischen Eltern sich bei ihrer Produktion etwas willkürlich bedient hatten: Nachtschwarze Augen, weißblonde Haare und dazu eine Nase wie Pinocchio waren vielleicht nicht die beste Idee gewesen. Aber es hätte durchaus schlimmer kommen können.

«Hallo», sagte sie und bewegte die Hand, die der Mann noch immer umklammert hielt. Da reagierte er endlich und ließ ein Lächeln auf sie los, das ihr eines deutlich vor Augen führte: Das Leben war ungerecht. Denn welcher Mann hatte es verdient, neben moosgrünen Augen auch noch über ein solches Lächeln zu verfügen? Einem, das Steine erweichen konnte. Ganz zu schweigen von den Knien fünfunddreißigjähriger Internistinnen – was Janne nicht unwesentlich erboste.

«Sprechen Sie auch, oder beschränken Sie sich in Ihren Lebensäußerungen aufs Anstarren fremder Frauen?», rumpelte sie.

Er verzog keine Miene. «Normalerweise starre ich lieber nur», antwortete er. «Aber wenn es nicht anders geht ... Leon Bloom – hallo.»

Er reichte ihr die Hand, die sie etwas zögerlich ergriff, weil bei seinem Namen in ihrem Kopf etwas klingelte – ungut klingelte –, so als sei er die Erwachsenenausgabe des fiesen kleinen Möpps, der ihr in der zweiten Klasse immer das Bein gestellt hatte. Und vielleicht war das der Grund für das, was sie sich später kaum erklären konnte ... Jedenfalls stellte sie sich jetzt, ohne lange zu überlegen, mit ihrem zweiten Vornamen und dem Familiennamen ihres Vaters vor, auch wenn das klang, als entstamme sie einer sizilianischen Zirkusdynastie.

«Maria Monterubbianesi.»

Leon Bloom, das musste man ihm lassen, grinste nicht, verzog nicht mal das Gesicht, was sonst der Mindeststandard war, wenn Leute diesen Familiennamen hörten. Er verneigte lediglich seinen recht imposanten Oberkörper, den er wahrscheinlich beim Fechten oder ähnlich feudalen Sportarten trainierte, zu einer halben Verbeugung. Janne fühlte sich allmählich wie in Staffel eins von *Downton Abbey*.

«Nun, liebe Frau Monte... und so weiter, entschuldigen Sie, mein Italienisch ist etwas eingerostet», nahm er die Unterhaltung wieder auf, und erneut fiel ihr in seiner Aussprache ein minimaler Akzent auf. «Nachdem wir das hinter uns gebracht haben, können wir ja zum angenehmen Teil des Abends übergehen. Darf ich Ihnen ein Glas Wein holen, oder wollen Sie sogleich wieder zum Hürdenlauf über die Marmorlöwen ansetzen?»

«Sie haben hier also schon die ganze Zeit gestanden?», fragte sie rein rhetorisch.

Er nickte. Janne versuchte, das relativ kaltblütig zu verdauen. Der Mann hatte sie also in dem sie umwabernden Kürbiskostüm zweimal über eine Steinstatue stolpern und dann im Herrenhausmatsch versinken sehen. Aber was soll's, passiert halt mal, dachte sie. Dann aber durchzuckte sie ein seltsamer Gedanke.

«Und woher wussten Sie, dass das mein Rucksack ist?»

Er schwieg einen Moment, dann sagte er: «Wissen Sie, Sie waren recht auffällig, als Sie vorhin ankamen.»

Ihre Wangen wechselten jäh die Farbe. «Der Kürbis», murmelte sie.

«Ja, der auch ... aber vor allem Sie», erwiderte er und drehte sich, bevor sie den Mund wieder zumachen konnte, in Richtung Haus. «Ich hole uns was zu trinken. Nicht ... well ... nicht wegrollen, ja?»

Janne verdrehte die Augen und tat, als würde sie umfallen.

Leon Bloom pfiff leise und murmelte: «Ich bringe Ihnen wohl besser nur einen Orangensaft.»

Dann lief er mit langen Schritten Richtung Haus, während Janne vor Kälte bibbernd auf der Terrasse herumhüpfte wie ein wild gewordener Laubfrosch im Kürbiskostüm.

«Hier», sagte Leon Bloom wenige Minuten später und reichte Janne ein Glas Rotwein. «Tasmanisch. Keine Ahnung, wie der schmeckt. Aber tasmanisch passt zu Ihnen. Sie kennen doch diese kleinen Tiere, die immer so fauchen. Teuflisch.»

«Vielen Dank, Herr Bloom. Und nur zu Ihrer Information, Tasmanische Teufel haben spitze kleine Zähne.»

Er hob die linke Augenbraue und grinste. «Ich werd's mir merken. Und ich habe hier übrigens noch was für Sie.»

Über seinem linken Arm hing etwas Jackenartiges aus blauem Wollstoff.

«Wie wär's? Es ist entsetzlich kalt hier draußen, und das Sie umgebende Gemüse sieht nicht sehr wärmend aus.»

Janne zögerte. Aber dann erkannte sie, dass sie sich ohnehin kaum noch lächerlicher machen konnte als sowieso schon, und bat: «Würden Sie sich bitte mal umdrehen?»

«Gern, aber es plaudert sich gemeinhin netter, wenn man sich dabei ansieht.»

«Blödeln Sie jetzt nicht rum, ich erfriere. Aber bevor ich da reinkann, muss ich hier raus.» Sie deutete auf den Kürbis.

Die grünen Augen glitzerten. «Oh, ich verstehe, ein Gemüsestrip. Schade, so was hab ich noch nie gesehen. Aber die Nummer können Sie bestimmt mal im Varieté anbie...»

«Umdrehen!»

Sie entledigte sich des Kürbis-Reifrocks und wickelte sich in Leon Blooms riesigen Dufflecoat, der nach Landhaus, einem herben Aftershave und ein wenig nach nassem Hund roch.

«Wie heißt Ihr Hund?», fragte sie.

Er drehte sich um. «Godzilla, wieso?»

«Godzilla? Ein japanisches Monster hatte ich hier nicht herausgerochen.»

«Ihre Nase ist völlig in Ordnung. Mein Hund *ist* ein Monster.» Er betrachtete sie, legte den Kopf ein wenig schief. «Ohne die Gemüsedeko sehen Sie ein bisschen verhungert aus. Wollen wir was essen gehen?»

Janne legte den Kopf ebenfalls zur Seite und blickte schief, aber sehr genau zurück. Dann wippte sie mit dem Kinn in Richtung der hell erleuchteten Burghalle. «Zu essen gibt es da drin ja eigentlich genug. Und müssen Sie nicht wieder zu den Smokingmännchen und Havannas rauchen?»

«Das können die auch bestens ohne mich.»

Er schnappte sich das Kürbiskostüm und wies in Richtung des Parkplatzes. «Mein Wagen steht dort drüben, aber ich warne Sie, Godzilla saß heute Morgen auf dem Beifahrersitz.»

«Lieber Nasser-Hund-Parfüm als weiter ein Kürbis sein.»

* * *

Sie fuhren über schwach beleuchtete Vorortstraßen, was Janne Gelegenheit bot, Godzillas Herrchen unbemerkt zu beobachten. Dachte sie jedenfalls.

«Und? How am I doing? Mau, lau oder geht gar nicht?», erkundigte er sich höflich.

«Kann mich noch nicht entscheiden, aber wenn Sie still sind, gefallen Sie mir entschieden besser.»

Sie meinte, ihn lächeln zu hören.

«Ja, gemeinhin versuche ich, das Sprechen zu vermeiden – eine Entscheidung, der einschlägige Erfahrungen vorangegangen sind. Ich würde es trotzdem gern wissen.»

«Was?»

«Ob ich Ihr Typ bin.»

Sie zog eine Grimasse und gab ein «Umpf» von sich.

«Was?», fragte Leon.

«Sagen Sie jetzt bloß nicht, dass Sie auf Frauen stehen, die als Gemüse auf Cocktailpartys rumgeistern.»

«Doch, im Allgemeinen schon. Allerdings bevorzuge ich Damen, die sich als Salatgurken oder Radieschen tarnen.»

Janne grinste verstohlen.

«Kommen Sie, das war lustig.»

Janne machte noch mal «Umpf» und blickte zum Fenster hinaus. Er war Richtung Reutlingen gefahren, und je näher sie der Innenstadt kamen, desto mehr erinnerte die Stadt an einen Hexenkessel. Vor vielen Häusern flackerten Fackeln. Von den Straßen stieg weißer Nebel auf.

«Schauen Sie, Höllenfeuer», sagte Mr Godzilla, was Janne mit einem verwirrten «Haha» quittierte. Mittlerweile fragte sie sich, was in dem tasmanischen Wein gewesen war, den sie getrunken hatte. Denn sie waren fast an einem der Wahrzeichen Reutlingens angelangt – dem mittelalterlichen Tübinger Tor, das als Teil der alten Stadtmauer gebaut worden war. Doch nun, gut siebenhundertfünfzig Jahre später, ragte dort etwas empor, was die früheren Torwächter wahrscheinlich in Höllenängste versetzt hätte: eine gut drei Meter hohe schneeweiße Pappmaschee-Eule, die würdevoll mit den Augen klimperte.

«Nicht schlecht», murmelte Leon Bloom, der die Eule ebenfalls entdeckt hatte. Er steuerte sein schwarzes Antikmobil rechts ran und stellte den Motor aus. «Dieses Auto hat vierzig Jahre Londoner Stadtverkehr überlebt, aber ich glaube, bei magischen Riesenvögeln möchte es passen. Wollen wir uns das zu Fuß ansehen?»

Das war eine Art Halloweenparty auf offener Straße – inklusive tanzender Skelette und Blutorangenpunsch. Halb Reutlingen schien unterwegs zu sein und beklatschte die Maskierten, die hier wie eine Best-of-Harry-Potter-Armee durch die Straßen zogen: Hexen, Kobolde, Zauberer, singende Bäume, kreischende Kürbisse – und eine ganze Meute blasser Vampire, die den Punsch verteilten.

Leon und Janne schlenderten durch die Straßen und staunten. Und lachten. Und warfen sich dabei Blicke zu.

Lächelnde, forschende, ein wenig angespannte Blicke. Und je länger Janne in dieses Gesicht mit dem stets etwas amüsiert wirkenden Ausdruck schaute, desto mehr blubberte es in ihr. Es fühlte sich an, als habe jemand Sprudel in sie hineingegossen und dann die gute alte Janne – diese vernünftige, zielgerichtete «Ich-kümmer-mich-drum-Frau» – genommen und durch einen Lady-Gaga-Klon ersetzt. Ihr war plötzlich danach, in ihren orangegelben Kürbispuschen auf die Stadtmauer zu klettern und zu tanzen. Und vielleicht auch zu singen. Ja, vielleicht auch das.

Doch bevor es so weit kommen konnte, schaltete sich der Verursacher des Ganzen ein und fragte an, ob er Janne und den Kürbis einladen dürfe. Dabei wies er auf ein Trattoriaschild auf der anderen Straßenseite, wo es «die beste Pasta nördlich von Mailand» gebe.

«Schwäbische Pasta?», fragte Janne mit Skepsis im Ton, obwohl sie zweifelsohne auch geröstete Insektenbeine mit ihm gegessen hätte. Doch der Blick in das Fenster der Trattoria schien ihrer etwas gemäßigten Begeisterung durchaus recht zu geben: Verstaubtes Plastikweinlaub rankte sich um zwei Fischernetze, aus denen ihr drei Plastikbarsche sehr unwirsch entgegenstierten.

«Hier?» Ihre linke Braue schob sich Richtung Haaransatz.

«Exakt. Es wird Ihnen gefallen. Viel junges Gemüse.»

«Sieht eher nach einer Valpolicella-Abfüllstation aus.»

«Gemach, meine Liebe, Sie wissen doch: Abseits vom Ruhme und Markte begibt sich alles Große.»

«Shakespeare?»

«Nein, Ihr Landsmann. Nietzsche.»

«Sie mögen Nietzsche?»

«Nein, ich zitiere ihn nur, um Frauen in heruntergekommene Kneipen zu zerren.»

Janne grinste. «Aber der gute alte William und Sie sind Landsmänner, ja?»

Er blinzelte ein paarmal und neigte den Kopf zur Seite, als habe er die Frage nicht verstanden. «Well ... sort of ... Können wir jetzt da reingehen?»

* * *

Das Lokal war von innen fast noch hässlicher als von außen. Italien-Poster wellten sich von den Wänden und zeigten Capris Blaue Grotte in verblasstem Siebzigerjahre-Agfacolor. An den Lampen über den Tischen baumelten kleine Plastikboote mit Playmobil-Gondoliere darin. Und als wäre das nicht schon schlimm genug, röhrten Al Bano und Romina Power nun auch noch *Felicità* aus den nur monumental zu nennenden Boxen in den Ecken. Janne sah sich gerade ratlos zu Leon um, als ein kleiner dicker Mann mit Glatze auf diesen zuschoss und ihn anstrahlte, als sei er der Messias.

«Leonito», stammelte der Mann und schnaufte vor Glück, während er ihm mit seiner rundlichen Hand auf dem Arm rumpatschte. Dann fiel sein Blick auf Janne. Mit der Zielsicherheit des sizilianischen Familienmannes erkannte Il Padrone die fünfzig Prozent ihrer romanischen Gene. Eine Flut italienischer Entzückenslaute schwappte in ihr Mittelohr, während Leon sie dezent an ihm vorbei zu einem kleinen Tisch in der Ecke bugsierte.

«Da wären wir also», sagte er, nachdem sie sich gesetzt hatten, und fummelte an seinem Hemdkragen herum.

Janne nickte und bestätigte ihm, dass sie in der Tat also hier seien.

Bevor ihre Unterhaltung weitere Höhepunkte erklimmen konnte, hievte Il Padrone schnaufend eine Tafel heran. Auf die hatte jemand die Gerichte des Tages gekrakelt. Es waren zwei: pesce con patate und carne con patate. Mit unnötigen Details gab man sich hier offenbar nicht ab. Leon studierte die Tafel trotzdem, als gälte es, altsumerische Schriftzeichen zu entschlüsseln. Dann vertiefte er sich, offenbar unzufrieden mit dem Angebot, mit dem Padrone in ein Fachgespräch über Basilikum-Malfatti. Das gab Janne Zeit, die Situation zu überdenken.

Sie saß also nach dem denkbar miesesten Samstag dieses Jahres plötzlich mit einem charmanten Typen, der aussah wie ein dekorativ gealterter Ryan Gosling, in einem italienischen Restaurant und ließ sich von ihm eine Portion fettiger Teigwaren bestellen. Zehn Punkte für die Dramaturgie. Minus zwei für die Pasta. Sie trug einen nach Hund stinkenden blauen Wollmantel und darunter einen blunafarbenen Gymnastikanzug. Noch mal minus zwei. Mr Godzilla starrte sie trotzdem an, als sei sie die wiederauferstandene Mae West. Plus sieben.

«Hm, eigentlich eine ordentliche Bilanz», hörte sie Ella im Geiste sagen, «und eine Oase der Hoffnung in der staubtrockenen Wüste deines Singledaseins. Also, worauf wartest du noch?»

Janne grinste und dachte daran, wie sie Ella kennengelernt hatte. Es war im fünften Semester gewesen. Sie hatte im Morgengrauen auf einer Parkbank gesessen und mit einer Flasche lauwarmem Prosecco gefeiert – den ultimativen Tiefpunkt im Tal der Peinlichkeiten, durch das sie ihre amouröse Versuchsreihe in jenem Sommer geführt hatte. Ella war erst an ihr vorbeigejoggt – ein kanariengelb gewandetes Energiebündel –, dann aber umgekehrt und hatte sich mit einem «Krieg ich 'nen Schluck?» neben sie auf die Parkbank fallen lassen. Seitdem waren sie unzertrennlich: die verschlossene Janne und die Queen of Dermatology, wie ihre Kommilitonen die umtriebige Ella nannten. Und das war auch so geblieben, als Konrad auftauchte. Im Grunde führten sie eine platonische Ehe zu dritt, und Janne fragte sich gerade, was Konrad wohl zu Mr Godzilla sagen würde, als der fertig mit dem Bestellen war und ein Lächeln über den Tisch warf.

Und das war keineswegs eines von der netten Deppensorte, die sich sorglos in die Gegend streuen lassen. Nein, dieses Lächeln war ein Profi. Es arbeitete sich langsam und systematisch von den Mundwinkeln zu den Augen vor und hatte nur einen Sinn und Zweck: Mus zu machen aus einem vernünftigen Frauenhirn. Es verfehlte nicht seine Wirkung.

Hatte es noch so etwas wie Widerstand in Janne gegeben, so schmolz er nun vollends dahin. Ihr Herz begann zu klopfen, bis hoch in den Hals. Sie nahm jedenfalls an, dass es ihr Herz war. Es hatte sich noch nie so aufgeführt. Ihre Finger schienen ebenfalls etwas neben der Spur zu sein. Statt sich brav an einem Stück Weißbrot festzuhalten, hatten sie nichts Besseres zu tun, als auf dem Tischtuch langsam Richtung Mitte zu robben. Dorthin, wo eine Schneekugel mit dem Schiefen Turm von Pisa stand. Schneite es jemals in Pisa?, fragte jener Teil ihres Gehirns, der noch ansprechbar war. Doch als ihre Hand angekommen war und pro forma an dem Schneekugeldings herumdrehte, war es schnell vorbei mit klaren Gedanken. Denn sie traf dort – nicht wirklich überraschend – auf Leons Hand, die sich an der anderen Seite von Pisa zu schaffen machte.

Sie hörte auch, dass er etwas sagte. Mit dieser Stimme, die alles noch schlimmer machte: nett, tief, ein bisschen brummig, aber mit kleinen Kieksern zwischendurch. Es klang, als würde er sich permanent über etwas amüsieren – wie ein Mensch, der nichts im Leben zu ernst nahm, sich selbst am allerwenigsten. Wie angenehm, dachte sie. Und seufzte schon wieder.

«Frau Monte... usw.?»

Mist, er hatte ernsthaft was gefragt. Janne improvisierte.

«Finde ich auch.»

«Ach ja?» Leon lachte. «Geben Sie es zu, Sie haben mir gar nicht zugehört.»

«I... ich», stotterte Janne und merkte, wie ihre Wangen hochrot wurden. Herrgott, spielte eigentlich ihr komplettes Innenleben verrückt? «Sorry, ich habe wirklich nicht zugehört», trat sie die Flucht nach vorn an. «Was sagten Sie?»

«Oh, ich erging mich in allgemeinen Betrachtungen über die Schönheit Ihrer Hände, setzte dann an zu einer Eloge über das kristallklare Blitzen Ihrer Augen –»

«Sie», unterbrach Janne ihn nun mit Nachdruck, «sind ein ausgemachter Quatschkopf.»

«Aber Sie mögen mich.»

«Ist das eine Frage?»

«Ich hoffe nicht.»

Janne lachte, schüttelte den Kopf. «Sind Sie manchmal auch ernst?»

Leon hob seine freie Hand an die Brust, als sei er tödlich getroffen, flüsterte dann wie zu einem unsichtbaren Nachbarn: «Sie vermisst den Ernst in meiner Rede. Oh, was soll ich tun, sprich, großer ... shucks, I am lost.» Er strahlte sie an. «Was heißt fool auf Deutsch?»

Janne überlegte. «Narr, denke ich.»

Leon nickte. «Und ein fool-consultant wäre dann ein Narrenberater, yes? Also das, was ich brauche, meine ich?»

Janne lachte immer noch, spürte, wie ihre Anspannung wich. «Warum können Sie eigentlich so gut Deutsch?»

«Ich bin eben ein Genie.»

«Sie sind», sie wedelte mit der Hand, «ach, was rede ich.»

«Ziemlich gaga, I know. Das sagt mein Bruder auch immer. Aber wenn Sie's wirklich wissen wollen: Meine Mutter ist Deutsche. Englisch habe ich quasi erst mit vier beim Kicken auf der Straße gelernt.»

«Und Ihr Vater ist Engländer?»

Er blinzelte, schwieg einen Moment. Janne nippte an ihrem Pinot grigio und ließ noch einmal Schnee auf Plastik-Pisa rieseln.

«Sie sind ganz schön neugierig, oder?», sagte er schließlich.

Janne zuckte die Schultern. «Das Vorrecht der Ärzte – man kann prima Leute ausfragen.»

Leons Blick wurde aufmerksam. «Sie sind Ärztin?»

«Im Moment nicht», sagte sie. «Im Moment bin ich ein Kürbis.»

«Touché», erwiderte Leon und strahlte sie weiter an.

Ihr Herzmuskel bekam schon wieder Schnappatmung und pollerte gegen ihre Rippen. Zum Glück kamen in diesem Moment die Malfatti, sodass sämtliche Hände und Herzen am Tisch erst einmal beschäftigt waren und Janne Zeit hatte, ihre Fassung wiederzugewinnen – oder was davon noch übrig war. Natürlich war ihr klar, warum ihre Hände kalt waren, ihr Magen wie zugenäht und ihr Gehirn sich anstellte, als habe es noch nie zuvor ein Exemplar der Gattung Mann getroffen.

Doch irgendetwas war anders als sonst bei einem netten Flirt. Anders an diesem Abend. Oder an diesem Mann. Und niemand hätte darüber verwirrter sein können als Janne selbst. Denn es gab in ihrem Leben eigentlich nur dreierlei, was wirklich wichtig war: ihre Mutter, ihren Bruder Ben und die Medizin. Wirklich verliebt hatte sie sich mit ihren fünfunddreißig Jahren noch nie – und fand die Begegnung mit einer neuen Bazille meist aufregender als jedes Blind Date. Das mochte genetisch sein, immerhin hatte sie schon als Kind ihre Stofftiere seziert. Aber genauer betrachtet, lag es wohl einfach an einem Mangel an Möglichkeiten.

«Du blockst, Robo-Doc, schlimmer als ein Bullterrier», schimpfte Ella immer, wenn Janne wieder einmal einen ihrer Kuppelversuche durchkreuzt hatte. Aber offenbar, dachte sie, während sie sich jetzt redlich bemühte, nicht ständig wie ein schwachsinniger Lore-Roman-Klon in Leon Blooms Augen zu starren, braucht es einfach nur die richtige Motivation.

«Und Sie arbeiten hier auf dem Land?», fragte die Motivation gerade.

Janne nickte. «Drüben in Pfaffingen, Allgemeinarztpraxis.»

Leon pfiff zweimal. «Landärztin also: viel Arbeit sowie jede Menge Sodbrennen und eingewachsene Fußnägel, richtig?»

«Und Warzen. Viele Warzen an Stellen, die man sich nicht vorstellen könnte.»

«Mögen Sie ins Detail gehen?»

«Ich versichere Ihnen, das möchten Sie nicht», murmelte Janne mit Grabesmiene.

«Wie viele Patienten haben Sie denn?»

«Meist über tausend im Quartal.»

«Im Ernst?» Leon hob das Glas und prostete ihr zu. «Auf Sie und Ihren Idealismus.»

Janne winkte ab. «Normale Härte. Landärzte machen eben viele Facharztsachen mit – die Vorsorge für Kinder etwa, auch internistisch im Prinzip das ganze Spektrum. Letzte Woche kam jemand mit Lungenembolie. Ich kann Ihnen sagen, ich war noch nie so dankbar, dass es Rettungshubschrauber gibt.»

Leon kniff leicht die Augen zusammen. «Und ich schätze mal, die Pfaffinger sind ziemlich dankbar, dass es Sie gibt. Wie nennen die Sie? Mutter Teresa?»

Janne grinste. «Nö, Meckerle.»

«Waaaas?»

Janne erzählte ihm von Bruno, seiner Mutter und dem Besuch bei den Straubingers.

«Einen Kuddl wie an Ochs, ja?», wiederholte Leon ungläubig. Sie kicherten beide, dann legte er den Kopf schief. «Aber richtig Feierabend hat man nie in so einer Praxis, oder?»

Janne zuckte die Schultern. «Nö, aber dafür das Gefühl, Ärztin zu sein und nicht nur Überweisungsscheine auszufüllen.»

Leon stutzte, sah sie einen Moment so eindringlich und ernst an, dass es sie fast erschreckte. Irgendetwas, dachte sie plötzlich, steckt da hinter all der Heiterkeit. Und dass sie es gern erfahren würde, das dachte sie auch. «Und wie lange machen Sie das schon?», fragte er nach einer Pause.

«Ein knappes Jahr. Auch wenn es mir länger vorkommt.»

«Ist das gut oder schlecht?» Er stützte das Gesicht in beide Hände, sah sie neugierig an.

Janne überlegte. Eigentlich wusste sie das selbst nicht so genau. Sie wusste nur, dass sie ihre Entscheidung bisher nicht bereut hatte. Leon nickte, als sie das in Worte fasste, ein kleines, kaum merkliches Lächeln in den Augen.

«Es ist schön, wie Sie das sagen.»

«Warum?»

«Vielleicht beneide ich Sie einfach.» Er starrte einen Moment vor sich hin und wurde plötzlich rot, als habe sie ihn bei etwas ertappt. Dann rieb er sich die Nase, setzte sich auf. «Noch ein Dessert? Das Tiramisu ist hier wirklich sensationell.»

Janne blickte ihn forschend an. «Und was tun Sie so, wenn Sie», Janne sah an sich herunter, auf das Grellorange ihres Oberkörpers, «nicht gerade auf Halloweenpartys als Fluchthelfer für medizinisches Personal agieren?»

Er verbeugte sich leicht. «Immer noch meine vornehmste Pflicht, schließlich bin ich Vorstand des Vereins Kürbisse in Not e. V.»

Janne grinste breit und wartete, ob noch etwas kam. Tat es aber nicht.

«Sie haben vorhin übrigens meine Frage nicht beantwortet», wechselte er das Thema.

«Was wollten Sie wissen?»

«Ob ich Ihr Typ bin.»

Janne verdrehte die Augen. «Sind Sie Casting-Agent bei *Bauer sucht Frau* oder so?»

Leon feixte. «Nein. Einfach maßlos neugierig.»

«Sie erinnern mich an meinen Bruder.»

«Das ist nett, aber passt nicht ganz in meinen Plan.»

«Und der wäre?»

«Wir essen jetzt schön, und dabei sind Sie von meinem

dampfplaudernden Charme so verzaubert, dass Sie mir in mein Zweizimmerapartment folgen, wo wir eine unvergessliche Nacht verbringen, während Godzilla auf dem Flur das Kürbiskostüm zerknault. Und morgen früh willigen Sie ein, meine Frau und die Mutter meiner sieben Kinder zu werden und mich für den Rest unseres gemeinsamen Lebens mindestens einmal pro Woche mit einem neuen Gemüse-Negligé zu betören.»

Janne lächelte. «Sie sind sehr präzise in Ihren Plänen. Aber müssen es gleich sieben Kinder sein?»

Leon lächelte zurück. Das Roger-Moore-Lächeln, das er, seit er elf war, vor einem Spiegel in Downtown-Liverpool trainiert hatte. Und wahrscheinlich hätte er noch weitaus mehr getan in dieser Nacht, hätte es nicht plötzlich einen schrillen Schrei gegeben.

Es war eine Frauenstimme, die «Dr. Bloomdale» durch das Restaurant und dabei selbst Pavarotti übertönte, der nun statt Al Bano aus den alten Lautsprechern röhrte. Drei Sekunden später rauschte eine Mittfünfzigerin an ihren Tisch, deren Styling unsensible Menschen wohl überladen genannt hätten – um ihre Augen funkelte es in Fifty-Shades-of-Glitzer, und die schiere Menge ihres Silberschmucks hätte es locker mit den Lametta-Vorräten ganz Reutlingens aufnehmen können. Die Frau unter dem ganzen Budenzauber aber wirkte so freundlich und nett, dass Janne sich das Grinsen verkniff und einfach weiter ihre Basilikum-Malfatti kaute. Denn noch hatte ihr Gehirn nicht geschaltet, sondern säuselte ständig weiter: «Ist er nicht witzig?» oder «Schau doch, das Grübchen». Erst als Miss Weihnachtsbaum nun behände Konversation machte, immer wieder vom «Institut» sprach und davon, dass «der gute Doktor» ihr

Leben verändert hätte, und Leon immer nervösere Seitenblicke auf Janne warf – da dämmerte es ihr. Mit der Subtilität eines Schlagbohrhammers.

Aber natürlich. *Doktor* Leon Bloomdale. Wie konnte sie nur so blöd sein. Statt sich aufzuführen wie ein umnachtetes Erdferkel beim Paarungstanz, hätte sie einfach nur einen Moment nachdenken müssen. Einen klitzekleinen. Dann wäre sie schon darauf gekommen. Obwohl der Mann wie sie selbst nur seinen halben Namen genannt hatte. Aber so was vergisst man doch nicht. Leon Bloomdale. Der Mann, der vor sechs Jahren noch Vollbart samt Woody-Allen-Brille getragen und mindestens zwanzig Kilo mehr gewogen hatte. Zwar hatte sie ihn damals nur einmal gesehen, und das in einem mehr als seltsamen Bewerbungsgespräch – trotzdem konnte sie es nicht fassen. Sie hatte den Mistkerl nicht wiedererkannt, der ihren beruflichen Lebenstraum in Stücke gerissen hatte: Dr. Leon Bloomdale, Leiter eines der renommiertesten psychologischen Institute Deutschlands. Und der Mann, der vor sechs Jahren entschieden hatte, Janne das Stipendium, das schon zum Greifen nahe gewesen war, nicht zu geben.

4

Leon betrachtete ihr Gesicht. Diese seltsame Mischung aus Kobold und Mona Lisa, die ihn vom ersten Moment an fasziniert hatte. Schon damals, als sie sich so umständlich wie die Prinzessin auf der Erbse – oder zumindest dem, was er sich darunter vorstellte, Leon Bloomdale war kein besonders poetischer Mensch – zur Bewerberrunde in seinem Büro niedergelassen hatte. Sechs Jahre war es her, doch er hatte sie sofort erkannt. Trotz des Kürbisses. Oder gerade deshalb. Die Mischung war einfach zu auffallend. Die große Schwanenfrau und dazu ein Kostüm, das an Albernheit schwer zu überbieten war – allenfalls noch von seinem Bruder Jim, der letztes Jahr als Cheeseburger gegangen war.

Sie hatte dunkle Augen. Grau oder braun, er konnte sich nicht entscheiden. Das Problem war auch, dass diese Augen sich jetzt zusammenkniffen und ihn ansahen, als wäre er eine Ausgeburt des Teufels. Offenbar wusste sie nun wieder, wer er war. Und es schien ihr wenig Freude zu bereiten.

«Sie wussten die ganze Zeit, wer ich bin», sagte sie tonlos. Es war keine Frage, sondern eine Feststellung.

«Frau Helmkamp-Monte-und-so-weiter», setzte er an, und hätte seine Stimme Beine gehabt, wäre diese jetzt reumütig vor ihr auf die Knie gegangen. Doch Janne würdigte ihn keines weiteren Blickes. Sie machte eine Art Stoppzeichen mit der Hand, stand auf, legte zwanzig Euro auf den Tisch und nahm ihre Jacke.

«Auf Wiedersehen», sagte sie noch freundlich zu Elsie, dem Weihnachtsbaum, dann rauschte sie hinaus. Elsie war eine seiner früheren Patientinnen und sah aus, als würde sie gleich den nächsten Persönlichkeitskollaps erleiden.

«Hab ich was Falsches –?», fragte sie und hob verschämt die Hand vor den Mund wie eine Dreijährige, die den Familienhund mit Mamas Schminke eingepinselt hat.

«Nein, Frau Huber, es ist alles in Ordnung», beruhigte Leon und verfiel automatisch in jene harmonisch brummende Tonlage, die Teil seines Erfolgs als Therapeut gewesen war.

«Du brauchst nur *Hänschen klein* zu singen, dann fallen die Leute selig lächelnd in Trance», sagte sein Bruder Jim, der mit dem Cheeseburger, immer. Jimmy war ebenfalls Psychologe – ein Familienfluch. Er hatte aber zu seinem ewigen Verdruss von einer boshaften Fee nebst einer Grizzlybärenstatur – ein weiterer Familienfluch – nur eine helle Fistelstimme in die Wiege gelegt bekommen.

Mit der näselte er sich in Liverpool durch seine Arbeit als Polizeipsychologe, während sein großer Bruder die Stadt bereits vor mehr als zwanzig Jahren verlassen hatte.

Zwanzig war Leon gewesen, als er mit ausgelatschten Turnschuhen, einem Rucksack voll Marmite und einem Kopf voller Ideen nach Tübingen gekommen war. Das Marmite – eine Art Maggipaste, die Briten sich sogar aufs Frühstücksei schmieren – war nach drei Monaten alle, die Ideen nicht. Leon Bloomdale und sein brillantes Hirn machten schnell Karriere im deutschen Bildungssystem. Seine etwas exzentrische Art wurde als charmant angesehen und sein verblüffender Instinkt für menschliche Befindlichkeiten als wundersame Gabe in einem jungen Mann, der wie ein Nerd aussah. Bereits mit Mitte dreißig war Leon Leiter eines renommierten Lehrinstituts für tiefenpsychologische Ausbildung. Wenn er Fotos aus dieser Zeit sah, musste er immer zwanghaft grinsen. Was für ein fetter, altkluger Wicht er gewesen war. Heute war er ein nicht mehr so fetter, eher alter als kluger Wicht – und meilenweit von dem entfernt, was er seine «Hornbrillenjahre» nannte. Zumindest dachte er das, bis er sie gesehen hatte: Janne Maria Helmkamp, die Frau, die für ihn der Anfang vom Ende gewesen war – dem Ende seiner Karriere als Institutsleiter. Und auch deshalb hatte er nicht vor, sie so leicht davonkommen zu lassen.

* * *

Bis Janne zu Hause war, hatte sie bereits vier WhatsApps von Ella bekommen. Aus denen sprangen ihr jede Menge Ausrufezeichen und küssende Emojis entgegen sowie die Frage: «Wer war der fesche Typ, mit dem du vorhin abgezogen bist?»

Janne musste grinsen. Trotz allem. «Fesch» war im Moment wirklich die letzte Vokabel, die sie für Leon Bloomdale verwendet hätte. Ihr war da mehr nach «Flachpfeife» oder … ach, eigentlich wollte sie am liebsten überhaupt nicht mehr an ihn denken. Nicht an seine klugen Augen oder die leicht trotzige Linie seiner Oberlippe, nicht an den Moment, als er ihre von den Malfatti noch ganz fettige Hand genommen hatte. Daran schon gar nicht.

Sie war noch immer fassungslos, ihn nicht erkannt zu haben. Andererseits hatte sie ihn damals vor sechs Jahren nur eine knappe Stunde lang gesehen. Und das aus gut drei Meter Entfernung über einen Konferenztisch hinweg. Ihre Gedanken wanderten, sie konnte es nicht verhindern. Preschten unweigerlich zurück zu jenem Vormittag, den sie hatte vergessen, verdrängen, aus dem Protokoll streichen wollen, der aber wie mit Sekundenkleber festgeleimt schien in ihrer persönlichen «Hall of Fame schrecklicher Momente».

Dabei hatte sich alles so gut angelassen. Es war *die* Chance gewesen. Ein Stipendium für die wahnwitzig teure Ausbildung zur ärztlichen Psychotherapeutin zu ergattern und so das zu erlangen, was sie sich immer gewünscht hatte: die Kompetenz zu haben, Menschen ganzheitlich und nicht nur körperlich behandeln zu können.

Mit zwei Mitbewerbern war sie beim Auswahlverfahren in die letzte Runde gekommen. Dort hatte sie dann den gewünschten kurzen Vortrag gehalten, und alles war bestens gelaufen: Sie sprach, ohne zu stocken, tipptopp getaktet, ein paar Witzchen, jede Menge starke Thesen. Das Stipendium war ihr so gut wie sicher. Dachte sie zumindest. Bis zu dem Moment, in dem der wuchtige, bärtige Typ mit der Nerdbrille, der sich als Leon Bloomdale vorgestellt hatte, seinen beiden Kolleginnen etwas zugeflüstert und mit dem Kinn in eine Ecke des Raums gewiesen hatte. Die beiden Damen hatten etwas konsterniert, fast ärgerlich gewirkt, doch Mr Superbart schien das Sagen zu haben. Janne wurde hinübergebeten in jene Ecke, wo sie auf einem Tischchen die dunklen Kleckselbilder eines Rorschachtests vorgelegt bekam.

Was sie daran so aus dem Konzept gebracht hatte? Sie wusste es bis heute nicht. Nur dass sie schlimmer herumgestammelt hatte als eine Dreijährige. Und das gleich beim Anblick der ersten dunklen Kleckselei mit ihrer seltsamen Fledermausform. Es war, als würde etwas nach ihr greifen. Eine eiserne Hand, wie ein Faustschlag ins Bewusstsein. Ihr wurde heiß und kalt zugleich und die Luft plötzlich knapp.

Der Raum begann zu tanzen, zu trudeln, verengte sich, bis ihr kalte Schweißperlen in den Kragen krochen.

Als drei Wochen später die Mitteilung kam, dass sie das Stipendium nicht erhalten hatte, war sie wütend, aber nicht überrascht. Und vielleicht hätte sie das Geld für die Ausbildung dann auch ohne Stipendium auftreiben können – wäre da nicht der Kommentar gewesen. Jener Kommentar, den Leon Bloomdale als Begründung seiner Ablehnung in ihre Unterlagen geschrieben hatte.

Sie hatte es herausbekommen. Über Ecken, Kanten und Kontakte. Von einer früheren Sekretärin der Klinik, die jetzt in dem Institut arbeitete, hatte sie schließlich sogar ein Handyfoto erhalten. «Unter Provokation dissoziative Symptome, parathym anmutende Mimik, PTBS?», stand da. In seiner schwungvollen Ich-bin-der-König-der-Welt-Handschrift mit den runden Punkten über dem «i».

PTBS. Posttraumatische Belastungsstörung. Sie hatte keine Ahnung, wie er darauf kam. Natürlich war sie angesichts der blöden Kleckselbilder kurzzeitig etwas aus der Fassung geraten. Warum auch immer, wie auch immer. Doch eine Belastungsstörung? Sie? Die klinikweit immer als Stein in der Brandung gegolten hatte? Dr. Magic – die Frau mit den Nerven aus Stahl? «Keiner ist so cool wie Doc Janne», sagte Konrad doch immer. *Absurd.*

Also hatte sie versucht, es einfach zu ignorieren, abzuschütteln – ja sogar, es aufzuschreiben und im Spülbecken zu verbrennen. Doch alles, was es ihr gebracht hatte, war ein angesengtes Spültuch. Es schien, als habe Leon Bloomdale ein Urteil über sie verhängt. Eines, dem sie nicht entkommen konnte – auch wenn Konrad und Ella alles gaben, um sie vom Gegenteil zu überzeugen.

«Mensch, Janne, du weißt doch genau, wie das ist: Der eine Psycho sagt dies, der andere das komplette Gegenteil. Weißt du noch, diese junge Frau mit dem Zahlentick, die mal in die Notaufnahme kam? Die hat Professor Moss als zwangsneurotisch und die Hinsch dann später als hochbegabt eingestuft. Die haben halt keine Blutbilder, mit denen sie testen können. Und dein kleiner Psychonerd hier, der hat wahrscheinlich einfach Probleme mit Autorität.»

«Klein ist er nun wirklich nicht. Und was soll das heißen – er hat Probleme mit Autorität?»

Ella hatte nur wissend gelächelt. «Janni-Schatz, hast du dich eigentlich schon mal öffentlich sprechen hören? Wenn du so richtig in Fahrt kommst, stehen selbst die Topfpflanzen stramm.»

Janne hatte sie angesehen, als sei sie nicht ganz richtig im Kopf.

Doch auch Konrad hatte genickt und beteuert: «Wir lieben dich trotzdem.»

Wirklich zerstreuen konnten die beiden Jannes massive Zweifel trotzdem nicht. Jene Zweifel, jene leise Frage, die sich wohl jedes Kind psychisch kranker Eltern irgendwann stellt: «Was, wenn ich auch?»

Was, flüsterten ihre Ängste seit damals, *was, wenn Leon Bloomdale einfach mehr sehen konnte als andere? Was, wenn er recht hatte, und irgendetwas stimmte nicht mit ihr?*

Warum eigentlich wollte sie unbedingt die Ausbildung zur Psychologin machen? Nicht vielleicht doch aus dem denkbar idiotischsten Grund: um etwas heil zu machen, das nicht zu heilen war – ihre Kindheit, die keine gewesen war?

Sie schluckte und trat ans Fenster, um sich abzulenken.

Aber sie hatte die Rechnung ohne den Himmel über Pfaffingen gemacht. Hier wurden nachts die Straßenlaternen ausgestellt und so die Bühne bereitet für die große Sternenshow. Die blinkten und leuchteten jetzt nur so um die Wette. Janne öffnete das Fenster, legte den Kopf in den Nacken, schaute himmelwärts. Und nichts hätte sie zuverlässiger zurücktragen, nichts sie schneller wieder Kind sein lassen können als die Stille der Nacht, die sie jetzt umgab, unterbrochen einzig vom leisen Kichern der Sterne. So jedenfalls hatte sie es als Kind immer gesagt: die kichern, die Sterne. Damals, als die Welt noch in Ordnung – nein, das nicht –, aber ihre Welt gewesen war.

* * *

Janne Maria Helmkamp war neun Jahre alt, als ihr endgültig klar wurde, dass mit ihrer Mutter etwas nicht stimmte. Andere Mütter trugen keine violetten Federboas, wenn sie zur Arbeit fuhren. Sie gingen auch nicht mit ihren Kindern morgens um acht in einen Supermarkt und kauften für zweihundert Euro Schokoladenriegel, Eis und Champagner. Andere Mütter wussten, wann ihre Kinder Geburtstag, ob sie bereits Mumps oder Masern gehabt oder eine beste Freundin hatten. Jannes Mutter wusste all das oft nicht. Aber sie wusste, wie man selbst Himbeerbonbons machte und wo die schönsten Schmetterlinge wohnten. Und sie wusste, wo um wie viel Uhr nachts der Große Bär steht und wohin man fahren musste, um ihn besser sehen zu können.

Eines Abends, es war im Spätherbst 1990, hatte sie Janne und ihren dreijährigen Bruder Benjamin dann einfach aus ihren Betten geholt, in ihre alte grüne Ente gesetzt und war mit ihnen losgefahren – Janne auf dem Beifahrersitz, Ben hinten im Kindersitz, sein Plüschschwein im Arm. Sie brauchten fast drei Stunden. Die Straßen waren so kurz nach der Wende noch in miserablem Zustand. Die Ente ratterte mit knapp hundertzehn Stundenkilometern darüber, ihre Scheinwerfer auf den dunklen Straßen kaum mehr als eine Taschenlampe. Etwa gegen ein Uhr morgens waren sie da: im Naturpark Westhavelland westlich von Berlin. Um Sterne zu gucken. Jannes Mutter hatte irgendwo gelesen, dass dies eines der dunkelsten Gebiete Deutschlands sei. Und sie hatte recht.

Janne würde nie vergessen, wie sie ankamen. Der Weg endete einfach, und sie mussten stehen bleiben. Ihre Mutter schaltete den Motor aus, dann das Licht, und es wurde stockfinster. Dank des Halbmondes konnten sie gerade noch ein paar Umrisse erkennen. Vor ihnen lag ein offenes Feld, umsäumt von hohen Tannen, die wie haarige Spargel in den Himmel ragten. Jannes Mutter hatte natürlich nicht daran gedacht, eine Taschenlampe mitzunehmen. Sie dachte nie an etwas, wenn sie eine ihrer Ideen überkam.

«Aussteigen», verkündete sie, doch Benjamin schlief tief und fest in seinem Kinderstuhl.

«Dann bleibt er eben hier», sagte sie, zuckte die Schultern.

Als sie losgingen, schloss sie das Auto nicht ab. Noch Jahre später hatte Janne zuweilen Albträume, was ihrem kleinen Bruder alles hätte passieren können. Denn sie hatte damals nichts gesagt. Aus Angst, die Stimmung zu zerstören. So viel wusste sie schließlich bereits als Neunjährige: Wenn Mama «an» war, wie Janne es für sich nannte, konnte die kleinste Irritation sie völlig aus der Bahn werfen. Sie wurde zornig oder redete noch schneller und wirrer. Oder – und das fürchtete Janne noch mehr – sie ging «aus», sackte von einem Moment zum anderen in sich zusammen. In nachtschwarzer Verzweiflung.

«Janne, komm schon», rief die Mutter jetzt und stapfte los. Das Kind stolperte hinterher, konnte kaum Schritt halten. Sie lief und lief – und sang. Seemannslieder, die Beatles, Opernarien, *Hänschen klein*. Jannes Mutter sang lautstark in die Stille der brandenburgischen Nacht. Manchmal hörte Janne dazwischen ein Käuzchen rufen, dann dicht neben ihnen etwas rascheln, einmal etwas laut und lang gezogen heulen.

«Mama, gibt es hier Wölfe?», fragte sie.

Ihre Mutter lachte. Lang und schrill. «Nein, Dummerchen, Wölfe gibt's bei uns nur noch im Märchen.»

Nach etwa einer halben Stunde erreichten sie ihr Ziel – einen alten verlassenen Aussichtsturm. Er war gesperrt. Doch ihre Mutter schob mit einem Schulterzucken die Kette samt Warnschild zur Seite. Dann nahm sie Janne an die Hand und zerrte sie hinter sich her durch die Eingangstür in das Innere des Turms, in dem es nach jahrzehntealtem Moder und Hundepipi roch.

Die Mutter ließ ihr Feuerzeug aufzippen, und sie sahen, dass sich eine rostige Eisentreppe nach oben wand. Das Geländer war kaputt und an mehreren Stellen aus der Wandhalterung gebrochen. Niemand hätte hier hinaufgehen sollen, schon gar nicht nachts um halb zwei. Janne spürte einen Kloß im Hals und musste ein Geräusch gemacht haben, vielleicht ein leises Wimmern. Ihre Mutter ließ das Feuerzeug ausgehen, drehte sich um und schnarrte etwas unwirsch in die finstere Stille: «Was ist? Du wirst doch jetzt nicht weinen, oder? Unser Abenteuer geht doch gerade erst los. Oder hätte ich dich besser im Auto lassen sollen wie den kleinen Wurm?»

«Er heißt Benjamin, Mama.»

Janne hasste es, wenn sie ihn so nannte. Sie tat es nur, wenn sie «an» war – so wie damals, als er gerade zur Welt gekommen war und Mama mit ihr an der Hand zum Kinderzimmer der Wochenstation gerannt war.

«Guck mal, Janne, das Würmchen ist ganz rot im Gesicht», hatte sie gesagt. Und dann hatte erst die Schwester kommen und ihn ihr an die Brust legen müssen, bis sie begriff, was der kleine Benjamin brauchte.

Ihre Mutter ließ das Feuerzeug erneut aufflammen und begann die abbruchreife, zum Teil von Pflanzen überwucherte Treppe zu erklimmen. Sie blickte sich nicht einmal um. Janne tappte hinterher, ein gellendes Surren in den Ohren. Das hatte sie manchmal. Als ob in ihr ein kleines Murmeltier lebte, das bei Gefahr Alarm pfiff.

Der Aufstieg schien ihr endlos. Als sie viele Jahre später, an einem hellen Frühlingstag, noch einmal zu dem alten Turm fuhr, fühlte es sich an wie ein Déjà-vu – nur falsch herum. Denn nichts an der lichten Wiese mit den gelben Butterblumen, nichts an dem malerischen alten Gemäuer erinnerte auch nur entfernt an den Horror ihrer Kindheit. Trotzdem war ihr klar, dass sie schon einmal dort gewesen war, dass sie als Neunjährige angstschweißgebadet diese zerfallenen Treppen emporgeklettert war – im Schlepptau einer Frau, die in einer anderen Welt lebte. In einer Parallelwelt, in der ihre Hirnchemie wochen- oder auch monatelang Walpurgisnacht feierte. Es sei wie eine schillernde Wolke, so hatte sie Jahre später einmal zu Janne gesagt. Eine Wolke, die einen davontrage, höher und höher, doch dann, von einem Moment auf den anderen, ins Nichts fallen lasse.

Aber all das wusste sie als Kind noch nicht. Niemand wusste das damals. Mit großer Klarheit spürte Janne in jener Nacht nur, dass es nicht richtig war, dass sie nachts um zwei auf einen verlassenen Turm irgendwo im Nirgendwo steigen musste – obwohl sie am nächsten Morgen um acht in der Schule sein sollte.

Als sie oben ankamen, war Janne durchgeschwitzt und zitterte. Ihre Mutter nahm ihre Hand und zog sie zu den Überresten einer Bank. Sie setzten sich, ihre Mutter legte den Arm um sie, und sie blickten nach oben – in den nachtschwarzen Himmel, an dem die Sterne blitzten und funkelten, als habe jemand Sternenpolitur aufgetragen und kräftig gewienert. Es schienen Milliarden zu sein. Ein ganzes Sternenmeer.

«Ein Wunder», murmelte ihre Mutter, «ein Wunder erster Klasse. Mit denen zweiter Klasse wollen wir uns gar nicht erst abgeben, nicht, meine Kleine?»

Sie streichelte Janne liebevoll die Wange und erklärte ihr, wie sie den Großen Bären finden konnte: erst den Großen Wagen suchen – sieben hell blinkende Sterne, drei davon bilden die markante Deichsel.

«Schau, Janne, hier», der Zeigefinger ihrer Mutter schwirrte durch die Luft und zeigte ihr genau, wohin sie gucken sollte.

«Und hier, wenn du von den hinteren beiden Sternen eine fünffache Verlängerung nach oben ziehst, landest du bei ihm: beim Master of the Universe.»

Janne spürte ihr Lächeln. «Der Polarstern», flüsterte sie und schmiegte sich an die Mutter. Sie waren so selten. Die

Momente, in denen sie sie in den Arm nahm. Mit ihr sprach, etwas erklärte, so wie andere Eltern – oder zumindest die Eltern, die Janne aus dem Fernsehen kannte.

«Alles dreht sich um ihn», fuhr ihre Mutter fort, ihre Stimme wurde schneller, sprudeliger. «Er geht nie weg, verändert seine Position nicht. Fixstern nennt man das, und für die alten Wikinger war er so wichtig wie für uns die Straßenschilder. Wenn die nachts nach oben schauten, dann sahen sie wie wir Tausende von Sternen. Aber nur einer von ihnen konnte immer sagen, wo ihre Heimat war. Erinnerst du dich nicht, was Asterix gemacht hat, als er zu den Normannen wollte?»

Janne schüttelte den Kopf. Ihre Mutter liebte *Asterix & Obelix*. Sie hatte ihr die Comics schon als Kleinkind vorgelesen.

«Er hat natürlich Miraculix gefragt! Und was hat der gesagt? Also zumindest in der Filmversion?»

Ihre Mutter sprang auf, breitete die Arme aus und brummte mit tiefer Stimme: «Beim Teutates, das ist einfach – folgt dem Nordstern!»

Janne kicherte, trotz allem, und versuchte, nicht an Benny zu denken, der allein im Auto irgendwo im Dunkeln saß.

Ihre Mutter drehte sich derweil und lachte in den Himmel, dann begann sie wieder zu singen: «Und es blitzten die Sterne …» Eine Arie aus *Tosca*.

Sie sang wunderschön, obwohl die Arie eigentlich für einen Tenor geschrieben ist. Aber nicht umsonst hatte Marina Helmkamp einst als aufgehender Stern am Opernhimmel gegolten.

Dann aber, nur zwei Jahre nach einem fulminanten Debüt in der Bremer Glocke, hatte der aufgehende Stern einen absteigenden, fünfzehn Jahre älteren Konzertpianisten getroffen und war schwanger geworden.

«Dann bist du gekommen – und alles ist anders geworden», so hatte sie immer zu Janne gesagt. Bis ihre Tochter alt genug war, mehr zu verstehen. Bis sie das Wort bipolare Störung das erste Mal hörte und später in einem Ratgeber las: «Nach einer Geburt besteht für Frauen das höchste Lebenszeitrisiko, eine bipolare Störung zu entwickeln.»

Sie war also quasi schuld, dass Mama so war, wie sie war. Das dachte sie schon als Kind, das verbot sie sich zu denken als Jugendliche, das fühlte sie bis heute.

Ihre Mutter beendete die Arie mit einem leise verklingenden Mollton. Janne klatschte in die Hände. Ihre Mutter verbeugte sich in alle Richtungen, lachte – dieses leicht hicksende, schrille Gelächter, das Janne immer unangenehm war.

Einmal war Marina zum Turnfest von Jannes Grundschule gekommen. Zunächst war alles gut gegangen. Marina hatte sich mit den Lehrern und anderen Eltern unterhalten, hatte geklatscht und die Turnkinder angefeuert und sogar ihre überdimensionierte Sonnenbrille abgenommen. Dann aber, als Janne beim 1000-Meter-Lauf als Erste durchs Ziel ging, war auch Marina losgelaufen. Hatte johlend die Arme ausgebreitet und sich auf Janne gestürzt, die noch ganz außer Atem war. Hatte sie abgeküsst und gerufen, immer wieder, gellend laut: *Meine Tochter ist die Beste. Ist sie nicht die Größte, meine Tochter?* Und dann hatte sie gelacht – ihr typisches schrilles Lachen – minutenlang, ohne auch nur einen Moment lang wahrzunehmen, dass die umstehenden Eltern und Lehrer betreten guckten und die anderen Kinder kicherten.

In den Folgejahren hatte Janne jedes Mal Bauchschmerzen vorgeschoben, wenn Turnfest war.

Auch jetzt lachte ihre Mutter, brach aber irgendwann ab – so abrupt, als hätte jemand den Ausknopf gedrückt. Dann setzte sie sich neben Janne und schwieg. Sie legte auch nicht den Arm um ihre Tochter. Marina Helmkamp, geschiedene Monterubbianesi, kippte vom gloriosen Moment ihrer Bühnendarstellung in die unfassbare Hölle einer tiefen Depression – und konnte nichts dagegen tun. Sie konnte nur weinen und sich von ihrer neunjährigen Tochter trösten lassen. Nachts um halb drei in der brandenburgischen Einöde. Unten heulte wieder der Wolf. Und die kleine Janne betete. Betete zu dem Gott, an den sie noch glaubte, dass ihr Bruder Ben noch schlafen möge. Allein in einer grünen Ente im Nirgendwo von irgendwo.

* * *

Jetzt, fast dreißig Jahre später, betete Janne nicht mehr. Sie starrte weiter auf die Sterne über Pfaffingen, in deren Mitte kugelrund der Mond prangte. Doch er sah blass aus und milchig, wie zu oft gewaschen. Schau an, Mister Nebelmond, dachte Janne. Davon hatte sie neulich im Dorfblättchen gelesen. Dass die Bauern früher eigene Namen kannten für den Vollmond in jedem einzelnen Monat. Den Wonnemond im Mai, den Wolfsmond im Januar und im November eben …

Nebelmond.

Nebelmond. Schatten, die uns treiben … hallte es durch ihren Kopf. Oh Gott. Nun sang sie schon Schlager. Aber immerhin, Juliane Werding. Und die zumindest war immer etwas anders gewesen. So hatte es ihre Mutter gesagt: «Die Juliane, die ist wie ich – immer etwas anders.»

Nur wanderte Juliane Werding wohl nicht mit ihren Kindern nachts um zwei durch die brandenburgische Pampa, dachte Janne. Oder liegt tagelang auf dem Sofa. Mit Nebel im Kopf. So nannte ihre Mutter die Phasen, wenn sie in eine Depression kippte – als wenn dichter Nebel aufzöge.

Nebelmond. Nebelmond. Schatten, die uns treiben. Der Refrain hallte weiter durch ihren Kopf, blieb einfach hängen, als hätte er noch etwas zu sagen. Hatte er das? Janne schüttelte sich, richtete sich dann gerade auf. So wie sie es immer getan hatte. *Jannilein, unser kleiner Roboter. Funktioniert immer.* Das hatte ihre Mutter stets gesagt, und dann hatte sie gelacht. Wieder einmal. Janne aber hatte die Schultern gezuckt und das Mittagessen gekocht. Janne eben, die Vernünftige, die ewige große Schwester.

Und genauso hatte sie Jahrzehnte später das getan, was ihr das einzig Logische schien: Als Dr. Leon Bloomdale ihr den Lebenstraum vermasselt hatte, da hatte sie den Lebenstraum genommen und zu den Akten gelegt und dort weitergemacht, wo sie eben war – auf einer Oberarztstelle im Krankenhaus. Sicher nichts, worüber man sich grämen müsste. Trotzdem hatte sie weitergeackert, weiter und immer weiter. Ein zweiter Facharzt in Allgemeinmedizin, dazu Zusatzausbildungen in Palliativmedizin und Naturheilkunde.

«Du bist geradezu lächerlich überqualifiziert für so ziemlich alles», meinte Ella oft, «den Ausknopf müssen wir bei dir noch finden, Robo-Doc.»

Daran dachte Janne jetzt, als Ellas fünfte WhatsApp eintraf: «Na, schon wieder am Arbeiten?»

Vielleicht war es das, was sie an den vergangenen Stunden mit Leon Bloomdale am meisten irritierte: dass sie einfach alles andere vergessen hatte. Die Patienten. Die Forschung. Ihre Mutter. Und Benny, selbst Benny. Sie hatte nicht einmal auf ihr Handy gesehen. Nicht ein einziges Mal in … es mussten fast vier Stunden gewesen sein.

Sie setzte sich auf ihr Sofa, löschte das Licht bis auf einen Teelichtleuchter und trank ihren Spezialmix aus Melissentee, Baldrian- und Lavendeltinktur – den «Calm-down-Höllenshake», wie ihr Bruder gerne lästerte: «Wer sich da nicht entspannt, ist schon tot.»

Ach, Benny … doch an genau den wollte sie jetzt eigentlich nicht denken. Nicht an seine WhatsApp mit den blöden Schafen. Nicht an die Frage, was verdammt er nun auch noch in Indien wollte. Und ganz gewiss nicht an sein liebes, weiches Gesicht, das sie noch an den kleinen Jungen von damals erinnerte. Den, der stundenlang mit Pinky, seinem Plüschschwein, im Arm bei ihrer Mutter auf dem Sofa ausgeharrt hatte.

Wenn Mama depressiv war, hatten Wochen vergehen können, in denen sie kaum aufstand. Ob Janne morgens zur Schule ging oder mittags zurückkam: Mama lag auf dem Sofa, schlief oder starrte ins Nichts. Der kleine Benjamin aber saß still bei ihr, streichelte ihre Hand oder las ihr aus Bilderbüchern vor, obwohl er noch nicht lesen konnte. Und diese Erinnerung war es, dieses Bild, wie der Vierjährige mit seiner hellen Kinderstimme Geschichten zusammenfabulierte und dabei, den Blick unverwandt auf ihr Gesicht gerichtet, die Hand seiner Mutter hielt, das war es, was Janne manchmal noch heute die Luft zum Atmen nahm, sie fast erstickte. Es war das Gefühl blanker Hilflosigkeit, das ihre Kindheit durchzogen hatte wie ein glühender roter Faden.

Sie und ihr Bruder hätten damals alles getan, um ihrer

Mutter ein Lächeln, ein Wort oder überhaupt eine Reaktion zu entlocken. *Doch ein depressiver Mensch,* dachte Janne jetzt, *kann nicht reagieren, kann seine Kinder einfach nicht «beantworten» – da ist einfach nur Leere in ihm, ein dunkles graues Nichts, das alles verschlingt und nichts übrig lässt. Nicht das kleinste bisschen. Nicht mal eine Hand, die einem kleinen Jungen über das Haar zu streichen vermag.*

Das Teelicht verlosch, Janne starrte noch eine Weile in die Dunkelheit. Dann sank sie zur Seite, rollte sich zusammen und schlief ein. In ihrem orangen Gymnastikanzug, von dem ihr noch immer eine dezente Duftnote in die Nase stieg – nach Godzilla, dem nassen Monsterhund.

5

«Und du hast was?», fragte Ella gerade gefühlt zum fünften Mal. Es war der nächste Morgen, und Janne hatte nicht mal Zeit gehabt, einen Kaffee zu kochen, bevor die beste, aber auch neugierigste aller Freundinnen ihre Telefonleitung belagerte.

«Du hast ihn einfach da sitzen lassen? Ernsthaft? Nur weil er dich ein bisschen angeflunkert hat?»

Janne seufzte, versuchte, innerlich bis zehn zu zählen, scheiterte aber schon bei fünf.

«Ella, er hat mich angelogen. Und außerdem, sollte es dir entgangen sein: Es gibt Wichtigeres als Männer.»

«Ja? Was? Den Weltfrieden?» Ella klang wirklich erstaunt.

Janne seufzte weiter, Ella kicherte.

«Jannilein, ist ja gut. Ich erstarre nur in Ehrfurcht, dass du einen Mann, der dir quer durch einen matschigen Schlosspark nachläuft, rührende Anträge macht, während du in einem Kürbiskostüm steckst, und zudem noch einen Smoking zu tragen vermag, ohne wie ein Pinguin auszusehen … ja, dass du so einen einfach abblitzen lässt. Chapeau, Madame!»

«Der Mann ist Engländer. Die werden bereits bei der Geburt mit Dinnerjacket angeliefert. Und woher weißt du eigentlich so genau, wie Leon Bloomdale aussieht?»

Ella summte wissend. «Ach, Süße, so was entgeht einem doch nicht, vor allem dann, wenn der Rest der männlichen

Partygäste kaum noch eigene Haare, geschweige denn Zähne hat.»

Janne verzog das Gesicht. Eines, das wortlos «Meine-Freundin-hat-ein-Männerbild-wie-Wilma-Feuerstein» verkündete. Und während sie immer noch grinsend den Kopf schüttelte, wanderte ihr müder Blick durchs Zimmer und stoppte abrupt, als sie die bunten Post-its wahrnahm. Sie klebten am Fernseher, am Bücherregal, an eigentlich jedem verfügbaren Möbelstück. Sie stöhnte leise. Der Prozess! Wie hatte sie den vergessen können?

«Haaaallooo? Alles in Ordnung da drüben?», rief Ella in die Stille.

«Na ja, geht so. Du weißt doch, in zwei Wochen ist der Prozess, und ich muss noch ...»

«Das. Ist. Nicht. Dein. Ernst.» Ella klang plötzlich gar nicht mehr fröhlich.

Jannes Stimme stockte. «Ich ... glaube nicht, dass ich darüber jetzt diskutieren möchte.»

«Er ist dein Großvater, verdammt noch mal!»

«Tja, wir haben alle unser Päckchen zu tragen.»

«Janne!» Ellas Stimme röhrte mit etwa zwanzig Ausrufezeichen durchs Telefon, denn mindestens genauso oft hatten sie das Thema Opa schon diskutiert. «Meine Güte. Du kannst doch nicht wirklich deinen eigenen Großvater vors Gericht zerren. Wegen eines albernen Werbe-Claims. Ganz abgesehen davon, dass der Mann ... wie alt? ... na ja, auf jeden Fall weit über achtzig ist. Ich dachte, das läuft auf einen Vergleich hinaus oder so was. Das müsste doch reichen, um dem Alten mal ein Schnippchen zu schlagen. Nicht?»

Janne sprang auf, tigerte mit dem Handy am Ohr durchs Zimmer. «Mir ist noch nie etwas so ernst gewesen, Ella! Der

Mann hat meine Kindheit auf dem Gewissen und die meiner Mutter gleich dazu.»

Es blieb eine Weile still am anderen Ende. Janne war inzwischen stehen geblieben und starrte auf ein Poster an der Wand. Es war Teil ihrer Kampagne für den Gerichtsprozess und zeigte eine Hand mit einer weißen Fahne, die sich aus einem Berg von Schokoriegeln, Coladosen und Gummibärchen streckte. «Hilfe, ich sitze in der Zuckerfalle», stand auf der Fahne. In Ketchup-Rot.

«Du machst es dir schon irgendwie einfach mit deinen Urteilen … Ich meine, außer Schwarz oder Weiß gibt's da nicht viel, oder?», schallte es aus dem Telefon.

Janne hätte das Gerät beinahe auf den Boden gepfeffert. Stattdessen hielt sie es möglichst weit von sich und fing wieder an zu zählen. Nein, sie würde sich nicht aufregen. Eins, zwei … Nein, sie würde … Drei, vier …

«Ich mein ja nur», fuhr Ella fort. «Klar, der Mann hat dich und Benny damals von deiner Mutter weggeholt, und das fandest du mit elf natürlich nicht so prickelnd. Aber, hey, die Frau ist bipolar, vielleicht … Janne? Hallo? Janne?»

Ella starrte auf den Telefonhörer in ihrer Hand, dann zu Konrad, der gerade einen Knopf annähte.

«Sie. Hat. Aufgelegt.»

Konrad hob den Kopf und nickte stumm.

«Sonst hast du nichts dazu zu sagen?»

«Beste Ehefrau von allen, ich müsste schon megabescheuert sein, um zu einem Disput zwischen Janne und dir eine Meinung abzugeben. Und ich möchte hiermit deutlich darauf hinweisen, dass ich nicht bescheuert bin.»

«Phh», machte Ella und stapfte in die Küche, um sich einen Bananenshake zu machen. Mit Extrazucker.

Vierzig Kilometer weiter östlich legte Janne das Handy zur Seite und nagte an ihrer Unterlippe. Manchmal würde sie Ella am liebsten schütteln. Wie einen Obstbaum. Damit der Groschen endlich fiel. Damit sie endlich verstand, dass das hier – sie zupfte ein paar der bunten Post-its von den Möbeln – etwas anderes war. Etwas, dem man nicht mit tollen Tipps aus einem von Ellas «Achtsam-Zähne-putzen»-Seminaren beikommen konnte.

Bis heute klang sie ihr in den Ohren, die dröhnende Stimme ihres Großvaters, als sei es gestern gewesen und nicht vor mehr als zwanzig Jahren in dem noch nach frischer Farbe riechenden Designerkinderzimmer, in dem man sie deponiert hatte.

«Deine Mutter kann nicht mehr auf euch aufpassen, Janne. Sie gehört in eine Anstalt.» Das hatte die Stimme gesagt.

Eine Anstalt.

Zorn flammte in ihr auf, lichterloh.

Nein, Ella verstand das nicht. Konnte es nicht verstehen. Ella mit ihren Bilderbucheltern. Wie es ist, wenn alles zerbricht. Wenn alles nichts hilft. Weil alle mächtiger sind als du mit deinen elf Jahren und sie einfach über dich entscheiden. Wie viele Male hatte sie den Satz damals gehört: «Es ist das Beste so.»

Niemand fragt eine Elfjährige, dachte sie. Niemand. Auch nicht, wenn sie jahrelang allein für alles verantwortlich war: die weinende Mutter. Den weinenden Bruder. Die Blicke der Nachbarn. Das Einkaufen. Das Mittagessen. Das Aufräumen, wenn Mama wieder einmal …

Janne biss weiter auf ihrer Lippe herum, kochte aber endlich Kaffee, fuhr den Laptop hoch und tat für die nächsten

Stunden das, was sie immer am besten beruhigte: Fachtexte lesen, Gedanken dazu ordnen und formulieren.

Gegen zwölf war sie fertig und klickte auf Senden. Eine Mail an Dr. Schneider, den Anwalt, der sie im Prozess vertreten sollte. Oder vielmehr die von ihr gegründete NGO «Kraut & Lügen – Aktion ehrliches Essen».

Gegründet hatte sie diese vor zwei Jahren. Eigentlich aus einer Laune heraus, abends beim Viertele gemeinsam mit einem Kollegen. Mittlerweile aber war es ihr Ernst. Je mehr sie sich mit der Thematik befasste, desto wichtiger fand sie das Ziel der NGO: auf wissenschaftlicher Basis gegen falsche «Health-Claims» vorzugehen. Also gegen all die wundersamen Gesundheitsversprechen, die Lebensmittelhersteller so gern auf ihre bunten Packungen druckten.

Vor ein paar Monaten hatten sie einen ersten großen Erfolg gehabt: Ein Traubenzuckerfabrikant, der seine Ware mit den Worten «Das weiße Gold für deine Muskeln» bewarb, hatte seine Kampagne stoppen müssen. Konrad meinte damals zwar, das Gericht hätte schlicht aus audioästhetischen Gründen entschieden – da der Spruch selbst für Werber-Maßstäbe ausnehmend blöd sei. Janne und ihr Hauptmitstreiter – ein Proktologe namens Gerd – aber hatten sich tagelang gegenseitig auf die Schultern geklopft und dann gleich begonnen, die nächste Kampagne vorzubereiten. Dieses Mal eine, die auf einen weit größeren Fisch abzielen sollte: das Kinderdessert «Monster-Puddi», in Quietschrosa und Giftgrün meliert seit Jahren ein Bestseller im Kühlregal. Das Problem an der Sache: Sein Hersteller warb für den Pamps mit den Worten «Hol dir die gesunden Monster-Vitamine!» – was Janne und ihr Mitstreiter für nicht tragbar hielten. Das eigentliche, dem bestürzten Gerd erst sehr viel später transparent werdende Problem aber war: Besagter Hersteller war die süddeutsche Tochterfirma von niemand anderem als Paul Johann Helmkamp – Jannes Großvater.

Und so würde Janne ihn nun also vor Gericht bringen. Vor das Landgericht in Memmingen, genauer gesagt. Und ja, wegen eines albernen Werbe-Claims. Egal. Das war sie sich einfach schuldig, fand sie. Sich und auch ihr. Der kleinen Göre mit der Zahnspange und der lila Kinderbrille.

Manchmal spürte sie sie noch immer in sich, die Wut der Elfjährigen. Völlig aus dem Nichts konnte sie in ihr explodieren wie ein Silvesterknaller und fraß dann einfach alles auf. Alles, was Vernunft und die Jahre an Verständnis gebracht hatten. Manchmal dachte sie selbst, dass es nicht gut war. So viel Wut mit sich herumzutragen. Doch dann schob sie den Gedanken schnell wieder von sich.

So wie jetzt ihren Laptop, während sie mit den verspannten Schultern wackelte und überlegte, was sie anfangen sollte mit dem restlichen Sonntag. Ein Blick aus dem Fenster bestätigte, was sie schon geahnt hatte: Es tröpfelte grau und kalt herunter, was die Pfaffinger «a Sauwetter» nannten. Joggen fiel also flach. Janne zuckte die Schultern, sie war sowieso zu schlapp. Kein Wunder nach dem gestrigen Abend.

Das aber war offenbar genau das Stichwort, auf das ihr Gehirn nur gewartet hatte. Statt grauer Alb und Grisselwetter sah Janne plötzlich den lächelnden Leon Bloomdale vor sich. Dann den ernsten Leon, den feixenden, den flirtenden, eigentlich sah sie Leon auf hundert verschiedene Arten, bis sie energisch «Stopp, Kopf, stopp» murmelte. «Sackgasse. Den Mann kannst du doch in der Pfeife rauchen.»

Ihr Gehirn wollte trotzdem nicht stoppen, ganz im Gegenteil. Einem übereifrigen Apportierhund gleich, schleppte es weitere Bilder an. Großaufnahmen von Mr Bloomdale und seinem vermaledeiten Lächeln. Ihr wurde abwechselnd warm, kalt und irgendwie komisch, als würde sie fallen. Langsam herunterfallen. Wie in einem dieser doofen Träume, die man gern im Morgengrauen hat. Aus denen man hochschreckt, sich kneift und versichert: Alles ist gut. Das Gefühl nun war ähnlich, nicht furchterregend, aber eben unkontrollierbar. Und wenn es etwas gab, das Janne nicht mochte, war es das: Gefühle, die sie weder verstehen noch kontrollieren konnte – die einfach alles durcheinanderbrachten. Davon hatte sie in ihrem Leben mehr als genug gehabt.

Also vielleicht doch ein bisschen Joggen? Am Ende nahm sie ihren gepunkteten Regenschirm und marschierte einfach los. Im Regen. Durch den Ort.

Niemand war unterwegs. Kein Wunder, es war Ende Oktober, Sonntagnachmittag und die Stimmung etwa so heiter wie die dunklen Wolkenbüschel, die sich über ihr zu gigantischen grauen Wattehüten in den Himmel schraubten.

Vom Dach des Handyshops nebenan pustete ein früher Plastikschneemann Seifenblasen in die kalte Herbstluft. Und gleich gegenüber, in dem alten Haus, an dem Janne noch ganz verblasst den Schriftzug «Kolonialwaren» erkennen konnte, arbeitete mittlerweile der IT-Service Bäuerle. So war es überall: Angestammte Läden verschwanden. Handwerk, das gute alte, war fast gar nicht mehr zu finden. Nur Ludwig Beurer, der etwas weiter die Straße hinauf die Pfaffinger Schuhe flickte, tat dies unverdrossen seit über fünfzig Jahren und würde es hoffentlich auch noch weiter tun.

Janne spürte, wie sich das alte Backsteinpflaster in ihre

Füße drückte und wie die trübe Stimmung des Herbsttages, das ständige *Platsch, Platsch* der Tropfen auf das Pflaster, ihre eigene nicht eben besser machte. Zumal jetzt auch noch rechts von ihr die Dorfkirche mit dem Friedhof auftauchte.

Sie wollte schnell daran vorbei, grüßte im Laufen einen Mann, der ihr bekannt vorkam – Bandscheibenvorfall, wenn sie sich nicht täuschte –, als sie auf dem Friedhof eine Gestalt bemerkte, die ebenfalls vertraut schien. Janne ging etwas näher, öffnete die Pforte und betrat den Kirchhof. Es war ein Mann, so viel konnte sie jetzt erkennen, mit langen grauen Haaren und einer Motorradlederjacke zur grünen Cordhose. Und das war eine Kombi, die in Pfaffingen ihres Wissens nur einer hinbekam: Bruno Häberle. Doch was machte er hier, an diesem verregneten Nachmittag? Aber ja, dachte Janne, natürlich. Seine Frau.

Sie wusste nicht viel darüber. Nur dass Patricia Häberle vor drei Jahren gestorben war. Pankreaskarzinom. Bauchspeicheldrüsenkrebs, eine der tödlichsten Krebsarten. Vier Monate waren ihnen nur geblieben, hatte Klara erzählt. Dann war Brunos Frau für immer eingeschlafen.

Und jetzt stand der Mann, der vierzig Jahre lang mit ihr verheiratet gewesen war, auf dem Friedhof und redete zu ihrem Grabstein. Jedenfalls sah es so aus, denn Bruno bewegte unablässig den Mund, auch wenn keine Laute herauskamen. Ein stummes Zwiegespräch, das Janne nicht stören mochte.

Sie wollte schon zurückgehen in Richtung Straße, als sie hörte, wie Bruno ihren Namen rief. Janne drehte sich um. Er kam näher, bis er direkt vor ihr stand.

«Was machst du denn hier, Meckerle? Ich dachte, sonntags stehst du immer in deinem Küchenlabor und mixt neue Medizin zusammen?»

«Nur im Frühjahr, Bruno. Ich brauche Knospen dafür. Und die sind ja gerade», sie blickte auf die kahlen Büsche ringsherum, «Mangelware.»

Bruno nickte, sagte aber nichts weiter. Eine kleine Stille entstand.

«Ich wollte nicht stören.»

«Hast du nicht. Ich habe meiner Frau sowieso gerade von dir erzählt und von unserem Besuch bei den Herners am Freitag.»

Janne verdrehte die Augen. «So ein Spinner.»

Bruno seufzte, und sie ergingen sich erneut und ausführlich darüber, wie ausnehmend bescheuert und kleingeistig Jakob Herner sei. Dann grinste Bruno plötzlich und wippte mit dem Kinn zu einem Grab hinüber.

«Kennst du eigentlich meinen Urgroßvater Helmut?»

Sie traten gemeinsam an das Grab, wo Helmut Häberle, Kommerzienrat, unter einer verwitterten Grabplatte «in Frieden ruhte», begleitet von seiner «liebenden Ehefrau Else».

«Und du? Hast du die beiden noch gekannt?», fragte Janne.

Bruno nickte. «Die alte Else zumindest, die ist fast neunzig geworden. Oma Toffifee.»

«Wie?»

«Na ja, das war auf ihre alten Tage ihr Hauptnahrungsmittel. Die waren damals gerade auf den Markt gekommen, und die Ahne war verrückt danach. Aber die Nüsse hat sie immer ausgespuckt. Die konnte sie nicht mehr beißen.»

Janne grinste. Sie gingen langsam weiter, trafen auf weitere Mitglieder von Brunos weit verzweigter Verwandtschaft, bis sie schließlich bei dem schlichten Sandstein ankamen, unter dem Patricia Häberle lag. Eine frische gelbe Rose stand davor.

«Rote fand sie immer langweilig», erklärte Bruno. Seine Stimme klang höher als sonst, er wischte ein verwelktes Blatt vom Stein.

«Es ist noch immer schwer, nicht wahr?», fragte Janne.

Seine Augen zuckten, er knetete die Hände ineinander. «Sie war halt mein Zuhause, weischt.»

Janne schluckte. Und wartete unter ihrem blau gepunkteten Regenschirm, im milchigen Licht der gerade angegangenen Friedhofslaternen, ob noch mehr käme. Mehr als dieser Satz, der in ihr widerhallte, von allen Ecken und Enden ihres sorgsam sortierten Innenlebens, bis er kaum noch hörbar war, aber durch eine Frage ersetzt wurde: *Wie es sich wohl anfühlte? Dieses Bei-jemandem-zu-Hause-Sein?*

Und dann sprach Bruno plötzlich doch noch weiter. Mit einer Stimme, die immer wieder abbrach, jedes Wort erst suchen musste und fast erstaunt klang darüber, wenn er es tatsächlich fand.

«Jeden Morgen ist mir eigentlich so, dass ich erst mal nicht aufstehen will», sagte er. «Weil sie nicht mehr da ist, mit ihrem Lachen. Sie hat so gern gelebt, weißt du? Und sie konnte es. Konnte es so gut … bis zuletzt.» Das letzte Wort flüsterte er nur noch.

Janne legte den Arm um ihn.

«Aber dann höre ich ihre Stimme», fuhr er fort und blickte auf den Stein mit dem schlichten Namenszug, «die mir sagt: ‹Bruno Häberle, krieg deinen faulen Hintern hoch!› – weischt, die Patricia war wie du, Meckerle, kein Blatt vor den Mund – ‹Also krieg deinen Hintern hoch und mach was aus dem Tag. Du bist hier unten noch nicht fertig.›»

«Klingt so, als wenn ich sie gern kennengelernt hätte», sagte Janne.

«Ihr hättet euch blendend verstanden», erwiderte Bruno und fügte mit einem Seitenblick hinzu. «Und ich hätte keine ruhige Minute mehr gehabt.»

Janne lachte. Langsam gingen sie zum Ausgang.

«Und weißt du», sagte Bruno noch. «Immer wenn mir grad alles zu viel ist, dann denk ich daran. Dass sie so gern noch Zeit gehabt hätte. Dass jeder Tag ein Geschenk ist, ein kleines Leben in sich.»

Janne nickte, zu gerührt, um etwas zu sagen. Sie hatte Bruno noch nie so viel am Stück sprechen hören. Und war sehr froh, dass auch sie ihren – wie hatte Patricia es genannt? – Hintern hochgekriegt und noch was aus dem Tag gemacht hatte. Zumal Bruno jetzt an seinem Kinn herumrieb, von einem Bein aufs andere trat und dann fragte: «Magscht vielleicht noch mit zu uns komme? Die Mutter hat saure Linsen mit Spätzle gemacht. Und die Würschtle kann sie ja einfach rausnehme für dich.»

Es wurde ein denkwürdiger Abend. Schließlich war Klara Häberle eine passionierte Arztserienguckerin, die seit der *Schwarzwaldklinik* eigentlich nichts verpasst hatte. Und wo sie nun so eine echte Ärztin mal so ganz privat vor sich sitzen hatte, gab es kein Halten mehr.

«Lass Janne auch mal essen, Mama», mahnte Bruno, als Klara über dem zweiten Teller auch noch wissen wollte, ob Janne schon mal selbst einen Kopf aufgesägt habe.

«Ich bin keine Chirurgin, Klara. Aber ich war schon mal dabei, und, ja, der Patient war tatsächlich bei Bewusstsein, da neurologische Tests durchgeführt wurden.»

«Sagenhaft», staunte Klara und häufte Janne die dritte Portion Linsen auf den Teller.

Die aß alles auf und erklärte dem Klärle dabei den Unterschied zwischen myeloischer und lymphatischer Leukämie – ein drängendes Problem der Ärzte bei «Emerschenssi Rum» am Abend zuvor. Dann spielten sie noch eine Runde Canasta, und Jannes Blick fiel auf ein großes gerahmtes Foto weiter hinten im Esszimmer.

«Darf ich?», fragte sie.

«Aber klar.» Klara winkte und entschwand in die Küche, um noch eine Dose «was Feines» aufzumachen, wie sie sagte.

Janne aber ging hinüber und besichtigte auf dem Foto an der Wand den etwa zwanzigjährigen Bruno, mit sehr viel weniger Kilos, aber dafür noch mehr Haaren und einer nietenbesetzten Schlaghose. Wirklich atemberaubend war die Schönheit der jungen Frau neben ihm, die strahlend in die Kamera lächelte unter einem riesigen Afro und so schwarz war wie Bruno weiß.

«Wir haben uns in der Kantine kennengelernt, damals, als ich Sani bei der Army war», erklärte Bruno, der neben sie getreten war.

«Und …? Und …?» Janne stolperte über ihre eigenen Worte und Gedanken.

«Es war erst mal nicht einfach, als ‹erste Negerin von Pfaffingen›, wie sie selbst immer sagte mit ihrem unverwüstlichen Humor. Aber irgendwann hatten sie sich an sie gewöhnt, die Pfaffinger. Und …», seine Stimme nahm wieder diese heisere Klangfarbe an, «… es war sowieso schlicht unmöglich, sie nicht zu mögen.»

Janne schluckte. Ihren Augen waren ein wenig feucht, sie

spürte ein Ziehen, eine vage Sehnsucht, auch wenn sie ihr nicht diesen Namen gab. Auch Bruno wischte sich die Augen, lächelte seiner Frau trotzdem noch einmal zu, bevor er Janne anstupste.

«Komm, der Pfirsich wartet, à la Melba.»

«Was?»

«Na, wenn die Mama was Feines macht –» Er wackelte mit den Augenbrauen. «Kochen gelernt hat sie eben in den Fünfzigern.»

«Autsch. Heilandzagg!», schallte es aus der Küche.

Klara Häberle kam ins Esszimmer, streckte einen blutenden Daumen von sich. «Bruno, hol mal die Pflaster.»

Janne führte sie zum Sofa, nahm eine Serviette vom Tisch und drückte sie fest auf den malträtierten Daumen. «Huihui, Klara, da hast du aber ganze Arbeit geleistet.»

«Die blöde Pfirsichdose, so was Dabbichs aber au.»

Bruno kam mit den Pflastern. «Soll ich?»

Janne verneinte. «Lieber noch ein bisschen Druck. Wegen der Blutverdünner, weißt du, Klara?»

Die nickte, lebte schon wieder merklich auf. «Das hat der Dr. Moreau – der bei den *Jungen Ärzten*, weischt? –, also der hat das auch gesagt. Allerdings ist der ja ganz ein fieser Typ, das kann ich dir sagen.»

Bruno stöhnte, Janne lachte. Und nachdem der Daumen desinfiziert und sorgfältig bepflastert worden war, aßen sie ihr Fünfzigerjahre-Dessert und spielten weiter Canasta.

Bis Janne schließlich um Mitternacht im Bett lag, war ihr zweierlei klar: Sie hatte nicht einmal mit der Wimper gezuckt, als sie Klaras Daumen versorgt hatte. Blut war also offenbar nicht das Problem gewesen bei ihrem Totalausfall am Freitagabend. Und sie würde Leon Bloomdale eine Mail schicken. Also wahrscheinlich jedenfalls. Na ja … vielleicht. Also bestimmt mal drüber nachdenken.

Vorm Zubettgehen hatte sie noch gegoogelt. Er war nicht mehr Institutsleiter. Er war überhaupt kein Leiter mehr, einfach nur Leon Bloomdale mit dem vermaledeiten Grinsen – und offenbar freier Psychologe und Vertrauenslehrer in einem Internat bei Ulm.

Vertrauen. *Gutes Stichwort,* dachte Janne noch, während sie die sanft schimmernden Plastiksterne über sich betrachtete. Was hatte Bruno gesagt? *Sie war halt mein Zuhause?* «Hmmm», machte Janne und vergrub den Kopf in ihr Kissen.

6

Zwei Tage später, Janne machte gerade ihre Fünf-Minuten-Verschnaufpause in der Sprechstunde, kam eine Freundschaftsanfrage auf Facebook. Sie hatte den Account längst abmelden wollen. Doch nun fragte kein anderer an als Leon. Bloomdale. Mit einem Profilbild, von dem ein Pfeife rauchendes Comic-Krokodil mit Sherlock-Holmes-Hut lächelte. Janne zögerte. Hatte Tumult im Kopf. Freude, Ärger, Neugier, Panik. Und überlegte, während sie wieder mal an ihren Lippen nagte, überlegte, wenn auch nur einen winzigen Moment lang, die begleitende Nachricht einfach zu löschen. Dann aber bemerkte sie in der Glasvitrine ihr Spiegelbild – eine Frau im weißen Arztkittel, das Stethoskop noch um den Hals – und sagte sich: *Jannilein, hör mal zu. Du bist fünfunddreißig Jahre alt und kannst, ohne mit der Wimper zu zucken, Spritzen in Leute stechen. Also wirst du ja wohl auch in der Lage sein, eine Facebooknachricht zu lesen. Na los, nun mach schon, Miss Hasenherz.* Ihre Hand klickte, sie beugte sich vor und begann zu lesen.

> Verehrte Frau Doktor Helmkamp,
> ich verstehe ja, dass Sie vergrätzt sind. (Ich hoffe, mein Wörterbuch lässt mich hier nicht im Stich – vergrätzt klingt nach einer Halskrankheit …?) Ich jedenfalls wäre es, wenn mich jemand so an der Nase herumgeführt hätte. Also bleibt mir erst einmal nur ein großes, ein dreifaches, aus der Tiefe meines schwarzen britischen Herzens kommendes: SORRY.

Doch ich will ehrlich sein: Wirklich bereuen tue ich es nicht. Denn was wäre, wenn ich Sie nicht herumgeführt hätte – weder an der Nase noch sonst wie – welch zauberhafter Abend wäre mir entgangen? Welch wunderbarer Rundgang durch den Herrenhausmoder (Matsch? I mean «mud» – crap, twenty five years in Germany and still ... still: no words!) und welch ein ... und schon fehlen sie erneut, die Worte. Denn der Abend war unbeschreiblich – und ich würde ihn so gern wiederholen, Ihnen alles erklären.
Dürfte ich Sie einladen? Mögen Sie euroasiatisches Essen? Ich spazierte heute Morgen hier in Tübingen am Restaurant Poisien vorbei – das den Spitznamen «Pumpkin Lady» trägt. Ich halte das unbedingt für ein Omen – Sie etwa nicht?
Haben Sie Mitleid, schreiben Sie
Ihrem geknickten
Leon Bloomdale

Jannes Mundwinkel zuckten. Ihre Wangenmuskeln zitterten. Sie musste am Ende die Lippen fest zusammenkneifen, um die Lächlerei einzudämmen. Jenes dämliche Gegriene, das sich bei Leon Bloomdales Nachricht in ihr Gesicht geklebt hatte, als sei es da festgewachsen.

Sie klappte den Laptop zu und ging wieder hinüber in die Praxis, wo bereits Frau Beurer und ihr Hammerzeh auf sie warteten. Es folgte die Mutter mit dem asthmakranken Kind, dessen Namen Janne immer vergaß, es hieß nach einer Videospielfigur. Dann noch zwei Erkältungspatienten, ein Reizdarm sowie der vereiterte Fingernagel vom Locher-Karl, der versprach, künftig beim Nagel-in-die Wand-Schlagen eine Brille aufzusetzen. Und schließlich kam noch Walter Schönbauer, der immer irgendetwas hatte, aber vor allem: zu viel Zeit. Zeit, um zu googeln. Der freundliche ältere Herr litt aus Jannes Sicht an schwerer Hypochondrie, was sich lustiger anhörte, als es war.

Ihr tat er leid. Und so hörte sie, wenn er wieder einmal wegen eines gefährlichen Aorten-Aneurysmas vorstellig wurde oder *ganz sicher* unter Lupus oder Haarzell-Leukämie litt, geduldig zu, stellte Fragen, klopfte Symptome ab. Der Mann war Jurist und hatte früher in Tübingen im Regierungspräsidium gearbeitet. Nun war er seit zehn Jahren Rentner und seit zweien Witwer. Und nein, er kam nicht gut damit klar. Und nein, er wollte nicht am Seniorensport teilnehmen. Auch nicht an der Tirol-Busreise des Pfaffinger Schützenvereins. Im Grunde wollte Walter Schönbauer einfach nur seine Frau wiederhaben und mit ihr gemeinsam die Vögel im Garten beobachten.

Und weil Janne das wusste und vielleicht auch weil der alte Herr so ganz anders als ihr imperialer Großvater war, opferte sie ihm immer etwas Zeit. Jene Extraminuten, die keine Krankenkasse mehr bezahlte, die aber kostbarer waren als viele Tabletten.

Daher war sie wenig erfreut, als ihr Praxis-Faktotum Frau Sonnemann nun plötzlich derart emphatisch durch die obere Glasscheibe der Tür gestikulierte, als stammte ihre DNS aus Sizilien statt aus Blaubeuren.

«Entschuldigung, Herr Schönbauer, ich bin gleich wieder da.»

Janne stand auf, ging zur Tür und öffnete diese knapp briefmarkenbreit.

«Was ist denn, Frau Sonnemann?»

«I hen ja wirklich ned störe wolle, Frau Doktor, aber … da isch … isch jemand … also da isch die Sekretärin von einem Herrn Helmkamp am Telefon. Und die sagt, dass der

Sie spreche tue will und dass es dringend sei … und», sie schnappatmete zweimal, «denn … also … ja, dass er ja Ihr Großpapa sei.»

Frau Sonnemann klappte den Mund zu und schwieg, sichtlich erschüttert. Jannes Gesicht zeigte keine Regung.

«Danke, Frau Sonnemann, sagen Sie der Dame bitte, dass ich später zurückrufe.»

«Aber …»

«Frau Sonnemann, danke.»

Sie schloss die Tür und ging zurück zu Herrn Schönbauer, der blass und zu dünn für seinen alten Tweedanzug auf seinem Stuhl kauerte.

«Sie wollen nicht mit ihm reden, oder?»

Jannes Blick schoss hoch. Es war selten, dass Patienten sie als Privatperson ansprachen.

«Wie kommen Sie darauf?»

Er zuckte die mageren Schultern, knipste sein Altherrenlächeln an. Und wie immer musste Janne dabei an Heinz Rühmann denken – an das schon fast entrückte Greisenlächeln, mit dem der sich bei Wim Wenders durch die letzte Filmszene seines Lebens geschwiegen hatte. Auch Walter Schönbauer schwieg eine Weile und blickte sie nur an. Dann beugte er sich plötzlich vor und drückte ihr kurz die Hand. Seine knochigen Finger fühlten sich an wie ein grober Kamm.

«Nur so eine Vermutung. Sie wirken, als hätten Sie Ihre Stacheln ausgefahren.»

Janne senkte den Blick, fixierte eine Schachtel mit Einwegpinzetten neben ihrem Schreibtisch. «Es ist nie gut, meinem Großvater unbewaffnet gegenüberzutreten.»

Der alte Herr runzelte die Brauen, sagte aber nichts mehr.

Janne beendete ihre Untersuchung und bat ihn, noch zu Frau Sonnemann zur Blutabnahme zu gehen.

«Und machen Sie sich keine Sorgen, Herr Schönbauer. Ich denke, Sie müssen einfach etwas mehr essen und trinken, dann fühlen Sie sich auch besser. Gehen Sie doch mal wieder zur Erna ins Gasthaus, die wird sich freuen», sagte sie zum Abschied und reichte ihm entgegen aller Hygieneratschläge die Hand.

Der alte Herr ergriff sie und hielt sie einen Moment in seiner. «Ihr Großvater ist *der* Johann Helmkamp, richtig?»

Janne nickte und seufzte laut, bevor sie es verhindern konnte. Walter Schönbauer aber produzierte noch einmal sein liebes Lächeln und murmelte: «Wie Erich Kästner schon sagte – ‹Verwandte sind auch nur Menschen›.»

Janne lachte und winkte ihm zum Abschied noch einmal zu.

Ihr Lachen schwand, als ihr Telefon abermals bimmelte. Es war Frau Sonnemann. Sie teilte Janne mit, dass die Sekretärin ihres Großvaters noch immer in der Leitung wäre. Sie hätte einfach warten wollen, bis Janne Zeit hätte.

«Und hat so die ganze Zeit die Leitung blockiert? Was, wenn jemand anders anrufen wollte? Ein Notfall, eine dringende Rezeptanfrage ... was weiß ich? Sonnchen, sagen Sie der Dame, ich rufe zurück. Und dann legen Sie bitte auf, ja?»

«Ich ...»

«FRAU SONNEMANN.»

«Isch ja gut.»

Doch statt zurückzurufen, erledigte Janne erst mal die Post – jenen Wust aus Arztbriefen von Kliniken und Facharztpraxen, der wie üblich ihren Schreibtisch belagerte. Sie las, machte sich Notizen und tippte ein paar E-Mails. Dann starrte sie aus dem Fenster, kramte ein Blatt Papier hervor, um einen Brief an ihren Bruder zu schreiben, kam aber über *Hallo, Benny* nicht hinaus. Und schließlich stapfte sie kopfschüttelnd nach oben in ihre Küche.

Dorthin, wo in einem Schrank ganz hinten, noch hinter den Linsen und der abgelaufenen Dosensuppe, eine Schachtel mit einem blau-gelben Logo lag. Jenem wie von Kinderhand gemalten Sternenhimmellogo, das seit über vier Jahrzehnten für den größten Verkaufshit der Helmkamp AG Delmenhorst stand: *Sternenkucker* – Schokoschaumküsse in Sternenform.

Wie es dazu kam, hatte ihr Opa in unzähligen Interviews erzählt. Immer mit diesem schmierigen Operetten-Tenor-Lächeln, das seine Lieblingsrolle erst perfekt machte: die des treu sorgenden Paterfamilias. Dass er die Schokoküsse nach seiner Tochter benannt hätte, sagte er dann – der Opernsängerin Marina Helmkamp-Monterubbianesi und ihrer Lieblingsarie «Ihr hellen Sterne des Glücks». Janne hatte noch keine Journalistin erlebt, die dabei nicht gerührt genickt und feuchte Augen bekommen hatte. Denn natürlich wussten alle, dass ebendiese Tochter ihre Karriere hatte beenden müssen. «Multiple Sklerose wahrscheinlich», flüsterte man und: «Das schon in so jungen Jahren. Traurig».

Janne hatte immer eine Packung *Sternenkucker* im Hause. Auch wenn sie nur selten davon aß. Der Zucker und so. Heute aber verspeiste sie drei Stück auf einmal und wischte sich, bevor ihr erwachsenes Ich auch nur *Piep* sagen konnte, die klebrigen Schokofinger an ihrer weißen Arzthose ab.

Dann ging sie ins Wohnzimmer hinüber und nahm das Telefon zur Hand. Es war exakt 14:00 Uhr. Die ungünstigste Zeit, ihren Großvater anzurufen. Wie Janne sehr wohl wusste. Seit fast dreißig Jahren legte Johann Helmkamp sich Punkt 14:00 Uhr zu einem Mittagsschlaf nieder. Es gab in seinem Büro eigens ein Ruhemöbel dafür. Dennoch stellte die Sekretärin sie sofort durch. Die fünf Sekunden, die sie warten musste, schienen ihr wie eine Ewigkeit. Tick. *Was kann er wollen? Es ist doch alles gesagt.* Tick. *Ich muss das nicht. Ich kann auch einfach wieder auflegen, wenn er mir dumm kommt.* Tick. *Mir ist so heiß. Es ist tierisch heiß hier drin.* Tick. *Was ... Was mach ich, wenn er ...*

«Guten Tag, Janne.»

«Guten Tag, Großvater.»

«Wie geht es dir?»

«Gut.»

«Das freut mich.»

Sie hörte ihn atmen. Ein schweres, rasselndes Altmännerschnaufen. Er war jetzt sechsundachtzig, hatte wahrscheinlich noch immer zwanzig Kilo zu viel. Er gehörte zu der Männer-Generation, die noch Bauch trug. Und dazu ein braun gebranntes Backsteinlächeln über dem Jachtklubblazer. Eine Herz-OP hatte er auch gehabt. Hatte sie jedenfalls in der Zeitung gelesen.

«Weswegen ich angerufen habe», begann er, als sie nichts sagte.

Janne schwieg weiter und schnippte mit dem Finger den kleinen Tod vom Tisch: einen Mini-Sensenmann aus Plüsch, den Konrad ihr geschenkt hatte.

«Du hast natürlich über deinen Anwalt von unserem Angebot gehört.»

«Ja.»

«Wäre es dir eventuell möglich, mir kurz eine Einschätzung dazu zu geben?»

Janne stellte den kleinen Tod wieder auf und schnippte ihn sogleich wieder um. «Opa?»

«Ja?»

«Was willst du?»

Es rasselschnaufte wieder durch die Leitung. «Ach, Kind, mach dich doch nicht unglücklich. Wenn du meinst, deine Aggressionen an mir auslassen zu müssen – bitte. Aber mach dich und uns alle doch nicht öffentlich lächerlich. Denk auch mal an deine Mutter. Was meinst du, was so ein Prozess für sie bedeutet?»

Janne zischte Luft durch die Zähne. «Lass Mama aus dem Spiel. Die hat dich ja nun wirklich immer am wenigsten interessiert. Hauptsache, du hattest sie aus dem Weg geschafft.»

Sie hasste den Ton ihrer Stimme. Das Wutheulen darin, das dicht unter der Oberfläche zitterte. Doch sie konnte sich nicht stoppen. Der alte Zorn saß in ihr wie Winnetou, der Held ihrer Kindheit, in seinem Wigwam – meist ruhig und kontrolliert, doch jederzeit bereit, Pfeile zu verschießen. Und nun waren Winnetou und sie eindeutig auf dem Kriegspfad.

«Ich habe keineswegs …», setzte der alte Helmkamp an.

«Nein, du hast ja nie irgendwas», schnitt Janne ihm das Wort ab, «dafür hast du deine Leute, nicht, Opa? Deine Hofnarren und Knallchargen, die die Drecksarbeit für dich machen.»

Beruhig dich, Janne, halt endlich die Klappe, sei erwachsen, predigte sie sich und krampfte ihre Hand um den kleinen Plüschtod.

«Nun sag mir doch einfach, warum du angerufen hast, damit wir dies beenden können. Ich habe gleich wieder Sprechstunde.»

«Wie geht es dir da unten, Janni?»

Sie verdrehte die Augen und begann auf und ab zu tigern. Wollte das alte Steingesicht jetzt Small Talk machen?

«Es geht mir gut, wie ich schon sagte.»

«Kommst du zurecht?»

Sie bleckte die Lippen zu einem verzerrten Lächeln. Das war früher immer Opas Tarnfrage dafür gewesen, ob er einen Scheck ausstellen sollte.

«Wenn du meinst, ob ich Geld brauche? Nein danke.»

«Aber Ben ...»

«Was ist mit ihm?», ratschte ihre Stimme durch die Luft, schärfer als jedes Skalpell.

«Er hat seine Unterstützung storniert. Dabei haben wir so nett ...»

«Was habt ihr?»

Es dauerte keine fünf Minuten, dann war Janne im Bilde darüber, was wirklich passiert war: Ihr Großvater und ihr Bruder hatten ein paar Wochen zuvor zusammen zu Mittag gegessen. Und da hatte der Alte es zum hundertsten Mal versucht. Natürlich. Denn er würde sie niemals aufgeben: die Hoffnung, dass doch einer von ihnen in seinen Zuckerladen einsteigen würde. «Helmkamp – Familienbetrieb in der fünften Generation» – das war sein Traumbild. Der Heilige Gral eines konservativen Lebens, dem auch ein gestandener Industrieboss wie Paul Johann Helmkamp der Dritte sich nicht verschließen konnte. Bewahren war hier Zauberwort und eisernes Gebot zugleich – egal, ob Traditionen, Eigentum, Familienbande oder einfach Macht.

«Und was genau hast du zu ihm gesagt?»

«Na ja, dass es doch sicher interessanter sei, hier bei mir eigenständig eine Abteilung zu leiten, als auf so einem Sachbearbeiterjob zu sitzen, den ihm seine Schwester besorgt hat.»

Janne sah rot. Sie sah wirklich rot – so rot wie, nein, wahrscheinlich sogar weit mehr als Charles Bronson im gleichnamigen Selbstjustizkracher. Sie sprang auf, lief auf und ab und kreuz und quer durch die Wohnung und hielt die Sprechmuschel zu.

«Ich bring ihn um. Eines Tages …» Sie ballte eine Hand zur Faust und hätte wahrscheinlich noch Schlimmeres getan, wenn sie sich auf dem Flur nicht plötzlich im Spiegel gesehen hätte. Eine blasse Frau mit lodernden Augen, die so irre aussahen, dass es sie ehrlich erschreckte. Sie trat nahe an den Spiegel heran, während sie ihren Opa dumpf aus dem Hörer rufen hörte.

«Janne? Janne? Bist du noch da?»

Sie wusste nicht, ob sie noch da war. Die Frau im Spiegel sah verrückt aus. Lichtjahre entfernt von Dr. Janne Helmkamp, Robo-Doc und Arbeitstier. Eine Medea der Neuzeit, gekommen, ihren kleinen Bruder zu rächen. Janne lehnte kurz die Stirn gegen den Spiegel. Die glatte Kühle beruhigte sie etwas. Sie atmete. Ein Mal. Zwei Mal.

«Weißt du nicht, dass er mal wieder abgehauen ist? Nach Neuseeland?»

«Was?»

«Vielen Dank auch, Opa. Deine Einmischung war wieder einmal Gold wert. Wir sehen uns vor Gericht.»

Sie legte auf. Dann lief sie weiter auf und ab und fluchte unter Verwendung sämtlicher Komposita von «blöder Arsch», die ihre konfusen Hirnzellen hergaben. Als ihr keine mehr einfallen wollten, setzte sie sich vor ihren Laptop und schrieb eine Mail. An ihren Anwalt. Darin stellte sie in knappen Worten, aber unmissverständlich klar, dass sie an keinem Vergleich interessiert wäre. Dass es zum Prozess kommen würde. Ihre immer an der Insolvenz entlangtaumelnde NGO gegen den millionenschweren Zuckerbaron Paul Johann Helmkamp und seine Lügen – Punkt! Danach öffnete sie Facebook und löschte die Freundschaftsanfrage und die Nachricht von Leon Bloomdale wie auch ihren Facebookaccount – nach nur einem winzigen Moment des Zögerns. Und zu guter Letzt schrieb sie noch ihrem Bruder eine WhatsApp mit, wie sie hoffte, klarer Botschaft:

> Wo genau bist du, Brüderchen? Anders gefragt: Wäre es dir eventuell möglich, mir präzisere Angaben, gar eine Adresse oder weitere Reiseziele mitzuteilen? Nur sofern die Schafe dich lassen, natürlich. Grüße und ein herzliches Määääh. Deine Janne

Danach starrte Janne Maria Helmkamp noch mehrere Momente auf den kleinen Plüsch-Sensenmann, den sie wieder neben ihren Laptop gestellt hatte. Schließlich gab sie ihm einen kleinen Stups und stieß Luft aus. Stieß sie regelrecht von sich wie ein Pottwal seine Fontäne. Luft, die auch nichts dafür konnte: für das absurde Theater, das sich ihr Leben nannte.

7

Benjamin Helmkamp hatte zwei große Probleme – und eines davon stand vor ihm: eine Kuh, die keinerlei Veranlassung dafür sah, sich auch nur einen Schritt vorwärtszubewegen. Das andere steckte in der Hintertasche seiner abgewetzten Jeans: sein Handy mit einer langen Mail seiner Schwester, deren Worte und Ermahnungen hier etwa so real wirkten wie das schneeweiße Mausoleum die Straße hoch. Hier. In Agra. Im nordindischen Bundesstaat Uttar Pradesh. Gleich um die Ecke vom Tadsch Mahal. Ben sagte «Schhh, schhh» zu der Kuh. Die glotzte nur und plinkte amüsiert mit ihren Mariah-Carey-XL-Wimpern. Denn was sie sah, war ein Schlacks mit sonnenverbrannter Nase und wirren Locken, der versuchte, eine Fahrradrikscha zu lenken, und dabei versagte. In der Rikscha saßen ein russischer Dosenfabrikant und seine Tochter, die zusammen etwa so viel wogen wie die Kuh. Na ja, zumindest gefühlt, dachte Ben und versuchte, seiner Rikscha mittels Rucken und Zerren das Prinzip der Kehrtwende zu verdeutlichen.

Doch infolge der starren Hauptachse des Gefährts war dies in etwa so aussichtsreich wie der Versuch, dem Beschützerinstinkt seiner Schwester zu entgehen.

Richtig viel hatte sie geschrieben. Selbst für ihre Verhältnisse. Ermahnungen, Vorschläge, Ärztewitze. In genau dieser Reihenfolge. Ein Mix, den nur Janne hinbekam. *Ach, Janni.*

Einen Moment lang trug die Erinnerung Ben fort aus der staubigen Hitze eines nordindischen Nachmittags ins unvermeidliche Delmenhorst – dorthin, wo er aufgewachsen war. Wo er als Junge um die weißen Säulen einer Villa gerannt war und mit dem Sohn des Chauffeurs Zielschießen mit faulen Mirabellen geübt hatte: Wer zuerst die Kühlerfigur von Opas Bentley traf, hatte gewonnen. Benny hatte oft gewonnen, auch wenn Janne ihn wieder und wieder ermahnt hatte. Dass sie sich hier bei Opa und Oma benehmen müssten. Sonst kämen sie nie mehr weg, würde niemals entschieden, dass sie zu Mama zurückkönnten. Es wurde tatsächlich nie so entschieden. Und manchmal … manchmal hatte er noch Albträume deswegen. Wachte nachts schweißgebadet auf, weil eine Mitarbeiterin des Sozialamtes Delmenhorst ihm im Traum einen Eimer faule Mirabellen vor die Füße gekippt hatte.

Ach, Janni, dachte er noch einmal. In ihrer Mail fragte sie, wann er zurückkäme. Aber sie wusste es eben nicht – wusste nicht, dass er nicht zurückkonnte, selbst wenn er wollte. Wie hätte er es auch erklären sollen? Wie ihr sagen, dass ihr geliebter Ben ein Betrüger war? Ein falscher Fuffziger. Ein mieses Stück. Als «Pack» hatte Opa solche Leute früher oft tituliert. Und sein sonores Haupt, das Ben immer an die Ratsherren in der Bierwerbung erinnerte, geschüttelt. «Pack, nenn ich so was.» Ben sah die Kuh an, die Kuh ihn, dann machte sie «Muh», was ihn auf seltsame Weise tröstete.

«Is possible go on now?», fragte der russische Dosenfabrikant.

Ben schüttelte den Kopf und murmelte leise, nur so für sich: «Nothing goes on anymore.»

8

«Meinst du, das geht gut?», rief Ella. Sie stand in der Küche und schlug auf einen Hefeteigklumpen ein, als wäre sie beim Kickboxen. «Dieser Prozess mit ihrem Opa, meine ich?»

«Nein, das meine ich nicht», rief Konrad aus dem Wohnzimmer zurück, legte sein Comic zur Seite und kam in die Küche, wo seine Angetraute den Teig nun mit einem lauten *Flatsch* auf den Tisch knallte.

«Also, wenn ich der Teig wäre, würde ich Schmerzensgeld beantragen.»

«Du bist nicht der Teig. Du bist ein müder, hungriger Oberarzt, der nachher die besten Brioches seines Lebens vorgesetzt bekommt.»

Konrad lächelte und kniff sie in den Hintern.

«He, sexuelle Belästigung der Hausfrau ist im Preis nicht inbegriffen.»

«Was für ein Preis?»

«Das, mein Lieber, wirst du noch früh genug merken.»

Konrad gab einen Laut von sich, der Ella an ein verschnupftes Nashorn denken ließ. Dann ließ er sich auf den kippelnden Hocker am Küchentisch plumpsen und sah eine Weile zu, wie sie den Teig walkte. Als sie diesem endlich den finalen Klaps gab und ihn zum Gehen auf die Heizung verfrachtete, sagte Konrad: «Setz dich mal.»

Ellas Brauen schoben sich zweimal zusammen und wieder auseinander, als könne sie sich nicht entscheiden, ob das hier ernst war. Bei Konrad wusste man schließlich nie. Doch es war ernst. Das merkte sie, als sie sich auf seinen Schoß setzte, er fest die Arme um sie schlang und die Nase in ihrem Nacken vergrub.

«Hm, du riechst gut. Nach Bonbons. Nein, wie die Kaugummis, die ich früher immer aus den Automaten gezogen habe.»

«Lass das nicht Chanel hören», prustete Ella in seine Schulter, «dass ihr verruchter Männerkillerduft wie ein Automatenkaugummi riecht.»

Konrad schnaubte durch die Nase. «Na ja, die Allergie ist gerade wieder schlimm. Vielleicht liegt's daran.»

Er begann mit Ella im Arm vor und zurück zu schaukeln, dann seufzte er. «Weißt du, mit wem ich gestern telefoniert habe? Timo.»

«Timo? Der mit den Eulenaugen, mit dem du nach dem Abi durch Spanien gegondelt bist?»

«Exakt, Timo, der vor die Alhambra gekotzt hat, weil er zu viel *Agua de Valencia* getrunken hatte.»

«Na, es war sicher wunderbar, diese Erinnerung gemeinsam aufzufrischen», meinte Ella. «Und, apropos, wenn du mich weiter so durchschaukelst, muss ich wahrscheinlich auch bald …»

Konrad stoppte die Bewegung und sah Ella ernst an.

«Timo arbeitet jetzt am Landgericht in Memmingen. Und stell dir vor, er kennt die Akten zu dem Prozess, den Janne gegen ihren Opa anstrengt. Er sagt, dass der von Dr. Matthias Hoxie vertreten wird.»

«Hoxie? Klingt nach einem Kindercomic.»

Konrad ließ wieder das verschnupfte Nashorn hören. «Ich

glaube kaum, dass der mit Fix & Foxi verwandt ist. Eher mit dem weißen Hai. Der Typ macht selbst aus Staatsanwälten Kleinholz, quasi als Fingerübung in der Mittagspause.»

Ella machte «Hm», dann lehnte sie ihren Kopf wieder an Konrads Schulter.

«Lass noch mal ein bisschen schaukeln.»

Konrad gab sein Bestes, wiegte und wogte seine Liebste und summte sogar ein Liedchen. Leider war sein Musikgeschmack durch frühkindliche Dauerbeschallung mit Achtzigerjahre-Schlagern korrumpiert. Daher kam, wenn die mentale Kontrolle versagte, unweigerlich Liedgut wie *Hello Again* aus ihm heraus.

«Konrad!»

Ella sprang auf und stemmte die Hände in die Hüften.

«Ja?»

«Es gibt Grenzen. Ich werde nicht hier sitzen und mir von dir Howard Carpendale ins Ohr summen lassen – vor allem nicht, wenn meine beste Freundin gerade Gefahr läuft, von einer Anwaltshyäne gemetzelt zu werden. Was also wollen wir tun?»

Konrad drehte sich zum Tisch und malte mit dem Finger Kringel in die Mehlreste auf dem Tisch. «Janne davon abbringen?», murmelte er vage.

«Da kannst du genauso gut versuchen, das Ulmer Münster zu versetzen.»

Ella begann auf und ab zu stapfen, was in ihrer Zehn-Quadratmeter-Kompaktküche zu rasanten Wendemanövern führte. Doch sie kam zurecht.

«Aber es ist doch Irrsinn, das muss sie doch einsehen», fuhr Konrad fort. «Wir beide wissen, dass Jannes Hauptanklagepunkt zwar richtig, aber anfechtbar ist. Fakt ist, dass der Werbe-Claim von Helmkamp nichts wirklich Falsches sagt – auch wenn er natürlich etwas irreführend ist.»

Ella blieb stehen und ließ mit einem lauten *Puh* Dampf ab wie eine sehr alte Lok. «Es ist ihr egal, Schatz. Das ist ja das Problem. Für Janne zählt nur eins: Sie will ihren Opa vor Gericht sehen. Gerade jetzt …»

Konrad runzelte die Brauen. «Was meinst du?»

«Na ja, die Sache mit Benny.»

«A… Aber das weiß sie doch gar nicht», stotterte Konrad, «oder meinst du, sie hat mit dem Chef gesprochen?»

Ella guckte skeptisch. «Warum sollte sie? Seit sie weg ist aus der Klinik, haben sie, soviel ich weiß, kaum Kontakt. Und ich glaube nicht, dass der Chef sie angerufen hat, um zu petzen, dass ihr kleiner Bruder Mist gebaut hat. Nein, nein, also … genau weiß ich es natürlich auch nicht, sie erzählt ja nichts … aber ich glaube eher, Janne meint, ihr Opa sei schuld, dass Benny abgehauen ist.»

Konrad legte den Kopf in die Hände. «Oh Mann, was ein Wirrwarr.»

«You name it.» Ella sah nach dem Hefeteig, der brav erste Luftblasen warf, und entschied, dass die Zeit für ein anderes, nicht minder wichtiges Thema gekommen war.

«Du, Schatz?»

«Ich, Schatz?»

Konrad hob den Kopf und lächelte die Frau an, deren Existenz in seinem Leben ihm manchmal noch immer wie ein Wunder vorkam – wenn auch ein, zugegeben, zuweilen recht anstrengendes. Ella blieb vor ihm stehen und begann ihm das rechte Ohr zu kraulen.

«Sag mal … wollen wir vielleicht …? Na, du weißt schon … ein bisschen … herumknödeln …»

Sie wedelte mit der Hand und verstummte. Ella konnte jederzeit, ausführlich und bester Laune über eiternde Fußnägel oder Pusteln in der Vorsteherdrüse plaudern. Bei dem, was sie «herumknödeln» nannte, aber war sie verbal sehr zugeknöpft – zu Konrads nie endendem Vergnügen. Er zog die linke Augenbraue hoch.

«Du meinst doch nicht etwa, dass du just in diesem Moment mit mir Tüdelüt und so weiter machen möchtest?»

Ella wurde hummerrot und sah ihn mit ihren leicht schräg gestellten Katzenaugen so verunsichert an, dass sein Herz umstandslos dahinschmolz.

«Es wäre halt gerade günstig ...»

Konrads zweite Braue schnellte hoch.

«Ach, auch das noch. Funktionaler Sex am Samstagnachmittag – und das noch vor der *Sportschau.*»

«Was rede ich mit dir.»

Sie drehte sich um und wollte aus der Küche stapfen. Doch mochte Konrads Betriebsmodus sonst auch eher dem eines Pandabären gleichen, konnte er erstaunlich schnell sein, wenn er etwas wollte. Und der Tag, an dem er eine Runde Reproduktionssex mit der tollsten Frau des Universums – na ja, zumindest seines Universums – ausschlug, musste erst noch kommen. Mit einem kühnen Hechtsprung spurtete er zur Tür, ergriff die Hand und dann den ganzen Rest der inzwischen bodenlos albern kichernden Ella.

Es war Mitternacht, bis sie schließlich mit einer Flasche Wein und frisch gebackenen Brioches auf dem Sofa saßen und ihrem Lieblingsspiel frönten: Namen finden für das Kind, das sie sich schon so lange wünschten.

9

Auch Janne wünschte sich etwas. Als sie an diesem Samstag kurz vor Mitternacht in ihrem klapprigen Fiat über unbeleuchtete württembergische Landstraßen rumpelte, da wünschte sie sich vor allem eins: ein anderes Leben.

Sie hatte alles liegen und stehen lassen, als der Anruf kam – die Unterlagen für den Prozess, die sie schon zum fünften Mal durchsah. Die Facebookseite von Leon Bloomdale, die sie gerade zum zwanzigsten Mal ansah. Die Arztbriefe, die sie noch nicht einmal durchgesehen hatte.

Doch all das war egal. Wie immer war alles andere egal, wenn ihre Mutter einen Aussetzer hatte. Noch hoffte sie, dass ihr ärztlicher Instinkt sie dieses eine Mal im Stich lassen möge. Dass ihre Mutter einfach einen schlechten Tag gehabt und deshalb so wirr geklungen hatte am Telefon.

Aber wirklich überzeugt war sie nicht. Also trat sie erneut aufs Gas, fuhr schneller, als es erlaubt war und der «alten Butterdose», wie ihr Mechaniker ihr Auto nannte, guttat. Wohl war ihr nicht dabei.

Es war so dunkel ringsherum, als führe sie durch einen endlosen Tunnel. Sie betete, dass kein Fuchs oder Reh die Straße kreuzen würde. Und auch, dass es ihrer Mutter gut ging. Vor allem das. Betete, wie sie es als Kind getan hatte – jedes Mal, wenn sie von der Schule nach Hause gekommen und den Schlüssel ins Schloss gesteckt hatte.

Dass ihre Mutter noch da und nicht in einer Spielbank

oder mit einem Miet-Porsche auf der Autobahn war. Dass sie nicht auf dem Fensterbrett balancierte oder für zigtausend Mark eine Telefonhotline angerufen hatte. Kurz, dass es ein ganz normaler Tag war, an dem höchstens der Goldfisch ein Glas Himbeerbowle abbekommen hatte.

Wie die anderen Dinge auch hatte sich dies tatsächlich zugetragen – und war dem armen Kerl nicht gut bekommen. Er hatte überlebt, aber mit Symptomen, die sich der Tierarzt nur schwer erklären konnte. Und niemand hatte den Mut gehabt, ihm mitzuteilen, dass der Fisch eigentlich nur eines gewesen war: volltrunken.

Janne stellte Musik an. Bach. *Die Brandenburgischen Konzerte.* Das Einzige, was ihre Nerven beruhigen konnte. Die Gefühlsexzesse der italienischen Oper, die ihre Mutter so liebte, bereiteten ihr meist Magenschmerzen. Große Gefühle waren wirklich das Letzte, was sie brauchte. Ein paar kleine waren völlig ausreichend.

Sie kurbelte auch die Scheibe hinunter – die alte Butterdose hatte tatsächlich noch Kurbelfenster, schiere Sturheit sei es, dass dieses Auto überhaupt noch fahre, maulte der Mechaniker immer – und ließ die Waldluft herein. Die war hier im Schwarzwald fast wie etwas Lebendiges. Etwas, das mit jedem Atemzug in einen hineinzischte. Es fühlte sich an wie eines dieser Gletschereis-Bonbons auf der Zunge – nur im ganzen Körper.

Vor ein paar Jahren hatte sogar jemand ebendiese Luft aus dem Schwarzwald abgefüllt und übers Internet verkauft, mit unerwartet großem Erfolg. Und vielleicht, dachte Janne jetzt und atmete tief durch, hätte ich sie mir als Kind auch gekauft. Damals, als Schwarzwaldluft eine ganz besondere Bedeutung hatte: Besuch bei Mama.

Schließlich war sie erst elf gewesen, als man ihre Mutter weggebracht hatte. Weg in den Schwarzwald.

«Dort passen sie gut auf sie auf, Janne, und wir hier auf euch. Das ist für alle besser so», hatte der Opa ihr und ihrem Bruder erklärt. Oder vielmehr verkündet.

Sie hatte danach tagelang gewütet. In ihrem neuen Zimmer in der Delmenhorster Unternehmervilla. Hatte mit den Füßen gegen die Wand getreten und geschrien. Am Ende war ein Arzt gekommen, der ihr eine Spritze gab. Wohl dasselbe Zeug wie ihrer Mutter. Benzos. Benzodiazepine. Ihre Mutter nannte sie «rosa Wolken». Monate später, als sie sie das erste Mal in der Psychiatrie besuchen durfte und eine fremde Frau traf. Ein rundliche fremde Frau, die wie durch Watte sprach.

Marina Helmkamp war nie wieder zurückgekommen nach Norddeutschland. Ihre Heimat sei nun hier bei den Tannen, sagte sie – bei jenen Tannen, die jetzt neben ihrer Tochter rechts und links der Straße hoch wie Masten aufragten.

Janne fuhr und fuhr und verlor immer mehr das Gefühl für die Wirklichkeit. Da waren nur noch der dunkle Wald, das mickrige Scheinwerferlicht ihres mickrigen Autos und die Müdigkeit, die wie ein Nachtmahr auf ihren Schultern hockte. Daher wusste sie später auch nicht mehr so genau, wie es passiert war – nur dass sie in Sekundenschnelle eine Vollbremsung hingelegt und aus dem Auto gesprungen war.

Er war nicht groß für einen Fasan. Vielleicht war es eine Henne oder ein Jungtier. Janne kannte sich nicht besonders gut aus. Der letzte Fasan, den sie gesehen hatte, war gebraten und von Pieter Brueghel dem Jüngeren gemalt gewesen. Leider wirkte dieser Fasan fast ebenso leblos, zumindest im funzeligen Licht ihres Handydisplays. Er lag am Straßenrand, gleich neben der beachtlich kurzen Bremsspur, die der alte Fiat hingelegt hatte. Doch es hatte offenbar nichts genutzt. Der Vogel bewegte sich nicht, zeigte auch keine Reaktion, als Janne vorsichtig mit dem Finger den kleinen, mit seiner rot-blauen Färbung fast papageienartigen Kopf anstupste. Das Tier blieb reglos.

Sie strich mit der Hand über sein Gefieder, versuchte, einen Puls zu finden. Hatten Vögel nicht irre hohe Herzfrequenzen? Ihr Gehirn suchte und fand eine Zahl: Amseln haben einen Puls von über dreihundert. Doch dies hier war ein größeres Tier. Also musste die Herzfrequenz niedriger sein. Aber so gering? Sie konnte nichts spüren. Nicht einen einzigen verdammten Herzschlag. Janne blickte nach oben, wo eine blasse Mondsichel so schief am Himmel hing, als habe jemand vergessen, sie richtig festzupinnen. Sterne waren keine zu sehen. Es war ganz einfach stockdunkel um sie herum. Und still, eine schwermütige Stille, als halte die Welt den Atem an.

Und plötzlich verstand sie, warum es in Krimis immer hieß, dass jemandem der kalte Schweiß ausbrach. Sie hatte es einfach nie vorher erlebt. Nicht so massiv. «Miss Cool» hatten die Kommilitonen sie immer genannt, da sie selbst eine halbe Stunde vorm Staatsexamen noch fröhlich in der Mensa sitzen und frühstücken konnte. Jetzt aber war sie weder fröhlich noch hungrig. Diaphorese bei peripherer Vasokonstriktion, konstatierte ihr Gehirn: Schwitzen bei gleichzeitiger Gefäßverengung. Doch das half ihr auch nicht viel. Sie begann zu zittern und nach Luft zu schnappen. Das war es, was seit ihrer Kindheit jede Dunkelheit mit ihr machte – nur war es noch nie so schlimm gewesen.

Konzentrier dich, sagte sie sich, *du musst dich ablenken.* Sie beugte sich wieder über den Fasan und versuchte, ihn mithilfe des Handylichts genauer zu untersuchen. Doch es war einfach zu schummrig. Also zog sie ihren Pullover aus, wickelte den Vogel hinein und trug ihn zum Auto. Sie setzte sich auf den Fahrersitz, nahm das Tier in beide Hände und begann vorsichtig mit einer Herzdruckmassage. Der Vogelkörper fühlte sich seltsam an. Eckig und weich zugleich, wie ein schlecht ausgestopfter Plüschbär, dachte sie und hätte vielleicht gelacht, wenn die Traurigkeit nicht schneller gewesen wäre.

Während sie immer weiter massierte, der klägliche Mond vollends hinter einer Wolke verschwand und die Dunkelheit sie umkroch wie ein wildes Tier, rann Janne eine einzelne Träne über die Wange und rollte in den Kragen ihrer Bluse. Als sie die Feuchtigkeit am Hals spürte und auch, wie sehr sie mittlerweile fror, hielt sie inne, lauschte und tastete noch einmal nach einem Lebenszeichen. Doch der kleine Körper in ihren Händen regte sich nicht. Und da wurde ihr klar, dass sie aufgeben musste. Dass das Leben sich davongeschlichen hatte und nicht mehr einzufangen war.

Sie hüllte den Fasan nun ganz in ihren Pullover ein und legte ihn neben sich auf den Sitz. Sie wusste zwar nicht, was sie mit ihm anfangen sollte. Aber ihn allein im Dunkeln irgendwo im Schwarzwald liegen zu lassen, war undenkbar. *Man lässt einfach niemanden allein im Dunkeln zurück*, dachte etwas in ihr, *nein, das macht man nicht.* Ihre Lippen zitterten. Der kalte Schweiß rann noch immer.

Janne startete die Butterdose und fuhr weiter, in weit geringerem Tempo. Weitere Tränen kullerten über ihre Wangen. Ihre Lippen vibrierten inzwischen so sehr, dass sie sie anspannen musste.

Es ist doch nur ein Vogel. Ein verdammter Vogel. Davon laufen zighundert hier im Wald rum. Und machen alberne Balzgeräusche. Und essen kann man sie auch. Prima im Ragout mit Pilzen … Doch was sie sich auch sagte, es half nichts. Sie musste schließlich rechts ranfahren, weil sie keine Luft mehr bekam. Zentner schienen auf ihrer Brust zu lasten, aus Gefühlen und Gedanken. Sie stieg aus und ging ein paar Schritte, da hörte sie einen Schrei in der Dunkelheit. Lang gezogen und schrill. Eine Eule, sagte sie sich, es ist eine Eule. Janne, du weißt, dass es eine Eule ist. Trotzdem klang es für sie wie ein Kind. Ein Kind, das allein in der Dunkelheit saß. Und plötzlich war ihr, als höre sie wirklich ein Weinen, ganz nah. Ein leises, klägliches Weinen. Und eine Stimme, die murmelte: «Wohin gehen wir, Janni?»

Ihre Beine gaben nach, sie sackte einfach in sich zusammen, kauerte neben ihrem Auto auf dem Boden, hielt sich den Kopf, während darin Gedanken hin und her schossen. Was war das? Eine Erinnerung? Nur konnte sie sich an nichts dergleichen erinnern. Oder ging es jetzt los? Fing sie jetzt an, Stimmen zu hören?

Tu was!, befahl sie sich schließlich. Also faltete sie die Hände zu einer Tüte und atmete hinein – langsam und gleichmäßig – und versuchte, sich auf die Umgebung zu konzentrieren, alles genau wahrzunehmen.

Die Eule rief weiter. Ein leichter Wind umstrich Janne. Er trug den Geruch von Herbst mit sich. Nach nassem Laub und modriger Erde, Pilzen und überreifen Äpfeln – der leicht säuerliche Geruch der Vergänglichkeit. Janne nahm die Hände vom Gesicht, rührte sich nicht. Stille. Sie wurde ruhiger. Aber spürte zugleich die Traurigkeit, die einfach nicht weichen wollte. Und so schlich sich um zwei Uhr morgens auf einer öden Landstraße im nördlichen Schwarzwald ein leises, trockenes Schluchzen aus ihrer Kehle. Um einen toten Fasan. Und vielleicht auch um ihr Leben.

Irgendwann setzte sie sich wieder ins Auto und fuhr weiter. Langsam, mit vierzig Stundenkilometern, ratterte der Fiat über die dunkle Landstraße, und Janne sagte sich, dass alles gut sei. Dass sie einfach überarbeitet sei. Und sie die Sache mit dem Vogel nicht so dramatisieren solle. *Krieg Abstand.* Was hatte der Professor im Patho-I-Kurs immer gesagt? *Das Leben ist nur ein Moment, der Tod ist auch nur einer.* Ein Pathologe, der gern Schiller zitierte. Janne versuchte zu grinsen. Es misslang. Aber etwas mehr Luft bekam sie trotzdem. Die Erinnerung an Professor Markus Walden – «Knochen-Waldi», wie ihn alle nannten, inklusive seiner Frau – hatte sie aufgeheitert.

Und als habe er nur darauf gewartet, als habe er exakt diesen Moment abgepasst, um dem Samstagabenddrama mit einem jähen Schwenk eine Prise Komödie zu verpassen, ließ der Vogel in diesem Moment ein leises Krächzen vernehmen. Janne dachte erst, sie hätte sich verhört. Doch es wurde lauter, kam ein zweites, ein drittes Mal, war schließlich eindeutig: ein Krähen. Sie stoppte und knipste das Licht im Auto an. Der Fasan hatte sich aus dem Pullover befreit und guckte nach seiner zwanzigminütigen Schockstarre noch etwas benommen, aber sehr lebendig aus der Wäsche. Janne sprang aus dem Auto, öffnete die Beifahrertür, und der Vogel machte, dass er rauskam. Der Schnelligkeit nach zu urteilen, mit der er im Dickicht verschwand, hatte er keine größeren Verletzungen davongetragen.

Sie fuhr nicht gleich weiter, saß einfach eine Weile da in ihrem dunklen, kalten Auto und lächelte. Als sie schließlich den Motor anließ, wuchs daraus ein Lachen – eines, das sehr erleichtert, aber auch etwas irre klang. *Ach, was soll's, irre liegt ja in der Familie*, dachte sie, nahm ihr Handy zur Hand und suchte in ihrer Playlist nach der Arie *Glück, das mir verblieb* aus Wolfgang Korngolds Oper *Die tote Stadt*. Sie drückte auf Play und fuhr los.

Während die ersten Töne erklangen, holte Dr. Janne Helmkamp tief Luft. Und dann sang sie. Glockenklar und voller Erleichterung. Sang, wie sie es zuletzt als Kind getan hatte und wie ihre Mutter es ihr beigebracht hatte. Ihre Mutter, zu der sie unterwegs war. Ihre Mutter, die sie so sehr liebte und manchmal zugleich so sehr hasste, dass es ihr noch das Herz zerreißen würde.

10

Marina Helmkamp strich ihrer Tochter über die Haare und hörte, wie in der Küche deren Handy bimmelte. Schon zum dritten Mal. Doch weil Janne so schön schlief, hatte sie es nicht mit herübergebracht, sondern ein Kissen darübergelegt. Eine Mutter durfte so was, sagte sie sich. Das Kind sah müde aus, tiefe Schatten unter den Augen und dünn, so dünn. Marina ging zurück in die Küche, kochte Kaffee und buk Brötchen auf. Graubart, ihr Kater, hechtete auf das Küchenregal und blickte von dort stolz aufs Geschehen.

«Er wird langsam frech. Meinst du nicht auch, Enrico?», fragte sie, zum Fenster gerichtet. Die Ohren des Katers stellten sich auf. Er maunzte, als sei ihm jemand auf den Schwanz getreten.

Nachdem das Frühstück vorbereitet war, sah Marina erneut nach Janne. Die schlief noch immer. Zusammengerollt auf dem alten Schlafsofa mit dem braun-gelben Veloursbezug. Das Biene-Maja-Sofa hatten sie es früher genannt. Früher, als alles noch in Ordnung gewesen war.

Doch halt. *Mama, in Ordnung war nichts bei uns damals.* Das sagte sie doch immer. Ihre Tochter mit dem strengen Geist. Ihr kleiner Soldat. Schon immer war sie so gewesen. Schon als sie ganz klein war, hatte sie gewusst, was zu tun war. *Mama, zieh dich an. Mama, geh weiter. Mama, pass auf, der Bus.* Marina lächelte und blickte hinüber zum Fenster. Es hatte zu schneien begonnen. Schon vor Stunden. Früh, aber nicht ungewöhnlich im November im Hochschwarzwald. Ihr Gesicht leuchtete auf. Es war das Gesicht eines Kindes, eines siebenundfünfzigjährigen Kindes mit großen runden Augen und rosigen Wangen.

«Enrico – Schlittenfahren, hast du das eigentlich jemals probiert? Weißt du, ich liebe Schlittenfahren, es ist wie … ja, wie eigentlich?» Sie sprach so schnell, dass die einzelnen Silben kaum zu unterscheiden waren. Dann ging sie näher ans Fenster, presste ihre Nase daran. So stand sie bestimmt fünf Minuten, starrte auf die weiß gewordene Welt draußen. Als ihre Stimme wieder erklang, war sie gut zwei Oktaven tiefer und jaulte wie ein trauriges Cello.

«Schlittenfahren ist wie Lithium, weißt du – es ist weiß und bringt dich auf einen Trip. Einen, der zwar stetig abwärtsführt, aber in der Spur bleibt … immer schön in der Spur», murmelte sie. Ihr Gesicht spiegelte sich in der Scheibe. Es hatte sich verändert, war nun das einer alten Frau. Einer alten Frau, die bei Nacht zu ihren Toten spricht.

Marina Helmkamp drehte sich um, ging in ihr Badezimmer und öffnete einen Schrank. Neben Pflastern, Aspirin und Hustensaft türmten sich dort gut fünfzig weiße Dosen und Schachteln, deren Inhalt gereicht hätte, um eine halbe Kleinstadt zu sedieren. Sie studierte die Etiketten, nahm eine Dose nach der anderen in die Hand und schließlich aus zweien je eine Tablette. Die warf sie sich mit dem Schwung jahrzehntelanger Routine in den Mund und dann zum Schlucken den Kopf nach hinten. Ihr Blick fiel auf die Zimmerdecke, an der Leuchtsterne aus Plastik klebten. Drei Sterne, für jeden von ihnen einer – Janne, Benny und sie. Das Dreigestirn ihres Lebens.

Sie löschte das Licht in dem fensterlosen Bad, es wurde

dunkel, und die drei Sterne begannen zu leuchten – ein fahles gelbes Plastiklicht, doch Marina reichte es. Sie legte sich in die leere Badewanne, starrte nach oben und dachte an ihre Kinder. Ihre Kinder, die sie so sehr geliebt und so sehr betrogen hatte.

Eine kalte Hand griff nach ihr, legte sich um ihren Hals. Ihr Atem kam jetzt kurz und stoßweise, ein heiseres *Pfhh … Pfhh …* das nach Grenzen klang – Grenzen, die bald erreicht sein würden.

Plötzlich hörte sie die Stimme ihres Vaters. Hörte sie so, wie sie sie an jenem Tag vor über zwanzig Jahren vernommen hatte: ein sonores Dröhnen, patriarchaler als Methusalems Bart und mit jenem Unterton, der zwischen Mitleid und Ärger schwankte.

«Du kannst sie nicht behalten, Kind», hatte er gesagt. «Das wäre verantwortungslos, und das weißt du. Sieh doch, was du dieses Mal angerichtet hast. Sei froh, dass dein Junge noch lebt. Ich denke, es ist besser, wenn du ganz weggehst von hier.»

Genickt hatte sie da, genickt und sich mit allem einverstanden erklärt. Einfach mit allem. Denn sie hatte gewusst, dass sie gescheitert war. Dass sie ihren Kindern nichts hatte geben können. Nicht einmal das Mindeste, was jedes Kind haben sollte: das Gefühl von Sorglosigkeit. Die Gewissheit, dass zu Hause jemand ist, zu dem man immer gehen kann. Jemand, der sich mit ausgerenkten Puppenbeinen ebenso gut auskennt wie mit geknickten Kinderherzen. Der aufgeschlagene Knie bepustet, einem über den Kopf streicht und sagt, dass alles nicht so schlimm ist. Und dem man das auch glaubt, weil er erwachsen ist und Dinge kann, die man dafür eben können muss: das Leben anpacken, Geld verdienen,

Entscheidungen treffen und mit anderen Erwachsenen über Erwachsenendinge reden.

All das hatte sie nicht gekonnt. All das war sie nie gewesen. Und sie wusste es, nur zu gut. Marina Helmkamps Hände zitterten, als sie das Licht wieder anknipste und nach einer weiteren Packung mit Pillen griff, die auf dem Rand der Wanne lag: Valiumtabletten. Sie zögerte kurz. Es würde sie bis morgen außer Gefecht setzen. Doch alles besser, als dass Janne es merkte. Das, was sie schon seit Tagen kommen spürte. Die Vorboten und unbarmherzigen Herolde ihrer Krankheit. Es fühlte sich an, als spielten zwei hysterische Todesfeen Tauziehen in ihr. *Lach doch – heul doch*, kreischten sie in ihrem Kopf, wenn es ganz schlimm wurde.

Die schönste Krankheit der Welt hatte ein Journalist seinen Film über manisch-depressive Menschen genannt. Den würde ich gern mal einen Tag in meinen Kopf einladen, dachte Marina. Vielleicht wäre er dann vorsichtiger mit der Wahl seiner Adjektive.

An den guten Tagen und Wochen zwischen den Phasen war ihr klar, was passierte. *Ultra Rapid Cycling* hieß das Fachwort. Vielleicht war es auch ein Mischzustand. Jedenfalls kamen die Einschläge näher und immer schneller. Konnte sie früher oft wochenlang in einem «Hoch» oder «Tief» festhängen, wurde sie nun abwechselnd mit beidem bombardiert. Das passierte manchmal. Dass die Krankheit sich jahrelang im Zaum halten ließ und dann plötzlich losbrach mit der Wucht eines Tsunamis. Marina Helmkamp warf erneut den Kopf nach hinten und schluckte das Valium.

«Mama? Ist alles in Ordnung?»

Janne stand auf einmal in der Badezimmertür und betrachtete die beiden Medikamentendöschen auf dem Waschbecken. Lithium und Valproat.

«Verträgst du das Zeug noch gut?»

Marina nickte, sah aber ihre Tochter nicht an. Stattdessen rappelte sie sich aus der Wanne hoch, ließ schnell die Packung mit dem Valium in der Tasche ihrer Strickjacke verschwinden und beschäftigte sich dann angelegentlich mit dem Ordnen der Schachteln und Döschen im Schrank

«Risperidon. Quetiapin. Ziprasidon. Olanzapin», las Janne vor. «Mein Gott, gibt es irgendwas, was sie dir noch nicht verschrieben haben? Sag mal, kontrolliert Wolpi auch regelmäßig deine Leber?»

Wolpi war Dr. Matthias Wolpertinger und der Grund, warum Marina nie mehr aus Eschersweiler weggegangen war. Der Mann sah aus wie eine Mischung aus David Bowie und dem Weihnachtsmann und benahm sich auch so: etwas speziell in seinen Therapiemethoden, aber ein Mensch, dem die Grundgütigkeit aus jedem Knopfloch strahlte. Er hatte Marina immer beigestanden, sie aus zahllosen Suizid-Stimmungen gerettet. Aber auch Wolpi konnte nicht zaubern.

Marina drehte sich um und drängte Janne aus dem Bad. «Komm, frühstücken. Wann bist du überhaupt gekommen? Ich habe dich gar nicht gehört.»

Janne zuckte die Schultern und platzierte sich auf der knarzenden alten Holzeckbank in Marinas Küche.

«Es war halb drei. Ich musste erst noch einen Fasan reanimieren. Mmmmhh, das sieht gut aus.»

Sie streckte die Nase vor, atmete den Kaffeeduft ein und widmete sich in der nächsten Viertelstunde mit der Präzision, mit der sie das meiste im Leben tat, dem Essen: keine lässigen Schnittchen für Dr. Janne – nein, das Ei ward mit markantem Hieb enthauptet, das Brötchen in Form gesäbelt und die Wursträdchen so passgenau auf dem blassen Backwerk verteilt, als gälte es einen Preis für Best-of-Mettwurst-Design zu gewinnen. Marina saß ihr gegenüber, trank Kaffee und grinste. Janne runzelte die Augenbrauen und griff nach dem dritten Brötchen.

«Alles gut, Mama?»

Marina nickte und schob ihrer Tochter den Käse samt Hobel hinüber. «Da, aus dem kannst du ja Löckchen machen.»

Janne grinste ebenfalls, griff nach Kaffeelöffel und Messer, schwenkte beide durch die Luft und sang: «Smörrebröd, Smörrebröd, römpömpömpöm. Heute wollen wir bereiten eine feine Smörrebröd nach ...»

«Eine alte Reßepten von die Tante Osen», fiel Marina ein, dann schmissen sie beide ihre Kaffeelöffel hinter sich und lachten einen wunderbar langen Moment miteinander. Lachten. Laut und albern. So als wenn alles gut und es auch immer gut gewesen wäre.

Zwei Stunden später verabschiedete sich Janne, sichtlich beruhigt. Sie hatte wohl einfach Gespenster gesehen am Abend vorher. Ihrer Mutter ging es gut. Sie hatte offenbar sogar einen netten Mann kennengelernt – diesen Enrico aus der Musikschule, den sie ein paarmal erwähnt hatte. Und ihre Fragen, wie es Benny ginge und warum sie so lange nichts von ihm gehört hätte, hatte Janne einfach umschifft – wenn auch mit derart vielen Notlügen, dass ihr noch immer ganz schwindlig davon war.

Aber was hätte sie auch sagen sollen?

«Vor einer Woche war dein Sohn noch in Neuseeland und

hat Schafe geschoren, jetzt ist er in Indien und tut da Gott weiß was. Und nein, ich habe keine Ahnung, was das alles soll. Und nein, ich möchte mich nicht darum kümmern, Mama. Das habe ich mein Leben lang getan, meinst du nicht, dass damit irgendwann mal Schluss sein sollte? Zumal ich Arbeitszeiten wie ein Lkw-Fahrer habe, ein Liebesleben, das dringend einer Grundsanierung bedürfte, und eine Freizeitgestaltung, die aus dem Desinfizieren von Verbandsscheren und Unterhaltungen mit Bernd dem Brot besteht.»

So in etwa?

Janne seufzte und trat aufs Gas. Sie war hundemüde und wollte nach Hause. Wenn sie schnell machte, würde sie abends vielleicht noch Zeit haben und …

«Heute schon geküsst?», fragte eine Plakatwand in der Ortschaft, durch die sie gerade kurvte. Darüber prangte ein Lippenstiftkuss neben einer Nusspraline, die optisch an eine platte Bulette erinnerte.

Albern.

Trotzdem rotierte die Frage wie eine stecken gebliebene Schallplatte in ihrem Kopf. Und natürlich wanderten ihre Gedanken dabei zu einem Paar amüsiert blickender Augen unter einem dekorativ angegrauten Haarwust. Leon Bloomdale. *Der Verräter.* Doch ihr Mund kräuselte sich zu einem Lächeln. Wie immer, wenn sie an ihn dachte. Was mittlerweile eine ihrer Lieblingsbeschäftigungen zu sein schien. *Und was ist Ihr Hobby? Oh, Fasane anfahren, Prozesse anzetteln und englischen Psychologen hinterherschmachten.*

Albern.

Sie haute aufs Lenkrad. «Reiß dich zusammen», sagte sie laut und nickte, als wolle sie sich selbst überzeugen, welch großartige Idee das sei. Dann lenkte sie ihre Gedanken auf das einzige Thema, das sie noch mehr interessierte als Psychologen mit zu netten Augen: die Frage, ob sie der Welt nicht klarmachen könnte, was die Welt ihr nicht glauben würde – dass ihr Großvater, der große Paul Johann Helmkamp, Schokokuss-Mogul aus Delmenhorst, Kunstmäzen und sozialer Wohltäter, ja, dass dieser Elder Statesman des Bildungsbürgertums hauptberuflich ungesunde Fertigpuddings in Kindermägen katapultierte und zudem ein intriganter, verlogener Mistkerl war.

Sie haute erneut aufs Lenkrad. Die Butterdose schaukelte etwas. «Reiß dich zusammen», sagte sie noch einmal. Es klang wie ein Omen.

11

«Sind wir fertig, Sonnchen?»

Janne steckte den Kopf aus ihrem Behandlungszimmer und blickte Frau Sonnemann an, die kraft ihres Amtes das riesige Terminbuch der Praxis verwaltete. Sie schüttelte den Kopf und schloss die alte Schwarte mit einem entschiedenen Knall.

«Es isch grad no einer komme. Tut mir leid, Frau Doktor.» Ihr Mund zog sich oval nach unten wie bei einem schlecht gelaunten Emoji, dann aber gleich wieder nach oben.

«Aber gut aussehen tut der ...» Sie zögerte einen Moment, doch Zurückhaltung war Frau Sonnemanns Sache nicht, also setzte sie mit einem zufriedenen Lächeln hinzu: «Un' wunderbar rieche.»

Janne lachte, schnappte sich das Klemmbrett mit dem Anmeldeformular vom Tresen und marschierte Richtung Wartezimmer, um den letzten und bestduftenden Patienten des Tages aufzurufen. Doch etwa einen halben Meter vor der Tür blieb sie so abrupt stehen, dass sie ins Schwanken geriet und sich an der Wand abstützen musste. Ihr Blick hing starr auf dem Anmeldeformular in ihrer Hand. Dann machte sie kehrt und stakste langsam zurück Richtung Tresen. Frau Sonnemann sah hoch.

«Ist irgendetwas nicht ...?»

Janne winkte nur ab, fuhr sich durch die Haare und murmelte etwas, das italienisch und recht unwirsch klang. Dann drehte sie erneut um und blieb erst kurz vor dem Wartezimmer noch einmal stehen, um sich sehr gerade aufzurichten. Derart gerüstet, rauschte Dr. Janne Helmkamp im Vollbesitz ihrer ein Meter einundachtzig ins Wartezimmer, in dem nur noch ein Patient saß und offensichtlich fasziniert in *Das Neue Blatt* las. Leon Bloomdale.

«Das ist nicht lustig», sagte Janne.

«Sorry?», fragte er und erhob sich.

Der Mann war mindestens zehn Zentimeter größer als sie, was Janne auf kindische Weise erboste. Wenn sie es nicht ohnehin schon gewesen wäre.

«Was wollen Sie hier?», zischte sie leise, damit Frau Sonnemann nichts mitbekam.

Leon Bloomdale griff sich an die Brust. «Ich habe hier so ein Ziehen, das nicht weggeht.»

«Gibt es in Tübingen keine Ärzte?»

Er lächelte nur. Jenes Lächeln, das erst am Abend vorher durch ihre Gedanken gespukt war. Janne drehte sich um, stapfte in Richtung Behandlungszimmer. Leon Bloomdale folgte artig und nickte Frau Sonnemann freundlich zu, was eine kräftige Farbe auf deren Wangen zauberte.

Nachdem sie sich gesetzt hatten – Janne hinter, Leon vor den ärztlichen Schreibtisch –, begann sie mit der Anamnese. Wie lange, wie oft, wie stark, wann und wo genau er die Beschwerden habe. Leon antwortete knapp und präzise. Als schließlich alles gefragt und beantwortet war, blieb Janne nur noch eines zu tun: die Brust abzuhorchen. Sie stand auf und fingerte mit dem Abhorchgerät herum, ungeschickter als jede Erstsemester-Studentin. Dann deutete sie auf Leon Bloomdales edel abgenutztes Tweedjackett.

«Können Sie das mal ausziehen? Ich muss Sie abhorchen.»

Sie trat näher an ihn heran und merkte es jetzt auch. Er roch in der Tat unglaublich gut. Eine Mischung aus Zitrone, Kiefernwald und frisch gewaschen. Allerdings machte er keine Anstalten, ihrer Bitte nachzukommen.

«Dr. Bloomdale, würden Sie bitte ...?»

«Nur wenn Sie mir sagen, warum Sie nicht auf meinen Brief geantwortet haben.»

Janne kniff den Mund zusammen, wedelte mit dem Stethoskop. «Ich bin im Dienst.»

Er sah sie an, etwas flackerte durch seinen Blick. «Ich weiß, deswegen bin ich hier. Dienstlich sozusagen.»

«Hm», machte Janne, aber ihr Gesicht entspannte sich etwas. Denn nicht nur seine Augen, auch seine Stimme hatte den Ton milder Selbstironie verloren, der ihn normalerweise wie eine Rüstung umgab. Leon Bloomdale, der König des Unernstes, schien verschwunden. Stattdessen erinnerte sie der Mann vor ihr plötzlich wieder an den zerzausten bärtigen Typen mit der dicken Hornbrille, der sie damals bei der Stipendiatenprüfung eine Stunde lang fixiert hatte – mit sezierendem Blick. Sie ließ das Abhorchgerät sinken und trommelte mit den Fingern auf ihrem rechten Bein herum. Schließlich seufzte sie und schnaubte: «Sagen Sie, was wollen Sie eigentlich?»

«Essen», antwortete er mit einem – das musste man ihm zugestehen – nur klitzekleinen Siegerlächeln, «vorzugsweise mit Ihnen.»

Dann zog er sein Tweedjackett aus, und Janne umwogte noch mehr Zitrone-Kiefern-Leon-Duft. Daher brauchte sie zwei Anläufe, bis sie endlich sein Herz lokalisiert hatte. Das wummerte ihr ruhig und vertrauensselig ins Ohr. Auch seine Lunge erfreute sich bester Akustik – kein Pfeifen oder

Rasseln, bei leichtem Klopfen der Klang einer prallen Trommel.

«Alles bestens», befand Janne und hob den Kopf. «Vielleicht sollten Sie einfach weniger arbeiten, mehr entspannen und spazieren gehen? Sie haben … doch diesen Hund, wie war noch sein Name? King Kong?»

«Godzilla», brummte Leon Bloomdale und knöpfte sein Hemd wieder zu – ein grobes Leinendings, das mit blauen, gelben und rosa Streifen etwas farbenwirr wirkte, aber zu ihm passte. «Und Godzilla hasst spazieren gehen, ich glaube, in Wirklichkeit ist er gar kein Hund, sondern ein Hausschwein. Aber wo wir von ihm reden ...» Er beugte sich nach unten und holte etwas aus der großen IKEA-Tasche, die er mit hereingeschleppt hatte. «Da, das haben Sie neulich in meinem Auto vergessen, es riecht leider nicht sehr gut. Godzilla hatte es sich als Ruhekissen er…» Leon stutzte und murrte leise. «Awful little things, these German verbs … is it erkürt? Wie auch immer, er lummelte – sorry, lümmelte – on it herum for some time, bevor ich es bemerkte, I am so sorry!», beendete er seinen Satz, reichte ihr eine riesige, ausgebeulte Plastiktüte und seufzte ein wenig. «Wissen Sie, ich hätte es wirklich gern behalten, aber ich bin leider pathologisch ehrlich. Ich stehle nicht mal Seife im Hotel.»

Janne nahm die Tüte mit einem Gesichtsausdruck so bodenloser Konsternierung entgegen, dass Leon hinterherschob: «Schauen Sie doch nicht so. Sie waren wirklich das …», seine Augenbrauen hoben und senkten sich mehrfach, bis ihr Besitzer sich endlich für ein Adjektiv entscheiden konnte, «das interessanteste Gemüse, das ich je getroffen habe.»

Janne warf nur einen kurzen Blick in die Tüte mit dem grellorangen Grauen – das Kürbiskostüm, zweifelsohne.

«Interessant, ja?» Ihre Lippen zuckten. «Hätte Ihr Hund es nicht einfach zerfetzen können?»

Leon sah sie ungläubig an. Dann zückte er sein Handy und zeigte ihr ein Bild. Darauf war eine Englische Bulldogge zu sehen, zumindest vermutete Janne das. Das Tier war über und über mit Schlamm bedeckt.

«Dieser Hund ist ein Pazifist», sagte Leon. «Er zernagt nicht mal seine Kauknochen, sondern lutscht sie.»

Jannes Mundwinkel zuckten merklicher. «Wie lange haben Sie gebraucht, um ihn danach wieder sauber zu bekommen?»

«Fragen Sie lieber, wie lange es dauerte, bis ich wieder sauber war», erwiderte Leon mit Grabesstimme.

Janne lachte und stopfte die Tüte in die Ecke hinter dem Schreibtisch. Dann drehte sie sich um, das Gesicht wieder ernst und konzentriert.

«Wenn Sie möchten, können wir noch ein Blutbild machen, um sicherzugehen, dass alles in Ordnung ist.»

Leon Bloomdales Augenbrauen schossen nach oben. «Blutbild? Sie meinen Blut wie Blut?»

Janne taxierte ihn kurz, die plötzliche Blässe um seine Nase, die abwehrende Körperhaltung. Leises Amüsement funkelte in ihren Augen. Sie hätte vieles vermutet, aber nicht, dass Dr. Bloomdale zu den Menschen mit ausgeprägter Angst vor Blut und Spritzen gehörte.

«Ich glaube, das wird nicht nötig sein», murmelte er und stand recht eilig auf. «Vielen Dank.»

«Und Ihre Brustschmerzen?»

Er winkte ab. «Das wird schon wieder. Etwas Entspannung würde sicher helfen ... vielleicht bei einem schönen Essen? Kommen Sie, Frau Doktor, sagen Sie Ja.»

Sie schüttelte irritiert den Kopf.

«Essen Sie nicht?»

«Hören Sie, Herr Bloomdale, ich glaube, das ist keine sehr gute Idee.»

«Ich erkläre Ihnen auch alles. Alles, was Sie wissen möchten.»

Er legte den Kopf schief und so viel Lächeln in seinen Blick, dass es Plopp machte in ihrer Brust. Ein Geräusch, als sei eine rostige alte Tür aufgesprungen, deren Vorhandensein sie nicht einmal geahnt hatte. Als Leon Bloomdale fünf Minuten später unter den hingerissenen Augen von Frau Sonnemann seinen Trenchcoat anzog, pfiff er leise vor sich hin und wirkte wie jemand, der gerade einen Wettlauf gewonnen hatte – und nun auf die Siegerehrung wartete.

Janne aber saß an ihrem Schreibtisch, noch immer das Abhörgerät in den Händen, und fragte sich, ob sie von allen guten oder überhaupt jeglichen Geistern verlassen worden war. Aber da sie nun mal ein systematischer, gut organisierter Mensch war, nahm sie einen Stift zur Hand und schrieb in den Kalender: 20:00 Uhr, Abendessen, L. Bloomdale. Für den übernächsten Freitag. Dahinter malte sie ein großes Fragezeichen.

12

Leon Bloomdale betete. Genauer gesagt stand er vor seinem Auto, das gegenüber von Jannes Praxis parkte, und stieß abwechselnd Beschimpfungen und Stoßgebete aus. Er konnte sich gerade noch davon abhalten, dem riesigen schwarzen Gefährt gegen die Reifen zu treten. «Das ist unter deiner Würde, Mann», sagte er sich und warf verstohlen einen Blick hinüber zur Praxis. Er hoffte inständig, dass Janne wenigstens nicht hinaussehen und ihn in seinem ganzen Elend erblicken würde.

Dem Elend eines Mannes, der intellektuell bestechende Pamphlete schreiben und mit seinem Esprit ganze Partys unterhalten konnte, aber als Autoschrauber und Handwerker der größte Versager unter der Sonne war. Das Schicksal hatte Mitleid mit ihm. Während Leon noch immer fassungslos auf das Innenleben seines dreißig Jahre alten Fairway Austin FX4 starrte und sich fragte, warum um alles in der Welt er nie dem ADAC beigetreten war, hielt ein VW-Bus neben ihm.

«Kann i helfen?», fragte eine Stimme, und Leon sah in ein rundes Gesicht, das ihn unter einer verblichenen Baseballkappe freundlich anblickte. Er nickte und versuchte dabei nicht so unsäglich erleichtert auszusehen, wie er sich fühlte.

Bruno Häberle – denn kein anderer war es, der hier im VW-Bus vorgefahren war – stieg aus. Nach einem Leben als Rettungssanitäter erkannte er tiefe Not, wenn er sie sah.

«Springt er net an?», fragte er und – als Leon zustimmend mit dem Kopf wippte –: «Soll i mal neischaue?»

Leons Kopf wippte erneut, und das so begeistert, als wolle er Bruno gleich die Füße küssen. Der aber öffnete gelassen die Motorhaube und inspizierte das Innenleben des alten Londoner Taxis so wie jeden anderen Kranken auch: mit Ruhe und Systematik.

«Habet Sie noch irgendwas anderes bemerkt, was nicht stimmt mit dem Auto?»

Leon überlegte. Das Problem war, dass er dem Wohlergehen seines Autos normalerweise etwa so viel Aufmerksamkeit schenkte wie den Veranstaltungshinweisen des Tübinger Micky-Maus-Klubs: exakt keine. Doch schließlich fiel ihm etwas ein. Seit einiger Zeit stotterte der gute alte Austin manchmal etwas – fast als wenn er Husten hätte.

«Husten?», wiederholte Bruno, leichte Skepsis im Blick.

Leon nickte noch einmal und scharrte mit dem Fuß auf dem Boden herum. Bruno aber machte «Hm, hm» und sah wieder in das Auto hinein, wo er an einer Art kleinen Dose herumruckelte, die Leon nie zuvor bemerkt hatte.

«Völlig eingerostet», konstatierte er.

Leon war sichtlich bemüht, eine verständige Miene zu produzieren. In Wahrheit hatte er keine Ahnung, warum sein Auto offenbar unter Mitwirkung einer Konservenbüchse betrieben wurde. Das Einzige, was ihn interessierte, war die Frage, ob es jemals wieder fahren würde – und wenn ja, wann das sein würde. Bruno ruckelte unterdessen die ominöse Dose weiter vor und zurück, brummte und drehte sich um.

«Moment mal.»

Er stapfte zu seinem VW-Bus, kramte auf dessen Rücksitz herum und kam mit einem Gerät zurück, das Leon vage an einen Tortenheber erinnerte. Wie sich sodann herausstellte, war es ein hochspezialisiertes Präzisionsgerät. Im Handumdrehen hatte Bruno die Konservendose ausgebaut, geöffnet und ein begeistertes «Aaahh» ausgestoßen – den Triumphlaut eines Mannes, der tat, wofür er geschaffen war: an Autos rumzuschrauben. Leon kam sich dagegen vor wie eine Lernschwester bei ihrer ersten OP – nicht nur unnütz, sondern vollkommen überflüssig.

Danach brauchte Bruno nur noch zehn Minuten, in denen er die Dose öffnete, ein kleines Sieb – den Kraftstofffilter – herauszog, reinigte und wieder dem Innenleben des alten Austin zuführte. Dann rieb er sich die autoschmiergeschwärzten Hände und strahlte Leon an.

«Wollet Sie es mal versuchen?»

Leon stieg ein und startete den Motor, der ansprang wie ein junger Gott. Er selbst sprang nun ebenfalls, aber aus seinem Auto und hätte Bruno am liebsten umarmt. Doch der war bereits wieder zu seinem Bus geschlendert und winkte noch einmal freundlich beim Einsteigen.

«Trinken Sie gern Wein?», rief Leon.

«Wer nicht?», rief Bruno zurück und ließ den Bus an.

«Warten Sie», brüllte Leon in das VW-Bus-Geboller und klaubte schnell etwas vom Rücksitz des Austins. Es war eine dunkle bauchige Weinflasche mit rot-weißem Etikett. Er reichte sie Bruno durch das Fahrerfenster.

«Das wär doch ned ... aber danke!», rief der, nahm die Flasche und fuhr endlich los, nur um schon nach wenigen Metern wieder anzuhalten und zurückzusetzen. Leon staunte, wie leichtfüßig der kleine runde Mann aus seinem Bus sprang und ihm fast anklagend die Flasche entgegenhielt.

«Das ist ein Versehen, Herr … Herr …»

«Bloomdale», sagte Leon, blickte auf die Flasche und runzelte die Stirn. «Warum? Trinken Sie lieber Weißwein?»

«I mein, das geht doch nicht.» Bruno schüttelte seinen Kopf und drückte ihm die Flasche in die Hand.

Als Leon weiterhin verständnislos guckte, holte Bruno tief Luft und platzte heraus: «Das kann ich nicht annehmen, des isch viel zu kostbar.»

Leon beäugte erneut die Flasche, deren Etikett ein rotes stilisiertes Templer-Kreuz schmückte, dann schwenkte sein Blick zu seinem Austin. «Haben Sie eine Ahnung, was Autowerkstätten verlangen, wenn die auch nur eine neue Radkappe an dieses Gefährt schrauben sollen?» Er verdrehte in gespieltem Entsetzen die Augen. «Eigentlich müsste ich Ihnen die ganze Kiste schenken!»

Mit diesen Worten gab er Bruno die Flasche zurück, der sie einen Moment unentschlossen in den Händen drehte. Schließlich fragte er: «Wie sind Sie da überhaupt rangekommen? Den Wein gibt der Karl Mürner fei nur raus, wenn man ihm die Pischtole an die Bruscht hält.»

Leon grinste. «Wer sagt, dass ich das nicht getan habe? Auf Weinraubüberfälle gibt's in Schwaben doch sicher … wie sagt man …? Milde Aufstände?»

Bruno lachte. «Mildernde Umstände. Aber das tät ihm recht geschehen. Wisset Sie, die Flaschen kennt jeder hier im Landkreis. Zumindest vom Hörensagen. Der oide Glammr-Hoga rückt ja kaum je welche naus. Und viel abwerfen tut das Gut wohl eh nicht mehr, aber das wenige, das sind Spitzengewächse, das sag ich Ihnen.»

Leon grinste. So viel Schwäbisch verstand er mittlerweile, dass er sich «Glammr-Hoga» als «Klammerhaken» – also

Geizhals – übersetzen konnte. Dass der oide Glammr-Hoga ihm tags zuvor die Kiste quasi aufgedrängt hatte und warum, behielt er lieber für sich. Schweigepflicht.

«Bitte nehmen Sie den Wein. Sie haben meinen Tag, meine Nerven und auch die meiner restlichen Patienten gerettet.»

Bruno riss die Augen auf. «Sind Sie auch a Doktor?»

«Nein», erwiderte Leon, «ich kümmere mich nur um die Köpfe.»

«Ein Psycho.» Bruno nickte, dann verengte er die Augen und starrte an Leons linker Schulter vorbei. «Da können Sie ja glei bei dem da loslege.»

Leon drehte sich um und sah an der Straßenkreuzung einen silbernen Mercedes vorbeifahren.

«Wer ist das?», fragte er.

Bruno taxierte ihn einen Moment, dann machte er seinem Herzen Luft: «Das ist der Herner, der bleede Gischpl, der unserer Frau Doktor hier das Leben schwer macht.»

«Das Leben schwer?» Eine scharfe Falte erschien über Leons Nasenwurzel. «Sie meinen Frau Dr. Helmkamp?» Als Bruno bejahte, runzelte Leon die Stirn. «Aber wieso? Ich verstehe nicht –»

«Ja, noh. Des versteht auch keiner.» Bruno sah dem entschwindenden Mercedes hinterher und tippte sich mit dem Finger an die Stirn. «So an Affadaggl.»

«Affa...?», wiederholte Leon, Verwirrung im Blick.

«Ein Volltrottel, Megaidiot», half Bruno aus, taxierte Leon erneut und kam dann zu einer Entscheidung. «Sagen Sie, Sie kennen die Janne, richtig?»

Leon Bloomdales Gesicht nahm eine zarte Pinktönung an. Mehr brauchte Bruno nicht zu wissen. Er deutete auf

Leons Wagen. «Wollen wir uns einen Moment da noi setze? Dann erzähle ich Ihnen alles.»

Denn mochte Bruno auch vom Land sein und Quinoa für eine koreanische Kampfsportart halten, schwer von Begriff war er nicht und kurzsichtig schon gar nicht. So hatte er eins und eins zusammengezählt – Leons Blicke zu Jannes Praxis hinüber und seine wie angespitzte Aufmerksamkeit, als er sie erwähnte. So war er schnell zu dem Ergebnis gekommen, dass mit diesem Mann vielleicht die Lösung für ein Problem vor ihm stand: die Frage, wie man Janne in Pfaffingen halten konnte.

Zehn Minuten später war Leon Bloomdale bestens im Bilde. Darüber, dass Jakob Herner nicht mal zuließ, dass Janne seine Tochter behandelte. Und dass Bruno gerade gestern im Wirtshaus gehört hätte, wie er wieder mal über Janne herzog. Ihre medizinischen Fähigkeiten anzweifelte und Dinge so bösartig verdrehte, dass Bruno immer noch ganz rot im Gesicht wurde.

«Dass bei ihr mehr Leute sterben tät als bei anderen Ärzten, erzählt der rum», schloss er und schnaubte noch einmal wütend. «Nur weil sie die kranken alten Leute eben nicht in die Klinik abschiebt, sondern daheim betreut.»

«Bloody bastard», entfuhr es Leon.

«Genau. Bladdi Baschtard.» Bruno schnaubte und taxierte Leon von der Seite. «Aber ich dacht mir eben, vielleicht hätten Sie da ja eine Idee – also wie man den zur Besinnung bringen könnt. Ich meine, wo Sie ja so in die Köpfe neischaue könne ...»

«Das liegt leider weit über meinen bescheidenen Kompetenzen, Herr Häberle. Aber ich denk drüber nach. Ich denk drüber nach.»

Sie schieden mit Handschlag und einer leisen Ermahnung Brunos, dem «Audole» ab und zu doch «ebbes Öl» und zu seinem dreißigsten Geburtstag vielleicht auch einen neuen Kraftstofffilter zu spendieren.

* * *

Am Abend aber saß Bruno Häberle mit seiner Mutter im Wohnzimmer und nippte andächtig an dem 2004er Lagrein, den Leon ihm geschenkt hatte.

«Was weiß ich, wie der aussehen tut, Mutter. Iss halt ein Mann. Und groß isser … und schon nett, denk ich.»

«Bruno!», sagte seine Mutter, und in diesem einen Wort lag all die Weisheit und Verscheißer-mich-nicht-Jungchen!-Autorität, die sechsundsechzig Jahre Muttersein Klara Häberle gelehrt hatten.

Bruno stieß Luft aus wie ein Walross und fuhr sich verzweifelt durch die Haare. «Was willscht denn? Also … okay … wie der Schauspieler tut er ausschauen, der Herr Bloomdale … dieser von früher, weischt? Wie hieß der doch glei? Gerri Crent?»

Das stimmte zwar allenfalls auf fünfhundert Meter Entfernung, aber das war Bruno egal. Denn seine Mutter nickte nun, nahm noch einen großen Schluck von Mürner-Karls Edelwein und lächelte zufrieden. Denn für «ihre Janne» sollte schließlich ein ganz Besonderer kommen. Ein Gerri Crent – das wäre gerade recht.

13

«Und du hast ihr echt gesagt, Benny sei auf Geschäftsreise? Was soll er denn für Geschäfte machen? Für die Klinik neue Kniegelenke verticken?», fragte Konrad und drückte prüfend auf das grüne Teigding, das vor seiner Nase baumelte. «Mist, immer noch nicht trocken.»

«Ich glaube nicht, dass meine Mutter so weit denkt.» Janne ruckelte auf ihrem Stuhl herum und befiddelte die Bändel ihres Kapuzenpullis. «Was Besseres fiel mir eben nicht ein.»

«Nun lass die arme Frau, Konrad», schaltete sich Ella ein, die auf dem Logenplatz thronte: einer an der Decke befestigten Sitzschaukel. Sie stieß sich sachte mit dem Fuß an der Wand ab. «Außerdem sind Notlügen einfach nur Abkürzungen der Wahrheit. Das sagt jedenfalls mein Opa immer.»

Die drei saßen in Konrads und Ellas Küche und sahen ihren selbst gemachten Nudeln beim Trocknen zu. «Pappardelle à la Konrad», nannte derselbe die schlaffen breiten Teigsträhnen, die über einer Wäscheleine quer durch die Küche hingen.

«Wieso?», fragte Janne. «Dein Opa war doch Polizist, oder? Sollte er da nicht ein etwas innigeres Verhältnis zur Wahrheit haben?»

Ella winkte lässig mit der Hand. «Schon. Aber er sagt immer, es gebe eben für jede Sache zwei Erklärungen: eine, die sich gut anhört, und eine, die stimmt. Na ja, und die Notlügen seien eben der Klebstoff dazwischen.»

Janne lachte, und Konrad patschte ihr beruhigend auf die Schulter. «Du hast das schon richtig gemacht, Jannilein. Deine Mutter würde sich nur aufregen – und Benny wird sicher bald wiederkommen, wenn er ... Autsch!» Konrad rieb sich das Hinterteil.

«Oh, 'tschuldigung, Schatz», säuselte Ella, die ihn beim Schaukeln scheinbar ganz zufällig mit dem Fuß gerammt hatte.

Janne aber blickte nun sehr aufmerksam von Ella zu Konrad und wieder zurück. Es war einen Moment still in der Küche. Nur die alte Kuckucksuhr vom Flohmarkt tickte vor sich hin, und ein dumpfes Dröhnen verriet, dass der Nachbar wieder mal mithilfe von *Iron Maiden* die Voltstärke seiner Boxen testete. Ansonsten war es ruhig. So ruhig, dass das leichte Zittern in Jannes Stimme ebenso deutlich zu hören war wie ihre fast greifbare Angst, als sie nun ganz langsam und dabei jede Silbe einzeln aussprechend fragte: «Was ist hier eigentlich los?»

Konrad pflückte die ersten Nudeln von der Leine und pfiff dabei leise vor sich hin. Seine Ohrspitzen waren knallrot. Ella aber sprang aus ihrer Schaukel, stemmte beide Arme in die Hüften und holte tief Luft. Erwartungsvolle Stille trat ein, selbst *Iron Maiden* schien nebenan gerade eine Pause einzulegen.

«Wein», platzte sie schließlich heraus, «wollt ihr einen Schluck Wein?»

Janne verdrehte die Augen, fuchtelte wirr mit den Händen. Doch Ella ließ sich nicht beirren, holte eine Flasche Schillerwein aus dem Schrank und schenkte für alle ein.

Und dann endlich erzählte sie Janne das Wenige, was sie wusste – oder zumindest vermutete.

Offenbar hatte sich Benny, während er im Krankenhaus als Sachbearbeiter tätig war, Zugang zu dessen Giftschränken verschafft und einen florierenden Handel mit Opiaten und Aufputschmitteln aufgebaut.

«Und dann hat's der Chef rausgekriegt und ihm die Leviten gelesen. Es heißt aber, er wollte ihn trotzdem weiterbeschäftigen ... Wahnsinn, oder?», schloss Ella ihren Bericht. Dann rieb sie einen Moment nachdenklich an ihrem Kinn herum und fügte hinzu: «Aber er ist ja auch ein Schatz, dein kleiner Benny. Nur fragt sich jeder: Warum? Warum baut ein so netter junger Mann solch einen Bockmist?» Ihre Stimme klang nicht vorwurfsvoll, nur ehrlich erstaunt.

Janne presste die Lippen aufeinander und schwieg. Sie war so bleich, dass die Handvoll Sommersprossen auf ihrer Nase wie braune Tupfen auf Pergament wirkten. Konrad aber klaubte die letzten Nudeln von der Leine und marschierte in Richtung Wohnzimmer.

«He, guter Mann, wohin des Wegs? Die Fressalien bleiben hier – hier sitzen zwei halb verhungerte Frauen», rief Ella hinter ihm her, setzte sich neben Janne und legte ihr den Arm um die Schultern. Als diese stocksteif blieb und auf ihrer Unterlippe herumnagte, schüttelte Ella sie sanft. «Hallo? Ella an Janne: Bitte runterbeamen!»

Janne lächelte verkrampft. «Schon gut, ich bin nur überrascht.»

«Und verletzt, dass er dich angelogen hat.»

Janne wackelte zögerlich mit dem Kopf. «Auch. Aber vor allem versteh ich's nicht. Weißt du, ich glaube einfach nicht, dass Benny per se viel kriminelle Energie hat.»

«Vielleicht brauchte er einfach Geld?», schlug Konrad vor, der mit einem monumentalen Spaghettitopf in der Hand zurück in die Küche gekommen war.

«Was gibt das?», fragte Ella. «Hast du deine gefräßigen Neffen zum Abendbrot eingeladen, oder willst du Nudeln für den Rest des Jahres kochen?»

Konrad stellte den Zwanziglitertopf auf den Herd und blinzelte Janne zu. «Ich dachte, wir kochen sie alle und geben Frau Dr. Magic ein bisschen Nudelsalat mit.»

«Gute Idee», lobte Ella. «Wir haben noch Kirschtomaten und Sesamöl, das magst du doch, Jan... Hallo?»

Janne war aufgestanden, hatte ihren Rucksack vom Boden hochgehoben und war zur Tür gegangen. «Tschüss, ihr zwei, tut mir leid, aber ich habe keinen Hunger mehr ... und ...» Sie fuchtelte hilflos herum.

«Ist okay», sagte Konrad. «Wir machen einfach Lasagne und frieren was ein.»

Janne warf ihm einen dankbaren Blick zu.

Ella war aufgesprungen und zur Tür gekommen. «Ist alles in Ordnung, Janni?»

Die nickte nur. Ein stockendes, abgehacktes Nicken, wie ein in die Jahre gekommener Roboter.

«Ich muss jetzt los – aber ich drücke euch die Daumen», sagte sie und deutete auf die Temperaturkurve am Kühlschrank, die Ella mit der Pünktlichkeit einer Stechuhr führte. Es sah gut aus für Baby-Ella oder Baby-Konrad. Kein Abfallen der Morgentemperatur hieß, dass er oder sie sich eventuell gerade häuslich einrichtete in dem, was Ella den Familienfluch oder ihr «Rubens-Memorial-Becken» nannte: eine prächtig gerundete Körpermitte, die sich jetzt, so die Besitzerin, «wohl endlich mal nützlich machen würde».

«Danke», sagte Ella, und ihre Stimme kippte etwas.

Konrad legte den Arm um sie.

Janne sah die beiden an und schluckte ein paarmal. Irgendwas hatte sich offenbar in ihren Hals verirrt und klumpte dort herum. Das wurde langsam chronisch, diese Sache mit der Rührung. Demnächst würde sie anfangen, grundlos Herzchen an wehrlose Scheiben zu malen. Und daran, dachte sie etwas entrüstet, war nur einer schuld. Janne holte tief Luft, verscheuchte Leon Bloomdale aus ihren Gedanken und winkte ihren Freunden noch einmal zu. Dann setzte sie sich ins Auto und fuhr nach Blaubeuren, in die Küfnerstraße 129. Dorthin, wo Benny in einer WG ein Zimmer hatte. Zumindest hoffte sie, dass dem noch so war.

14

«Und du bischt wer?», fragte der bärtige Typ mit dem Männerdutt.

«Und du willscht was?», echote die rundliche Frau, gegen die Cindy aus Marzahn wie ein Schoßhündchen wirkte.

Janne stand vor der Tür einer Altbauwohnung, aus der ihr der grasige Geruch eines frischen Joints entgegenströmte. Nachdem sie beide Fragen geklärt hatte, sagte der Bärtige: «Moment mal», dann ging der Türspalt, den er geöffnet hatte, wieder zu – und blieb es auch. Janne hörte die beiden hinter der Tür argumentieren und überlegte kurz, ob sie einfach die Polizei holen sollte. Ihre Pupillen waren so riesig gewesen, dass Janne neben Cannabis noch auf Ecstasy oder Crack tippte. Oder Amphetamine, dachte sie und zuckte innerlich zusammen. Standen hier etwa Bennys Kunden vor ihr?

Die Tür ging wieder auf. «Kannscht reinkomme», meinte der Bärtige, während Proll-Cindy einen Flunsch zog.

«Korrekt isch des ja net. I mein, da kann ja jede ...»

Janne seufzte und zog, da er gerade zur Hand war, ihren Arztausweis heraus. Der Bärtige, der sich mittlerweile als «Torschdn» vorgestellt hatte, riss die Augen auf.

«A Doktor bischt du? Des hedd der Benny ja nie erzählt.»

«Doch, hedd er», muffelte das Moppelchen von hinten. «Des isch die Super-Duper-Ärzte-Schwester, die immer alles weiß und richtig macht. Der Benny tut quasi den Boden unter ihren Füßen küsse.»

«Wenn du's sagscht, Kerschtin.»

Torsten zwinkerte Janne jetzt aus irgendeinem Grund zu und wies dann in den langen Flur hinter sich. «Da, die zweite Tür rechts, das isch Bennys.»

Janne nickte und ging den Flur entlang, während die beiden in die Küche trotteten. Der Duft, der eindeutig von dort kam, ließ vermuten, dass sie sich nun wahrscheinlich den kokelnden Resten ihres Halluzinogens widmen würden.

Janne öffnete die alte Holztür mit dem Glaseinsatz, die zum Zimmer ihres Bruders führte. Die Wohnung musste einmal wohlhabenden Leuten gehört haben, dachte sie. In den Glaseinsatz war mit feinem Rillenschliff ein Rosenmuster eingearbeitet. Das Parkett unter ihren Füßen knarzte in edlem Fischgrätmuster. Und oben unter der Decke zog sich in gut vier Meter Höhe prächtigster Stuck entlang. Umso trauriger wirkte der Anblick, der Janne hinter der Tür erwartete. Benny hatte nicht mal mehr ein Bett, sondern schlief offenbar auf einer alten Matratze auf dem Boden. Seine Bücher, Kleidung und andere Dinge lagen ebenfalls herum oder steckten in blauen Müllsäcken. Einen zum Tisch beförderten Bananenkarton teilte sich ein Rudel leerer Bierflaschen mit einer Tasse verschimmeltem Kaffeerest. Janne nahm die Tasse und die Flaschen und wollte das Ganze gerade entsorgen, als ihr Blick auf ein altes Heft fiel, das neben der Matratze lag.

Es war ein altes DIN-A5-Schulheft, dessen Einband in jenem schmerzerregenden Farbmix gehalten war, der nur aus den Neunzigern stammen konnte: Pink mit neongrüner Umrandung. Janne setzte sich auf die Matratze und nahm das Heft zur Hand. Langsam und vorsichtig. Und während sie das dünne Heft in den Händen wog, auf dem in Bennys krakeliger Kinderschrift «Geheim» stand, gab es diesen seltsamen Moment. Sie sah Fotos und Zeitungsnotizen, erkannte einen Namen, immer wieder diesen einen Namen, und ihr war, als würde sie fallen. Es fühlte sich an wie in einer schlechten Nacht, wenn man schweißgebadet aufwacht und zitternd begreift, dass alles nur ein Traum war – nur umgekehrt. Jetzt war ihr, als ziehe sich die Realität von ihr zurück und lasse sie einfach fallen. Fallen in eine andere, eine durchlässigere Welt, in der die vertrauten Wahrheiten ihrer Existenz sich in nichts auflösten.

Sie wusste nicht, wie lange sie so dagesessen hatte – auf Bennys durchgelegener Matratze mit dem Schulheft eines kleinen Jungen in der Hand. Doch dann hörte sie, wie vor der Zimmertür die Kerschtin auf und ab tigerte und so tat, als ob sie flüsterte, dabei aber lauter zischelte als ein Megafon: «Was tut die denn so lang da drin mache, he? Wollet mehr nicht mal noigehe?»

«Spinnscht du? Kannscht die doch jetzt net störe.»

«Klar kann i.»

Das Flüstern wurde leiser und entfernte sich. Den beiden war anscheinend nicht klar, dass Altbauten zur Wahrung der Privatsphäre meist in etwa so geeignet sind wie ein Telefonat im Acht-Uhr-Bus am Montagmorgen. Durch die alte Zimmertür, die unten einen Zentimeter zu kurz war, verstand Janne weiterhin jedes Wort.

«Was, wenn sie rumschnüffelt und Zeug findet?»

«Ach, das hat er doch alles ...»

«Eben nicht, er ist ja so schnell abgehauen.»

«Aber was willscht denn mache?»

Die Schritte kamen wieder näher. Und dann entschied es sich im Bruchteil einer Sekunde und jenseits eines ihr wirklich zugänglichen Bewusstseins: Janne, die Superkorrektheit auf zwei Beinen, schob das Heft eilig in die Innentasche ihrer Jacke. Bevor die Tür aufging, raffte sie auch noch einen Stapel ungeöffneter Briefe an sich, die unter einer Dose Chopsuey lagerten – offenbar Bennys Hauptnahrungsquelle, dem überquellenden Mülleimer in der Ecke nach zu urteilen.

«Habet Sie gefunde, was Sie suche?», fragte die Kerschtin und blinzelte Janne aus Augen an, deren Pupillen immer noch wie Wagenräder aussahen. Sie stand mitten im Zimmer und inspizierte den Schauplatz mit der Aura eines Feldmarschalls. Janne schüttelte den Kopf und nahm die Kaffeetasse und die leeren Bierflaschen wieder auf, um wenigstens etwas zu tun.

«Wo ist denn die Küche?»

«Die hinderschde Tür links, aber ...», murrte Kerstin.

Doch Janne marschierte einfach an ihr vorbei und in die Küche, wo es roch, als habe jemand die Gartenabfälle von drei Jahren abgefackelt. Torsten stürmte hinter ihr her und riss das Fenster auf.

«Uns ist da was angebrannt», stammelte er, plötzlich sehr hochdeutsch.

«Aber sicher», meinte Janne, kippte den alten Kaffee weg und stellte die leeren Bierflaschen in eine Ecke, in der noch gut drei Dutzend ihrer Kollegen standen.

«Hören Sie, es ist mir ganz egal, was für'n Zeug Sie hier rauchen – aber dass das auf Dauer impotent macht, wissen Sie schon, oder?»

Torsten riss erst die Augen, dann den Mund auf, Laute kamen nicht hinaus.

Janne nickte. «Offenbar nicht. Na ja, ist ja Ihre Sache.

Also … was ich gern wissen würde: Können Sie mir vielleicht irgendetwas darüber sagen, wann und warum mein Bruder Deutschland verlassen hat?»

Torsten schüttelte sein bärtiges Haupt. «Er war einfach weg, als ich eines Nachts von der Arbeit kam. Ich bin DJ, wissen Sie.»

Janne hätte beinahe gesagt: «So was hatte ich befürchtet», biss sich aber noch schnell auf die Lippe. «Und Ihre Mitbewohnerin?», fragte sie stattdessen so freundlich, wie es ihr möglich war, und wies vage auf den Flur.

«Kerschtin», brüllte Torsten. «Hascht du den Benny noch sproche, bevor er weg isch?»

«Kann net, i bin auf'm Klo», kam es zurück.

Janne seufzte und ging zur Tür. Dort schrieb sie ihre Telefonnummer auf einen Zettel und reichte ihn Torsten. «Wenn es irgendwelche Neuigkeiten gibt oder jemand sich nach meinem Bruder erkundigt, würden Sie mich anrufen?»

«Klar.» Dann fuchtelte er ungelenk mit der Hand. «Und –»

«Ja?»

Es gab eine kleine peinliche Stille.

«Das, was Sie gesagt haben, stimmt echt?»

Janne wusste natürlich, was er meinte, und überlegte kurz, ob sie ihn ärgern sollte. Aber wie er so dastand, mit seinen mindestens fünfunddreißig Jahren, der albernen pseudozerrissenen Jeans und seinem Rauschebart und ängstlich guckte, tat er ihr irgendwie leid. Also drehte sie sich, während sie die Treppe hinunterging, um und rief durchs Treppenhaus. «Sagen wir mal so: Es wird diskutiert. Andererseits wissen wir, auch Bob Marley hat Kinder gezeugt, mindestens elf meines Wissens – und der Mann hat wahrscheinlich einen halben Urwald weggekifft in seinem Leben.»

Torsten schaute ihr etwas erschrocken hinterher, ihre Stimme hatte laut und deutlich durchs ganze Treppenhaus geschallt. Dann aber zog die Erleichterung über sein weiches Kindergesicht wie eine Puderzuckerglasur.

15

Janne trat aufs Gas. Sie war endlich aus Blaubeuren raus und wollte schnell nach Hause. Wollte ein Bad nehmen, das Violinkonzert von Max Bruch hören, tief Luft holen und dann Mut haben. Den Mut, sich anzusehen, wer ihr Bruder eigentlich war.

Bennys Heft lastete in ihrer Jackentasche, als wöge es Zentner. Ja, als könne es sie mit seinen Fotos und Zeitungsausschnitten im Handumdrehen in die Tiefe ziehen, in ein anderes, weit entferntes Leben. Eines, das im Grunde nie mehr als eine Versuchsanordnung gewesen, nie wirklich Realität geworden war.

Ihr Handy klingelte. Janne sagte «Jetzt nicht» zur Windschutzscheibe und hämmerte mit der Faust aufs Lenkrad. Natürlich fuhr sie trotzdem rechts ran. Denn auch wenn abends um 21:00 Uhr meist nur Callcenter-Mitarbeiter aus Bombay oder die leicht hysterische junge Mutter mit dem zahnenden Kind anriefen, konnte es natürlich auch Bruno sein. Und er war es.

«Janne?»

«Bruno?»

«Tut mir leid, aber die Mutter meint, es sei dringend ...»

«Was ...?»

«Na ja, der alte Erich Kollwitz hat angerufen, der aus Hamersingen, weischt? Ein Wunder, dass er das überhaupt zuwege gebracht hat, er ist ja schon etwas ... Ach, egal. Also jedenfalls tät's seiner Schwester nicht gut gehen, sie würde nicht aufstehen und nicht reden. Ich würd' ja hinfahren, aber die blöde Erkältung –»

Janne seufzte und versuchte blinzelnd, die Müdigkeit aus ihren Augen zu vertreiben. «Schon gut, bin sowieso gerade unterwegs. Wo muss ich hin?»

«Nach Hamersingen, Bäckergasse 17.»

«Alles klar.»

«Janne?»

«Ja?»

«Bischt und bleibscht die Beschte.»

Es war einen Moment still, dann hörte Bruno Janne tief Luft holen.

«Sag das mal dem Herner.»

«Ach, die ahle Schlabbergosch.»

Janne prustete ins Telefon. «Was?»

«Ah ja, der erzählt doch nur Mischtzeug», krächzte Bruno und begann zu husten.

«Geh ins Bett, Bruno, und lass dir von deiner Mutter einen Salbeitee machen.»

«Aye, aye, Doc.»

Janne legte auf und stellte auf ihrem Navi die gewünschte Adresse ein. Zwar wusste sie ungefähr, wo Hamersingen lag. Doch bei all den Serpentinen und Abzweigungen der Schwäbischen Alb war es einfacher, blind durch einen barocken Irrgarten zu laufen, als dort ein Fünfhundert-Seelen-Kaff zu finden.

* * *

Das Erste, was ihr auffiel, als sie schließlich die Wohnung im zweiten Stock eines Mehrfamilienhauses betrat, war der süßlich-faule Geruch. Das Zweite das riesige Wappenschild, das über der Kommode im Flur hing: Es zeigte einen schwarzen Adler, der eine Krone um den Hals trug und ein Schwert über seinem Kopf schwang.

«Sie kommen spät, junges Fräulein, wir warten», sagte der alte Herr, der die Tür öffnete, und hob dabei missbilligend eine weiße Augenbraue. Er trug ein graues Jackett, das um seinen Körper schlotterte. Dazu ein nicht mehr allzu weißes Einstecktuch sowie einen Gesichtsausdruck, der milde Nachsicht mit den Untergebenen ausdrückte. Janne lächelte und ignorierte seine Aussage. Mit arroganten alten Nervensägen kannte sie sich schließlich aus.

«Ihnen auch einen guten Abend, Herr Kollwitz. Ich bin Janne Helmkamp», sagte sie und versuchte, da er die Tür nicht weiter öffnete, an ihm vorbei in den Flur zu spähen. «Wo ist denn die Patientin?»

Das runzlige Gesicht von Erich Kollwitz verdüsterte sich, seine dunklen Augen loderten, und er verstellte ihr den Blick. «Wagen Se es nicht! Wer sind Se überhaupt, Madamche? Ich kenn Se nich.»

Janne überlegte kurz, war sich aber sicher: Was der Mann da sprach, war kein Schwäbisch, und sein Verhalten war … nun, zumindest ungewöhnlich. «Ich bin Ärztin, Herr Kollwitz, und komme wegen Ihrer Schwester. Bruno Häberle hat mir gesagt, es ginge ihr nicht gut», erklärte sie freundlich.

Das schien ihn zu beruhigen, sein Gesicht entspannte sich. «Ach, Jottchen, wollt doch nicht verschrecken Se. Ja, dem Mariannche geht das wieder schlecht. Was is ze machen. Jibt kein Erbarmung nich.»

Janne lächelte ihn ermunternd an. «Kann ich denn jetzt zu ihr, Herr Kollwitz?»

Er antwortete nicht, sondern schien wie gefangen von dem Aufkleber, der auf Jannes Arztkoffer klebte: die Karikatur eines Äskulapstabs, auf der die berühmte Schlange der Erkenntnis leider gerade Kopfweh hatte.

«Kommen Se von Pommern her oder janz woanders?», fragte der alte Herr.

«Janz woanders», antwortete Janne und überlegte, wie sie endlich an ihm vorbei und in die Wohnung kommen könnte, ohne weitere Ausfälle zu provozieren. Doch das war gar nicht nötig.

«Das hat ich mich jedacht», sagte Erich Kollwitz und lächelte nun ebenfalls. «Kommense, Doktorche, ich bring Se hin.»

Janne folgte ihm den Flur entlang und fühlte sich, als sei sie in eine Zeitmaschine geraten. Wurmstichige Gründerzeitkommoden und ein monströser alter Holzschrank belagerten den Flur, in dem es nach muffigen Tapeten und leicht nach Gas roch. Wahrscheinlich ist die Heiztherme so alt wie die Möbel, dachte Janne und betrachtete im Vorbeigehen die Fotos, die so dicht gedrängt die Wände säumten, als sei kein Platz für irgendetwas anderes außer der Erinnerung. Es waren Bilder einer lang vergangenen Welt: Frauen mit Kopftüchern blickten ernst in die Kamera, hinter sich Männer mit Schnurrbart und aufrechter Haltung. Und immer wieder weite Felder, Gutshäuser, Pferdewagen mit Milchkannen. Momentaufnahmen einer guten alten Zeit, deren Uhren bald für immer stehen bleiben würden.

Als der alte Herr kurz anhielt, um mithilfe eines riesigen Stofftaschentuches umständlich seine Nase zu putzen, blieb ihr Zeit, genauer hinzusehen. «An der Kurischen Nehrung 1944», stand in altdeutscher Handschrift unter einem der

Fotos und bestätigte, was sie vermutet hatte: dass es Ostpreußisch war, was Herr Kollwitz mit ihr sprach.

Weit weniger klar war Janne, ob der Mann vor ihr dement war oder einfach in einer Traumwelt lebte. Aber vielleicht war das auch egal, dachte sie, als er jetzt weiterging und ihr mit einer gewissen Grandeur eine Zimmertür aufhielt. Er schien in seiner Rolle als preußischer Landjunker noch prima zu funktionieren. Und das, sagte sie sich, ist schließlich mehr, als viele von uns von sich behaupten können, oder? Dann betrat sie den Raum und erschrak, als sie die Frau auf dem Boden liegen sah.

«Tot», dachte sie, «vielleicht schon einige Stunden.» Die alte Dame lag auf dem Rücken, die Augen geschlossen, blass, fast weiß im Gesicht. Sie trug ein Nachthemd, wie Janne es zuletzt bei ihrer Uroma gesehen hatte: ein sackartiges Flanellzelt mit Blümchenmuster und Knöpfen bis zum Hals, das bleiche Gesicht darüber starr wie eine Wachsfigur.

Janne kniete sich auf den Boden und nahm die Hand der Frau. Sie war kalt, aber beweglich, und dann, zu ihrer immensen Erleichterung, spürte sie ihn auch: den Puls. Er ging sogar recht schnell, auffallend schnell. Zudem zitterte die Hand, fast wie ein Tremor. Janne warf einen Blick auf die Medikamente, die auf dem Nachttisch neben dem Bett standen: Nasentropfen, Hustensaft und ein Insulinpen. Das bestätigte ihre Vermutung: Die Frau war Diabetikerin und wahrscheinlich stark unterzuckert.

«Frau Kollwitz?», versuchte Janne, sie anzusprechen.

Zu ihrer Erleichterung blinzelte die alte Dame, sagte aber nichts.

«Sie sind Diabetikerin, ja? Kann es sein, dass Sie unterzuckert sind? Haben Sie Insulin gespritzt?»

Das runzlige Gesicht verzog sich. Sie öffnete die Augen nun richtig, hatte sichtlich Mühe zu fokussieren, aber nickte schließlich kaum merklich.

Janne öffnete ihre Arzttasche und holte eine Plastikpackung mit einer Fertigspritze heraus.

«Herr Kollwitz», sagte sie, «wissen Sie vielleicht, wann Ihre Schwester zuletzt gegessen und ihre Medikamente genommen hat?»

Der alte Herr sah sie nur an, Unverständnis im Blick, dann schwenkten seine Augen auf seine reglos herabbaumelnden Hände. Schließlich hob er diese vor sein Gesicht und sprach mit einer hohen Kopfstimme: «Ach Jottchen, ach Jottchen, was tut das Kindche mache?»

Janne ignorierte ihn, es musste jetzt schnell gehen. Sie riss die Verpackung der Fertigspritze auf, schob das Nachthemd der Schwester hoch und injizierte das hochdosierte Glukagon in eine Hautfalte am Oberschenkel. Dann blickte sie zu dem alten Mann, der immer noch beide Hände erhoben hielt – als hätte er sie einfach in der Luft vergessen.

«Herr Kollwitz, ich habe Ihrer Schwester eine Spritze gegeben. Denn ich vermute, dass sie stark unterzuckert ist, kurz vor einem Koma. Darüber hinaus werde ich jetzt den Rettungsdienst rufen. Ihre Schwester muss ins Krankenhaus.»

Seine großen, wässrigen Augen irrten einen Moment durch den Raum, dann blieben sie an einer der gerahmten Fotografien hängen, die auch hier die Wände füllten. «Was haste jesaacht, Minchen?»

Janne folgte seinem Blick. Das alte Schwarz-Weiß-Bild zeigte ein Mädchen mit einem Wust zerzauster Haare und einem Grinsen, so breit, wie ihre Milchzahnlücke groß war.

Eine ostpreußische Ronja Räubertochter, dachte Janne und lächelte. Das tat auch der alte Herr, ein leises, entrücktes Lächeln, das Janne klarmachte: Praktische Hilfe war von ihm nicht zu erwarten. Jetzt nicht und wahrscheinlich überhaupt nicht.

Sie griff nach ihrem Handy, rief den Rettungsdienst an und gab die Adresse durch. Dann trat sie in den Flur auf der Suche nach der Küche. Ihre Patientin brauchte jetzt geballte Kohlenhydrate.

«Wird das Mariannche sich nu auch davonmache?» Herr Kollwitz stand hinter ihr, das Foto mit Minchen Räubertochter in der Hand, und presste es an seine Brust. Seine Augen waren weit aufgerissen.

«Ihre Schwester wird wieder gesund, Herr Kollwitz. Sie braucht nur dringend etwas zu essen oder zu trinken, wenn sie wieder ganz wach ist. Dürfte ich mal in Ihrer Küche schauen, ob ich etwas Passendes finde?»

«Klonkersopp – die hatse für ihr Leben jern jegesse, das Minchen.»

War das eine Antwort auf ihre Frage?

«Klonkersopp?», wiederholte Janne.

Seine Augen leuchteten auf. «Kennen Se nusch, was, Frollein? Das is Milchsuppe mit Mehlklößchen und Rosinen. Janz was Feines.»

Janne nickte und hatte endlich die Küche entdeckt. Dort rekrutierte sie eine Flasche Apfelsaft – eine der schnellsten Hilfen bei Unterzuckerung – und kehrte damit ins Schlafzimmer zurück. Herr Kollwitz trottete die ganze Zeit hinter ihr her und blickte zu Boden, als habe er etwas verloren. Janne setzte sich wieder zu seiner Schwester, die noch immer sehr still, aber weniger bleich war.

«Suchen Sie etwas, Herr Kollwitz?», fragte Janne. Doch der hörte sie nicht, sondern stakste auf seinen dünnen Beinen im Schlafzimmer auf und ab.

«Weiter, weiter. Immer weiter ...», murmelte er vor sich hin und dann wieder mit dieser hohen Kinderstimme, die Janne eine Gänsehaut über den Rücken jagte: «Minchen, nun komm doch, so komm doch.»

Janne sah in ihre Tasche, ob sie etwas zur Beruhigung dabeihatte. Sie setzte solche Wirkstoffe ungern ein, doch spürte sie, dass der alte Mann gerade Grenzen erreichte. Grenzen, die zu überschreiten ihm nicht unbedingt guttun würde. Sie stand auf und nahm ihn vorsichtig in den Arm.

«Kommen Sie, Herr Kollwitz, mögen Sie sich zu Ihrer Schwester setzen?»

«Lassen Sie ihn besser, wenn er in diesem Zustand ist», hörte Janne eine heisere Stimme hinter sich. Es war die Schwester, die ihre Sprache wiedergefunden hatte. Ihre Augen lagen tief in den Höhlen, blickten sie aber klar und direkt an.

«Frau Kollwitz ...»

«Beurer heiß ich, Beurer», krächzte die alte Dame und versuchte, sich aufzusetzen. «Mir ist so seltsam ... schwindlig und ... oh ...»

Sie sank wieder in sich zusammen.

«Was ist denn mit mir? Ich habe doch nur eine Erkältung?», fragte sie, da klingelte es schon. Janne öffnete – die Sanitäter waren da – und erklärte der alten Dame noch schnell, was passiert war und warum sie jetzt in die Klinik musste. Dann packte sie ihr ein paar Sachen in eine Tasche, während die Sanitäter sie bereits in einem Tragestuhl nach draußen brachten. Erich Kollwitz jedoch lief, als Janne ins Schlafzimmer zurückkam, noch immer auf und ab.

«Weiter und immer weiter …», murmelte er im Rhythmus seiner Schritte.

Janne ging zu ihm und reichte ihm eine Hand. Die beäugte er misstrauisch, blieb aber zumindest stehen.

«Kommen Sie, Herr Kollwitz, wir gehen ins Wohnzimmer und machen es uns etwas gemütlich.»

Sein Blick sprang zum leeren Bett der Schwester, dann zurück zu der Fotografie in seinen Fingern und schließlich zu Jannes Hand, die sie weiter ausgestreckt hielt. Ein hektischer Glanz trat in seine Augen. Doch am Ende legte er seine knochige Hand in ihre und ließ sich ins Wohnzimmer führen.

Im Kühlschrank fand Janne noch eine Flasche Malzbier. Die stellte sie ihm hin und zappte im Fernsehen bis zu einem Nostalgieprogramm mit einer Ausgabe von *Bonanza*. Das schien ihm zu gefallen. Während die Cartwrights durch die Prärie ritten, wippte er vor und zurück in einem alten Lehnstuhl, der bei jeder Bewegung knarzte, und streckte entspannt die Beine von sich. Nur das Foto von Minchen, das hielt er noch immer fest an sich gedrückt.

Janne versuchte derweil, die Stuttgarter Nummer anzurufen, die neben dem Telefon notiert war. Frau Beurer hatte gesagt, die gehöre ihrer Tochter, die kommen und sich um den Onkel kümmern würde. Frau Beurers Tochter schien am Samstagabend aber leider Besseres zu tun zu haben – es hob niemand ab. Auch bei verschiedenen Pflegediensten bedauerten die müden Stimmen, die sich unter der Notrufnummer meldeten, völlig fremde Patienten anzunehmen, und das am Wochenende … das täte ihnen sehr leid, aber nein, das ginge nicht.

Janne überlegte noch kurz, Bruno anzurufen, sah aber davon ab. Schließlich war er krank, hatte am Telefon wie eine verschnupfte Hornisse geklungen. Also brachte sie den alten Herrn dann etwas später selbst ins Bett, was er anstandslos geschehen ließ. Als sie die Schlafzimmertür schließen wollte, wiederholte er leise seine Frage: «Wird das Mariannche sich nu auch davonmache?»

Er sah sie nicht an, sondern hielt den Blick zur Decke gewandt.

«Nein, Herr Kollwitz, Ihre Schwester ist in ein paar Tagen wieder bei Ihnen.»

Janne sah, wie er das Foto von Minchen nun endlich auf seinen Nachttisch stellte und sich auf die Seite drehte. Sie wünschte ihm eine gute Nacht, machte endgültig die Tür zu und ging zurück ins Wohnzimmer. Dort setzte sie sich auf den knarzenden Lehnstuhl.

Es war kurz nach zehn, und sie hoffte, dass der alte Herr bis morgen schlafen würde. Dann würde sie es gleich frühmorgens wieder bei der Tochter probieren. Aber bis dahin musste sie schon hierbleiben, hier, in diesem Mini-Mausoleum deutscher Geschichte.

Eine alte Kasperlepuppe hing an der Wand, das Lächeln im geschnitzten Holzgesicht schief und verblasst. Daneben wuchsen wie überall in dieser Wohnung Foto- und Bilderrahmen die Wände hoch. Und auf einem der Fotos erkannte Janne das Minchen wieder, die preußische Ronja Räubertochter, die Erich Kollwitz so energisch an sein Herz gepresst hatte.

Hier trug sie klobige Stiefel und zog einen Schlitten durch Unmengen von Schnee, die Augen blitzend vor Freude. Was wohl aus ihr geworden war? Janne nahm das Bild von der Wand, drehte es um, fand aber nichts außer brauner Pappe. Sie betrachtete die anderen Bilder, erkannte Erich, wohl auch seine Schwester Marianne in den jungen Gesichtern wieder. Sie sah das Gutshaus, im Sommer, im Winter, mit Pferden und ohne – und dann nicht mehr. Die Zeit brach einfach ab. Mitten durch das Wohnzimmer lief eine Grenze, ein Zeitenriss, der die Fotos fein säuberlich einteilte in eine Zeit davor und eine danach.

Rechts vom Fernseher war Ostpreußen, links alles andere: runde Geburtstage, Konfirmationen, Reisen, Marianne mit einem Kind, vielleicht ihre Enkelin, im Phantasialand, Erich auf einer Kreuzfahrt mit dünnen Beinen in kurzen Hosen. Nur sie war nicht dabei. Minchen. Und auch sonst schien es niemand von der rechten Seite des Wohnzimmers auf die linke geschafft zu haben – weder die Mutter, eine streng blickende Dame mit Dutt, noch der Vater, der offenbar so etwas wie ein Gutsverwalter gewesen war, noch die alte Frau mit dem lieben Gesicht und dem Kopftuch, die sie im Flur betrachtet hatte.

Janne rechnete. Erich und seine Schwester waren beide um die achtzig. Also waren sie 1945 etwa zehn Jahre alt gewesen. Konnten die beiden Kinder allein von Ostpreußen hierhergekommen sein? Und was war mit all den anderen Menschen geschehen?

Wahrscheinlich nichts, was man kurz vorm Schlafengehen wissen möchte, dachte sie und kramte in ihrem Rucksack nach einer Tüte Studentenfutter, um ihren knurrenden Magen zu besänftigen. Dazu genehmigte sie sich eine Flasche Malzbier aus der Kollwitz'schen Küche und legte sich gegen elf auf das plüschige Sofa mit der festen Absicht zu schlafen.

Das Sandmännchen hatte aber offenbar anderweitig zu tun. Gegen halb zwölf knipste sie schlaflos und genervt den Fernseher an und starrte in das leicht planlose Gesicht von Tom Hanks, der hier gerade als Forrest Gump selbst versteinerte Tränendrüsen aktivierte.

Und als Forrest schließlich zu seinem großen Lauf aufbrach mit der berühmten roten Kappe über den staunenden Augen, da gab auch Janne sich einen Ruck. Sie setzte sich auf, zog das kleine bunte Schulheft ihres Bruders aus dem Rucksack und wog es so behutsam in den Händen, als enthalte es einen scharf gemachten Sprengsatz.

Es ist doch nur ein Heft, das Werk eines Kindes, sagte sie sich. Etwas, was ein Acht- oder Neunjähriger …? Verdammt, sie hatte nicht mal eine Ahnung, wie alt Benny gewesen war, als er damit anfing. Sie öffnete es vorsichtig, fand einen Zeitungsausschnitt von 1995. Da war er gerade mal acht gewesen. Ihre Hände begannen zu zittern. *Das hier ist nichts als Vergangenheit, Janne, hörst du? Gelebtes Leben, alte Träume. Gefühle, so verjährt wie Hula-Hoop-Reifen und Schlaghosen.*

Sie öffnete das Heft nun in der Mitte, und der Sprengsatz detonierte. Fassungslos starrte sie auf das Jugendporträt eines Mannes, der ihrem Bruder bis auf die Augenfarbe wie aus dem Gesicht geschnitten schien: dieselben weichen Gesichtszüge, dieselbe lange Nase, selbst der leicht verwuselte Seitenscheitel glich dem ihres Bruders.

Seit fast dreißig Jahren hatte sie ihren Vater nicht gesehen und auch nur selten ein Foto von ihm, da ihre Mutter fast alles vernichtet hatte. Trotzdem hatte sie ihn sofort erkannt. Antonio Federico Monterubbianesi. Er posierte in seinem weißen Hemd an einem Konzertflügel, die langen Finger lose auf die Tasten gelegt, und lachte sie an. Einfach so, als sei nie irgendwas gewesen.

Janne schmiss das Heft weg, weit weg von sich, als hätte sie sich verbrannt.

So saß sie eine Weile mit hängenden Armen und einem Loch im Kopf – da, wo vorher ihr Gehirn gewesen war. Dieser perfekt funktionierende Denkapparat, der sie nie im Stich ließ, er streikte. Dafür verlegte sich ihre Unterlippe plötzlich aufs Zittern und gab das Kommando offenbar an den Rest ihres Körpers weiter. Sie bekam regelrecht Schüttelfrost, und hätte sie nicht energisch die Lippen zusammengepresst, hätten wohl selbst ihre Zähne geklappert.

«Beruhig dich. Atme!», hörte sie ihre eigene Stimme. Sie klang wie vom Mars. Ihr war nicht mal bewusst, dass sie gesprochen hatte. Sie ließ den Oberkörper nach vorne auf die Beine sacken, dann den Kopf baumeln und schloss die Augen. Es würde gleich wieder gehen. Es ging immer gleich wieder. Darin war sie Profi.

«Ist Ihnen nicht gut, Frolleinche?»

«Nein», dachte sie. «Nein, nicht jetzt. Ich kann das jetzt nicht.»

«Frolleinche?», wiederholte Erich Kollwitz mit dünner Stimme, und ein Paar schmutzige Fellstiefel schoben sich in ihr Blickfeld.

Janne hob langsam den Kopf.

Der alte Mann hatte sich sein Jackett über den Schlafanzug gezogen und steckte mit nackten Füßen in Winterstiefeln. Er sah aus wie ein Landstreicher – zumindest so, wie sie sich immer den Landstreicher aus ihrem Kinderbuch von Astrid Lindgren vorgestellt hatte. Der, der sich «Gottes Zaunkönig» nennt und für Rasmus, den Waisenjungen, zum Vater wird.

Sie hatte *Rasmus und der Landstreicher* geliebt. Und vielleicht war es das. Diese Erinnerung an ihre Kindheit, in der sie in der Delmenhorster Unternehmervilla ihres Opas gesessen und sich fortgeträumt hatte – fortgeträumt in ein Leben, in dem Landstreicher zu Vätern und einsame Kinder zu Söhnen und Töchtern werden –, die sie jetzt antworten ließ. «Ich bin nur traurig, Herr Kollwitz. So traurig, dass ich gar nicht weiß, wie ich es beschreiben soll.»

Erich Kollwitz starrte Janne an, mit Augen, die zugleich sehr weit weg blickten, dann reckte er den mageren Hals vor und singsangte mit hoher Fistelstimme: «Muss Se nich bedripst sein, Frolleinche. Solange die Maikäfer noch singen, ist Polen nicht verloren.»

Er kam näher und legte ihr eine Hand auf die Schulter. Einen Moment nur. Dann drehte er sich um und ging still aus dem Zimmer.

Janne sah ihm nach und spürte einen Klumpen im Hals, eigentlich ein ganzes Bataillon von Klumpen. Der alte Mann schien ihr definitiv an der Grenze zur Demenz zu sein. Fragmente waren offenbar alles, was ihm geblieben war. Scherben einer Erinnerung, die sein müdes Gehirn wie ein Puzzle immer neu zusammensetzte, aber nur selten die passenden Steine fand.

Und trotzdem hatte in seiner Stimme etwas Tröstendes gelegen.

Sie rollte sich wieder auf dem Sofa zusammen. Sie war müde. So müde. Aber schlafen konnte sie nicht. Noch einmal nahm sie das Heft zur Hand, das den großen Traum ihres kleinen Bruders enthielt: einen Vater zu haben. Sie hatte ihm nie was erzählt. Warum auch? Der Vater war nur ein Phantom gewesen. Weg, einfach weg. Warum hätte sie

Benny erzählen sollen, was für ein Mensch ihr Vater wirklich war?

Janne blätterte zu den ersten Seiten, da war sogar ein Kinderbild ihrer Mutter, eine kleine moppelige Achtjährige mit ernstem Gesicht. Dann wieder ihr Vater, breites Lächeln, große Gesten, der ewige Showman. Janne starrte auf die Bilder, fuhr ihre Konturen mit dem Finger ab, als wolle sie sich die Umrisse einprägen.

«Ist das der König von Griechenland?»

Erich Kollwitz hatte seine Winterstiefel ausgezogen, stand nun barfuß neben dem Sofa und sah ihr über die Schulter.

«Nein, Herr Kollwitz, das ist ...», Janne schluckte, «... ist mein Vater.»

Einen Moment lang legte der alte Erich den Kopf schief, als lausche er ihren Worten nach. Dann schob er den Arm, den er hinter dem Rücken gehalten hatte, nach vorne und wedelte mit einer Packung durch die Luft. «Karlsbader Oblaten, so was Feines haben Se Ihr Lebtag nicht jejesse, Frolleinche.»

Er riss die Packung auf, hielt sie Janne hin. Die Oblaten waren schon ganz grau und krümelig, aber um nichts in der Welt hätte sie abgelehnt.

«Danke, Herr Kollwitz.»

Zufrieden setzte er sich in den Lehnstuhl, wippte wieder sachte mit dem Oberkörper vor und zurück. «Der Vater hatte immer blanke Stiefel. Kämmerers Schuhwichse, nur die war die richtige.»

Janne wartete ab, vielleicht würde der alte Mann noch mehr erzählen, doch Erich hatte andere Pläne. Sein Blick surrte zu dem Heft in ihrer Hand. Janne runzelte kurz die

Stirn, dann zuckte sie die Schultern – *Warum eigentlich nicht?* – und reichte es ihm.

Das erste Foto, das Erich Kollwitz eingehend betrachtete, war das Kinderbild ihrer Mutter, der kleinen Marina, die unbeholfen ganz oben auf einer Rutsche stand.

«Ein glückliches Mädchen», befand er.

«Nein, das war sie nicht», entfuhr es Janne, schneller, als sie begreifen konnte, was sie da sagte. «Das war sie ganz und gar nicht.» Sie war aufgesprungen, stakste mit ihren langen Beinen durchs Zimmer. «Meine Mutter war ein kleiner Unglücksrabe. Ein Kind, das ständig heulte, dauernd hinfiel und sich, wenn es schlecht lief, sogar am Vanillepudding verschluckte. Und wissen Sie, wie ihr Vater sie deshalb nannte?»

Sie trat ans Fenster, sprach nun leiser, eigentlich nur noch zu sich selbst.

«White elephant, nannte er sie. Unser kleiner weißer Elefant. Klingt nett, oder? Aber wissen Sie auch, was es bedeutet? Was der Mann da eigentlich über seine Tochter –»

«Weit Älefant», wiederholte Erich Kollwitz, und ein leicht entrücktes Lächeln ebnete sich den Weg durch sein hageres Gesicht.

Janne rieb sich die Schläfen und drückte die Stirn an die kühle Scheibe. *Beruhig dich, den alten Mann vollzutexten macht es auch nicht besser.* Sie schloss die Augen, zählte langsam bis zehn und ging dann wieder zu Erich Kollwitz, der noch immer das Kinderfoto ihrer Mutter fixierte.

Starr und blass wirkten die Gesichtszüge des kleinen Mädchens – so starr wie das gestärkte weiße Rüschenkleid, in das man es gesteckt hatte. Marina Helmkamp, die Zuckerprinzessin aus Delmenhorst. Aufgewachsen in einem Glaspalast und behütet wie die Zuckerpüppchen, die ihr Vater am Fließband produzierte.

Doch was hatte es ihr genutzt, das ganze elende Zuckergeld?

Janne streckte sich. Nein, sie hatte jetzt keine Kraft für ihre Wut, sie war müde. Auch Herr Kollwitz schien müde, war ganz still geworden. Vorsichtig nahm sie seine Hand und geleitete ihn in sein Schlafzimmer. Als er endlich eingeschlafen war, tapste sie zurück ins Wohnzimmer. Auf der Sofalehne hing eine Wolldecke. Sie mummelte sich darin ein, legte sich aufs Sofa, doch an Schlaf war noch immer nicht zu denken. Nicht in dieser Nacht, in der sie Bilder gesehen hatte, die sie lange verdrängt hatte. Gedanken und Gefühle piksten sie wie kleine Nadeln.

Das warst du auf dem einen Foto. Mit deinem Papa.

Ja. Und?

Schon rührend, oder? Das kleine Mädchen, das seinen Vater anstrahlte.

Der da wahrscheinlich seinen Flachmann schon halb geleert hatte.

Aber das wusste das Kind doch nicht.

Janne knäulte das Sofakissen zu einem harten kleinen Ball zusammen, drückte ihr Gesicht hinein. Versuchte, nicht hinzuhören. Das war doch alles alter Tinnef. Seelenmüll von vorgestern. Bin hier doch kein Auffanglager für verirrte Gefühle. Doch Bennys Heft erzählte weiter. Von Janne, dem kleinen Mädchen, und von ihrem Vater.

Es war bei einem von Papas Konzerten gewesen. Damals, als alles noch gut war. Als ihr Vater noch die Tasten treffen und sein Siegerlächeln zünden konnte, wann immer es nottat. Wie immer hatten Mama und sie in den Kulissen gesessen. Und als er dann fertig war, als der zweite, dritte oder sogar vierte Applaus auf ihn niederprasselte, da hatte er plötzlich die Arme geöffnet und «Soleluna» gerufen. Soleluna, das war sie. Und so war sie auf die Bühne gerannt, und er hatte sie hochgehoben und herumgeschwungen, bis sie lachte. Mitten im Scheinwerferlicht auf der großen Bühne. Das Publikum tobte. Antonio Federico Monterubbianesi, der ewige Showman.

Soleluna, so hatte er sie genannt. Ihr Vater. Der große Spaßmacher, der sie auf seinen Armen durch den Garten fliegen ließ. Der Tastenzauberer, der ihren kleinen Händen immer und immer wieder zeigte, wo sie drücken mussten, damit auf dem großen schwarzen Flügel der Flohwalzer erklang. Für Soleluna – Sonnemond –, sein kleines Mädchen mit den lichten Haaren und den nachtschwarzen Augen.

«Papa», flüsterte jemand. Und nur allmählich drang in ihr Bewusstsein, dass es ihre eigene Stimme war, die da sprach, die das Wort im Mund rollte, ihm nachspürte und schließlich leise, kaum hörbar noch ein anderes Wort hinterherschickte: *babbo*.

* * *

Delicatamente ... si ... molto bene, la mia piccola soleluna.

Fast dreißig Jahre waren vergangen. Janne lag mit steifem Hals auf dem Kollwitz-Sofa, hatte Kopfweh und hörte noch im Aufwachen die Stimme ihres Vaters: «Soleluna.»

Sie hatte nie mehr daran gedacht. Einfach alles weggewischt, was nicht in ihr klug sortiertes Leben passte.

Nun aber sah sie seine Augen wieder vor sich. Freundliche dunkle Augen in einem von Alkohol und Zigaretten zu früh zerknitterten Gesicht. *Babbo.* Janne war sieben gewesen, als er verschwand. Mit sieben, da fragt man noch nicht viel. Da akzeptiert man, nimmt zur Kenntnis. *Aber Gott weiß, was in so einem kleinen Kopf vorgeht, wenn der wichtigste Mensch aus seinem Leben verschwindet, als sei er vom Erdboden verschluckt worden.*

Erst Jahre später hatte sie es herausgefunden. Das, was sie ihrem Bruder nie erzählt hatte. Ihre Oma hatte sich verplappert. «Dein Vater, dieser geldgierige Nichtsnutz», hatte Großmutter Helmkamp mit dem ihr eigenen Zartgefühl zu Janne gesagt. Und die hatte natürlich keine Ruhe gegeben, bis sie alles wusste. Haarklein. Bis auf den letzten Pfennig.

Dass ihr Vater sie verraten hatte. Verkauft hatte. An ihren Opa. Schweigegeld, nannte ihre Oma es. Und noch immer hörte sie die barsche Stimme ihres Großvaters, triefend vor Selbstgerechtigkeit. «Dieser Trinker, Schläger und billige Frauenheld. Dieser unmögliche Mensch!» Der seine Familie verlassen hatte. Und niemals darüber sprach, was mit der jungen Frau, mit der singenden, fröhlichen Marina Helmkamp, geschehen war, die er einst geheiratet hatte.

Babbo.

Lange saß Janne völlig reglos, starrte wie blind auf einen Fleck, als könne die Starre den Schmerz nehmen. Dieses Schneiden im Inneren, eisiger als Nordwind, mächtiger als alles, was sie kannte. Die Enttäuschung eines Kindes.

Draußen schlug eine Kirchturmuhr. Es war fünf. Sie hatte anderthalb Stunden geschlafen, immerhin. Bei Bereitschaftsdiensten in der Klinik galt das als Luxus.

Sie stand auf und sah nach Herrn Kollwitz. Er lag im Bett und schlief. Im Arm hielt er die alte Kasperlepuppe.

In der Küche fand sie eine Espressokanne plus Pulver

und braute sich etwas, was höllisch stark und bitter war. Das würde sie auch brauchen. Für das, was sie *DEN PLAN* nannte. Der bestand darin, ihren Laptop hochzufahren, ihre Mails abzuarbeiten und den ganzen Nostalgiemummenschanz endlich hinter sich zu lassen.

Als sie dann aber am Esstisch saß, Kaffee nippte und hinaussah auf die Grünflächen vor dem Haus, die der Morgenmond in käsiges Licht tauchte, da merkte sie, dass ihr Plan Bockmist war.

Du kannst die Augen schließen vor der Realität, aber nicht vor deinen Erinnerungen.

Und ihr Gehirn war sowieso nicht mehr zu stoppen. Es spulte zurück, immer weiter zurück, förderte Bilder und Erinnerungsschnipsel zutage, die ihr so entrückt schienen wie die Bilder Ostpreußens vor ihr an der Wand.

Mitten in der Nacht hatte sie einmal an ihrem Bett gestanden. «Janni, komm, es hat geschneit, wir gehen Schneemänner bauen», hatte sie gerufen. Mit dieser Stimme, die klang wie von einer zu schnell laufenden Schallplatte. Sie hatten nicht einen, sondern gleich drei Schneemänner gebaut. Hatten gelacht und im Garten herumgealbert. Dann aber hatte ihre Mutter wieder mal kein Ende finden können, hatte Schneebälle auf Autos und Häuser der Nachbarschaft geworfen und schließlich eine Scheibe zertrümmert.

Wo war eigentlich Papa in der Zeit?

Der Gedanke griff nach Janne wie eine kalte Hand. Denn sie wusste die Antwort: Meist war er betrunken in irgendeiner Kneipe, oder er war bei einer anderen Frau.

Sie nahm das Heft noch einmal zur Hand. Schaute weitere Fotos an, aus der «Zeit danach». Er war dicker geworden, aufgeschwemmt. Ein alternder Ex-Star in zu engen Klamotten. Die Fotos waren ebenfalls ausgeschnitten und wirkten wie aus einem Prospekt. Wo um alles in der Welt hatte Benny diese Bilder gefunden?

Sie hatte keine Ahnung.

Sie hatten nie wieder über ihn gesprochen.

Nachdem Federico Monterubbianesi seine Familie verlassen hatte, als Mama immer weniger Auftritte hatte, als alles immer seltsamer wurde, da hatte sowieso keiner mehr über irgendwas gesprochen. Es begann das, was Janne für sich die Vakuum-Jahre nannte: eine Zeit wie in einem luftleeren Raum oder auf einem anderen Planeten – als wären Janne, Benny und ihre Mutter abgetrennt gewesen von der übrigen Welt.

Janne seufzte, schüttelte sich und klappte das Heft wieder zu. In den nächsten zwei Stunden ackerte sie sich doch noch durch ein paar Mails und Fachartikel und ignorierte das Summen in ihren Ohren. *Fokus, Janne, Fokus.* Und gegen acht Uhr wurde sie endlich erlöst. Die kranke Marianne hatte offenbar aus der Klinik ihre Enkelin erreicht. Die stand nun im Wohnzimmer, mit blassem Gesicht und müder Miene, und sah dabei dem wilden Kind aus Ostpreußen derart ähnlich, dass Janne dachte, dass Vererbung doch mehr ist als die mendelschen Regeln. Mehr ist als ein paar Gene, die sich dominant reduplizieren. Ein seltsames Band, das uns mit den Generationen vor uns verbindet, in uns fortwirkt – ob wir es wollen oder nicht.

* * *

Auf der Nachhausefahrt entschied sie, dass es definitiv Zeit war, sich etwas Gutes zu tun. Also fuhr sie einen kleinen Umweg zum Bäcker des Nachbarortes, den Bruno als «den beschten» im Landkreis – ach was, jenseits der Alpen – bezeichnete. Denn hier würden keine dieser «aufgebackenen Fertigschweinereien» verhökert. Nein, hier würde noch von Hand geschlungen, was einst der schwäbischen Bäcker größter Stolz war: die Laugenbrezel. Ein knusprig-braunes Wunderwerk mit «reschen dünnen Ärmle» und dickem Bauch aus locker-fluffigem Teig.

Sie hatte Glück, der Bäcker hatte tatsächlich auch am Sonntag geöffnet, und bereits in der Tür schwappte ihr ein so wunderbarer Mix aus Ofenwärme und dem Duft frischen Hefegebäcks entgegen, dass sie sich am liebsten in einer Ecke zusammengerollt hätte und nie wieder weggegangen wäre. Doch stattdessen musste sie verständliche Rede von sich geben, was nach dieser Nacht nicht ganz einfach war, doch sie kam zurecht.

Nur als die freundliche Bäckersfrau, die schon einmal in ihrer Sprechstunde gewesen war, ihr die Brezeltüte reichte mit den Worten: «Frau Doktor, Sie schauet aber müde aus. Und des am Sonntagmorgen. Jetzt aber hoim zu den Liebschden, ned?», da nickte sie nur stumm.

Und als Janne wieder im Auto saß, nickte sie noch immer. Und machte den Motor nicht an. Starrte auf die Brezeltüte. Aber ja. Sie hatte gleich acht Brezeln gekauft. Wie für eine Familie. Die gute Frau konnte ja nicht wissen, dass ihre «Liebschden» ein Kasten mit Abrechnungen und ein einsames Nachbarskind ohne Talent an der Blockflöte waren. Eine verrückte Frau mit Jahrhundertstimme. Ein patriarchaler alter Sack. Ein nicht mehr ganz junger junger Mann, der sich an Fotos einer lang verblichenen Zeit festhielt. Ein klavierspielender Trinker, aus dem Gott weiß was geworden war. Familienbande. In der Tat. Nichts schöner als das.

16

Was sollte er nur davon halten? Benjamin Helmkamp blickte lange auf den flachen Teigkringel vor sich, dann wieder auf sein Smartphone, das auf dem Fenstersims lehnte. Das Display sah aus wie eingeschneit. Was aber bei über dreißig Grad Außentemperatur höchst unwahrscheinlich war. Ben wischte sich mit dem Handrücken den Schweiß von der Stirn und starrte noch einmal hin. Unter dem Schnee, der natürlich nur Mehl war, sahen ihm seine Eltern entgegen. Federico und Marina. Der abgehalfterte Klavierspieler und die verrückte Sängerin. Hier in Agra, Nordindien, wirkten sie in etwa so real wie eine Marienerscheinung. Dennoch hatte es vorhin einfach *Pling* gemacht. *Pling* – und da waren sie nun und hatten ihm den Tag versaut. Nicht dass der besonders gut gewesen wäre. Sein Chef Freddy Wangler, *wie die Jeans, nur ohne «r» … hahaha,* hatte ihn gleich morgens wegen des Ghee angemotzt, des gesottenen Butterzeugs, das aus Freddys Sicht aus einem Teigfladen das «Best Organic Naan in Town» machte. Als ob das mit dem organic, also bio, die Inder interessieren würde. Die meisten waren froh, wenn sie überhaupt was zu beißen hatten, dachte Ben. Nur die Touris, klar, die flogen auf alles, was hier «bio» hieß.

Aber war ja auch egal. Hauptsache, er musste nicht mehr Rikscha fahren. Nach dem Debakel mit dem Dosenfabrikanten hatte Freddy eingesehen, dass er ihn besser in der Küche einsetzte.

Also ließ Ben seine Faust in den Teig krachen, bis das Mehl stäubte, und schüttelte im selben Rhythmus den Kopf. Dazu summte er. Irgendwas von Rolf Zuckowski. Er sang immer was von Rolf Zuckowski. Andere Lieder konnte er sich einfach nicht merken. Heute aber stockte er. Ausgerechnet bei der ollen Kamelle *Ich mag*. Jener Feel-good-Ballade der ewig Kindgebliebenen, die mit einem schmetternden «Und ganz doll mich» ihr pädagogisch wertvolles Ende fand. Nur heute nicht. Nicht hier bei Benjamin Helmkamp, der nun noch energischer den Kopf schüttelte und ebendiese Schlusszeile verweigerte. Weil er sich eben nicht besonders mochte. Vielleicht auch gar nicht.

Und dann dachte er wieder an die Einzige, die das tat, weil große Schwestern das wohl eben tun: das Kleine-Brüder-Mögen. Aber Janne war sechstausend Kilometer weit weg und klopfte wahrscheinlich gerade mit ihrem Reflexhämmerchen auf irgendwelchen Albbauern herum. Er sah noch mal zu seinem Handy. Wie war sie nur an das verfluchte Bild gekommen? War sie etwa in seinem WG-Zimmer gewesen? Oder hatten die beiden Nulpen, bei denen er wohnte, sein Zeug rausgeschmissen? Unwahrscheinlich. Die meiste Zeit waren sie zu bekifft, um überhaupt irgendwas zu tun. Also musste Janne da gewesen sein. Aber wieso? Hatte sie vielleicht herausgefunden, dass …?

Benjamin wurde kalt. Eiskalt. Bei zweiunddreißig Grad tropischer Hitze bekam er erst eine Gänsehaut, dann begann sich alles um ihn zu drehen. Er hörte noch, dass Ravi, der Küchenjunge, mit dem er mittags immer Fußball spielte, hereinkam und seinen Namen rief. Doch bevor er antworten konnte, wurde es schwarz vor seinen Augen. Nichts ging mehr. Benjamin Helmkamp und sein teutonischer Körperbau – stabile ein Meter vierundachtzig – sanken mit der Grazie einer gefällten Eiche direkt auf einen etwa halb so schweren jungen Inder, der ihm gerade bis zum Kinn reichte.

Sein Glück und das von Ravi Kapoor Singh aber war, dass derselbe seit seinem fünften Lebensjahr täglich Kartoffeln und Wasser geschleppt hatte und, als er dann alt genug war, auch Steine. Alt genug hieß in dem Dorf, aus dem er kam: neun. Jetzt war er fünfzehn und hatte Muskeln, so zäh wie Schiffstaue. Und mit deren Hilfe schaffte er es, den großen Deutschen so weit umzulenken, dass er nicht auf den Boden, sondern auf die Tiefkühlbox an der Wand sackte. Dann rannte Ravi nach vorne in die Snackbar und griff nach einem Büschel frischer Minze. Das zerrieb er im Zurückgehen in den Händen und hielt es dem blassen Benjamin unter die Nase, bis dieser nieste.

«Hatschi. Verdammt, was …?», murrte der im Zu-sich-Kommen.

Dann öffnete er die Augen, und seine nur mühsam arbeitenden Hirnzellen brauchten ein wenig, um die Situation zu erfassen. Er saß irgendwo in Zentralindien auf einer Kühlkiste mit Hühnerbeinen und war über und über mit Mehl bestäubt. Und vor ihm kauerte Ravi Singh, der Küchenjunge mit dem gelben Turban, und blickte ihn erwartungsvoll an.

«Mist», sagte Benjamin.

Ravi nickte. «Feeling better?»

Ben nickte auch, aber etwas zögerlich, zumal sein Blick auf die Fensterbank fiel, wo noch immer sein Handy lehnte. Sein Handy mit dem Foto. Und den drei Anrufversuchen seiner Schwester. Bei jedem einzelnen hatte er danebengesessen und sich wie ein Wurm gefühlt. Ein feiger, selbstmitleidiger Wurm. Und nun war er auch noch umgekippt.

Umgekippt wie ein Rokokofräulein, das zu fest geschnürt ist. *Schwester, das Riechsalz bitte.* Ben schloss die Augen und gab einen Laut von sich. Irgendwas zwischen Zischen und Winseln.

«Feeling better?», insistierte der Junge vor ihm und griff jetzt auch noch nach seiner Hand. «Getting up?»

Vielleicht war es das Gefühl der schmalen, rauen Hand auf seiner, vielleicht einfach die verdammte Hitze oder die halbe Flasche Gin vom Vorabend. Jedenfalls machte Ben sich los und knurrte auf Deutsch: «Lass mich in Ruhe, verdammt noch mal.»

Ravi Singh zuckte zurück und erhob sich. Einen Moment lang verharrte er noch, blickte Benny an, den Kopf schief gelegt, den breiten, freundlichen Mund verzogen, eine Hand zur Faust geballt. Dann drehte er sich um und stapfte hinüber zu einer Wanne mit dreckigem Geschirr, das er nun scheppernd in die riesige Spülmaschine daneben wamste.

Na super. Ben rieb sich das Gesicht und dachte, dass es vielleicht die beste Lösung wäre, wenn er einfach tot umfiele. Keine Sorgen mehr, keine Fragen und vor allem nicht das schlimmste Gefühl von allen: dauernd alle zu enttäuschen. Er hatte sie genau gesehen, die feucht schimmernden Augen des Jungen. Offenbar hatte Ravi genau verstanden, was er gesagt hatte. Kränkung funktionierte auch ohne Übersetzung. Und Enttäuschung sowieso.

Da kannte er sich schließlich aus. Beide waren die ständigen Begleiter seiner Kindheit gewesen. Ach was, im Grunde bildeten sie bis heute sein zweites Ich. Hallo, ich bin Benjamin Helmkamp, und mein Opa sagt, ich sei «eine Pleite».

Das exakt waren seine Worte, als Ben zum dritten Mal die Statistikklausur in BWL vergeigte und aufstecken musste.

Kein Firmenchef junior für Opilein. Eine Pleite eben, dieser Junge. Zu dumm für ein bisschen Wirtschaftsmathe. «Na ja, wenigstens gut aussehen tut er ja, der Junge.» Das hatte sein Großvater noch hinterhergeschoben. So laut, dass Ben es in seinem Zimmer über der Terrasse auch garantiert hören würde.

Jetzt, neun Jahre später, rieb er sich die Augen. *Was sollte der alte Psychomüll.* Dann strubbelte er sich durch die Haare, als könne diese Geste alles wegwischen oder wenigstens so weit beiseiteschieben, dass das Würgen verschwand. Dieser Druck in der Kehle, der ihn fast sein ganzes Leben begleitete.

Ravi war jetzt fertig mit der Spülmaschine und ging zur Tür. Ben stand auf, klopfte sich das Mehl von der Jeans und rief ihm hinterher: «How about a ride on my bike this noon?»

Der Junge blieb stehen, sein Rücken kerzengerade, er gab keinen Mucks von sich, drehte sich nicht einmal um. Einen Moment nur stand er da. Im Türrahmen neben dem Jutesack mit den Chilischoten. Dann straffte er sich noch weiter und ging davon.

«Scheiße», murmelte Benjamin Helmkamp. Es war das Wort, das die Situation einfach am angemessensten umriss. Schließlich hatte er gerade den einzigen Freund verloren, den er in Indien besaß.

Pling, machte sein Handy. Bestimmt eine weitere Nachricht von Janne. Er sah nicht hin. Das Letzte, was er jetzt brauchte, waren noch mehr Fotos von seinem Vater, dem Verräter. Dem Mann, der alle enttäuscht hatte, am meisten wohl sich selbst. War so etwas eigentlich genetisch?

17

Janne stand vor dem Spiegel und redete mit der Frau darin. Sie schien eine entfernte Verwandtschaft mit ihr zu haben, aber sicher war sie sich da nicht. Schließlich trug die Frau Ohrringe von der Größe eines Ostereis und rosagelb melierten Lippenstift, der allenfalls für Karneval taugte. *Unicorn Tears* hieß die Farbe, und Janne überlegte, was man wohl einnehmen musste, um hauptberuflich solche Namen zu erfinden.

Sie würde jetzt absagen.

Freundlich, aber nicht zu sehr. Schließlich hatte Leon Bloomdale ihr diese unsinnige Verabredung zum Abendessen aufgedrängt, ja, ihr geradezu keinen Ausweg gelassen – außer brachialer Unhöflichkeit. Nicht dass sie zu der nicht fähig wäre. Bruno war durchaus nicht der Erste, der um ihre profunden Talente auf diesem Sektor wusste. *Nicht wahr, Meckerle?* Aber irgendetwas an Leon Bloomdale hatte immer ihre Zunge im Zaum gehalten. Bisher zumindest.

Sie nahm also ihr Handy, tippte darauf herum und fand ihren Facebookaccount, der wider Erwarten zu reaktivieren war. Facebook ist wie die Zeugen Jehovas, sagte Konrad immer, die vergessen dich nie. Prima, dachte Janne, dann kann Social Media jetzt auch mal zu was nutze sein: eine Messenger-Nachricht also. Leider scheiterte sie bereits bei der Anrede.

Lieber Leon

?

Quark, zu uncool.

Hallo, Herr Bloomdale, wie geht es Ihnen?

Gott, wie affig.

Sie hatte an jenem Kürbisabend schließlich Stunden mit dem Mann verbracht. Hatte ihm in ihrer glückshormongetränkten Umnachtung sogar eine Kusshand zugeworfen, als sie zum Salatbüfett trabte – und das, etwa drei Sekunden bevor der Mann sich vor ihren Augen in den letzten Menschen auf Erden verwandelte, dem sie überhaupt irgendetwas Erfreuliches zuwerfen wollte.

Wie also sollte sie jemanden anreden, zu dem der eigene Beziehungsstatus bestenfalls als «hochgradig verwirrt» einzustufen war? Der einen zudem höchstpersönlich vor Jahren als verrückt, na ja, zumindest als verstört deklariert hatte? Am besten gar nicht. Ein schlichtes Hallo würde reichen. Und dann knapp und klar die Message rüberbringen. Aber welche?

Ich will nicht mit Ihnen essen gehen, weil ich keine Komplikationen mag? Weil mein Leben gerade dabei ist, sich in seine Bestandteile aufzulösen und mir das irgendwie auf den Magen schlägt?

Spinnst du, das geht den ja so was von gar nichts an.

Na, was dann? Ich muss heute Abend meine Fußnägel polieren? Ich hasse Sushi?

Mach. Dich. Nicht. Lächerlich. Zwar sind Zweifel daran momentan durchaus berechtigt, doch gemeinhin verfügst du über einen einwandfrei funktionierenden Verstand. Also solltest du in der Lage sein, dir ein paar lahme Floskeln abzuringen, die einen Anschein von Höflichkeit vermitteln.

Ach ja? Was denn? Vielleicht: Kann ich mich mal an Ihre Schulter lehnen und ganz tief seufzen? Und können Sie mir dann mit einer Ihrer überaus sympathisch breiten Hände über meinen Rücken streichen und etwas auf Englisch sagen? Mit diesem charmanten Akzent, der wie Hugh Grant in der Originalversion klingt? Und natürlich: Riechen Sie immer so gut?

Janne schmiss ihr Handy aufs Bett und fasste einen Entschluss. Sie würde hingehen. Und die Sache erwachsen und vernünftig klären. Die, die mal gewesen war. Und die, die nie sein würde. Nicht sein konnte. Denn bestimmt, das war nun mal Gesetz, gab es Komplikationen: eine Ex-Frau. Eine Noch-Ehefrau. Eine Immer-mal-wieder- oder eine Aber-das-ist-nichts-Festes-Frau. Alles schon erlebt. Das war das Gesetz des Alters. Männer, die mit Mitte vierzig noch Single waren, hatten mächtig einen an der Waffel oder waren besetzt – auf die eine, andere oder ganz andere Art.

Wieder einmal surrten Jannes Gedanken zu ihrem Bruder. Und zu den Heerscharen an netten jungen Frauen, die sie im Laufe der letzten Jahre hatte kennenlernen – und dann wieder vergessen sollen. «Casanova war ein blutiger Anfänger gegen dich», sagte sie immer zu ihm. Dass seine Bindungsprobleme kein Scherz, sondern genau das waren – Probleme eben –, war ihr auch klar. Doch was sollte sie sagen? Sie, die etwa so viel Erfahrung mit engeren Bindungen hatte wie ein Wüstenkaktus?

«Wer die Liebe nur als Ausnahmezustand kennt, bleibt sein Leben lang auf der Flucht», hallte es durch Jannes Kopf. Das hatte sie am Morgen im Radio gehört. Ein Feature über die «Generation Bindungsangst». Gehörte sie auch dazu? War das überhaupt wichtig? Nahm nicht alle Welt diesen ganzen Beziehungskrempel viel zu ernst?

Janne blickte wieder in den Spiegel, sah die blonde Frau

mit den südländischen Augen, die inzwischen Jeans, eine schlichte weiße Bluse und dazu ihre geliebten alten Doc Martens trug, sich nun den albernen Lippenstift abwischte und statt der Ostereier kleine Goldkreolen in die Ohren steckte. Mach dir doch nichts vor. Natürlich ist es wichtig.

Andiamo, soleluna.

* * *

Leon Bloomdale hatte ein Problem. Ein Krawattenproblem. Oder vielmehr eine perfide Kombination aus einem Krawatten- und Halsproblem. «F* * *», entfuhr es ihm jedenfalls, während er den siebten Schlips auf den Stuhl schmiss und missbilligend seinen Hals im Spiegel beäugte.

Das Alter beginnt an den Wangen, hieß es doch immer. Warum, bitte schön, machte es sich dann an seinem Hals zu schaffen? Und warum ausgerechnet heute? Heute, wo es für einmal darauf ankam. Wo Leon Bloomdale, der aus Cordhosen eine Berufung und aus dem Begriff «ausgeleiert» ein Stilmittel gemacht hatte, das dritte Mal in seinem Leben wirklich präsentabel aussehen wollte.

An das erste Mal wollte er jetzt lieber nicht denken. Das zweite Mal war in eine Katastrophe gemündet: seine nach dreiundsechzig Tagen geschiedene Ehe mit einer Zahnärztin, die ihm mit vorehelicher Scheidung gedroht hatte, sollte er in Cordhosen vor den Altar treten.

Leons Gedanken schweiften kurz zu Charlotte, so wie man an eine missglückte Klassenfahrt oder den ersten Sex denkt: Sie war eine Episode in seinem Leben, die wohl im Kontext des großen Ganzen ihre Bewandtnis hatte, aber im Rückblick doch eher skurrile Erinnerungswerte aufwies.

Was ihn bewogen hatte, sein Leben mit einer zwanghaft

ordentlichen Dentalkünstlerin zu verbinden – denn als solche verstand sich Charlotte –, blieb ihm bis heute schleierhaft. Ebenso, was ihn nun veranlasste, die achte Krawatte aus dem Schrank zu ziehen: ein Exemplar mit kleinen Schweinchen darauf, das ihm sein Neffe geschenkt hatte.

Schließlich war es doch nur ein Essen. Eine simple Angelegenheit, zwei Leute, ein Tisch, ein bisschen Small Talk. Warum nur führte er sich dann auf wie ein paarungswütiger Wombat mit Bewusstseinstrübung?

* * *

Der Mann vor ihr trug eine Krawatte. Mehr als das. Er trug eine Krawatte mit kleinen Schweinchen darauf. Sollte ihr das etwas sagen? Dass er ein englischer Exzentriker war? Als Kind zu oft *Schweine im Weltall* gesehen hatte? Oder einfach nur über einen unsäglich schlechten Geschmack verfügte?

Janne schnaubte leise vor sich hin und befingerte die fettige Speisekarte, auf der ein Stück Seetang klebte. Sie hätte absagen sollen. *Definitiv.* Männer, die jenseits der vierzig noch Schweinchenkrawatten trugen, hatten etwas nicht kapiert im Leben – und würden es auch nicht mehr tun. Auch wenn er ein wirklich nettes Lächeln hatte.

* * *

Die Schneekönigin, die ihm gegenüber auf einem roten Plastikpolster thronte, zischte leise und senkte den Kopf. Was hatte das zu bedeuten? Leons Gedanken rasten ins Semester sieben zurück: die Psychopathologie der Zweierbeziehung, das überfüllteste Seminar des ganzen Fachbereichs.

Er und zwei andere blasse Typen waren die einzigen

männlichen Teilnehmer gewesen, und bereits nach der ersten Veranstaltung hatte er auch gewusst, wieso. Es ging hauptsächlich um die Psychopathologie des Mannes. Genauer gesagt eines Wesens, das sich aus Sicht der siebenundneunzig Teilnehmerinnen des Seminars durch den Sexualtrieb eines Bonobos, die emotionale Reife eines Dreijährigen und das Kommunikationstalent eines Zaunpfostens auszeichnete. Er hatte, kurz gesagt, viel Spaß gehabt. Und daraus vor allem eines gelernt: Frauen liebten nichts mehr, als stumm und dumpf vor sich hin brütenden Männern – also etwa neunzig Prozent seiner Spezies – geheimnisvolle Tiefen, versteckte Mutterkomplexe oder gar eine schwere Kindheit anzuhängen. Vielleicht sollte er Janne von seiner schweren Kindheit erzählen? Aber sie sah nicht so aus, als wenn sie das interessieren würde. Eigentlich wirkte sie schon den ganzen Abend, also alle dreiundzwanzig Minuten davon, als ob sie hier gar nichts interessieren würde. Ihr Essenspartner inklusive.

«Irgendwann sind Löcher drin», entfuhr es ihm.

Sie hob tatsächlich den Blick von der Speisekarte. Ihre linke Augenbraue schwang sich zu Höhen empor, die er nicht für möglich gehalten hätte. Betrieb sie Augenbrauensport? Um nichtsnutzige Männer wortlos in ihre Schranken verweisen zu können?

Er wippte mit dem Kinn in Richtung Karte und versuchte, versöhnlich zu grinsen. Ihre Lippen – an sich ein weich, äußerst gewinnend gestalteter Teil ihrer Anatomie – pressten sich zusammen wie eine Schraubzwinge. Sie schwieg weiter.

«Ich würde es ja mit dem Kürbiscurry versuchen, irgendwie fehlt der heute Abend, finden Sie nicht auch?»

Oh dear, du warst auch schon mal besser, old chap. Denn würdest du auch einiges dafür geben, sie noch einmal in diesem orangen Traumdress zu sehen – sie möchte wahrscheinlich nur eines: den Mantel des ewigen Vergessens darüberhüllen.

«Haben Sie Witzwasser getrunken, oder sind Sie immer so?»

Autsch, das saß. Contenance, Junge, Contenance, lass dich von der kleinen Zicke nicht rankriegen.

«Und Sie? Hat Ihnen jemand heute beim Lunch den Schokopudding weggeschnappt, oder sind Sie immer so?»

Er meinte ein Zucken in ihrem Mundwinkel zu sehen. Aber vielleicht hatte er sich auch getäuscht. Vielleicht war die ganze erstarrte Frau vor ihm einfach eine Mogelpackung: hinreißend anzusehen in ihrer schlichten weißen Bluse – auch wenn ihm persönlich Kürbispuschen & Co. lieber waren –, aber eben auch nicht mehr?

Und überhaupt: Wo blieb der siebte Psychologensinn, wenn man ihn mal brauchte? Lustig, dass andere Menschen immer meinten, für Psychologen wäre das alles ein Kinderspiel – menschliche Interaktion, sich zurechtfinden im Minenfeld romantischer Winkelzüge. Das genaue Gegenteil war der Fall.

All das viele Wissen kam einem permanent in die Quere. Dauernd hatte man diesen Flüsterer im Ohr wie einst der junge Woody Allen in *Mach's noch einmal, Sam.* Nur saß vor ihm leider keine Diane Keaton mit lächelnden Veilchenaugen, sondern eine Frau mit zwei Doktortiteln, die sich gerade schrecklich zu langweilen schien. Jedenfalls pulte sie an dem Plastikbambusset auf dem Tisch herum und sah schon das zweite Mal verstohlen auf die Uhr.

Vielleicht war das alles ein blöder Fehler. Warum hatte er sie unbedingt wiedersehen wollen? Diese kühle Blondine mit der Aura einer Schneekönigin und dem Gesicht von Annie Lennox?

Aber ja, das musste es sein. Ein so klassischer Fall von Projektion, dass er es echt niemandem erzählen durfte. Er, Mr Menschenkenner persönlich, war nicht mal in der Lage, die einfachsten Zusammenhänge zu durchschauen. Annie Lennox war die Göttin seiner frühpubertären Träume gewesen. Und manchmal hatte er den Verdacht, dass er sich emotional seitdem nicht allzu viel weiterentwickelt hatte. Kein Wunder also, dass Miss Frostig nur einen Wimpernschlag brauchte, um ihn auf das Niveau eines stammelnden Teenagers zu degradieren.

* * *

Was hatte der Mann sich nur dabei gedacht? Janne hasste Neonlicht. Fast ebenso wie rohen Fisch und Asiendeko-Tingeltangel. Alles drei gab es hier in so erdrückender Menge, dass sie eigentlich hätte gehen müssen. Was zu viel war, war zu viel. Existenzielle Familienprobleme, Regresszahlungen, mieses Wetter und dann noch das wirklich deprimierendste Rendezvous ihres Lebens.

Und das wollte was heißen. Schließlich war sie, wohl ein früher Forscherdrang, damals in der Schule sogar mit dem Schachnerd aus der Parallelklasse ausgegangen, dessen soziale Interaktionstalente sich auf das Anstieren ihrer Brüste beschränkt hatten.

Apropos: Der Mann gegenüber schien sich nicht groß dafür zu interessieren. Nicht dass sie sich viel darauf einbildete. Aber zufällig war ihre Oberweite, die ihr Blusenausschnitt dezent betonte, das einzig wirklich Rundlich-Weibliche an ihr und fand, besonders bei entsprechender Präsentation, normalerweise leicht ihre Bewunderer.

War er vielleicht schwul? Janne musterte Leon dezent. Die beige Bundfaltenbreitcordhose, die wirklich nur ein Engländer tragen sollte, ein weißes Leinenhemd plus dunkler Weste, aber eben auch DIE Schweinchenkrawatte. Trugen homosexuelle Männer gern Motivkrawatten? War das irgendein Code, den sie kennen sollte? Ella wüsste so was. *Ach, Ella.*

«Der steht voll auf dich», hatte sie gestern noch ins Telefon trompetet, «wer extra in deine Sprechstunde getapert kommt, um sich eine weitere deiner sicherlich zutiefst charmanten Abfuhren zu holen, den muss es ziemlich erwischt haben.»

Janne konnte davon nichts bemerken. Sie hatte keine Ahnung, warum sie hier war. Vielleicht brauchte der Mann erneut ärztlichen Rat? Der frei flottierende Charme, den er damals am Abend des Kürbisses versprüht hatte, schien jedenfalls wie weggewischt. Aber vielleicht merkte er auch einfach, dass er sich geirrt hatte. Dass sie eben keine Frau zum Flirten war. Keine für leichte Sprüche und Champagnerschlürfen im Mondenschein. Ja, jemand, der das subtile Spiel zwischen Männlein und Weiblein etwa so gut verstand wie ein Grottenolm. Kein Wunder, dass der Mann seit geraumer Zeit die Speisekarte fixierte, als gäbe es da was umsonst.

Und hatte Janne noch zehn Minuten zuvor gedacht, ein Rendezvous könne kaum trostloser sein, so sah sie sich jäh getäuscht: Es konnte. Leon Bloomdale fingerte an seiner Schweinchenkrawatte herum, sagte aber weiterhin kein Wort.

Schweigen legte sich über den ganzen Tisch wie ein toxisch gelber Nebel, durchbrochen einzig vom leichten Surren des Sushi-Laufbandes. Das beförderte seine Ware in einer Geschwindigkeit, die dieser nicht gut zu bekommen schien. Auf einigen der Schälchen verweigerte der Klebreis bereits das Zusammenpappen und zerkrümelte sich rund um das rohe Meeresgetier, das auch schon einmal bessere Tage gesehen hatte.

Alles in allem driftete die Lage bereits stark in Richtung eines Nr. 1-Platzes auf der Hitliste «Das Rendezvous des Grauens», als Jannes Handy klingelte. Sie griff danach wie nach einem Rettungsring, schaute nicht mal, wer es war. Egal, Hauptsache, jemand, der mit ihr redete, da der Mann vor ihr dies ja offenbar verweigerte.

Das Dumme war nur: Am anderen Ende meldete sich der Mann, mit dem Janne in diesem Moment um wirklich keinen Preis sprechen wollte.

«Schwesterchen!!!», dröhnte es durchs Mikro, dann kam eine Weile nichts, nur ein Gluckern war zu hören. «D... du ... du wolltest mich ... äh ... äh ... sprechen?»

Er kicherte meckernd, als habe er einen besonders guten Witz gemacht. Ihr Bruder Benny. Offenbar voller als eine Strandhaubitze – und jetzt, nachdem er sich endlich aufgerafft hatte, sie anzurufen, nicht mehr zu bremsen.

Nicht durch ihr gezischtes «Moment mal, Benny». Nicht durch ein «Benny!!!» mit gefühlten dreißig Ausrufezeichen dahinter. Wahrscheinlich nicht mal durch ein Erdbeben, dachte Janne und warf einen Blick auf Leon Bloomdale, der zur Seite sah und so tat, als interessiere ihn der Gummibaum in der Ecke über alle Maßen.

Benny aber redete. Redete über früher, über heute, über

alles: «Janne, du hast es doch auch immer gespürt, oder? Dass mit uns was nicht stimmt, dass wir …» Seine Redelawine stockte einen Moment, es klang, als nähme er einen weiteren Schluck. «Ja, dass wir die Kinder einer Verrückten sind», röhrte er nun so laut in den Hörer, dass Janne erschrocken zu ihrem Gegenüber blickte, der aber weiter die Botanikdeko inspizierte.

Sie sprang auf, rief, schon im Rausgehen, «Bitte entschuldigen Sie mich einen Moment!» – und verschwand vor die Tür.

* * *

Die Schneekönigin schritt nun, na ja, eigentlich rannte sie eher vor dem Fenster auf und ab. Immerhin konnte er sie so mal unbemerkt beobachten. Wie sie mit Händen und Füßen redete, sodass ihm schon vom Zuschauen schwindlig wurde. Und wie ihr sonst so verschlossenes Gesicht etwas Weiches bekam, eine Herzlichkeit, die ihn selbst durch die Scheibe zu wärmen schien.

Wer immer es war, der da anrief – und eine Männerstimme war es auf jeden Fall, so viel hatte er gehört –, der gute Mann hatte es definitiv geschickter angestellt als er. Wahrscheinlich hatte er Janne auch nicht angelogen. Immer eine gute Idee. Und er schien recht redselig zu sein. Frauen mochten das.

Leon zog ein Gesicht, seine Augen schweiften durchs Restaurant und blieben am Sushi-Laufband hängen, dessen Rotationsfrequenz sich weiter erhöht hatte. Die California-Rolls rasten geradezu dahin und machten ihm im Verbund mit einem blau beleuchteten Plastikbuddha eines unmissverständlich klar: Dieses Restaurant war ein Fehler gewesen.

Er stand auf, bezahlte am Tresen die Getränke und gesellte sich zu seiner Begleiterin, die auf ihr Handy einsprach, als gälte es, eine Revolution anzuzetteln.

«Benny, du gehst jetzt nach Hause. Du *gehst*, hörst du? Kein Motorrad, keine Vespa – du gehst nicht in die Nähe von irgendetwas, das auch nur entfernt einem Motor ähnelt. Hast. Du. Mich. Verstanden?»

Leon Bloomdale jedenfalls hatte sie verstanden und fühlte sich einen Moment lang, als ob er wieder fünf wäre, sich die Hände waschen und zu Mummys Cheese-Toast-Lunch antreten sollte. Der Tonfall war ungefähr derselbe gewesen.

«Alles in Ordnung?», fragte er, als sie schließlich den Arm mit dem Handy hängen ließ und Richtung Neckar starrte.

«Was sollen eigentlich diese Golddinger da unten?», fragte sie, statt zu antworten.

Leon folgte ihrem Blick zu den gut dreißig, vierzig goldenen Objekten, die jemand in ordentlicher Reihung auf der Neckar-Kaimauer platziert hatte.

«Ach, ja.»

«Ach, ja?»

«Konzeptkunst halt.»

«Und das Motto lautet: Wir vergolden den Neckar?»

Leon lachte. «Wir können ja hingehen, wenn Sie mögen?»

«Und was ist mit der Sushi-Autobahn?»

«Also wegen mir kann die gern ohne uns weiterkreisen. Das Restaurant ist grässlich, oder?»

Janne nickte. Mit ernstem Gesicht. «Das grässlichste, das ich je betreten habe.»

«Ach, kommen Sie. So schlimm …»

«Der Buddha war aus blauem Plastik.» Ihr Ton wirkte nahezu gekränkt.

«Sie sind unbarmherzig.»

Janne nickte erneut, doch ein Mikrogrinsen kräuselte jetzt ihre Mundwinkel. «Okay, dann also vamos a la Neckar?»

«Aber gern», erwiderte Leon und wagte ein Lächeln.

Sie spazierten auf die Eberhardsbrücke, von wo aus sich ihnen Tübingen by night mit all seiner Schönheit bot: unten der dunkle Fluss, in dem Trauerweiden ihre knorrigen Arme badeten, am Ufer spitzgiebelige bunte Bürgerhäuser, die sich aneinanderdrängten wie fröstelnde alte Tanten, in einiger Entfernung der gelbe Hölderlinturm mit seinem schwarzen Hexenhut und, über allem schwebend, weit oben Stiftskirche und Schloss, freundlich gelb angeleuchtet. Ein Blick also, der nahezu euphorisch Romantik versprühte und auch die beiden auf der Brücke nicht unbehelligt ließ.

Sie stiegen die Stufen zum Neckar hinunter und lachten über die ganze Armee kleiner Gold-Hölderline. Denn nichts anderes als Miniaturversionen des Dichters waren es, was sie von fern gesichtet hatten, und die starrten hier, ein Buch umklammernd, sehnsüchtig auf den Fluss.

«Konzeptkunst, ja?», sagte Janne, während sie am Ufer entlangschlenderten.

Leon zuckte die Schultern. «Ist doch ganz … putzig? Kann man das sagen?»

Janne schmunzelte. «Ja, kann man, aber wo in Gottes Namen haben Sie nur all diese Wörter her?»

Leon schwieg einen Moment, rieb sich das Kinn. «Von Omama. Aus Bremen.»

Janne sah ihn überrascht und vielleicht zum ersten Mal an diesem Abend richtig an. «Sie haben eine Großmutter in Bremen?»

«Hatte», sagte Leon und fügte ganz schnell, bevor er es

sich anders überlegen konnte, hinzu: «Und Sie haben einen betrunkenen Freund?»

Ihr Schweigen hätte schneidender nicht sein können. Aber er wollte es nun mal wissen. Wollte wissen, wem sie da telefonisch die Leviten gelesen hatte. Schließlich bekam er ein gezischtes «Das geht Sie mal gar nichts an» zu hören.

Geschieht dir recht, dachte Leon.

Geschieht ihm recht, dachte Janne.

Und dann standen sie auch schon vor dem Turm und seiner traurigen Geschichte.

«Und er hat wirklich sein halbes Leben in dem Ding verbracht?», fragte Janne und taxierte den dicken gelben Turm, einst Teil der Stadtbefestigung und später Wohnort des Dichters. Jenes Dichters, dessen Name wie kein zweiter mit Tübingen verbunden war: Friedrich Hölderlin.

«Soweit ich weiß. Aber vorher war er fast ein Jahr in der Psychiatrie, auch hier in Tübingen. Na ja, oder was man damals so nannte. Hölderlin war vermutlich der erste seelisch Kranke dort.»

«Und war er das? Verrückt, meine ich?» Janne mied Leons Blick. Denn ihre Gedanken spulten unweigerlich zurück. Zurück zu den paar hingeworfenen Wörtern in einer Akte, mit denen er genau das getan hatte: auch sie für – na ja, zumindest für seltsam zu erklären.

Jetzt aber machte Leon nur «Ppph», dann lange nichts, schließlich murmelte er: «Was ist schon verrückt? Ich würde auch rasen, wenn man mir einen Cocktail aus Tollkirsche, Fingerhut und Opium einflößen würde.»

Janne nickte, ging noch ein paar Schritte hinüber Richtung Neckar, in dem ein Abbild des Hölderlin-Turmes schwamm, ein Spiegelturm, behaust von schnatternden

Enten und Wasserhühnern. Dann drehte sie sich um, blickte Leon sehr direkt an und formulierte mit all der Subtilität, die ihre Freunde so an ihr schätzten: «Vor fünf Jahren schienen Sie da noch sicherer zu sein. Und wo wir gerade dabei sind: Mögen Sie mir vielleicht erklären, warum Sie das getan haben? Auch mich für verrückt zu erklären?»

Leon näherte sich ihr, seine Augen leicht zusammengekniffen, die Miene sichtlich verwirrt.

«Sorry? Ich habe was?»

«Na ja, ich habe ... nun ja, über gewisse Umwege ... Einsicht in meine Akte bekommen. Sie haben ...»

Weiter kam sie nicht, weil der Mann vor ihr «This can't be true. It just can't be true» schnaubte und dazu frenetisch den Kopf schüttelte. Ärger vertiefte die Falten neben seinem Mund, sein ganzer Körper wirkte wie eine überspannte Saite.

«Hä?», machte Janne. «Habe ich hier was verpasst?»

Leon schüttelte immer noch den Kopf, sein Gesicht eine wütende Maske. Schau an, dachte Janne, der lustige Herr Bloomdale kann auch anders.

«Falsche Baustelle», knötterte der jetzt und klappte den Mund wieder zu. Ganz offensichtlich hatte er nicht vor, Weiteres zu erklären.

«Sprechen Sie nicht gern darüber?», bohrte Janne völlig unbeeindruckt.

Leon verdrehte die Augen. «Sie sind wie ein Terrier, oder? Die lassen auch nie los.»

«Wuff, wuff», machte Janne.

Doch Leon lachte nicht. Überhaupt schien er seinen Humor oben auf der Brücke gelassen oder gleich zu Hause vergessen zu haben. Wo war Mr Charmebolzen, wenn man ihn mal brauchte?

«Also», setzte sie an, «was ich gern wissen wollte –»

Leon machte eine abwehrende Handbewegung. «Ich weiß, was Sie wissen wollen.»

«In der Tat? Können Sie jetzt auch noch Gedanken lesen? Wie aufregend.»

Leon knirschte förmlich mit den Zähnen. Wie ein schlecht gelaunter Actionheld, der seine Kiefermuskeln aufbläht, dachte Janne und konnte sich nur mit Mühe ein hämisches Grinsen verkneifen.

«Hören Sie, Frau Dr. Helmkamp …», setzte er an.

«Ja, ich höre», sagte Janne. «Bin ganz Ohr.»

«Es ist eben so ... das Institut und ich, wir sind, nun ja … nicht eben als Freunde geschieden.»

«Das tut mir leid für Sie. Ich wollte ja auch nur wissen, warum Sie das geschrieben haben.» Ihre Stimme schwankte etwas. Sie holte noch mal Luft. «Über mich.»

Leon horchte auf. Das Schwanken ihrer Stimme. Er sollte vorsichtig sein. «Also, wenn Sie es genau wissen wollen –», er hielt inne, lächelte ein bisschen, «und das tun Sie ja offensichtlich immer und überhaupt –»

«Wie meinen Sie das?»

Leon ignorierte ihren Einwurf. «Also, mir sind damals gewisse Abweichungen an Ihnen aufgefallen, daher hatte ich gewisse Zweifel hinsichtlich Ihrer – zumindest damaligen – Eignung für die Therapeutenausbildung.»

Seine Stimme klang sachlich, aber nicht urteilend, eher freundlich fragend. Doch Janne schwieg. Nein, so leicht würde sie es ihm nicht machen.

«Abweichungen, ja?», fragte sie schließlich. «Und die konnten Sie aus fünf Meter Entfernung erkennen? Von der Warte Ihrer großen Weisheit aus?»

«Nein, aber auf Basis des Rorschachtests.»

«Das ist nicht Ihr Ernst», zischte Janne. «Diese albernen Kleckselbilder sind wissenschaftlich bereits in den Siebzigern als Budenzauber entlarvt worden.»

«Sie sollten ja lediglich die Reaktionen anonymisierter Patienten auswerten, aber selbst dazu waren Sie kaum in der Lage.»

«Sagt wer?» Janne baute sich vor ihm auf, auch wenn die Wirkung angesichts seiner Größe leider etwas verpuffte.

«Sage ich. Und ich musste damals nun mal entscheiden, ob Ihnen das passt oder nicht. Und sollte es Sie eventuell interessieren: Ich habe jahrzehntelange Erfahrung auf dem Gebiet der Traumatherapie. Und Sie sahen definitiv verstört aus, zeigten auch somatische Anzeichen einer Traumatisierung.»

Sein Gesicht war jetzt so nah, dass sie die Fältchen um seine Augen erkannte, seinen Atem spürte und den leichten Duft nach Zitrone. Und vielleicht war es genau das, was Janne so in Rage brachte: Sie merkte, dass sie trotz allem nicht immun war gegen ihn, dass irgendein intellektuell fehlgeleitetes X-Chromosom in ihr seufzte: «Ach, riecht der gut.» Und das machte sie gleich noch wütender.

Sie holte einmal tief Luft, sagte dann zuckersüß: «Oh ja, Verzeihung, ich vergaß – *Dr. Dr.* Leon Bloomdale.» Sie senkte ihre Stimme zu einem theatralischen Wispern. «Der Magier unter den Psychologen, der Seelenflüsterer –»

«Es reicht, Frau Helmkamp!», raunzte Leon.

Es klang heiser, fast gepresst, bemerkte Janne. Nicht ohne Genugtuung. Dann verringerte sie den ohnehin nur kleinen Abstand zwischen ihnen, ihr Gesicht jetzt direkt vor seinem.

«Nein, eben nicht. Denn ich möchte, dass Sie eins begreifen. Und merken Sie sich das bitte ein für alle Mal: Ich. Bin. Nicht. Traumatisiert. Und auch keine Patientin. Ich bin – ach, vergessen Sie's.»

Leon schwieg, machte ein seltsames Geräusch, wich etwas zurück.

«Hat es Ihnen die Sprache verschlagen? Nicht mal ein Witzchen mehr?», legte sie nach, auch wenn eine leise Stimme in ihr ebenfalls «Es reicht, Janne» mahnte.

Leon sah blass aus im fahlen Licht der Uferlampen. «Sie haben keine Ahnung, wer ich bin, liebe Frau Dr. Helmkamp. Und ich glaube auch nicht, dass ich das ändern möchte. Nicht mehr. Das alles hier war offenbar ein Fehler.» Damit stapfte er zurück zum Uferpfad, drehte sich dann aber noch einmal um. «Soll ich Sie noch zum Auto begleiten?»

«Immer ganz der Gentleman, ja?», spottete sie. «Gehen Sie, Mr Bloomdale. Je schneller, desto besser.»

* * *

Janne folgte ihm zurück zur Brücke, aber mit großem Abstand, bog dann rechts ab und lief sehr langsam zurück zu ihrem Auto. Sie fuhr auch langsam nach Hause und setzte sich, obwohl es erst 22:00 Uhr war, nicht mal mehr an ihren Schreibtisch, sondern ging gleich ins Bett. Und als sie dann die Decke bis unters Kinn zog und sich endlich etwas entspannte, da wünschte sie sich vor allem eines: einen großen Schneeschieber – einen, mit dem sie einfach alles wegschieben könnte, was Leon gesagt hatte. Als «verstört» hatte er sie bezeichnet, als «traumatisiert». Sie, die klinikweit als die Frau mit den Nerven aus Stahl gegolten hatte?

Der hat ja ein Rad ab, dachte sie. *«Ich habe jahrzehnte-*

lange Erfahrung auf dem Gebiet der Traumatherapie», äffte sie ihn nach und wusste nicht, was schlimmer war: die Wut, einfach abgeurteilt worden zu sein, oder die Enttäuschung darüber, dass Leon Bloomdale am Ende war wie alle anderen auch. Wie all die Typen in weißen Kitteln, die ihr in den Klinikhierarchien über Jahre das Leben schwer gemacht hatten: ein Wichtigtuer.

Sie knipste die Lampe aus. Fast gleichzeitig aber gab das Kindernachtlicht, das immer in der Steckdose steckte, seinen Geist auf. Es war stockfinster, abgesehen von dem funzeligen Neonsternleuchten über ihr.

Jannes Atmung schnappte, sie begann zu zittern, ein paar Sekunden lang hielt blanker Horror sie umklammert. Dann schaffte sie es mit fahrigen Händen, die Nachttischlampe wieder anzumachen, ein neues Kinderlicht aus der Nachttischschublade zu nehmen und gegen das kaputte auszutauschen. Danach tapste sie zurück ins Bett, atmete endlich wieder aus und schob die Schublade zu, in der noch fünf weitere Ersatznachtlichter lagerten.

Denn Dr. Janne Helmkamp konnte vieles: eiternde Geschwüre behandeln, seelenruhig eine Luftröhrenpunktion durchführen oder flimmernden Herzkammern mit Elektroschocks beikommen. Aber eines konnte sie nicht: im Dunkeln schlafen.

* * *

Leon Bloomdale sah seinen Hund an. Der blickte zurück und legte den Kopf schief. Was bedeutete, dass er nachdachte. Und da gab es durchaus viel, was zu bedenken war. Denn seit einer Stunde lief sein Mensch nun in der Wohnung auf und ab, murmelte vor sich hin, toastete ein Stück Brot und vergaß, es zu essen. Hantierte mit den beiden Weingläsern herum, die er am Nachmittag bereitgestellt hatte mitsamt einer Flasche Wein, bis ihm eines aus der Hand fiel und zerdepperte. Woraufhin er «Fuck!» brüllte und dann gleich noch mal, woraufhin Godzilla «Wuff» machte und dann gleich noch mal.

Sein Mensch stutzte nun einen Moment, dann setzte er sich neben ihn auf den Boden, seufzte und kraulte ihm die Ohren, bis Godzilla behaglich brummend seinen Kopf auf seinem Oberschenkel ablegte. «That did not go well, old chap.» Er seufzte erneut.

* * *

«Hallo, Herr Dr. Bloomdale.»

Gott, dachte Janne, *das klingt, als wenn du an den Kardiologen aus der Nachbarabteilung schreibst.* Sie raufte sich die Haare, klappte den Laptop wieder zu. War sowieso eine blöde Idee. Sie sollte wieder ins Bett gehen. Aber da kam sie ja gerade her. Und es war dort nicht allzu erholsam gewesen.

Anderthalb lange Stunden hatte sie herumgelegen, ganze Schäfchen-Dynastien gezählt und öfter die Seiten gewechselt als eine Grillwurst. Dann hatte sie genug. Es war der vertrackte Abend. Und der noch vertracktere Leon Bloomdale. Und das Wissen, das klammheimliche, das jetzt mitten in der Nacht ohne die Ablenkungen des Tages so unangenehm deutlich hervortrat. Das Wissen, dass sie es verbockt hatte. Megaverbockt. So was von, dass sie eigentlich einen Antrag stellen sollte auf amouröse Unzurechnungsfähigkeit.

Denn das wirklich Dämliche an der Sache, das, was sie sich erst in der letzten halben Stunde hatte eingestehen mögen, war: Sie mochte den Mann ja. Trotz allem. Sie mochte ihn sehr. Seinen Humor. Seine netten Augen. Die Art, wie er ihren Namen aussprach. Als handele es sich dabei um eine besonders leckere Kekssorte. Die Art, wie er erst leise schnaubte, bevor er einen seiner Witze riss. Eigentlich mochte sie alles an ihm. Es ging nur eben manchmal mit ihr durch. Dieses Männer-haben-mir-nichts-zu-sagen-Ding.

Aber konnte sie ihm das so schreiben? Okay. Es gab Grenzen. Der Ehrlichkeit. Des Zu-Kreuze-Kriechens. Vielleicht also nur …

Hallo, lieber Doktor,
das ging ordentlich in die Grütze. Es tut mir leid, sollte ich pampig gewesen sein. Der Konjunktiv ist hier natürlich reine Hypothese. Ich war pampig. Es tut mir leid. Sollten Sie wieder einmal Beschwerden haben, kommen Sie gern in meine Sprechstunde.
Es grüßt Sie herzlich Janne Helmkamp

Janne drückte auf Senden, bevor sie es sich anders überlegen konnte, dann klappte sie den Laptop zu und tapste die Stiege hoch zurück in ihr Bett. Ach ja, sagte sie noch. Zu niemandem im Besonderen. Aber das Sandmännchen hatte nun endlich ein Einsehen.

18

Benjamin Helmkamp stand vor einer Reihe einstöckiger Baracken, die aus allem gebaut zu sein schienen, was die Stadt und ihre Müllhalden hergaben: kaputte Ziegelsteine, Holzlatten, Wellblech, auch Plastiktüten oder Kleidung.

«Don't you ever go near the slums», hatte Freddie ihm eingeschärft. «You'd get robbed faster than you can blink.»

Benny blinzelte in der Tat, aber nicht, weil er ausgeraubt wurde, sondern um sich zu überzeugen, dass er nicht träumte. In direkter Blicklinie, bestimmt weniger als neunhundert Meter entfernt von diesen Slums, ragte in all seiner weißen Pracht eines der berühmtesten Gebäude der Welt in den Himmel – der Tadsch Mahal.

Natürlich war er da gewesen, war ehrfürchtig auf Filzpuschen über den Marmorboden geschlittert, hatte wie alle anderen gestaunt über die schiere Unglaublichkeit des Baus, die vollendete Symmetrie, die Ausblicke auf nichts als Marmor und blauen Himmel – kurz die ganze Magie, von der er immer geträumt hatte, damals noch in Delmenhorst bei seinem Puzzle: *Tadsch Mahal im Abendlicht, 2000 Teile.*

Doch nun, von hier aus, mit den Füßen im Matsch einer Straße, die den Namen nicht verdiente, bot sich ihm ein ganz anderes Bild. *Tja, einmal Weltkulturerbe bitte und einmal das echte Leben gleich dazu,* dachte Benny. Und dann klopfte er an die Holzlatte über der Plastikplane, die dem Haus als Eingang diente. Er hörte Stimmen aus dem Inneren, Geschepper, Gescharre, und schließlich wurde die Plane ein kleines Stück zur Seite gerückt. Eine Frau steckte den Kopf heraus. Oder vielmehr der älteste Mensch, den Benjamin je gesehen hatte. Aus einem Meer von Runzeln blickten ihm zwei rabenschwarze Augen entgegen.

«Yes?», sagte die Frau. Es steckte Argwohn in diesem Wort, und Ben konnte das bestens verstehen. Wie er hier stand, mit seinen Zweihundert-Euro-Turnschuhen, seinen nährstoffgetunten ein Meter fünfundachtzig, dem ganzen westlichen Wohlstand, der ihm aus jeder Pore kroch, musste er für die Frau wie ein Tourist wirken. Einer dieser Touris, die, den Selfiestick in der Hand, gebuchte Slum-Touren machen. «Armutsporno» nannte Freddy so was – und für einmal fand Benny, dass er recht hatte. Und recht hatte der dicke Australier, der seit Jahren in Indien lebte, wohl auch damit, dass er nicht hätte herkommen sollen. «Leave these people alone, Ben, we don't understand them.»

Dennoch hatte es ihn gestört, dieses *these people*, das Freddy betonte, als handelte es sich um Aussätzige, Verrückte oder eine exotische Kaninchenart. Und zudem hatte sie ihm keine Ruhe gelassen. Die Enttäuschung, die er tags zuvor in den Augen des Jungen gesehen hatte. Den Augen von Ravi, dem Küchenjungen, der ihn offenbar nun für einen Blödmann hielt und heute Morgen nicht zur Arbeit erschienen war.

Freddy mochte so was gar nicht. Und Freddy Wangler war kein Wohlfahrtsunternehmer, wie er gern betonte. «Noch ein Tag, dann ist finito für ihn mit dem guten Job in der Küche», hatte er gesagt und freundlich gelächelt.

Freddy lächelte immer freundlich, und genau deshalb war er so ein Arsch, fand Benny. Und genau deshalb, weil er selbst kein Arsch sein wollte, stand er nun vor den wachsamen Augen der alten Frau, die langsam ihre Mundwinkel hochzog. Ben vermutete, dass es ein Lächeln war, ganz sicher war er sich nicht.

«Ravi?», fragte er.

«Ravi?», wiederholte sie und ließ ein meckerndes Lachen hören, als habe er einen besonders guten Witz gemacht.

«Is Ravi at home?», versuchte er es noch einmal, was das Lachen der Greisin noch steigerte und ihm eine obere Zahnreihe mit mehr Lücken als Zähnen offenbarte.

Benny kickte einen Stein weg, sah noch einmal zum Tadsch Mahal und auf die Barackenreihe im Abendlicht, dann zückte er sein Notizbuch, riss eine Seite heraus und schrieb darauf: *I am so sorry. Benny.* Er faltete das Blatt zusammen und hielt es der Alten hin.

«Could you give this to Ravi, please?»

«Yes», sagte die Frau erneut, und er fragte sich gerade, ob ihr Vorrat an englischen Wörtern damit vielleicht erschöpft war, als ein magerer Arm nach vorn schnellte und sich den Zettel schnappte. Dann plinkte ihr linkes Auge noch einmal auf und zu, bevor ihr Kopf wieder hinter der Plastikplane verschwand. Benny war entlassen, wie es schien.

Er stand noch ein paar Momente vor dem Haus, starrte den Matsch und auch den mageren Hund an, der neben einer Blechtonne kauerte und ihn offenbar beobachtete. Einer der Millionen von indischen Straßenhunden. Arme Viecher, auch wenn der hier eigentlich nicht wie die anderen Streuner aussah, eher wie ein verlotterter Lord. Das Tier hatte eine Statur wie ein Windhund und sah ihn über seine lange Nase hinweg fast arrogant an.

«Eure Lordschaft erlauben?», fragte Benny, kramte einen

Rest Thunfischsandwich aus seinem Rucksack und warf es dem Hund hin. Der schnupperte daran und hob dann den Kopf mit einer Miene, die Benny an das indignierte Gesicht seiner Großmutter erinnerte.

«Du bist halb verhungert, mein Bester, und das hier ist Bio-Naan», er senkte verschwörerisch die Stimme und parodierte Freddys breiten Aussie-Akzent. «Best Organic Naan in Town, y'know, mate.»

Der Hund sah zur Seite, legte sich hin und begann gelangweilt seine Pfoten zu lecken.

Benny zuckte die Schultern, doch irgendwo in ihm kicherte es hämisch. Genauer gesagt da, wo stets dieser kleine Gnom lauerte und mit einer Tonlage wie Rumpelstilzchen alle seine Niederlagen kommentierte.

Und während er dann dem Lordprotektor aller Straßenköter noch einmal zunickte, sich umdrehte und zurück in Richtung Tadsch Mahal lief, plusterte der Gnom sich regelrecht auf und posaunte es zum Mitschreiben in alle vier Winde: dass Benjamin Helmkamp wieder einmal ein Versager war. Einer, der sich von kleinen Hutzel-Omis an Türen abweisen ließ. Ja, einer, mit dem nicht einmal ein Straßenköter etwas zu tun haben wollte.

Er lief jetzt schneller, wollte nur noch raus hier, vorbei an den Frauen mit den bunten Saris, die mit mageren Armen Pakete auf ihren Köpfen hielten. Vorbei an den dünnen Kindern mit den krummen Rücken und den dreckigen Gesichtern. Vorbei, vorbei und zurück in seine Welt.

Doch ein Lastwagen versperrte knatternd die Straße, weil davor wieder mal eine Kuh stand. *Klar, was sonst?*, dachte Benny. *Hier steht immer irgendwo eine Kuh.* Von rechts stieg ihm Qualm ins Gesicht und brannte in den Augen. Er hustete, sah sich um. Vor einer der Baracken türmten sich Berge von Metallschrott: verrostete Kanister, Konservenbüchsen, Stoßstangen. Sie schmelzen das Zeug ein und kriegen Geld dafür, hatte Freddy gesagt. Aber eine neue Lunge gibt's leider nicht gratis dazu, dachte Benny, der nie gut in Chemie gewesen war, aber eines sicher wusste: Bei Verbrennung von Schwermetall entstand nichts Gesundes.

Er hielt sich sein T-Shirt vor die Nase, während der Laster vor und zurück manövrierte und schließlich im Matsch stecken blieb. Just in diesem Augenblick trottete die Kuh zur Seite, blieb direkt vor Benny stehen und schien ihn zu mustern, von den neongelben Turnschuhen über die Markenjeans bis zu seinem teuren Polohemd. Und was Benny dann ganz klar in den runden Kuhaugen las, war das Echo dessen, was seit Tagen schon durch seinen Kopf rumorte: *Was willst du eigentlich hier?*

Ja, was eigentlich? In diesem Land, das nicht das seine war. Das nur der Zufall für ihn gewählt hatte – oder vielmehr eine Jobber-Börse im Internet. Was wollte er in diesem staubigen Slum, wenn er nicht gekommen war, um zu helfen? Ja, was wollte er eigentlich mit seinem ganzen verdammten Leben, das seit neunundzwanzig Jahren mehr oder weniger planlos vor sich hin schlingerte?

Die Kuh legte sich hin und begann zu kauen.

Benny setzte sich dazu, auf den Boden. Und dachte, dass er im Grunde permanent dasselbe tat: wiederkäuen. Immer wieder spuckte sein Gehirn dieselbe alte Leier aus, zuckten die Selbstverurteilungen wie Stromstöße durch seinen Körper: Benny, der Versager, der Wegläufer, der Feigling. Vielleicht sollte er ein Buch draus machen? Schöner Scheitern auf fünf Kontinenten oder wie ich aus einer miesen Kindheit ein noch mieseres Leben machte? Er lachte ungut und streichelte der Kuh über ihr mageres Hinterteil.

«Are you okay?»

Benny und die Kuh hoben den Kopf.

Vor ihnen stand Ravi. Oder auch nicht Ravi. Statt Jeans und T-Shirt trug er ein knielanges Hemd über einer weiten Hose, der Turban darüber war heute leuchtend orange. Benny fand, er sah aus wie ein Statist aus einem Bollywoodfilm. In der Hand hielt Ravi den Zettel, die Finger so fest um das dünne Stück Papier gepresst, dass es zerknitterte. Langsam schob sich nun der Arm mit der Hand vor und hielt Benny das Papier hin.

«I ... I can't read ... this.»

Benny wurde noch heißer, als es ihm ohnehin schon war. Er war aber auch ein Trottel. Natürlich. Wo hätte ein Junge, der von klein auf im Steinbruch gearbeitet hatte, das ABC lernen sollen?

«It says that I am sorry. Sorry for having been so rude yesterday. Just wanted you to know.»

Ravi blickte ihn an, ganz ruhig. Benny schluckte, wusste plötzlich nicht, wohin mit seinen Händen. Doch dann erschien ein Lächeln in dem schmalen Gesicht vor ihm, machte Licht in den dunklen Augen, bis der ganze Ravi strahlte und Benny die Hand hinstreckte. Der stand auf, ergriff sie, und sie schüttelten sich die Hände, bis sie beide lachen mussten. Dann, nach einem Moment des Zögerns, setzten sie sich beide wieder auf den Boden.

«It's new?», fragte Benny und zeigte auf Ravis Turban.

Ravi schüttelte den Kopf. «It belonged to my father. He gave it to me, before he went away.»

Benny betrachtete den jungen Mann neben sich, der seiner Schätzung nach keine fünfzig Kilo wog, kein Wort lesen konnte und seinen Vater, soweit Benny wusste, an den Müll verloren hatte. Ravis Vater hatte als Müllsammler in New Delhi gearbeitet.

«You miss him.»

«He was a good man.» Seine Stimme klang trotzig, als wolle er sich selbst etwas bestätigen.

«But?», fragte Benny aus einem Instinkt heraus, vielleicht dem Instinkt enttäuschter Söhne.

Ravi schloss für einen Moment die Augen. «Why did he go away? I know … he wanted to make money. Money for us. But it was bad money … garbage money and it cost his life.»

Benny nickte, weil er nicht wusste, was er sonst tun sollte. Und weil er sich dieselbe Frage sein Leben lang gestellt hatte: Warum war sein Vater weggegangen?

Um Ravi abzulenken – und vielleicht auch sich selbst –, zog er sein Handy aus der Tasche und tippte das Foto an, das Janne geschickt hatte.

«This is … was my family. My parents.»

Der Satz stand in der Hitze des indischen Abends wie ein Alien, doch er konnte ihn nicht zurücknehmen, wollte es auch nicht. Denn er erfüllte ihn mit einem seltsamen Stolz.

Ravi schaute auf das Foto, strich fast ehrfürchtig mit den Fingerspitzen darüber. «They look happy, your parents.»

Benny nickte. «So they were.» Wie gern hätte er das selbst geglaubt … Doch er hatte genug gelogen, fand er. «But not for long. He went away, when I was very young. I don't even …», er schluckte, «I don't remember him. I don't know my father. He never came back.»

Ravi nickte, runzelte dann aber die Stirn und begann angelegentlich die Kuh zu streicheln, die immer noch gemächlich vor sich hin kaute. «Why don't you go and find him?», schlug er schließlich leise vor.

Benny lachte, ungut und schrill. «Einfach so? Und was dann? Hallo, Papa, ich bin's, dein Benny, der Sohn, den du nie haben wolltest?»

Ravi sah ihn verwirrt an, doch Benny merkte gar nicht, dass er deutsch gesprochen hatte. Er merkte gerade überhaupt nicht viel. Denn seine Gedanken und Gefühle spiralten sich rapide zurück in der Zeit, und ihm fiel ein, was er früher immer gesagt hatte, wenn andere Kinder ihn fragten, wo denn sein Papa sei. Der ist auf dem Mond, hatte er gesagt, mein Papa ist ein Sternenflieger. Und genau so hatte er ihn oft gemalt: einen schwarzhaarigen Mann in einem Sternenanzug, der auf dem Mond saß und Klavier spielte. Die anderen Kinder hatten gelacht und nie wieder gefragt. Für ihn aber war der Sternenmann immer da gewesen, noch heute hörte er ihn manchmal klimpern, in ruhigen Nächten. Dann spielte er *Blue Moon* da oben auf dem Mond, und Benny fühlte sich fast glücklich.

Auch jetzt fühlte er zum ersten Mal seit Tagen wieder so etwas wie Freude - besonders als Ravi weitere Fotos gucken wollte, dabei plötzlich die Augen weit aufriss und strahlend rief: «A princess! You know her?»

Benny grinste und wünschte, die «princess» hätte das hören können. «Das ist meine Schwester, Ravi», erklärte er auf Englisch. «Und weißt du was? Sie hasst dieses Bild.»

Aber Ravi hörte gar nicht richtig zu, sondern starrte wie verliebt auf das Foto der achtzehnjährigen Janne in einem pastellrosa Volantkleid, die weißblonden, damals noch langen Haare in Locken gelegt, posierend vor der Delmenhorster Fabrikantenvilla.

Benny wusste nicht, warum er ausgerechnet dieses Bild im Handy gespeichert hatte. Er wusste auch nicht, warum er als Kind Fotos seiner Eltern aus Zeitschriften ausgeschnitten und fast sein ganzes Taschengeld für diese Zeitungen ausgegeben hatte. Warum er zum Bewahrer einer Familie wurde, die nie eine gewesen war.

Fast genauso hatte Janne es am Abend zuvor gesagt: dass er sich nicht an etwas klammern sollte, das es nie gegeben hatte. Dass ihr Vater ein versoffener Nichtsnutz und Erbschleicher war und ihre Mutter niemals hätte Kinder bekommen sollen.

«Es waren doch immer nur wir zwei, Benny. Und du kannst mich jetzt nicht im Stich lassen, hörst du? Jetzt gerade, wo –» Da hatte ihre Stimme etwas geschlingert, aber vielleicht waren auch nur die sechstausend Kilometer zwischen ihnen schuld daran gewesen.

«Komm heim, Benny», hatte sie gesagt. Und dass sie ihm noch einiges erklären könnte, wenn er wollte. Benny wusste nicht, ob er wollte. Er wusste eigentlich gar nichts mehr so genau.

* * *

Erst abends, als er zu Hause vor dem Spiegel stand, dachte er ernsthaft wieder darüber nach. Er hatte sich von Freddie Rasierzeug geliehen. Keine Ahnung, warum er das Gestrüpp, das jahrelang sein Kinn besiedelt hatte, plötzlich nicht mehr ertragen konnte. Aber ab musste er, der Bart. Und als er fertig war und in den Spiegel sah, wurde ihm endlich auch klar, wieso. Denn entgegen blickte ihm dort eine bis auf die Augenfarbe nahezu identische Kopie des Mannes auf dem Foto, das Janne geschickt hatte – seines fünfunddreißigjährigen Vaters.

Er ging näher, lehnte die Stirn an den Spiegel, schloss die Augen und versuchte, etwas in sich zu finden. Zuversicht vielleicht. Oder Mut? Beides war gerade nicht vorrätig. Doch was er fand, war auch nicht übel. Es war so was wie Ruhe. Oder zumindest das Gefühl, nicht mehr weglaufen zu wollen. Denn genau das war es, was Benjamin Helmkamp getan hatte, jahrelang. Weg von einem verpatzten Studium, aus einer abgebrochenen kaufmännischen Lehre, einer ganzen Reihe von Jobs, die sein Opa, Freunde oder seine Schwester ihm besorgt hatten. Die es ja alle immer so gut mit ihm meinten. So gut, dass ihm davon leider ganz schlecht geworden war und er etwas zum Vergessen gebraucht hatte. Und sich genau dafür dann noch mehr gehasst hatte.

Er betrachtete noch einmal den Mann im Spiegel. *Du hast das auch gekannt, Papa, oder?,* sagte er und nickte ihm zu. Dann holte er sein Handy und hielt das Foto seiner Eltern daneben. *Kein Wunder, dass Mama und Opa ihn manchmal so seltsam ansahen*, dachte er. Mich würde es auch nerven, in das Gesicht zu blicken, das mein Leben ruiniert hat. Das nämlich war etwa die Version, die die beiden sich zurechtgelegt hatten – Antonio Federico Monterubbianesi war an allem schuld. So einfach war das. War es das?

«Why don't you go and find him?», hatte Ravi ihn noch mal gefragt, als sie sich verabschiedet hatten. Je länger Benny nun in den Spiegel starrte, desto lauter schallte exakt diese Frage durch seinen Kopf. Und es dauerte dann nicht mehr lange, bis er eine Antwort hatte und sein Smartphone wieder zur Hand nahm.

«It's showtime, Alter», sagte er zu Spiegel-Benny. «Weglaufen ist für ninnies, oder?», und dann buchte er einen Flug.

Nach Hause.

19

Leon Bloomdale hatte genug. Mehr als das, er war bereit, sein Leben an der nächsten Pforte abzugeben und jedes andere zu nehmen, das zufällig des Wegs käme. Zumindest für den Rest des Abends.

Nie wieder, schwor er sich, nie wieder würde er sich von seinem Chef für so was einspannen lassen: als Hanswurst aufzutreten, der bei der jährlichen Charity-Gala des Internats Zum blauen Stift den Vorstandsgattinnen artige Sätze zusäuseln und die manikürten Hände schütteln musste.

Bereits zweieinhalb Stunden zog sich das Ganze hin, und zu allem Übel gab es nun auch noch Ballett. Zwei etwas gequält wirkende Jungstars einer Ulmer Ballettschule tanzten zum *Blauen-Donau*-Walzer, weil der Chef sich das so gewünscht hatte. Von wegen Donau, passt doch. Haha.

«Wunderbar, diese Anmut, nicht wahr?», sagte Frau Khyssen-Wiedekamp zu seiner Linken.

«Ganz entzückend», bestätigte Frau Mosch zu seiner Rechten. «Schön, dass junge Menschen hier so gefördert werden. Wirklich schön.»

Noch schöner wäre es, wenn ihr eure Kinder nicht hierher abschieben würdet, dachte Leon. Denn das Gros der Schüler war eben genau das – abgeschoben worden von ihren Millionärs- oder Diplomateneltern, da sie Drogen-, Alkohol- oder generell riesige Probleme hatten und irgendwo verwahrt werden sollten. Vorzugsweise irgendwo, wo es nicht so auffiel, wie eben hier auf der Schwäbischen Alb.

Die zwei Teenager auf der kleinen Bühne aber kämpften mit ganz anderen Problemen: Das Tutu des Mädchens hatte sich gelöst und lag als hellblauer Tüllhaufen auf der Bühne, was die beiden sichtlich irritierte. Aber auch die Ballettmeisterin im Bühnenhintergrund sah aus, als ob sie gleich einen Notarzt bräuchte, fand Leon.

«Wie peinlich», merkte indes Frau Mosch an.

«Sehr unprofessionell», bestätigte Frau Khyssen-usw.

Leon winselte innerlich. Besonders, da sie sich nun, umwabert von einer Gucci-, Hucci- oder Sonst-was-Wolke, ihm zuwandte.

«Sagen Sie, Herr Dr. Bloomdale, wie macht sich denn unser Mauselchen so? Hat sie schon ein bisschen abgenommen? Sie soll doch zum Wiener Opernball nächstes Jahr.»

Mauselchen war siebzehn, ein trauriges dickes Mädchen, das sich die Arme ritzte. Leon redete oft mit ihr. Ihrer Mutter aber zeigte er jetzt sein eisigstes Lächeln. Das, welches er mit zusammengebissenen Zähnen hinkriegte.

«Johanna macht sich prima. Sie macht sich sogar außerordentlich gut.»

«Das ist ja wunderbar. In welchem Fach ist Sie denn am besten?»

Leon lächelte eisern weiter und präzisierte: «In Mitmenschlichkeit ist sie richtig gut, und ganz tolle Noten bekommt sie auch in Nachdenklichkeit und im Gedichteschreiben. Da stellt sie alle in den Schatten.» Er verbeugte sich leicht. «Wenn Sie mich jetzt entschuldigen würden? Ich muss mich noch um die Diätpläne für die Achtjährigen kümmern.»

Er ignorierte ihr schrilles Kichern – offenbar meinte sie, er hätte einen tollen Witz gemacht – und marschierte Richtung Ausgang. Kurz vor der rettenden Tür fing ihn leider der Herr Direktor ab und führte ihn einer launigen Herrenrunde zu, deren Witz nicht mal das Schenkelklopfniveau erreichte.

Leon hielt weitere fünfzehn Minuten durch, indem er sich vorbetete, wie gern er die Arbeit mit den jungen Menschen hier machte und dass keiner etwas für seine Eltern kann. Als er dann endlich eine Möglichkeit sah, unauffällig zu entfliehen, da hörte er es. Gewispert von jemandem, der direkt hinter ihm stand und schon eine Weile redete. Aber nun fiel ein Name, der Leon wie angewurzelt innehalten ließ.

«Hast du gelesen, was der alte Helmkamp jetzt am Hals hat?», sagte die Stimme.

«Der mit dem Zuckerimperium, meinst du? Nee, was denn?»

«Stell dir vor, seine eigene Enkelin – eine Ärztin, glaube ich – verklagt ihn, also, na ja, die Firma. Der Prozess ist schon recht bald, meine ich ... Gar nicht weit weg von hier, in Memmingen oder so.»

«Nein. Echt? Die Enkelin? Ist ja ein –»

In diesem Moment klopfte der Direktor Leon erneut auf die Schulter und wollte ihn zu einer weiteren Gruppe honoriger Geldgeber mitziehen. Doch Leon entschuldigte sich mit knappen Worten von den launig gestimmten Damen und Herren und entfloh, bevor ihm endgültig etwas reißen würde. Wahrscheinlich der Geduldsfaden.

Er wollte nur noch eins: nach Hause. Mit Godzilla durch den Schlosspark streifen. Ein Viertele trinken. Und die E-Mail schreiben, die er schon seit Tagen in seinem Kopf herumschob. An die Frau, die offenbar gerade ihren millionenschweren Opa verklagte und dabei gern hundert Jahre alte Doc Martens trug.

20

Tübingen, 23.11., 6:50 Uhr

Liebe Frau Dr. Helmkamp,
haben Sie Dank für Ihre Nachricht. Sie erreichte mich Freitagnacht in einem Zustand gewisser Verwirrung betreffs des weiteren Vorgehens – sollte ich Godzilla, der dies dringlichst anmahnte, den Bauch kraulen? Oder sollte ich mein Handy nehmen und Ihre Kontaktdaten tilgen?
Das wäre, zugegeben, ein Akt recht dramatischer Natur gewesen. Aber ja, Sie hatten mich ernsthaft erzürnt. Und ja, das kommt nicht oft vor. Meine englische Hälfte beharrt sogar darauf, dass es ein *Niemals* sei. Gute Contenance schlürfen auch wir halben Engländer schließlich mit der Muttermilch. Sie hingegen waren eigentlich nicht pampig, sondern geradezu bewundernswert schlagfertig. Wie Ihre Augen blitzten, als Sie mir meinen mir immer noch peinlichen Mangel an Witz vorwarfen. Umwerfend. Und dann die Schlusspointe: «Gehen Sie, Mr Bloomdale. Je schneller, desto besser.» Eine Exit Line, die Oscar Wilde auch nicht besser hinbekommen hätte.
Doch ich hoffe sehr, liebe Frau Dr. Helmkamp, dass es keine Exit Line war, zumindest nicht für uns beide. Ein Vogel macht schließlich noch keinen Frühling – heißt das so? Ich bin leider nicht besonders gut mit Sprichwörtern –, und ein, wie Sie so trefflich formulierten, in die Grütze gegangenes Treffen macht nicht alles kaputt. Ich jedenfalls habe Sie nicht aus meinem Adressbuch getilgt. Und würde es begrüßen,

weiter mit Ihnen über Hölderlin oder grützige Abendessen zu konversieren. Notfalls auch über Sinn und Zweck von Rorschachtests, für deren Einsatz in England in den letzten Jahren neue und durchaus vielversprechende Ansätze gefunden wurden. Evidenz anbei.
Es grüßt Sie herzlich
Leon Bloomdale

* * *

Pfaffingen, 23.11., 13:30 Uhr

Lieber Herr Dr. Bloomdale,
oje, aus Ihrem Adressbuch wollten Sie mich tilgen? Da muss mehr als schiere Pampigkeit am Werke gewesen, ja, muss es regelrecht mit mir durchgegangen sein. Ich erinnere mich vor allem, dass es mir ein Anliegen war, meine geistige Gesundheit zu demonstrieren. Demonstriert habe ich dann wohl vor allem bedauernswerte Boshaftigkeit. Ich bitte dies zu entschuldigen, würde es gerne auf den Kürbis schieben, aber den hatte ich ja nicht an dem Abend. Nur rohen Fisch und Gold-Hölderline, die mir aber eigentlich besser gefielen. Auch wenn das Restaurant selbst, da will ich ehrlich sein, es nicht in meine Top Ten unvergesslicher gastronomischer Erlebnisstätten schaffen wird.
Danke für die beiden Artikel. Durchaus interessant. Auch wenn mir, ich wiederhole mich, Ihre Interpretation meines wie auch immer gearteten Umgangs mit diesen Bildern immer noch fraglich erscheint. Aber vielleicht mögen Sie mir jetzt, wo wir doch wieder miteinander reden – worüber ich mich sehr freue –, einmal in Ruhe darlegen, worauf Sie Ihre Beurteilung stützten. Was jene Abweichungen meines Verhaltens waren, die Sie erwähnten?

Ich verspreche auch, mich weiterer Boshaftigkeiten zu enthalten. Schriftlich bin ich gemeinhin ein netterer Mensch.
Es grüßt Sie herzlich
Janne Helmkamp

* * *

Tübingen, 23.11., 22:15 Uhr

Liebe Janne Helmkamp,
haben Sie Dank für Ihre Nachricht, zu der ich vorweg gleich eines anmerken möchte: Ich finde ja, Sie sind nicht nur schriftlich, sondern überhaupt ein netter Mensch. Und zudem, besonders wenn Sie Kürbispuschen tragen, auch noch ein ganz entzückender. Wenn Sie mir diese kleine chauvinistische Entgleisung verzeihen mögen.
Ich glaube, wir sind uns nun einig, dass wir einfach ungut aneinandergerasselt sind an jenem Abend. Lassen Sie uns einen Mantel des Vergessens darüberwerfen … Aber nein, es ist nicht der Mantel, oder? Ist es der Schleier? Egal.
Lassen Sie uns, kurzum, vielleicht besser einfach noch mal neu anfangen, also: Guten Tag. Nice to meet you. Mein Name ist Leonidas Jonathan Bloomdale. Ich komme aus Liverpool, bin fünfundvierzig Jahre alt und lebe seit mehr als zwanzig davon in Deutschland.
Ich habe einen Hund, der gerade meine braune Cordherrenpantolette frisst, wofür ich ihm wahrscheinlich dankbar sein sollte. Denn das Modell ist so ergreifend hässlich, dass the Gods of Hausschuh im Himmel weinen. Aber ich denglishe – etwas, was Omama, die Sie ja nun bereits kennen, niemals erlaubt hätte.
Außerdem habe ich ein altersschwaches Auto, dessen Reparaturkosten mir Albträume bereiten, komisch gesprenkelte

Augen sowie – ich weiß, das kommt jetzt überraschend – eine gewisse Neigung zur Geschwätzigkeit. Meine Klienten schlafen deshalb regelmäßig ein, aber ich sehe ihnen das nach. Schlaf ist der geistigen Gesundheit ja durchaus zuträglich. Das freut auch den Psychotherapeuten, also mich. Früher war ich als Leiter eines psychologischen Ausbildungsinstituts tätig, bis gewisse Geschehnisse – inklusive unseres ersten Zusammentreffens, liebe Frau Helmkamp – eine Fortsetzung meiner Arbeit dort wenig opportun erscheinen ließen.
Ja, so weit vielleicht. Ach ja, ich mag schwarze Bohnen mit Schokolade, die Präraffaeliten, rotes Weingummi, Tom Waits, Norderney und meine Mutter, auch wenn mich diese Kombi nun wahrscheinlich wie ein zweiter Norman Bates erscheinen lässt. Nun ja, wir haben alle unsere Untiefen.
Was die Ihrigen, von mir vermuteten angeht: Sie sind schwierig festzumachen an einzelnen Symptomen. Doch Ihre Pupillen waren, nachdem Sie einige Momente völlig reglos auf das Rorschachbild gestarrt hatten, massiv verengt, Ihr ganzer Körper wie erstarrt und Ihre Stimme auffallend monoton, als Sie im Folgenden ein paar vage Sätze formulierten, die kaum zur gestellten Aufgabe passten. Was mich aber am meisten überzeugte, dass dieses Bild etwas sehr Massives, stark Verdrängtes in Ihnen angesprochen hat, war der Vergleich zu der halben Stunde davor. Sie waren – das wissen Sie wahrscheinlich selbst – wirklich brillant, während Sie Ihren Vortrag hielten. Ich habe selten eine so souveräne Bewerberin erlebt. Umso beunruhigender war der Unterschied, sobald Sie Tafel 1 des Tests betrachteten – die oft als Motte oder Fledermaus gesehen wird.
Ich habe schon zahllose solcher Tests durchgeführt und ausgewertet. Aber Ihre Reaktionen waren wirklich sehr auf-

fällig, insbesondere bei einem Menschen, der ansonsten so gefestigt wirkt.
Daher habe ich damals, nach wirklich langer, reiflicher Überlegung, so entschieden, wie ich es tat.
Was Sie nun daraus machen, ob Sie es als Psycho-Mummenschanz abtun wollen oder sich vielleicht doch noch einmal damit beschäftigen, bleibt natürlich völlig Ihnen überlassen. Sollten Sie aber noch Fragen dazu haben, wäre ich hocherfreut, Ihnen Auskunft geben zu können. Ehrlich gesagt, wäre ich das in jedem Fall, wenn Sie mir wieder schreiben.
Es grüßen Sie auf das Herzlichste
Leon Bloomdale und Godzilla, der Henker der Herrenpantolette

***

Pfaffingen, 24.11., 6:50 Uhr

Lieber Leonidas Bloomdale,
ich mag ja phobisch auf schwarze Tierbilder reagieren – danke für die Informationen –, aber kann es sein, dass Sie für Ihren Teil ein Hausschuhproblem haben? Mal ehrlich, Sie laufen in Cordpantoletten herum, noch dazu in braunen? Und sind *entzückt*, wenn ich orange Filzpuschen trage? Das kann der Psyche nicht zuträglich sein.
Ich muss mich heute leider kurzfassen, die Arbeit ruft. Aber haben Sie schon mal eine Prise Chili an den Bohnen mit Schokolade versucht? Göttlich! Und es tut mir leid, dass ich damals am Institut offenbar Teil des Anfangs vom Ende war. Aber all dieses Zeug, was uns passiert, ist schon immer für irgendwas gut, meinen Sie nicht? So sind etwa Ihre wohl schlafenden Klienten, da bin ich mir sicher, mehr als froh, Sie zu haben.

Es grüßt Sie herzlich
Janne Maria Helmkamp Monterubbianesi (der Name war übrigens echt!)
PS: Als in der Schule Sparta drankam, haben Sie geschwänzt, oder?

* * *

Tübingen, 24.11., 15:00 Uhr

Liebe Frau Dr. mit dem beeindruckenden Namen,
anbei sende ich Ihnen ein Foto meines Hundes mit den Resten der Herrenpantolette. Ich möchte jedoch darauf hinweisen, dass ich diese nur aus musealen Zwecken besitze und niemals tragen würde. Sie stammen noch von meinem Großvater – dem Mann von Omama – und wurden handgearbeitet. Doch wie es scheint, hat Godzilla keinen Respekt vor der Historie. Er hat es ja generell nicht so mit dem Respekt. Daher habe ich eines Tages sogar eine Hundeschule mit ihm aufgesucht. Er sah mich an, als wolle ich ihn in ein Bootcamp stecken. Und zwei größere Versager als Godzilla und mich hat es dort wohl nie gegeben, was ich allerdings hätte ahnen können. Wer nennt seine Hundeschule schon «Toppie Dog»?
Aber zurück zum eigentlichen Anliegen dieses Schreibens. (You see? Geschwätzigkeit? Es muss genetisch sein, mein Vater pflegte … aber, nein, das interessiert nun wirklich nicht.) Herzlichen Dank für den kulinarischen Tipp, ich sehe, auch Sie schätzen es feurig. Also war ein Sushi-Restaurant die denkbar dämlichste Wahl. Nächstes Mal gehen wir zu den «Drei Muchachos», gleich unten bei mir im Haus. Oder sind es fünf? Egal, der Koch und seine Brüder kommen aus Mexiko, und ihr Pollo in schwarzer Mole hat wirklich jede Menge Pfiff.

Denn es wird doch ein nächstes Mal geben, oder? Das hofft sehr
Ihr Leonidas B., der im Geschichtsunterricht wie eigentlich die gesamte Schulzeit hindurch im Dauerschlaf war.
PS 1: Ja, auch ich glaube, dass all das für etwas gut ist. Es ist mein Job, das zu glauben. Alles hängt irgendwie zusammen. Nur schade, dass oft so verflixt schwer zu erkennen ist, wie.
PS 2: Wie lebt es sich so mit dem Monterubbianesi-Anteil?

* * *

Pfaffingen, 25.11., 1:30 Uhr

Lieber L. B.,
selbstredend interessiert es mich brennend, was Ihr Vater zu tun oder sagen pflegte. Ich bitte um Aufklärung. Zumal mein Vater ähnliche Neigungen hegte. Haben Sie jemals *Tristram Shandy* gelesen? Heutzutage würde man den Titelhelden wahrscheinlich mit ADHS diagnostizieren, denn er hat sie einfach perfektioniert: die Kunst des Abschweifens und der weisen Geschwätzigkeit. Mein Vater schätzte den Roman sehr. Ich erinnere mich gut, dass er die zerlesene Ausgabe sogar aufs Klavier legte. Und auf dem durfte sonst gar nichts liegen, nicht mal ich.
Es tut mir leid, dass selbst Toppie Dog nichts ausrichten konnte bei ihrem Schlappen-fressenden Wüterich, für dessen wunderbares Porträt ich herzlich danke. Täusche ich mich, oder hat das Tier entfernte Ähnlichkeit mit einem befellten Nilpferd?
Ah, das ist sie wieder, die latente Boshaftigkeit. Ich bitte um Verzeihung. Wahrscheinlich bin ich einfach nur neidisch. Als Kind habe ich mir immer einen Hund gewünscht.
Was das Essen bei den pfiffigen Brüdern angeht, klingt das grundsätzlich recht verlockend. Derzeit aber muss ich leider

passen, Zeitnot, Gedankennot, alles ein bisschen in Not, aber das wird schon.
Passen Sie gut auf sich auf, auf Ihre Hausschuhe, das Hundetier und die wunderbare Geschwätzigkeit, die Sie, das wissen Sie selbst, meisterhaft beherrschen.
Es grüßt Sie herzlich
Janne H.-M.
PS 1: Alles hängt mit allem zusammen??? Glauben Sie an Determinismus? Das Karma? Die Sieben Tibeter?
PS 2: Den Monterubbianesi-Anteil habe ich vor Jahrzehnten eingemottet.
PS 3: Und wie halten Sie es eigentlich mit Ihrem Bloomdale-Anteil nach zwanzig Jahren in Deutschland? Und warum haben Sie ein Land hinter sich gelassen, in dem es Ingwerkekse, die Queen und Menschen mit Witz gibt? Mich hätten keine zehn Pferde da wegbekommen.

* * *

Tübingen, 25.11., 6:30 Uhr

Liebe Janne H.-M.,
als jemand, der chronisch gerne recht hat, schmerzt es mich, doch ich muss es zugeben: Sie haben völlig recht. Mein Hund sieht aus wie ein Nilpferd. Aber ich versichere Ihnen, er ist trotzdem eine Seele von Mensch.
Vielleicht mögen Sie ihn ja einmal kennenlernen? Wir fahren sonntags gern hinaus auf die Alb, um Äpfel zu klauen (ich) und Würstle zu essen (er), und hätten sehr gern Gesellschaft.
Was nun meinen Vater angeht, um auf Ihre Frage zurückzukommen, so lebt der heute als verbiesterter Nutztier-Veterinär in Wales, soweit ich weiß, und hat an Gutem bei mir

wohl nur das eine hinterlassen: die Gabe, immer etwas zu sagen zu haben. Manche nennen es auch: den Fluch. Jedenfalls könnte er mit seinen kommunikativen Fähigkeiten heute bei TV-Verkaufssendern Millionen scheffeln. Weiß Gott, warum er Tierarzt geworden ist.

Aber da sind wir wieder bei den Lebensentscheidungen, denen Ihre nächste Frage galt. Ganz spontan würde ich sagen: Ich habe keine Ahnung, warum ich nach Deutschland gekommen bin. Wegen der Weihnachtskekse von Omama? Weil ich, lachen Sie jetzt bitte nicht oder nur ein bisschen, als Kind die rauchige Stimme von Hildegard Knef so mochte, deren Lieder meine Mutter immer hörte?

Sobald ich mich in der Lage sehe, einen nach durchdachter Lebensplanung klingenden Grund zu präsentieren, melde ich mich wieder.

Oder auch vorher schon. Es macht mir Freude, Ihnen zu schreiben. Und noch größere, Ihre Antworten zu lesen.

Bis bald,

Ihr LB

PS 1: Es tut mir leid, dass bei Ihnen alles so in Not ist – von der Zeit bis zu den Gedanken. Sollte ich helfen können (vielleicht mit ein bisschen Dampfplauderei – Bloomdales probates Mittel für garantierte Schläfrigkeit und Entspannung), lassen Sie es mich bitte wissen.

PS 2: Und nein, nein, ich bin kein Determinist. Zwar hat das Eisbergmodell von Papa Freud seine Strahlkraft für mich sicher noch nicht ganz verloren, da gibt es weit mehr, als wir denken, was unsere Handlungen bestimmt. Aber Karma? Die Sieben Tibeter? (Die meines hier sicher wenig profilierten Erachtens nur fünf waren.) Not my pair of shoes.

* * *

Tübingen, 28.11., 6:00 Uhr

Liebe Frau Doktor,
und jäh verstummten die Choräle? Geht es Ihnen gut? Muss ich mir Sorgen machen?
Drei Tage ohne Nachricht von Ihnen lassen mich betrübt, auch ein wenig verwirrt zurück. Sollte ich etwas Dummes gemailt haben? Mich mal wieder um Kopf und Kragen geplaudert haben? Es wäre nicht das erste Mal.
Über eine kurze Nachricht von Ihnen wäre hocherfreut
Ihr
Leonidas B., auch der Landflüchtende genannt (Und Sie mögen ernsthaft Ingwerkekse?)

* * *

Pfaffingen, 28.11., 6:45 Uhr

Lieber LB,
herzlichsten Dank für Ihre Nachrichten. Ich melde mich – nur geht es leider gerade nicht, da heute ein wichtiger Termin bevorsteht. Aber morgen. Ab morgen … sollte alles besser sein.
Es grüßt Sie vom Monte Documento (gut, dass Sie nicht meinen Schreibtisch sehen)
Janne Helmkamp
PS: Ich würde Meilen gehen für Ingwerkekse.

21

Es war ein bisschen, dachte Janne, als träte hier der FC Bayern gegen den Hobbykickerklub Heide-Buchholz an. Während sie noch den Gerichtssaal bestaunte – wer hätte in dem altehrwürdigen Gebäude schon einen Raum von derart scheußlicher Neonröhrensachlichkeit erwartet? –, preschten zwei der drei Topanwälte ihres Opas ständig nach vorne, um mit martialisch gerecktem Kinn beim Richter Eindruck zu schinden. Mit perfekt intonierten Endsilben feuerten sie dabei Redesalven ab, bei denen selbst Cicero erblasst wäre. Der dritte im Bunde tippte derweil frenetisch auf sein goldglänzendes MacBook ein und gab alle paar Sekunden aufgeregte Schnaufer von sich.

Janne betrachtete sein hochrotes Gesicht und die puffigen Verdickungen unter den Augen. Sie tippte auf Pegeltrinker. Dann schweifte ihr Blick zu ihrem eigenen Anwalt. Der kauerte mit rundem Rücken auf seiner Bank, nagte an einem billigen Kugelschreiber herum und nickte sporadisch mit dem Kopf. Mehr körperliche Aktivität schien an diesem Morgen noch nicht drin zu sein – oder auch sonst nicht, dachte Janne und seufzte leise.

Dr. jur. Dietrich Schneider mochte eine Koryphäe seines Fachs sein und zudem ein Anwalt, der pro bono – also ehrenamtlich – für NGOs wie die ihre arbeitete. Leider aber hatte er dabei in etwa den Energiepegel eines Koalabären.

Gerade jetzt, dachte Janne, gerade jetzt müsste er aufspringen und – *bang! bang!* – ein paar Argumente auf den Tisch knallen. Stattdessen drückte Dr. jur. D. Schneider an seinen knochigen Fingern herum, während Opa-Anwalt Nr. 1 mit sardonischer Langsamkeit das Ergebnis jener Studie verlas, die leider Gottes gerade letzte Woche noch herausgekommen war.

Janne nickte dazu rhythmisch mit dem Kopf, was eine schlichte Übersprungshandlung war. Sie brodelte innerlich vor Wut. Schließlich waren hier die Grenzen der Statistik neu ausgelotet und eine Metastudie aus dem Hut gezaubert worden, die, oh Wunder, genau das bestätigte, wovon Lebensmittelproduzenten träumten: dass es quasi ganz egal sei, was man isst – ob ein Magnum double caramel oder eine Tofuschnitte –, weil es dabei immer nur auf die Kalorienmenge ankomme.

«Wir sehen also: Nur die Dosis macht das Gift», schwurbelte auch Anwalt Nr. 2 vorne auf den Richter ein. «Nicht Zucker oder Fett per se machen die Menschen krank, sondern nur ein Übermaß davon.»

«Genau, du Saftsack, und im Himmel ist Jahrmarkt», murmelte Janne. Ihr Anwalt aber sagte: nichts! Tat: nichts! Und dachte sich auch offenbar: nichts!

Nach einem lahmen Plädoyer, in dem er mit leiernder Stimme die von Janne vorbereiteten Thesen vortrug, sah er, offenbar wieder im Koalabärmodus, teilnahmslos zu, wie die Anwaltshyänen ihres Opas zum Endschlag ausholten.

Das alles kam natürlich nicht wirklich überraschend. Erstaunt war Janne lediglich darüber, wie schnell es ging: an diesem Montagmorgen unter zwei erratisch flackernden Neonröhren Hackfleisch zu machen. Hackfleisch aus der von ihr gegründeten NGO und deren Versuch, gegen einen mit drei Topanwälten gerüsteten Lebensmittelmulti vorzugehen. Die Helmkamp GmbH ihres Opas und deren verkaufsträchtige «Health-Claims».

Nein, das für sie einzig wirklich Überraschende an diesem Morgen war, dass ER da war. Höchstpersönlich. In seinem unvermeidlichen Jachtklubblazer. Mit Einstecktuch samt Goldmanschetten. Und seinem Steingesicht. Das vermutete sie jedenfalls.

Denn Janne blickte nicht hinüber. Nicht ein einziges Mal. Mit unbewegter Miene ließ sie das Gemetzel über sich ergehen. Und als das Urteil schließlich verkündet war, klopfte sie dem inzwischen aus dem Koma erwachten Dr. jur. D. Schneider noch kurz tröstend auf die Schulter. Dann verließ sie energischen Schrittes Saal 4 des Memminger Landgerichts, in dem die Klage ihrer NGO soeben abgewiesen worden war und man derselben sämtliche Prozesskosten auferlegt hatte.

Janne hatte keine Ahnung, wo sie das Geld dafür hernehmen sollte, aber es war ihr egal. Sie hatte erreicht, was sie wollte – Schlagzeilen in den Zeitungen und damit das, was ihr Opa am meisten scheute: einen Skandal. Zumindest in den Lokalblättchen hatte es bereits im Vorfeld einschlägige Titel gehagelt. «Zuckererbin verklagt Großvater» – «Familienzwist im Hause Helmkamp». Und am besten gefiel ihr: «Wie die Mutter, so die Tochter – die (w)irren Erbinnen des Süßwarenmoguls aus Delmenhorst».

Draußen warteten Konrad und Ella und bestürmten sie mit Fragen. Obwohl die beiden extra hergekommen waren, um ihr beizustehen, antwortete Janne nur einsilbig, sagte, sie müsse nach Hause. Es täte ihr leid. Die Sprechstunde, sie wüssten schon. Doch als sie dann in ihr Auto stieg und der

Anlasser nur ein gutturales Gurgeln von sich gab, da wusste sie, dass es alles nichts half. Dass das Schicksal einfach gegen sie war. Dass sie jetzt nirgendwohin fahren würde.

Ihre Nackenhaare hatten sich bereits aufgestellt, und sie brauchte gar nicht erst hinsehen. Janne war sofort klar, dass es nur einer sein konnte, dessen Schatten durch das Autofenster fiel. Ein Paul Johann Helmkamp der Dritte hatte eben diese Wirkung. Manchmal dachte sie, so musste sich ein Mammut gefühlt haben. Oder gleich ein Dinosaurier. Wo er auch hintrat, erstarrten erst einmal alle und wichen dann zurück.

Sie kurbelte die Scheibe herunter. «Was willst du?»

«Hallo, Enkelin.»

Janne schwieg und sah geradeaus. Dahin, wo Konrad und Ella neben ihrem gurkengrünen Golf standen und alles beobachteten. Dann versuchte sie erneut, den Motor anzulassen. Die Antwort ihres Autos war ein heiseres Rasseln.

«Soll ich dich mitnehmen?»

Janne ignorierte den alten Mann, schnappte sich ihre Tasche und ein paar Unterlagen vom Beifahrersitz, stieg aus und richtete sich sehr gerade auf. Dann sah sie ihrem Großvater einen kurzen Moment in die Augen und murmelte, eher für sich selbst: «Vielleicht wenn die Hölle zufriert.»

Damit drehte sie sich um, marschierte zu Konrad und Ella und fragte, ob sie mit ihnen fahren könnte.

Fünf Minuten später saß Janne auf der Rückbank des Golfs. Und als das Auto langsam loszockelte, vorbei am Opa und seinen immer noch herumscharwenzelnden Premiumanwälten, da murmelte sie es, murmelte leise, sehr leise: «Scheiße.» Ihre Hände hatte sie um den Einkaufskorb gekrampft, den Konrad und Ella auf den Rücksitz gestellt hatten. So saß sie lange wie erstarrt. *Eine Eiskönigin ohne Königreich*, dachte Konrad, der Janne im Rückspiegel beobachtete und versuchte, ihr aufmunternd zuzulächeln.

Doch die kriegte nichts mit. Erst kurz vor Pfaffingen fiel ihr auf, dass sie den Korb wie einen Schutzschild vor sich hielt und so fest umklammerte, dass ihre Handknöchel weiß hervortraten. Sie schüttelte den Kopf. Ob über sich selbst oder den Korb, der seitlich in pinken Lettern *Mei andre Daschn is a Lui Wittong* verkündete, vermochte sie nicht zu sagen. Zumindest aber brachte sie trotz allem ein Lächeln zustande, als sie den Inhalt des Korbs bemerkte. Es lag eine Packung Folsäure-Tabletten für Schwangere darin sowie ein winziger *VfB*-Strampler.

«Ist es das, was ich meine?», schrie sie von hinten über das Motorengeknatter des alten Diesels hinweg, der gerade den Anstieg auf die Alb verkraften musste.

Ella drehte sich um, nickte, und das Lächeln, das nun auch über ihr Gesicht zog, drang in der Breite in ungeahnte Dimensionen vor. Janne jedenfalls hatte noch nie jemanden so glücklich lächeln sehen. Und das war der Moment, in dem sie doch noch in Tränen ausbrach.

«Ich freu mich so für euch. Ich freu mich so!», sagte sie schluchzend und drückte auf Ellas nach hinten gestreckter Hand herum. Die fing dann auch noch an zu weinen, sodass sie nun im Duett schnieften.

Konrad aber kurvte gelassen weiter über die Alb und murmelte irgendetwas. Es klang wie «Frauen». Aber vielleicht war es auch «mal schauen». So genau konnte man das nicht sagen.

22

«Es wird mal Neurologe», sagte Konrad. «Ich wollte immer Neurologe werden. Die sind cool.»

«Dann werd selbst einer. *Mein* Kind wird ganz gewiss keine Neurologin. Es wird Chirurgin. Nicht, mein Süßes?» Ella tätschelte ihre noch flache Taille. «Dann kannst du täglich Bäuche aufschneiden oder an Knien herumsäbeln, das wird ganz prima.»

Konrad veränderte seine Lage auf dem Sofa, sodass Ella und die werdende Chirurgin ein Stück nach unten sackten.

«He, Sofamann, deine Familie rutscht weg.»

«Ich muss aufstehen, werdende Väter brauchen nun mal viel Flüssigkeit.» Konrad erhob sich vorsichtig und stopfte Ella alle vorrätigen Kissen unter den Rücken.

«Liegen die Herrschaften so bequem? Papa braucht jetzt ein Bier.»

Während Konrad sich im Kühlschrank durch Weizenkeime, Vitaminwurst und Gemüse-Smoothies kramte – Ella kaufte im Bioladen willenlos alles, wo «Für werdende Mamas» draufstand –, rief selbige vom Sofa: «Und bring bitte das Telefon mit, wir wollten doch Janne noch mal anrufen!»

Konrad knapste den Deckel von seinem Schwarzwälder Diplom Pils ab, runzelte die Stirn und kehrte zu Sofa samt Frau zurück.

«Meinst du nicht, dass morgen auch noch reicht?», sagte er und reichte ihr die Flasche. «Hier, ist alkoholfrei, Baby kann mittrinken.»

«Wieso? Ist morgen irgendetwas besser?»

«Nein, aber es ist gleich zehn.»

Ellas Stirn kräuselte sich in jene Konrad gut bekannten Falten, die nichts Gutes verhießen. «Na und? Janne und ich haben früher ganz Nächte telefoniert. Und außerdem möchte ich es jetzt endlich wissen. Du etwa nicht?»

Ihre Lippen schwangen sich kampfentschlossen nach vorne, und sie sah ihn an. Mit diesem Blick. Dem, der Assistenzärzte im ersten Jahr das Fürchten lehren konnte, bei Konrad indes zu Ellas großem Bedauern meist völlig verpuffte. Auch jetzt küsste er sie einfach freundlich auf die Nase.

«Und du meinst, heute wird sie dir endlich alles erzählen? Das, was sie dir schon seit Jahren nicht erzählt?»

Ella stutzte, biss ihn dann ebenso freundlich in die Nase.

«Ich hoffe es. Ich hoffe so sehr, dass sie irgendwann die Kurve kriegt, sich mit ihrer Kindheit auseinanderzusetzen. Irgendwann müssen wir da doch alle durch, aber in ihrem Fall ist es natürlich besonders … Ach.» Ella seufzte. Laut und weit kläglicher, als es sonst ihre Art war. Dann bohrte sie ihren Kopf in Konrads Achselhöhle. «Halt mich mal fest, starker Mann.»

«Sagt die Frau, die drei Meter Emanzenliteratur im Regal hat?»

«Das war eher metaphorisch gemeint.»

«Ich soll dich metaphorisch umarmen?»

Ella verweigerte weitere Antworten, vergrub ihre Nase tiefer am Mann ihres Herzens und seufzte erneut.

«Kon?»

«Hm?»

«Meinst du, wir werden gute Eltern?»

«Klar, die besten.»

«Haha. Nein, ernsthaft. Denk mal dran, was Janne als Kind mitmachen musste. Was all diese Kinder mitmachen, deren Eltern aus irgendeinem Grunde den Halt verlieren im Leben.»

Konrad sah sie an. So ernst wie wahrscheinlich zuletzt auf dem Standesamt. Dann sagte er: «Aber wir beide, wir verlieren ja nicht den Halt. Einer von uns beiden packt es immer. Und außerdem gibt's noch Tante Janne. Und deine beiden gluckigen Schwestern. Und meinen seltsamen, aber liebenswerten Bruder. Wir haben ein einwandfreies Backup-System.»

Ella nickte. «Nur dass meine Schwestern nicht gluckig sind.»

Konrad feixte und machte Hühnchengeräusche.

Ella puffte ihn in die Seite und stand auf. Bevor sie dann mit dem Telefon und einer Flasche Saft der Sorte Mutterzauber im Nebenzimmer verschwand, drehte sie sich noch einmal um. «Aber du denkst es doch auch, oder? Dass Janne sich da verrannt hat. Ich meine, mit ihrem unglaublichen Brass auf diesen alten Mann, der in Interviews wie der nette Zucker-Opi aus Delmenhorst wirkt?»

«Na ja, immerhin ein Opi, der Millionen scheffelt und –»

«Das ist doch kein Verbrechen, also ich fände so einen Opa ...»

«... großartig. Ich weiß, Liebste, und nun knips mal die Dollarzeichen in deinen Augen aus.»

«Pah, das war immerhin ein alter Rolls-Royce, mit dem der da heute vorgefahren ist. Das hat doch Klasse, oder etwa nicht?»

Konrad lächelte sie begütigend an. «Schatzimausiputzimeinebeste, ich glaube nur, dass Janne sich nicht allzu sehr für seine Autos interessiert. Und … nun ja … ich glaube auch, dass da Dinge vorgefallen sind, von denen wir einfach nichts wissen.»

Ella zog einen Flunsch und trommelte kurz mit den Fingern auf dem Türrahmen herum. Und keiner hätte erstaunter sein können als Konrad, als seine Frau, die normalerweise den Kampfgeist eines Kamikazepiloten besaß, vorsichtig nickte.

«Da hast du wohl recht», sagte sie. «Trotzdem verstehe ich nicht, warum sie nicht darüber spricht. Warum sie sich lieber eingräbt mit all diesem … Hass? Das ist doch sonst nicht ihre Art.»

Konrad fand schon, dass das auch sonst Jannes Art war. Er fand sogar, dass jede geschlossene Auster zugänglicher wirkte. Aber er hielt es für opportun, jetzt keine weiteren Diskussionen zu entfachen, da der Teint seiner Frau schon wieder diesen grünlich-blassen Ton angenommen hatte. Den, der auf das baldige Einsetzen ihrer Abendübelkeit hinwies.

«Grüß sie schön von mir», sagte er daher schlicht, bevor Ella die Tür hinter sich schloss – nur um sie wenige Minuten später mit langem Gesicht wieder zu öffnen.

«Am Festnetz nimmt nur der AB ab und am Handy gleich gar niemand.»

Konrad sah von seiner Zeitung auf. «Mach dir keine Sorgen. Ich wette, sie flickt gerade wieder mal irgendwo am Ende der Alb jemanden zusammen, der spätabends noch mit dem Weinlesemesser rumhantiert hat.»

* * *

Janne feierte. Was genau, wusste sie auch nicht. Vielleicht einfach nur, dass es vorbei war. Schließlich hatten die Anwälte ihres Großvaters nicht nur Hackfleisch, sondern Mikroschnitzel aus ihrer Klage gemacht. Und das in exakt zweiundvierzig Minuten.

Sie schnaufte und schaufelte weiter Pudding in sich hinein. Nicht irgendeinen Pudding. Nein, was sie sich mit gleichmäßigen, fast mechanischen Bewegungen in den Mund löffelte, war ein Monster-Puddi – das Corpus Delicti in Quietschrosa-Giftgrün.

Als sie fertig war, drehte sie den Becher in den Händen und dachte daran, wie dessen Etiketten heute im Gerichtssaal riesig groß von der Beamer-Leinwand geleuchtet hatten.

Fast automatisch zoomte ihr Blick auf die Zutatenliste. Milch war drin, klar, aber auch Lebensmittelfarben, künstliche Vitamine und jede Menge anderer Schnickschnack mit E-Nummern davor. Und zudem er, der Donald Trump unter den Zuckerarten: Fruktosesirup – superungesund, aber eben auch superbillig. Genau das Richtige also für die im Sternlogo unten rechts genannte Firma: die Helmkamp GmbH, Delmenhorst.

Janne schnaufte erneut. Auf ihrem rosa Plastikstühlchen im Kinderbereich des Wartezimmers, direkt neben der Klickerbahn und beäugt von Olaf, dem singenden Schneemann, und der Plastikkuh Muckimuh.

Also gut, sagte sie sich, es war zwar ein Reinfall, aber du hast ihn tatsächlich vor Gericht gebracht. «Wenigstens das … Wenigstens das», murmelte sie. Ihre Stimme klang piepsig. Sie seufzte, gab Muckimuh einen Stups. Das Plastiktier schwankte, fiel auf die Seite.

«Bums», sagte Janne. «Sorry, meine Beste. Du kannst ja

auch nichts dafür. Dass er wieder gewonnen hat. Dass er immer gewinnt. Mein Leben lang.»

Sie richtete die Kuh wieder auf. «Jetzt sag doch mal was. Was meinst du, hab ich das Richtige getan? Bin ich eine wackere Streiterin für das Gute? Oder doch eher die verbiesterte Millionenerbin, die die Kohle ihres Opas nicht will und lieber infantile Trotznummern durchzieht?»

Muckimuh schwieg, Janne nickte. Sie hatte ja selbst in dieser Frage keine eindeutigen Antworten. Genau genommen hatte sie gar keine.

Sie rutschte vom Kinderstühlchen und setzte sich neben Olaf, drückte auf seinen Bauch, bis er zu singen begann, und ließ Murmeln durch die Klickerbahn laufen, die neben Olaf aufgebaut war. Minutenlang. *Klack. Surrsurr. Klack.*

Leise rieselt der Schnee, säuselte Olaf dazu, und sie gab auch ihm einen Stups, bis er umfiel und auf dem Gesicht landete. Er sang trotzdem weiter. *Weihnachtlich glänzet der Wald …*

Und das war der Moment, in dem Janne bemerkte, dass es ihr wirklich nicht gut ging. Dass sie schwerer schnaufte als eine alte Dampflok. Dass ihre Hände eiskalt waren, ihre Lippen zitterten und sie sich insgesamt fühlte, als habe jemand ihr Innenleben in Teile geschnitten und nur notdürftig wieder zusammengetackert.

Sie nahm den singenden Olaf, drückte seinen weißen Plüschkörper an sich und ließ den Kopf hängen.

Olaf verstummte jäh, dafür klingelte Jannes Handy. Es war ihre Mutter. Natürlich war es ihre Mutter. Schließlich war es nur noch eine Frage von Stunden gewesen, bis sie eine der Schlagzeilen über den Prozess lesen würde.

«Ich kann das jetzt nicht», flüsterte Janne und stellte Olaf wieder auf. «Verstehst du das? Ich kann das jetzt einfach nicht.»

Der Schneemann gab einen kleinen Mucks von sich, berappelte sich offenbar und setzte seinen Weihnachtsmanngesang fort:

In den Herzen ist's warm,
still schweigt Kummer und Harm.

In den Herzen ist's warm? Nun, in meinem jetzt nicht gerade so, dachte Janne. Aber sie war ja auch die Schneekönigin, nicht wahr? So nannte Konrad sie manchmal. Und ER, der Mann mit den netten Augen, hatte auch so was gesagt. Snow Queen. Sie fanden das wohl lustig. Janne auch. Meistens jedenfalls. Jetzt gerade nicht so. Sie fand eigentlich gerade gar nichts lustig. Vor allem nicht ihr Leben. Olafs runde Augen klappten zu. Er hatte gesagt, was zu sagen war. Janne aber stand auf und lief im Wartezimmer hin und her, während die Gedanken strömten. Was hatte sie denn schon außer Arbeit? Und einer durchgeknallten Familie? Ihre Unterlippe zitterte, sie biss darauf, schniefte. Oben hörte sie wieder Schnöschen auf ihrer Blockflöte rumtuten. Abends um halb zehn? Konnte das Kind nicht Netflix gucken wie andere Kinder auch? Trotzdem holte sie das Getute in die Wirklichkeit zurück.

Eine Wirklichkeit, in die nun eine WhatsApp trudelte. Janne wollte nicht – wollte überhaupt keine Nachrichten mehr – und schaute trotzdem hin. Die Nachricht war von Leon. Von *Mr Nice-eyes.* Und *Mr Ich-quatsche-mich-um-den-Verstand-und-bin-dabei-so-charmant-dass-sich-die-Balken-biegen.*

Janne klaubte das Handy vom Dach der Klickerbahn und las die Nachricht:

Godzilla möchte am ersten Advent unbedingt auf die Alb. Ich halte das für einen guten Vorschlag. Sollten Sie sich anschließen wollen, wären wir überaus entzückt. 2 p.m. pick-up time? Ich hoffe, Ihr Magen ist seefest – man sagt mir, das Mitfahren in meinem Auto sei etwa wie bei Windstärke 10 auf einem Fischkutter. Ich halte das für stark übertrieben. See you. L. B.

Janne spürte es zuerst im Bauch. Das Lächeln. Es lag dort herum, faul und zufrieden, breitete nun seine Arme aus, flüsterte: *Siehste, Deern, da war doch noch was.* Dann arbeitete es sich nach oben vor und zupfte an ihren Mundwinkeln, bis es sich schließlich mit voller Kraft in ihrem Gesicht ausbreitete. Es war, dachte sie, ein bisschen, als hätte jemand eine Lampe in ihr angeknipst.

Leon, der Lichtbringer. Das würde ihm gefallen, dachte sie – albern, doch mit einem Funken Pathos. Und was sie zudem dachte, nein, regelrecht spürte und daher plötzlich wie glasklar wusste: Sie hatte keine Lust, bis Sonntag zu warten.

Also stand sie auf mit diesem Lächeln im Gesicht, das gar nicht mehr weggehen wollte, und guckte auf die Uhr. Der Bus ging in zehn Minuten. Sie holte ihren Mantel, schloss die Praxis ab und verließ eilig das Haus. Schnellen Schrittes und ohne sich noch einmal umzusehen. Sie hatte Angst, dass sie es sich sonst vielleicht anders überlegen könnte. Dass sie schlicht und einfach der Mut verlassen würde.

* * *

Das musste es sein. Ein großer Neonröhren-Sombrero flackerte im Erdgeschoss des riesigen Fachwerkhauses, grünrot untermalt vom Schriftzug «Tres Muchachos». Janne schlenderte langsam näher, beäugte die Klingelbatterie neben der meterhohen Holzhaustür. Tatsächlich, da war er, Bloomdale, im dritten Obergeschoss. Sie ließ den Blick an dem alten Haus emporschweifen und atmete auf, als sie Licht sah oben im dritten Stock. Er war zu Hause.

Sie konnte dunkelrote Vorhänge erkennen und eine Lavalampe im Fenster. Eine Lavalampe? Leon Bloomdale war Inhaber eines dieser Leuchtgeräte, deren psychedelisches Geblubber Janne meist an wabernde Blutblasen oder Quallen in Aspik erinnerte ... Sie runzelte die Stirn, versuchte gerade, noch mehr zu erkennen, als sie von nicht allzu weit entfernt eine Stimme hörte. Eine bekannte Stimme. Sie drehte sich um und blickte direkt in die erstaunten Augen von Leon Bloomdale und einer ihr unbekannten Frau.

«Ha... hallo.»

Er schwieg. Stand da wie vom Donner gerührt. Die Frau neben ihm lächelte zumindest, wenn auch etwas ratlos. Sie hatte kurze Haare mit grauen Strähnchen und wache Augen, die Janne jetzt neugierig anblickten.

«I... ich wollte Sie etwas fragen», brachte Janne hervor und betete, dass der Boden unter ihr doch so nett sein und sich umgehend auftun möge. Oder dass sie einfach erwachen würde. Aus diesem Albtraum. Was hatte sie sich eigentlich dabei gedacht? Dass der Mann samstagabends brav zu Hause saß, um ihrer geschätzten Ankunft zu harren?

Sie hatte keine Ahnung, was sie gedacht hatte. Sie hatte sogar die dringende Vermutung, dass sie dieses leider gänzlich unterlassen hatte.

«Leon, willst du uns nicht vorstellen?», warf die Dame ein. Sie war attraktiv. So sehr, dass es Janne einen Stich gab, na ja, eigentlich einen ganzen Schlag mit dem Schwert.

Leon Bloomdale nickte. Sein Blick schwappte zwischen seiner Begleitung und Janne hin und her. Er schien zu überlegen. Vielleicht weiß er nicht, als was er mich deklarieren soll?, fragte sie sich. Gegenüber seiner ... was auch immer?

Die aber hatte jetzt offenbar genug gewartet und streckte Janne die Hand hin.

«Also, ich bin jedenfalls Mathilde Gessler, hallo.»

«Und ich bin Janne Helmkamp», sagte Janne. Was umgehend ein Lächeln im Gesicht der Frau freisetzte.

«Das habe ich mir schon gedacht.»

«Thilde», zischte Leon und warf böse Blicke in die Gegend.

«Was denn? Du hast gesagt, sie hat das Gesicht eines Engels und die Aura eines Kampfdackels. Passt doch.» Die Dame lächelte noch breiter, wandte sich wieder an Janne.

«Und da es Leon die Sprache verschlagen hat, was zu erleben ich – unter uns gesagt – nicht für möglich gehalten hätte, würde ich gern noch eins klarstellen. Also, ich bin hier die Tante von das Ganze, und der hier», sie nickte zu Leon hinüber, «ist der so erstaunlich wohlgeratene Sohn meiner großen Schwester.»

Janne stand einen winzigen Moment der Mund offen, ihr Blick irrlichterte zwischen den beiden hin und her, dann nickte sie.

«Und jetzt», fuhr Mathilde Gessler fort und tippte sie beide mit jeweils einem Finger an. «Denke ich, dass ich euch zwei mal allein lasse, damit ihr euch in Ruhe weiter anschweigen könnt. Tantchen muss nun auf die Couch und Krimi gucken.» Sie drückte Leon einen Kuss auf die Wange. «Bis bald mal wieder, Leonito.» Dann zwinkerte sie Janne zu. «War mir eine Freude. Wir sehen uns, Frau Doktor.»

Damit drehte sie sich um und marschierte los, ohne sich noch einmal umzudrehen.

«Ist die immer so?», fragte Janne.

Leon nickte, lachte, zog ein schiefes Gesicht. «Und meine Mutter ist genauso. Herzensgut, aber eben ein tough cookie.»

«Was bitte?»

«Na ja, wie sagt man?» Leon sah Janne zum ersten Mal richtig an. «Eine harte Erbse?»

Janne lachte jetzt auch. «Nuss, Herr Bloomdale. Nuss passt besser.»

«Hm.» Er seufzte. «Idiome, der Albtraum aller Bilingualen.» Sein Lächeln blitzte auf, er schien allmählich seine Fassung wiederzugewinnen. «Oder was würden Sie sagen, wenn ich Ihnen mitteilte, dass es besser als Bienen-Knie ist, dass Sie hier sind?»

«Bienen-Knie?» Deutliche Skepsis lag in Jannes Stimme.

«Exakt. Wenn was richtig toll ist, sagen wir *it's the bee's knees*. Keine Ahnung, wo die ihre Knie haben. Haben Sie eine? Ahnung, meine ich?»

Janne grinste, überlegte einen Moment. «Nope. And you are asking me a hole in my tummy.»

Leon schaute sie einen Moment ratlos an, dann blitzte es erneut in seinen Augen, und er pfiff leise. «Respekt! Das kommt in meine preisgekrönte Sammlung feinster Denglish-Blüten.» Er schaute auf die Uhr. «Godzilla müsste noch mal raus. Kommen Sie mit?»

* * *

Janne war fast enttäuscht, als sie Leons Wohnung betraten. Aber nur fast. Denn die Wohnung lag größtenteils nach hinten hinaus. Also gab es keine Lavalampe. Auch keine roten Vorhänge. Aber dafür ein auf einer Empore wie im Raum schwebendes Hochbett, ein Kanapee aus grauem Samt und viele Bücher. Sehr viele.

«Möchten Sie hier eine Leihbibliothek eröffnen?», fragte Janne vorsichtig und musterte eine Reihe mit alten Agatha-Christie-Ausgaben.

Leon hob die Schultern mit dem Gesichtsausdruck eines Mannes, der geduldig leichte Zahnschmerzen erträgt. «Sagen wir es so: Ich gehe zu oft auf Flohmärkte, und meine Kaufimpulskontrolle tendiert bei Büchern gen null.»

«Kenn ich», meinte Janne und blickte nun zum Hochbett auf der Empore hinauf. «Und ein tolles Schlafzimmer haben Sie da – zumindest für Menschen ohne Höhenangst.»

Leon grinste, doch bevor er etwas erwidern konnte, klingelte es. Er marschierte zur Haustür, redete dort kurz mit jemandem, und dann ging alles sehr schnell: Ein schnaufendes Fellobjekt schoss auf Janne zu. Leon brüllte eine Litanei aus «Stopp, Godzilla. Sit. Shoo. Down. Pfui!», die seinen Hund aber nicht im Geringsten interessierte.

Dieser stellte seinen kleinen klopsigen Körper auf die Hinterbeine und seine Vorderbeine an Jannes Schienbein. Dann legte er den Kopf in den Nacken und blickte sie an. Und mochte es auch den Gesamteindruck schmälern, dass seine Zunge dabei seitlich heraushing und auch zwei Eckzähne schief aus dem Maul ragten, so machte der schiere Enthusiasmus seiner dunklen Knopfaugen alles wett. Er himmelte Janne geradezu peinlich an, fand Leon. Und obgleich er diese Aufgabe durchaus gern selbst übernommen hätte, mahnte er nochmals mit strenger Stimme: «Godzilla, sit.»

Und wundersamerweise nahm das Tier, eine Englische Bulldogge, nun tatsächlich seine Pfoten von Jannes Hose und sackte auf die Hinterbeine zurück – doch nur, um sich umgehend auf den Rücken zu schmeißen und ihr den Bauch entgegenzustrecken.

«Ooooaaahh», machte Janne, ging in die Hocke und begann dem Hund den Bauch zu kraulen.

«Die Masche zieht doch immer», knurrte Leon.

Aber Janne hörte ihn gar nicht. Sie summte eine kleine Melodie und streichelte den weichen Hundebauch, während Godzilla nun auch noch seinen massigen Kopf seitlich an ihren Oberschenkel drückte.

«Du bist schamlos, Dicker, du kennst die Dame erst zwanzig Sekunden», gab Leon zu bedenken, doch sein vierbeiniger Mitbewohner war nicht zu bremsen. Begeistert leckte er Janne mit seiner rauen Zunge die Hände ab und fiepte leise.

«Was will er?»

«Oh, ganz einfach», antwortete Leon. «Am liebsten auf Ihren Arm und Ihnen mit seinem stinkenden Hundeatem auch noch über das Gesicht lecken. Das wäre, glaube ich, der wichtigste Wunsch, der zweite –»

Janne hob die Hand, lachte. «Reicht schon.» Sie stand wieder auf, streckte beide Hände in die Höhe. «Kann ich irgendwo?»

Leon zeigte auf die Küche, die schwarz lackiert in einer Ecke des loftartigen Raums residierte. Janne ging hinüber und sah sich dabei weiter um. Alles hier – vom Sofa über den Teppich bis zu einem mannshohen Ungetüm von Kommode – war schwarz oder dunkelgrau, mit bestenfalls kleinen Tupfern in Weiß und Dunkelviolett.

«Farbe ist nicht so Ihr Ding, oder?»

Leon stutzte, seine Augenbrauen tanzten rauf und runter. «Na ja, Schwarz kühlt das Gemüt.»

«Und das braucht Kühlung, ja?»

Sein Lächeln erreichte Breitmaulfroschdimensionen. «Wenn Sie in der Nähe sind – immer.» Er war ihr in die Küchenecke gefolgt, stand nun direkt neben ihr, und sie sah – tatsächlich – Sprengsel in seinen Augen. Wie kleine Goldpunkte.

«Was wird das? Flirten Sie mit mir?»

Er lachte. «Nein, mit der Topfpflanze.»

Godzilla grunzte drüben beim Sofa und warf seinen Kauknochen in die Luft.

«Du musst mir nicht immer die Show stehlen, Hund.»

Janne kicherte und wusch sich die Hände in einer dunkelgrauen Keramikspüle mit schwarzen Armaturen. «Wo kriegt man so was? Beim Gruftieausstatter?»

Leon nickte. «Exakt. In der Abteilung für ältere Herren, die nicht putzen wollen.»

Die Bulldogge tapste nun ebenfalls in die Küche und ließ sich mit einem «Wuff» auf Jannes linkem Fuß nieder.

«Ich verstehe dich ja, mein Dicker», sagte Leon. «Aber wirklich subtil bist du nicht. Was soll unser Besuch von dir denken?»

Godzilla legte seinen massiven Kopf zwischen beide Pfoten. Er sah aus wie ein geflecktes Zwergschwein.

Janne ging erneut in die Hocke, kraulte seine Ohren, ließ sich sogar dazu hinreißen, einen Kuss auf seinen dicken Kopf zu drücken. «Bist ein ganz Feiner», lobte sie mit einer Stimme, die schon fast ein Gurren war.

«Es ist ein schlechter Tag, wenn einem der eigene Hund amourös den Rang abläuft», bekundete Leon mit düsterer Miene, während er zwei Weingläser aus dem Schrank holte. «Die Nachbarin war übrigens schon draußen mit Speckie. Möchten Sie ein Glas Wein?»

Janne blickte hoch. «Speckie?»

«Na ja, Dickie, Stinker, Woofman – niemand hat so viele Namen wie Mr Moppel da, der übrigens gerade Ihren Schuh durchsabbert. Ich habe einen tollen Montrachet. Care for a sip?»

Janne blickte Leon an, und der blickte zurück. Natürlich war klar, dass es hier um etwas mehr ging als einen Schluck Edelwein. Janne versuchte nachzudenken, scheiterte aber daran, dass ihr Gehirn damit beschäftigt war, die Pünktchen in seinen Augen zu zählen, und auch sonst zu nicht mehr viel zu gebrauchen war. Es hatte sich auf den Rücken gelegt wie Godzilla und wartete, dass ihm bitte jemand den Bauch kraulen würde. Vorzugsweise Leonidas Bloomdale.

Der aber stand noch immer vor ihr mit seiner Grand-Cru-Flasche in der Hand und begann, wohl da sie nichts sagte, zu reden. Sehr viel zu reden.

«Aber vielleicht mögen Sie lieber Rotwein? Oder gar keinen Wein? Ich habe auch Orangensaft oder vielleicht, wenn ich mal im Keller gucke, da ist, glaube ich, sogar noch eine Dose von dieser Mint-Cola, die mein Bruder hier angeschleppt hat. Der übrigens noch ganz böse ist wegen der Herrenpantolette von Opa, er mag Godzilla sowieso nicht. Verstehe ich gar –», er brach ab, als Janne vorsichtig die Hand hob.

«Weißwein wäre super.»

Die Ohren von Leonidas Bloomdale nahmen eine rötliche Tönung an, was toll zur schwarzen Küche passte, dachte Janne. Aber sie hätte ihn auch mit grünen Ohren zum Niederknien gefunden. Wie er da vor ihr den Nobelwein herumschwenkte und ohne allzu großen Sinn und Verstand Wörter hervorsprudelte, und das mit diesem Gesichtsausdruck, der an Enthusiasmus dem seines Hundes in nichts nachstand, hätte sie ihn einfach nur abküssen können. Aber das stand jetzt gerade nicht zur Debatte. Oder doch? Nein, sagte sie sich, Wein. Es ging um Wein. Sie schaute genauer auf das Etikett. Und mochte sie auch nicht immer genau zugehört haben während Konrads endloser Weinelogen in ebenso endlosen Nachtdiensten, so wusste sie doch, dass ein Montrachet etwa das Weißwein-Pendant zum Kaiser von China war.

«Ich wusste gar nicht, dass man sich als Psychologe solche Weine leisten kann. Ich habe wohl doch aufs falsche Studienfach gesetzt.»

«Das war ein Geschenk», erklärte Leon.

«Echt? So was bekommen Sie zu Weihnachten? Wer ist Ihr Weihnachtsmann? Bill Gates?»

Seine Ohrspitzen glühten jetzt. «Na ja, ich glaube, der Mann der Patientin arbeitet bei Daimler. Ziemlich weit oben.»

Janne pfiff zweimal, ziemlich laut. «Tja, mich beehren vor allem Ziegenböcke. Und hypochondrische alte Herren.»

Leon grinste breit. «Kann ich verstehen. Wenn Sie meine Hausärztin wären, würde ich auch zum Hypochonder.»

«Quatschkopf», sagte Janne und verdrehte lachend die Augen.

Und plötzlich war alles ganz einfach. Leon stellte den Wein weg und nahm Jannes eine Hand, sie seine andere. So standen sie einige Momente – und grinsten.

«Wuff», maulte Godzilla.

«Klappe», sagte Leon. Und dann wieder zu Janne gewandt: «Wir hatten nicht wirklich den besten Start, ich weiß –»

«Klappe», sagte Janne und küsste ihn. Ein kurzer Schmatzer.

«Oh», sagte Leon und küsste sie zurück. Weit länger.

«Oh», sagte Janne. «Das ist nett.»

Leon winselte.

Godzilla spitzte die Ohren.

«Hast du gehört, was sie gesagt hat, Dicker? Meine Küsse sind – nett.»

Janne nickte. «Ein großartiges Wort. Und sehr unterschätzt. Nettigkeit fehlt so sehr in der Welt.»

«Ich will aber nicht nett sein. Ich –»

Leider hörte Janne nicht mehr, was Leon wollte, da in diesem Moment das Handy in ihrer Jacke auf dem Sofa leise Töne von sich gab. Das hatte es schon vorhin im Bus getan. Sie hatte nicht hingesehen, wollte nicht hinsehen. Doch dies war kein Anruf, dies war eine WhatsApp. Also konnte es nicht ihre Mutter sein. Aber wer schickte ihr abends um halb zwölf eine WhatsApp? Ella? Unwahrscheinlich. Die schlief bestimmt schon – seit das Baby in Arbeit war, nach eigener Auskunft nämlich immer wie ein Bär.

«Ist alles in Ordnung … äh, Janne?», fragte der Mann vor ihr. «Willst du lieber auf dein Handy gucken?»

Er hielt noch immer ihre Hand. Sie blinzelte, schüttelte den Kopf, lächelte etwas angespannt.

«Alles in Ordnung … äh, Leonidas.»

Leon verdrehte die Augen. «Ich wusste, dass ich dir das nicht anvertrauen sollte.»

Janne legte den Kopf schief, raunte: «Doch, du solltest mir alles anvertrauen. Deine schwärzesten Geheimnisse.»

Leon kniff ein Auge zu. «Don't ask for it.»

«Apropos», quatschte Janne unbeirrt weiter, einfach froh, über etwas anderes zu reden als über ihr randalierendes Handy. «Wo sind eigentlich die Präraffaeliten? Ich habe vorhin im Bus erst mal gegoogelt, was das überhaupt ist. Und hätte ich vorher gewusst, dass du nur auf rothaarige Frauen stehst, hätte ich mir die Reise gespart.»

Mit einem ironischen «Haha» zog er sie mit sich, hinüber in eine andere Ecke des weitläufigen Raums, wo ein Holzschreibtisch stand und Behäbigkeit ausstrahlte. Darüber hing ein Gemälde. Es zeigte eine rothaarige Frau im Morgenmantel, die an einer Rose schnupperte. Janne fand es ziemlich kitschig.

«Schön, oder?»

«Na ja», machte sie.

Leon lachte. «Okay, es IST auch kitschig. Aber ich hänge dran.»

«Erinnerungen?»

Er zuckte die Schultern. «Jungenträume. Ich war einmal in der Tate Gallery als Kind und fand, ich hätte noch nie ein so schönes Bild gesehen.»

Seine Ohren glühten wieder ein bisschen. Janne griff nach seiner Hand, lehnte ihren Kopf an seine Schulter. So standen sie einfach, blickten auf das Gemälde und spürten den anderen fast deutlicher als den eigenen Körper. Spürten Neugier, Freude, auch ein bisschen Angst. Denn ihnen beiden war klar, dass da gerade irgendetwas passierte. So was, von dem man sonst in Büchern liest. So was, das ernster werden könnte.

Und das war der Moment, in dem Janne erneut ihr Handy hörte. Es klang wütend. Vibrierte. Wieder und wieder. Wollte gar nicht aufhören. Wann ging endlich die Mailbox ran? Sie schüttelte den Kopf.

«Tut mir leid. Ich stell das jetzt aus.»

* * *

Es waren insgesamt neun Anrufe. Acht allein von ihrer Mutter, die bereits mehrere Nachrichten hinterlassen hatte. Und dazu eine WhatsApp *und* eine SMS von Benny. Janne tippte darauf, ihre Hände zitterten.

> Mama ist außer sich, Janne. Habe gerade mit ihr telefoniert. Ich weiß nicht, aber es klang nicht gut, gar nicht gut. Kannst du sie mal anrufen?

Sie schloss die Augen, zählte. Bis zehn. Bis zwanzig. Es wurde nicht besser.

«Ist alles in Ordnung?»

Sie öffnete die Augen, konnte nicht verhindern, dass sie feucht wurden. Vor Wut. Vor Hilflosigkeit. Vor allem.

«Ich weiß es nicht. Kann ich irgendwo telefonieren?»

«Klar. Ich geh einfach kurz mit Godzilla raus.»

Janne nickte. «Danke.»

Dann nahm sie das Handy wieder zur Hand. Ihr Magen zog sich zusammen, ihre Atmung beschleunigte sich. Sie zögerte noch einen Moment, drehte das Telefon unentschlossen in den Händen und gab schließlich einen frustrierten Laut von sich. Meine Güte, sie war fünfunddreißig und bekam Schnappatmung, weil sie einen Anruf ihrer Mutter abhören sollte?

Mit einem Schnauben drückte sie auf Play – und wusste bereits nach fünf Sekunden, dass sie zu Recht gezögert hatte, dass ihr Bauchgefühl einfach schlauer war als sie. Denn wer da in wirren Stakkatosätzen und mit einer Stimme, die an eine Trickfilmfigur erinnerte, auf ihre Mailbox gesprochen hatte, war nicht ihre Mutter. Es war jene Frau, die sie seit ihrer Kindheit kannte, aber eigentlich nie hatte wiedertreffen wollen. Es war: die andere.

* * *

Leon gähnte, seufzte leise. Godzilla gähnte auch und hob schläfrig das Bein. An einer Litfaßsäule mit Konzertplakaten.

«He, chap, du kannst nicht einfach Peter Maffay anpinkeln.»

Godzilla legte die Ohren an.

«Okay, okay, ich weiß, vom Pinkelbusiness habe ich keine Ahnung. Aber trotzdem: den großen alten Mann des Deutschrock anstrullen – not nice. Komm jetzt.»

Doch Godzilla blockierte. Mit aller Kraft, zu der eine Bulldogge fähig war, und zog in die entgegengesetzte Richtung.

«Was ist denn, doggy-dog?»

Leon folgte den Blicken seines Hundes und begriff, was los war: Auf der anderen Straßenseite flanierte eine Colliehündin vorbei. Und dem sehnsuchtsvollen Gurgeln seines Hundes nach zu urteilen, war sie wahrscheinlich läufig.

«Ich versteh dich ja, Dickerchen. Aber erstens, auch wenn das jetzt etwas taktlos klingt, die Dame ist rein anatomisch leider nicht ganz deine Größenordnung. Zweitens möchte die alte Lady, der sie gehört, gewiss keine Bekanntschaft mit dir machen. Also komm jetzt.»

Doch Godzilla blieb stur. Er knurrte sogar leicht, als Leon sich hinunterbeugte, um ihn einfach hochzuheben.

«Bloody hell», rief Leon und blickte dabei verstohlen nach oben. Zu seiner Wohnung hinauf. Wenigstens stand Janne nicht am Küchenfenster, das zur Straße zeigte, und erblickte ihn in seinem Hundeelend. Das hätte ihm gerade noch gefehlt. Schließlich sah die Bilanz dieses Abends trotz bester Ansätze noch etwas durchwachsen aus. Und wenn er an den Ausdruck in Jannes Gesicht dachte, als sie auf ihr Handy guckte, schwante ihm, dass es auch so bleiben würde. Er seufzte.

«Sag, Hund, hätte ich mich nicht in jemand Unkompliziertes vergucken können? Eine nette Maid, die zum Beispiel gern Pullover strickt? Oder einfach mit mir auf dem Sofa sitzt und über meine Witze lacht?»

Godzilla wackelte mit den Ohren, sah ihn nun immerhin an. Und was Leon in den Augen seines Hundes las, war natürlich die weiseste Antwort des Universums: «Nein.»

Nein, hättest du nicht. Schließlich bist du selbst ein semikomplizierter Neurotiker und bindungstechnisch eher noch in der Grundschule. Da kommt die Snow Queen gerade recht, stellte Leon die Sache für sich klar. Soweit er eben konnte. Ansonsten nämlich hatte er keine Ahnung, warum ausgerechnet eine latent verpeilte Ärztin mit boshaftem Humor und dem Taktgefühl eines Mähdreschers sein Herz derart zum Wummern bringen konnte.

«Well, the wonder of love. Du kennst es auch, Woofman, don't you?», sagte er zu Godzilla. «Aber siehst du, sie ist verschwunden. Wir können gehen.»

Tatsächlich war die Colliehündin verschwunden, und Leon fand, dass auch er seiner Herzensdame nun genügend Freiraum gelassen hatte. Zusammen mit Godzilla schlenderte er über die Straße in Richtung Haustür.

Er war gerade dabei, den Schlüssel rauszukramen, als die Tür aufging. Besagte Dame stürmte heraus und wurde angesichts von Mann und Hund noch bleicher, als sie es ohnehin schon war.

«Tut mir leid, Leon, so leid. Aber ich muss gehen», bruddelte sie hervor und blickte dabei hektisch die Straße rauf und runter. «Kannst du mir sagen, wo ich hier ein Taxi bekomme? Oder unter welcher Nummer?»

Sie zückte ihr Handy, das schon wieder vibrierte.

Unwillkürlich fiel sein Blick darauf, jemand namens «Mama» rief an.

«Ist alles in Ordnung? Ist irgendetwas mit deiner Mutter?» Er wippte mit dem Kinn in Richtung ihres Displays.

«Was soll mit ihr sein?», fragte sie und guckte wie jemand, der genau weiß, dass er Blödsinn erzählt, aber es trotzdem tut.

«Du willst jetzt jedenfalls zu ihr, oder?»

Janne nickte und begann im Schnellschritt die Straße hinaufzulaufen. «Da vorne, an der größeren Straße, da fahren doch sicher –»

«Janne!»

«Was ist? Leon, ich hab jetzt wirklich keine Zeit.»

«Ich fahr dich.»

Sie schüttelte den Kopf. Vehement.

«Mein Auto steht gleich um die Ecke. Es ist ein bisschen altersschwach, aber es fährt.»

Erneutes Kopfschütteln. «Leon, das geht wirklich –»

«Warum nicht?»

«Weil … Weil …» Sie verstummte, senkte erst den Kopf, dann den ganzen Oberkörper, fiel regelrecht in sich zusammen.

Waren das Tränen in ihren Augen? Weinte die Schneekönigin? Leon trat näher, bis er ganz dicht vor ihr stand. Dann lehnte er seine Stirn an ihre und legte seinen freien Arm um sie. Mit dem anderen hielt er Godzilla, der erstaunlicherweise lammfromm mitgelaufen war und sein Hinterteil nun zufrieden auf Jannes linkem Schuh niederließ.

Die sah zu ihm hinunter, wippte sanft mit dem Fuß und gab schließlich ein leicht schluchziges Hicksen von sich.

«Das ist unfair. Zwei gegen eine.»

Leon zeigte seinem Hund den Daumen hoch. Der machte «Wuff» und legte seinen Kopf auf Jannes rechten Schuh.

* * *

Janne sah zu, wie Leon zur Haustür zurück und ins Haus ging, um Godzilla hochzubringen und die Autoschlüssel zu holen. Und musste lächeln. Trotz allem. *Was für ein Schlaks in seinem langen dunklen Mantel*, dachte sie. Was sie aber zugleich noch dachte, nein, sich eigentlich unablässig und panisch fragte, war: *Was hast du getan? Warum hast du Ja gesagt? Willst du ihm etwa alles erzählen? Willst du das wirklich?*

Wieder hatte sie das Schluchzen in der Kehle. Und hörte plötzlich eine Stimme, hörte sie, als sei es gestern gewesen: *Das bleibt unter uns,* coccolina, va bene*? Das darfst du niemandem erzählen, verstehst du?*

Sie sagte sich: *Das ist lange her. Das ist was anderes* – und was man sich so sagt, wenn man selbst kein Wort davon glaubt. Dann schüttelte sie sich. Eigentlich aus rein gymnastischen Gründen. Denn während ihre Gedanken rasten, stand der Rest von ihr nahezu festgenagelt auf ein und demselben Fleck herum. Dafür aber hatte sie sich, wie sie jetzt feststellte, immerhin einen Flecken mit Aussicht gesucht. Sie stand direkt vor dem kleinen Laden im Erdgeschoss von Leons Haus, einem Geschäft für Kindermode. Und ihr Blick schweifte ins Schaufenster und blieb kleben, gebannt von dem, was sie dort sah.

Blaues Licht flackerte, dann grünes. Sterne und Monde

tanzten langsam über die Rückwand des Schaufensters. Ein Sternenhimmelprojektor. Sie ging näher, drückte die Nase an die Scheibe. Verlor sich in der künstlichen Himmelsmagie, war wie verzaubert von ein paar Laserstrahlen.

«Schön, oder?», sagte Leon, der schon wieder da war und nun ebenfalls seine Nase an die Scheibe drückte. «So was hätte ich auch gern gehabt als Kind. Über Liverpool gab es nie Sterne. Nur Smog.»

Janne riskierte einen Blick zu ihm. Leon lächelte, stupste ihre herunterhängende Hand an. Ganz leicht nur.

«Ich wollte das nicht forcieren, Janne. Natürlich finden wir ganz schnell ein Taxi, wenn es dir lieber ist. Ich meine, ich kenne deine Mutter ja nicht, und wir kennen uns ja auch nicht so, also ich meine, auch wenn ich hoffe, dass ... aber –» Er raufte sich die Haare. «Blast, where did this sentence go? Siehst du, was du mit mir machst? Ich werde zu einem Sätze haspelnden Dummi.»

Die Frau neben ihm wandte den Kopf und musterte ihn. Mit unbewegter Miene. Im Wechsellicht einer Kinderlaserlaterne.

«Weißt du», sagte sie schließlich, ihre dunklen Augen nun wieder warm und blitzend, «zufällig stehe ich total auf Sätze haspelnde Dummis.»

Sie drehten sich beide zueinander. Janne lehnte ihre Stirn an Leons, er spürte, wie sie ausatmete, legte die Arme um sie.

«Ich fände es gut, wenn du mitkommst. Aber», sie atmete stockender, ihr ganzer Körper plötzlich steif und hölzern, «es wird wohl etwas seltsam werden. Vielleicht auch sehr seltsam.»

Leon nickte. «Komm, der Autoveteran steht dahinten.»

23

Janne knubbelte an ihrem Fingernagel herum, während Leon sie ungewöhnlich schweigsam durch den Schwarzwald fuhr. Nur das Auto schien sich zu einer Lautäußerung durchringen zu können und gab in rhythmischen Abständen eine Art Keuchen von sich.

«Dein Auto hat Husten.»

«Mein Auto ist überfordert. Mit diesen Scheinwerfern sollte man im Dunkeln bestenfalls um den Trafalgar Square kurven, aber nicht durch diesen Wald ewiger Finsternis.»

«Es hat dich niemand gezwungen mitzukommen.»

Mit Leons Seitenblick hätte man Papier schneiden können. «Hatte ich eine Wahl? Nach fast einer Woche sehe ich dich endlich wieder, und dann soll ich dich gleich wieder entschwinden lassen, ich ... ich, well, Dürstender – hm, can one say this? – in der Wüste?» Seine Stimme schmachtete schlimmer als ein ganzer Trupp Minnesänger.

Janne lachte. «Yes, you can. Und du bist ein Quatschkopf in der Wüste.» Sie legte eine Hand auf seine, die auf dem Schaltknüppel lag. «Ich danke dir.»

Leon zuckte die Schultern. «Keine Sache. Ich hoffe nur, Mr French hier hält durch. Und Godzilla frisst zu Hause nicht den Hamster der Nachbarin auf.»

«Dein Auto heißt Mr French?»

«Aber ja, wie heißt deines denn?»

Janne überlegte. «Auto.»

«Wie? Auto?»

«Es hat keinen Namen.»

«Wie traurig. Alles sollte einen Namen bekommen. Dich könnte ich zum Beispiel Hasemuckel nennen.»

Janne hörte Leon wieder vor sich hin feixen. «Haha, sehr komisch.»

«Wieso? So hat mich Omama immer genannt, auch Schnutzibutzi, wenn dir das lieber wäre.»

Janne schwieg, kaute wieder einmal auf ihrer Unterlippe herum. Leon drückte ihre Hand.

«Irgendwann ist sie hin, die Lippe, und das wäre so schade.»

Janne zog ihre Hand weg. «Kannst du auch mal keine Witze machen?»

Es blieb eine Weile still, dann bog Leon plötzlich von der Straße ab, fuhr auf einen kleinen, schwach beleuchteten Waldparkplatz und machte den Motor aus. Er drehte sich zu Janne, und sie bemerkte, wie müde er aussah. Und auch nicht mehr allzu gut gelaunt.

«Janne, was ist eigentlich los? Möchtest du mir nicht vielleicht doch mal erklären, warum wir hier mitten in der Nacht durch den Schwarzwald kurven? Ist deine Mutter krank?»

Jannes Augen verdunkelten sich, die besagte Unterlippe schob sich nach vorn, sie wandte den Blick ab und starrte geradeaus ins Dunkel.

Leon öffnete das Seitenfenster, Waldluft strömte herein, ihre Aromen so dunkel wie die Miene der Frau neben ihm. Ein Kuckuck rief. *Falsche Zeit, falscher Ort, alter Junge*, dachte Leon und fragte sich im selben Moment, ob das nicht auch für ihn galt. Ob dieses Gespräch wirklich jetzt stattfinden musste.

Sein Blick streifte Janne, ihr markantes Profil mit der langen Nase, das leicht nach oben gerichtet war – ob zornig oder nachdenklich, vermochte er nicht zu sagen. Sie machte plötzlich ein lang gezogenes, seltsam pfeifendes Geräusch. Es klang wie nichts, was er jemals zuvor gehört hatte.

«Meine Mutter ist manisch-depressiv. Ist es immer gewesen seit meiner Geburt.»

Ihre Stimme wirkte, als hätte sie noch mehr sagen wollen, sei aber abgebrochen.

«Ist das alles?», fragte Leon.

«Ich verstehe nicht», sagte Janne.

«Na ja», er räusperte sich, suchte merklich nach Worten, fand aber leider nur die falschen. «Ich hatte jetzt so was erwartet wie: Meine Mutter ist eine gesuchte Bankräuberin, und wir müssen sie jetzt heimlich über die Grenze nach Frankreich schmuggeln.»

Leon wedelte mit den Händen und wusste im selben Moment, dass er es verbockt hatte. Und zwar so sehr, dass ihm eigentlich sein Psychologendiplom aberkannt und ein Berufsverbot für die nächsten zweitausend Jahre erteilt werden sollte. Aber es war einfach etwas anderes, verdammt, dachte er, ob er Dr. Bloomdale hinter seinem Schreibtisch war oder einfach Leon aus Liverpool. Und Leon aus Liverpool hatte sie immer gehabt und nie abgelegt – die Angewohnheit, maximal dämliche Witze zu maximal unpassenden Zeiten zu reißen. Zeiten wie diesen.

Janne öffnete die Tür, sprang hinaus und ging. Marschierte einfach in den Wald hinein, das Handylicht wie eine Laterne vor sich herschwenkend.

Leon stieg ebenfalls aus, suchte fluchend nach seinem

Handy, fand daran aber keine Taschenlampe und rannte einfach so hinterher, blindlings auf einem dunklen Waldweg, dann auf einem weiteren, nach rechts, links und immer weiter. Ab und zu meinte er, ein flackerndes Licht zu sehen, vielleicht war es auch nur ein Schemen.

Irgendwann blieb er keuchend stehen, realisierte, dass das, was er tat, komplett verblödet war. Denn er hatte keine Ahnung, wo er sich befand, stand mitten in der Nacht allein im Schwarzwald und hörte nun immer mehr komische Laute. War das ein Knurren?

«Shit», summierte er die Situation, gab dann aber noch mal alles und brüllte laut «Janne» zwischen die haushohen Tannen. Und noch mal. Und noch mal.

Keine Antwort. Doch gerade als er sein Handy zückte, um zu schauen, ob Google Maps vielleicht den nördlichen Schwarzwald kannte, sagte jemand neben ihm: «Was soll das werden? Ein Aufruf? Hallo, hallo, der kleine Leon möchte jetzt gern aus dem Bällebad abgeholt werden?»

Er schwieg und wartete. Sie kam näher. Sehr nah. So nah, dass er sie riechen konnte. Vanillekeks. Warme Haut. Janne. Eine Glückswelle durchflutete ihn.

Zumindest bis sie ihn ansah. «Das war eine ziemlich blöde Antwort.»

Er nickte. «Tut mir leid.»

«Ich würde dich ja vierteilen, aber ich kann dein komisches Auto nicht fahren.»

Er nickte noch einmal, wartete, ob da noch was kam. Doch es kam nur – Stille.

«Dann lass uns die Vierteilung doch auf später verschieben, und wir fahren nun erst mal weiter.» Er verzog das Gesicht. «Sollten wir jemals zum Parkplatz zurückfinden.»

Janne zuckte die Schultern und stapfte los. «Nichts leichter als das. Immer dem Kuckuck nach.»

«W... W... Wie?»

«Du, mein lieber ... Was war es? Schnutzibutzi?», säuselte Janne. «Du magst ja zwei Doktortitel haben. Aber ich hier kann nach Gehör navigieren.»

* * *

Sie fuhren bereits wieder zehn Minuten, als Janne nach Leons Hand griff. Dann dauerte es noch einige Kilometer Schwarzwald, bis sie tief Luft holte, ansetzte, etwas zu sagen, und den Mund doch einfach wieder zuklappte.

«Are you well, my dear?», erkundigte sich Leon in jenem Tonfall, für den man eigentlich einen Smoking bräuchte. Janne schaukelte vage das Kinn von rechts nach links.

«Willst du etwas sagen?»

Ihr Kinn nickte jetzt, aber Leon war sich nicht so sicher, ob der Rest von ihr auch überzeugt war. Schließlich räusperte sie sich, setzte sich sehr aufrecht hin und verschränkte die Arme fest vor der Brust. Und so gelang ihr, während draußen weiter finsterer Tannenwald vorbeirauschte, ja, die Dunkelheit sie wie ein Kokon umschlungen hielt, schließlich doch noch eine Reihe ganzer Sätze.

«Ich liebe meine Mutter wirklich sehr, weißt du, sie ist ein toller Mensch, aber als Kind ... ja, da hätte ich mir nichts sehnlicher gewünscht, als ...» – sie stockte, nahm neuen Anlauf – «als dass sie eine ganz normale Mutter wäre. So eine, die dauernd Spinat kocht oder anderes gesundes Zeug, weißt du? Eine, die sich aufregt, wenn man die Hausaufgaben schlampig macht oder sein Zimmer nicht aufräumt.»

«Und deine Mutter tat das alles nicht?»

«Sie konnte es nicht», schnitt Jannes Stimme durch die Luft, und er spürte deutlich, wie sie innerlich die Abwehrmauern hochzog.

«Aber sie konnte … andere Dinge, oder?», suchte Leon nach Worten und hoffte, dass sie passen würden.

Aus dem Augenwinkel bemerkte er, wie die Erstarrung aus Jannes Körper wich und sie in den Sitz zurücksackte. Sie atmete hörbar aus und erzählte dann doch. Von den guten Zeiten. Davon, wie ihre Mutter eines Sonntags mit Benny und ihr im Wohnzimmer *Die Zauberflöte* inszeniert und sie zusammen alle Partien gesungen, gequiekt und gesummt hatten. Davon, wie sie eine Zimmerwand mit Dinosauriern bemalt, danach ins Auto gestiegen und nach Berlin gesaust waren, um im Museum die echten Dinos zu sehen – was ihre Mutter wichtiger fand als die Schule am nächsten Morgen. Und davon, dass ihre Mutter Träume zum Fliegen bringen konnte und ihre Kinder mitnahm, wohin auch immer diese führten.

«Einmal brachte sie uns in ihrem Bärenkostüm aus dem Opernfundus zur Schule», sagte Janne und lachte noch immer. «Gerade als auch der Schuldirektor aus seinem Auto stieg.» Nach einem Moment fügte sie hinzu. «Ein guter Freund meines Opas. Natürlich.»

«Natürlich?»

Janne nickte nur.

«Und ihr beiden Kinder wart allein? Allein mit einem seelisch kranken Menschen?», fragte Leon vorsichtig.

Janne schwieg immer noch. Doch als nun Leon nach ihrer Hand griff, zog sie sie zumindest nicht weg. Ihre Finger waren eiskalt.

«Es hat doch keiner so wirklich gewusst.» Ihre Stimme klang tonlos.

Leon aber zischte ein dickes «Phh» in die Luft. Ein Laut der Frustration und des lange schwelenden Zorns. «Und das glaubst du wirklich?»

Er blickte kurz zu ihr hinüber. Draußen kamen jetzt erste Laternen näher, die Zivilisation hatte sie wieder, und das Begrüßungsflutlicht der Gemeinde Eschersweiler warf seine Fangarme direkt in Jannes Gesicht. Zweifel sah Leon darin und eine Kindlichkeit, die ihm fast das Herz brach.

Und deshalb wohl klang seine Stimme wütender als beabsichtigt, als er nun durchs Auto schmetterte: «Damn, it's always the same. Natürlich hat jeder es gewusst. Oder geahnt. Aber es ist ja selbst heute noch so. Heute, wo jeder Dritte in Deutschland psychisch nicht klarkommt. Doch noch immer gilt: Lieber weggucken, wenn es seelische Probleme gibt, oder?»

Er fabrizierte weitere empörte Geräusche, einem Walross nicht unähnlich, und das war wahrscheinlich der Moment, in dem Janne sich endgültig in ihn verliebte.

Sie fuhren noch zwanzig Minuten, Leons linke Hand fest mit Jannes verschlungen. Und zum ersten Mal in ihrem Leben hatte sie wirklich das Gefühl, nicht allein zu sein. Mit jemandem gemeinsam dem Sturm entgegenzugehen, von dem sie ahnte, dass er aufgezogen war.

24

Es war fünf nach zwei, als sie bei Jannes Mutter ankamen. Und zehn nach zwei, als sie feststellten, dass Marina nicht zu Hause war und ihre Wohnung aussah, als sei jemand mit einem Mähdrescher hindurchgefahren.

Für Janne kam das nicht wirklich überraschend, sie kannte den Anblick nur zu gut aus ihrer Kindheit. Wenn Mama «an» war, begann die Zeit der Projekte. Auf Tischen und Stühlen lagen sie herum, auf Küchenschränken, dem Herd, selbst in der Badewanne: all die Dinge, die ihre Mutter anfing und nie beendete. Ein halb gebasteltes Modellflugzeug. Ein zubereiteter, aber nicht gebackener Keksteig. Stofffetzen von dem Versuch, ein Abendkleid zu schneidern. All das lief bei ihrer Mutter unter der Kategorie «tolle Idee», aber eben nur so lange, bis die Euphorie sie einer weiteren, «noch großartigeren» Idee entgegentrieb.

«Es sieht hier nicht immer so aus», murmelte Janne.

Leon zuckte die Schultern. «Ich hab schon Schlimmeres gesehen. Die viel dringendere Frage ist, wo –»

Janne nickte und tippte bereits in ihr Handy. Sie hatte Glück. Ihre Mutter nahm ab.

«Wo bist du, Mama?»

Eine Redesalve ertönte, so laut, dass Janne das Telefon immer weiter vom Ohr weghielt, vor allem, als ihre Mutter dann auch noch zu singen begann. Leon stand der Mund offen. Was er hörte, war Mozart, die Arie der *Königin der*

Nacht, die mit perfekt sitzendem Timbre aus dem Hörer schallte.

Janne aber tippte erneut auf ihrem Handy herum und bedeutete Leon, er solle mitkommen.

Während Marina weitersang, gingen sie zum Auto zurück, und Janne zeigte Leon ihr Handy. Darauf blinkte auf einer Straßenkarte ein roter Punkt nicht weit von einem blauen, der offenbar ihren eigenen Standort anzeigte.

«GPS. Familienhandy», flüsterte Janne. «Sie ist in der Musikschule, wo sie sonst unterrichtet.»

Marinas Gesang war inzwischen leiser geworden, offenbar hatte sie ihr Handy irgendwo liegen gelassen. Doch während sie die paar Straßen zur Musikschule entlangfuhren, hörten Janne und Leon sie erneut sprechen. Mit Enrico, mit dem sie offenbar Streit hatte.

«Du verstehst halt nicht, wie das ist, Enrico. Nie mehr auf der Bühne zu stehen, nie mehr das hier spüren … Mein Leben. Weg. Einfach alles weg …»

«Wer ist Enrico?», fragte Leon.

«Ich dachte eigentlich, ein Freund von ihr.» Janne schüttelte den Kopf. «Kannst du etwas schneller fahren?»

Leon kurvte also mit fünfzig durch die Dreißigerzone, hoffte, dass alle spielenden Kinder brav in ihren Bettchen lägen, und stoppte Mr French dann mit quietschenden Reifen vor dem Schild «Kreismusikschule Eschersweiler».

«Hier?», fragte er, doch Janne war längst aus dem Auto gesprungen und durch die offen stehende Eingangstür in die Musikschule gerannt. Dort fand er sie Minuten später an einem Türrahmen lehnend, den Blick in den kleinen Saal dahinter gerichtet, in dem eine Bühne aufgebaut war.

Auf dieser saß, im Licht eines einzelnen Scheinwerfers,

eine hellblonde Frau, die Beine von sich gestreckt, die Hände reglos und schlaff neben sich herunterhängend, als könne sie nichts mehr mit ihnen anfangen. Sie trug ein langes grünes Abendkleid, unter dem dunkelblaue Jeansbeine und rote Turnschuhe hervorguckten.

Das Seltsamste aber war ihr Gesicht, fand Leon, während er und Janne sich nun langsam, ganz vorsichtig in den Saal schoben. Marina Helmkamp hatte sich weiß geschminkt und die Augen dick schwarz umrahmt, sich zudem zwei grellrote Kreise auf die Wangen und einen lachenden Mund gemalt. Eine Clownsmaske, aufgepappt auf das Gesicht einer Depression.

Die Mundwinkel steil nach unten weisend, die leicht gedunsenen Züge, wie aufgeweicht, erzählten von den vielen Medikamenten, die ihre Krankheit erforderte – und die wohl trotzdem nicht genug halfen. Denn das Einzige, was Leon in den schwarz umflorten Augen erkennen konnte, war eine völlige Abwesenheit von Inhalt. Da war kein Wollen, Fragen oder Staunen. Marina Helmkamps Blick schien einfach leer.

So saß sie reglos auf der Bühne, den Blick auf ein riesiges Theaterplakat gerichtet, das rechts davon an der Wand hing. Es zeigte fast in Lebensgröße einen Mann mit schwarzen Augen, Schnurrbart und beeindruckender Stirntolle. Er trug ein altmodisches Opernkostüm.

«Enrico?», flüsterte Leon.

Janne nickte. «Caruso.»

Sie biss auf ihrer Lippe herum, beobachtete ihre Mutter. Die hatte sie noch immer nicht wahrgenommen, obwohl sie nur wenige Meter von ihr entfernt standen.

«Sollen wir nicht –?», fragte Leon und wies zur Bühne.

Janne verneinte. Dann sagte keiner mehr ein Wort. Die Stille wurde immer unwirklicher, als habe jemand in einem Film auf Stopp gedrückt und sie müssten für immer so verharren: die traurige Clownsfrau auf der Bühne, Janne und Leon in den Publikumsreihen, unentschlossen, sich fragend und doch nicht wissen wollend, was zu tun sei.

Rückblickend dachte Janne später, dass sie es ohne Leon nicht geschafft hätte. Dabei hatte er nur neben ihr gestanden. Auf seine leicht tapsige, in allem etwas zu groß geratene Leon-Art. Aber wahrscheinlich war es genau das: dass jemand bei ihr ausharrte und ihr Zeit ließ. So lange, bis sie ihn endlich zu fassen bekam: ihren Mut. Den, der sich offenbar in eine Ecke verzogen hatte und toter Mann spielte.

«Mama», fing sie schließlich an, hörte aber selbst, wie mickrig das klang. Sie holte Luft, straffte sich. «Mama, was machst du hier?»

Das Gesicht der Clownsfrau zuckte kurz, einmal, zweimal, als erwache es zum Leben. Ein fiebriger Glanz trat in ihre Augen, die sich nun auf sie richteten, während sich der aufgemalte Mund zu einem schiefen Lächeln verzog. Einem Lächeln, an dem nichts stimmte.

Und künstlich klang auch ihre Stimme, als sie nun losredete, Satz um Satz hervorsprudelte: «Jannischatz, wer ist denn der attraktive junge Mann, den du da mitgebracht hast? Willst du mich nicht mal vorstellen? Es ist ja heutzutage nicht mehr so oft, dass ich neue Bekanntschaften mache. Es ist ja nicht mehr wie früher. Ach früher ... da ... Weißt du noch, Jannilein? Wie damals der Botschafter von Sansibar in meine Garderobe kam ... Wir sollten wieder einmal wegfahren, meinst du nicht? Vielleicht fliegen wir nach Sansibar und besuchen den Botschafter. Wäre das nicht lustig?»

Während sie redete, rappelte sie sich mühsam auf und schlurfte leicht schwankend zum Bühnenrand. Von dort musterte sie Leon eine Weile, beugte sich dann vor und hielt mit der theatralischen Gestik einer Stummfilmdiva ihre Hand in die Luft. Bis Janne begriffen hatte, was ihre Mutter wollte, war Leon bereits auf die Bühne geklettert. Dort nahm er Marinas Hand und hauchte so formvollendet einen Kuss darauf, dass Jannes Herz leise *Ping* machte.

«Freut mich, Frau Helmkamp», sagte er, und Janne sah, wie ein Lächeln des Entzückens über Marinas Züge glitt. Ein Lächeln, das dieses Mal fast echt, fast entspannt wirkte. Und so pingte ihr Herz gleich wieder – wie ein kleines helles Anklopfen war es, an den Stahlrahmen, der ihr Innerstes zusammenhielt, immer zusammengehalten hatte.

Und dann war er auch schon vorbei. Der wundersame Moment, der Janne eine Ahnung davon gab, wie selbstverständlich ihre Mutter einst auf Bühnen gestanden hatte – eine Ahnung davon, was die Krankheit ihr genommen hatte.

Denn nun drehte ihre Mutter sich wieder zu dem Caruso-Plakat und säuselte im heiteren Tonfall einer Operetten-Soubrette: «Komm doch auch her, Enrico, und lass uns das Duett aus dem *Rosenkavalier* singen. Hunderte von Rosen, lange gelbe Rosen will ich züchten. Für mich soll's rote Rosen regnen – das hat sie doch gesungen, die Hilde, oder? Einfach irre ... irre, wie die geliftet war. Heute hätt'se Botox, aber was hätt'se davon?»

Sie machte eine Pause, taxierte Janne und Leon aus fiebrig glänzenden Augen. Dann kreischte ihre Stimme «Gar nüscht, gar nüscht!», gefolgt von einem gellenden Lachen, mit dem zugleich hektische Aktivität einsetzte. Unablässig redend, begann Marina auf der Bühne hin und her und in die Kulissen zu laufen.

Zuerst zerrte sie einen Pappwald auf die Bühne und kurbelte einen Pappmaschee-Mond von der Decke. Dann warf sie sich einen dunkelroten Umhang um und schob eine Art Kanapee auf die Bühne. Darauf setzte sie sich und begann erneut zu singen. Koloraturpassagen, kieksend und laut.

Doch während Marina in ihrem roten Königsmantel schrille Töne ausstieß, schwankte das Sofa unter ihr und knickte schließlich ein. Sie rutschte hinunter und landete auf dem Bühnenboden, machte aber keinerlei Anstalten, wieder hochzukommen.

«Ma-ma?», fragte Janne.

Marina hob nicht einmal den Kopf. Janne kletterte auf die Bühne, beugte sich zu ihrer Mutter hinunter. Doch erst als sie sich vor sie hinkauerte und behutsam ihre Hand nahm, reagierte Marina und sagte mit ruhiger, tonloser Stimme: «Ich möchte nicht mehr.» Und nach einem Moment folgte ein leises «leben».

Leon und Janne tauschten einen Blick. Janne schüttelte fast unmerklich den Kopf. Ein weiteres Puzzleteil hatte sich für sie ins Bild geschoben. Und als Marina schließlich doch noch den Kopf hob, da sah sie es: Das fiebrige Leuchten ihrer Augen war gewichen, hatte wieder Platz gemacht für diese Leere, die nicht mal mehr Traurigkeit, die einfach nichts war.

* * *

«Ich denke, es ist ein manisch-depressiver Mischzustand mit psychotischen Elementen. Nicht ungewöhnlich nach fast dreißig Jahren mit Tonnen von bunten Pillen, oder?»

Jannes Stimme klang nüchterner als jede Automatenansage, fand Leon. Und vielleicht hätte er sich täuschen lassen, hätten nicht ihre Finger unablässig auf das Handschuhfach seines Autos eingetrommelt. Sie waren auf dem Rückweg von der Musikschule, wollten noch einmal zu Marinas Wohnung, um ein paar Sachen für sie zu holen. Noch von der Bühne aus hatte Janne einen Rettungswagen gerufen und darum gebeten, ihre Mutter in die Klinik zu bringen, in der sie seit Jahren behandelt wurde. *Passen Sie auf sie auf, ja? Passen Sie gut auf*, hatte sie dann immer wieder zu den beiden Sanitätern gesagt, die gekommen waren. Es hatte wie eine Beschwörung geklungen.

«Da magst du recht haben», erwiderte Leon jetzt. «Aber, sag, strebst du eine Zweitkarriere als Taiko-Trommlerin an?»

Janne hielt inne, zog ihre Hände zurück und klemmte sie sich unter die Achseln.

«Was ist ein Taiko?»

«Eine japanische Riesentrommel. Ich glaube, du würdest sie mögen. Man kann drauf rumhauen, was das Zeug hält und bis die Donnergötter lächeln.»

Janne lächelte jetzt ebenfalls, oder zumindest vermutete Leon das, denn er war so müde, dass er all seine Konzentration auf die Straße vor sich richten musste.

Als sie dann ankamen vor Marinas Wohnung, machte die Frau neben ihm keinerlei Anstalten auszusteigen. Sie saß einfach da, den Kopf leicht gesenkt und die Hände ebenso leblos herabhängend wie bei ihrer Mutter zuvor.

Leon beugte sich zu ihr. «Hal-lo? Leon an Janne: Alles okay da drüben auf dem anderen Planeten?»

Es kam keine Antwort, nur ein Mikro-Kinnwippen nach ein paar Sekunden. Immerhin.

Er seufzte lautlos. Es war kurz vor vier Uhr nachts und er entsetzlich müde, aber zugleich wusste er, dass das hier ernst war. Dass der Mensch, der neben ihm saß, die Frau, die ihm Stück für Stück mehr ans Herz wuchs, so sehr, dass es sich schon ganz buttrig in ihm anfühlte, so oft schmolz sein verdammtes Herz einfach dahin – ja, dass diese Frau gerade nicht mehr weiterkonnte. So gar nicht.

Aber Worte würden nicht helfen, dachte er, zumindest seine nicht. Wer reden musste, war sie selbst. Doch die Aussichten dafür waren nicht wirklich rosig, vermutete er mit Blick auf Janne, die nun sachte vor und zurück wippte und sich die Faust an den Mund presste. Daher setzte er noch einmal an, palaverte einfach los. Das war schließlich sein Job, und er war gut darin: mit Leuten zu reden, die eigentlich nicht reden wollten, bis sie es dann plötzlich doch wollten.

Und tatsächlich. Kaum hatte er angefangen, fiel sie ihm ins Wort. Mit einer Stimme, die wie verstimmt wirkte und viel zu hoch. «Weißt du, was sie zu mir gesagt hat? Vorhin, als der Arzt und der Sanitäter kamen, als ich ihr klar machen wollte, dass es nur für kurz ist, dass es … dass es das Richtige ist?»

Leon schwieg, wartete. Janne sprach nun wie zu sich selbst. In die dunkle Nacht hinein. In seinem Uraltauto.

«Verräterin, das hat sie gesagt. Dass ich eine Verräterin bin. Und dass sie mich hasst.»

Leon spürte, wie weh ihr diese Worte taten, doch er wusste, er konnte nichts tun. Außer hier zu sein, zuzuhören. Durch musste sie da alleine.

Janne schaute zu ihm hinüber. «*War* es das Richtige, Leon? Du kannst das doch beurteilen, oder?»

Die Falten über Leons Nase schoben sich zusammen,

leichter Spott kräuselte seinen Mund. «Bin ich deshalb hier?», fragte er zurück.

Janne zuckte die Schultern. «Vielleicht. Auch. Weiß nicht.»

Er setzte sich auf, behielt das Lenkrad in der Hand, die Nacht da draußen im Blick. Und sagte nach Sekunden, die ihr endlos schienen: «Also ... als Psychologe kann ich dir sagen, dass ich deine Entscheidung für absolut richtig und notwendig halte. Das Suizidrisiko ist bei bipolaren Menschen bis zu zwanzigfach erhöht, insbesondere in einer Mischphase, mit der wir es bei deiner Mutter allem Anschein nach zu tun haben.»

Janne begann wieder auf die Ablage einzutrommeln. «Und was würdest du als Leon sagen? Und als Sohn?»

Leon fing plötzlich an zu summen, ohne nachzudenken, einfach so. Aus Müdigkeit, als Ventil, aus einem Gefühl heraus. Summte und summte er. Irgendeine Nonsensmelodie. Und Janne kicherte. Trotz allem.

«Ein bisschen gaga bist du schon, Mr Superpsychologe, oder?»

Leon drehte sich zu ihr. «Was ich denke, willst du wissen?» Er legte eine Hand auf ihre Trommelfinger. «Ich denke, dass du ein sehr tapferes kleines Mädchen warst – aber dass irgendjemand, dem ich sehr gern die Löffel lang ziehen würde, nicht auf dieses kleine Mädchen aufgepasst hat. Denn sonst würdest du mich das heute gar nicht fragen. Du wüsstest, dass du nicht verantwortlich bist. Dass die Frau, die da vorhin auf der Bühne saß und mit dir gesprochen hat, sehr krank ist.»

Janne schnaufte und nickte, immer und immer wieder, als müsse und könne sie sich nun selbst überzeugen. Und allmählich ging das Schnaufen über in ruhiges Atmen, und ihr Kopf sackte an seine Schulter. Leon legte den Arm um sie, seinen Kopf auf ihren und brummte etwas, das Janne schon nicht mehr hörte.

Und exakt so mussten sie dann einfach eingeschlafen sein. Denn das Nächste, was Janne wahrnahm, war, dass jemand an die Scheibe klopfte, vor der es inzwischen hell geworden war. Und dass dieser Jemand ein fast fremdes, sonnenbraunes und dünn gewordenes Gesicht hatte, doch niemand anderes war als ihr Bruder Benny.

* * *

«Wie kommst du denn hierher?»

«Top-Begrüßung, Schwesterchen, das muss ich dir lassen. Wie wäre es stattdessen mit: Hallo, Benny, schön dich zu sehen?»

Janne öffnete die Autotür nun ganz, während Leon sich noch verschlafen die Augen rieb und versuchte, die Situation zu überblicken, aber kläglich scheiterte. Familienzusammenführungen am frühen Sonntagmorgen gehörten definitiv nicht zu seinem Spezialgebiet. Da aber Janne neben ihm Gluckergeräusche machte wie ein recht fröhliches Hühnchen, war ihm das dann eigentlich auch egal.

«Es ist verflucht kalt hier in Deutschland, und wo ist eigentlich Mama? Sie macht jedenfalls nicht auf. Schläft sie noch? Und warum sitzt ihr denn – Tag, übrigens, ich bin Benny», Jannes Bruder reichte seine Hand an ihr vorbei ins Auto, die der immer noch etwas überforderte Leon mechanisch schüttelte – «also warum hockt ihr hier draußen in der Kälte? Hast du deinen Schlüssel nicht –»

«STOPP», sagte Janne und hielt ihrem Bruder, der immer

noch halb im Wageninneren hing, einfach kurz den Mund zu. «STOPP.»

«Wasen los?», nuschelte Benny, machte einen Schritt zurück und richtete sich wieder auf. «Geht es ihr wirklich nicht gut?»

Janne schüttelte den Kopf.

Benny boxte in die Luft. «Hab mir gleich so was gedacht, als du dich nicht mehr gemeldet hast. Und da ich sowieso nicht schlafen konnte nach dem langen Flug, hab ich mir von Thorsten die da geliehen.» Er zeigte auf ein altes Motorrad mit Seitenwagen. «Und bin gleich hergekommen. Und nun sag, was ist passiert?»

Janne beäugte das Gefährt neben ihm, als sei es der Hölle entsprungen. «*Damit* bist du im Dunkeln die ganze Strecke durch den Wald gebrettert?»

Benny zuckte nur die Schultern und lächelte nun doch noch sein Tausend-Volt-Lächeln. Das, mit dem er seine Schwester schon als Vierjähriger entwaffnet hatte.

* * *

Zwei Stunden und viele Tassen Kaffee später war ihm das Lächeln allerdings vergangen.

«Verdammter Mist», umriss er die Lage, nachdem Janne und Leon ihm alles erzählt hatten.

Sie saßen in der Wohnküche ihrer Mutter, auf der Eckbank zwischen den roten Häkelkissen, und fühlten sich wie Statisten. Oder Schauspieler, denen der passende Text fehlte.

«Aber ... Aber warum denn ... und ... und so plötzlich?»

«Es ... Es ist meine Schuld.» Auch Janne suchte nach Worten. «Ich ... Ich hätte diesen blöden Prozess nicht anzetteln dürfen.»

«Don't be silly», fuhr Leon dazwischen, heftiger als geplant. «Du weißt genauso gut wie ich, dass es keine direkten Auslöser gibt.»

Er erntete begeisterte Blicke von Benny.

«Ihr kennt euch gut, ja?»

«Sei nicht so neugierig, Jungspund.» Janne boxte ihn in die Seite. «Und sag mir lieber, warum all mein Flehen so plötzlich von Erfolg gekrönt ist und du tatsächlich hier bist, um … ja, was eigentlich? Womöglich, um zu bleiben?»

«Haha», sagte Benny und noch etwas, das niemand verstand. Doch Leon bemerkte, wie es dabei in seinen Augen flackerte. Und wie sein Blick zu Janne schweifte und schnell wieder weg, als habe er sich verbrannt.

Er kannte solche Blicke aus den Therapiesitzungen mit seinen Patienten. Blicke, die irgendwie roh wirkten, als habe jemand vergessen, ein Pflaster drüberzukleben oder die Jalousie runterzuziehen. Blicke, die man gewiss keinem völlig Fremden zeigen wollte. Auch nicht, wenn der offenbar was mit der eigenen Schwester hatte.

Leon räusperte sich nun umständlich und fragte: «Wollt ihr vielleicht einen Moment allein sein?»

«Nein, nein», wehrte Benny ab, «bin eh nicht in Beichtstimmung, zumal La Janna hier, glaube ich, gerade genug zu verknusen hat.»

Er stand auf, ging in der Wohnung umher und betrachtete das Chaos, das ihre Mutter hinterlassen hatte. Janne verdrehte unterdes die Augen, als wolle sie eine olympische Disziplin daraus machen.

«Feigling», flüsterte sie Leon zu und nickte zu Benny hinüber.

«Das sind die Besten», flüsterte Leon zurück.

«Ich kann euch hören», rief Benny aus dem Flur in Stadionsprecher-Lautstärke.

Janne lachte und hielt sich dann erschrocken den Mund zu, als sei so ein Lachen jetzt einfach nicht das Richtige. Doch Leon lachte auch, und sie fassten sich an den Händen.

«He, vor dem Händchenhalten ist erst der kleine Bruder zu fragen, ja?», krakeelte Benny und kam in die Küche zurück.

«Der kleine Bruder kann auch mal die große Klappe halten», befand Janne und gab Leon einen Kuss.

Benny hielt sich verschämt die Augen zu. «Soll ich gehen?»

Janne und Leon wechselten einen Blick und liefen fast gleichzeitig rot an. Benny aber schaute von einem zum anderen und machte: «Aha!» Dann grinste er und schlenderte in den hinteren Teil des Raums, um sich den Schallplatten zu widmen, die sich dort neben einem alten Plattenspieler stapelten. Dabei murmelte er versonnen: «Auch der Elefant verwickelt sich in ein Frauenhaar.»

«Was soll das denn heißen?», verlangte Janne zu wissen, während Leon sich prächtig amüsierte.

Benny zuckte die Schultern.

«Ist aus Indien, von einem Freund, dessen Vater offenbar ein nie versiegender Quell der Weisheit gewesen ist.»

Er nahm die zuoberst liegende Schallplatte hoch und zeigte sie den beiden auf der Kücheneckbank.

«Guckt mal, Caruso. Das Ding ist sicher ein paar Hunderter wert.»

«Ach ja», sagte Janne nur und seufzte. «Caruso.»

Sie lehnte ihren Kopf an Leons Schulter, ihre Augen fielen zu. Und das war vielleicht der Grund, weshalb die Töne sie dann derart ungehindert trafen. So direkt ins Herz. Es war Gesang. Und er kam von einer Stimme, die sie auch im Schlaf erkannt hätte: die ihrer Mutter.

* * *

«Holy crap», sagte Leon, während Benny die Schallplattenhülle in der Hand drehte und etwas unsicher zu seiner Schwester blickte, die ihre Augen wieder geöffnet hatte und aussah, als hätte sie ein Gespenst gesehen.

«Boah, ich wusste gar nicht mehr, wie toll Mama –», setzte Benny an.

«Wo hast du die her?» Janne sprang auf und schwankte leicht.

«Na ja, hier», er zeigte auf den Stapel Platten, «das ist echt die Crème de la Crème der 1970er. Mamutsch allen voran.»

Leon ging zu ihm hinüber und hob den Tonarm von der Platte. Auch Janne kam näher, die Augen starr auf das Schallplattencover gerichtet, die Lippen fest zusammengepresst.

«Hast du die LP vorher schon mal gesehen?», fragte Benny schließlich, Verwirrung im Blick.

Janne antwortete nicht, das Gesicht weißer als ein Notenblatt. Leon trat neben sie, starrte nun ebenfalls auf die Plattenhülle. *Marina Helmkamp – Vineta-Lieder von Johannes Brahms*, lautete der Titel. Auf dem Cover war eine Frau zu sehen, die Janne bis auf die Augen zum Verwechseln ähnlich sah.

Leon schluckte – und musste immer wieder hingucken.

Nein, die junge Frau mit dem gerüschten rosa Siebzigerjahre-Abendkleid war nicht Janne. Aber die weißblonde, lockige Mähne der jungen Marina gab ihm eine Ahnung davon, warum ihre Tochter stattdessen lieber einen Frisurstil trug, der mit raspelkurz noch wohlwollend beschrieben wäre. Wer möchte schon als Kopie seiner Mutter durch die Welt laufen?

Er linste zu Janne hinüber. Sie nagte gerade ihre Unterlippe weiß. Ihr restlicher Körper wirkte vollkommen reglos. Fast als würde sie kaum noch atmen.

«Janne?», versuchte er es.

Als immer noch keine Reaktion kam, wollte er sie vorsichtig in den Arm nehmen. Doch sie riss sich los, schnappte sich die Platte und schmiss die Tür hinter sich zu.

Leon machte «Puh», Benny «Hm». Und dann fragten sie zeitgleich: «Hast du eine Ahnung, was das zu bedeuten hat?»

* * *

Janne blickte auf die Pillendosen. Alles in allem lagerten in diesem Badezimmer bestimmt vier- oder fünftausend Euro in Tablettenform, schätzte sie. Kein Wunder, dass Psychopharmaka eine Goldgrube für die Pharmaindustrie waren, dachte sie und nahm eines der Medikamente in die Hand. Lithium, der Goldstandard für Bipolare. Gleich daneben stand eine ganze Palette Antidepressiva, kleine weiße Soldaten im Kampf gegen die Schwermut.

Sie setzte sich auf den Badewannenrand und senkte den Blick, die Hände schweißnass.

Warum schwitzte sie? Sie schwitzte nie. Aber sie saß sonst auch nicht auf der Badewanne ihrer Mutter mit etwas in den Fingern, das jede Minute explodieren konnte.

So jedenfalls fühlte es sich an, das alte Plattencover in ihrer Hand zu betrachten und plötzlich wieder zu wissen – es regelrecht vor sich zu sehen: Wie ihre Mutter in der Küche gestanden hatte, mit glänzenden Augen und der Überzeugung, die beste aller guten Ideen zu haben. Wie sie die Platte geschwenkt und gerufen hatte: «Vineta! Kinder, wir fahren hin und machen uns auf die Suche! Zieht euch an, es wird großartig!»

Und da war noch mehr. Viel mehr. Das spürte Janne plötzlich so sicher, als hätte jemand einen Vorhang beiseitegezogen. Allerdings einen, hinter dem weitere Vorhänge warteten. Ein verdammter Irrgarten der Tuchindustrie. Welchen sollte sie aufziehen?

Ihre Atmung beschleunigte sich, sie hörte sich keuchen, sah wieder auf das Cover, sah das Gesicht ihrer Mutter und hinter ihr schemenhaft die sagenhafte Goldstadt Vineta, die eines Tages einfach versunken war – so wie Jannes Erinnerungen offenbar auch?

Das jedenfalls war es, was sie sich fragte, als jetzt ruckelnd, wie von einem holpernden Projektor, noch weitere Bilder ins Licht stolperten, eher nur Bruchstücke der Erinnerung.

Sie sah eine Hütte. Und spürte fast körperlich die Dunkelheit, die darin herrschte. Hörte jemanden. Nach ihr rufen. Ein Kind. Was sie noch sah, war ein Schild. Ein meerblaues Schild, wie von einem Café oder Gasthof. *Vineta* stand darauf. Waren sie also tatsächlich hingefahren – auf die Suche nach der versunkenen Mythenstadt? Und warum, warum nur hatte sie das alles vergessen?

Aber vielleicht stimmte das gar nicht. Nicht wirklich. Ihr fiel ein, wie absurd sie an dem Abend reagiert hatte, als der Mann in die Scheibe des Gasthauses gekracht war, die Hand voller Blut. Auch da hatte sie plötzlich eine Kinderstimme gehört. Und wie panisch hatte sie auf den vermeintlich toten Fasan reagiert? Wie überaus ängstlich war sie, sobald es um sie herum zu dunkel wurde?

Es flackerte vor ihren Augen, sie blinzelte, schloss die Lider, schüttelte den Kopf. Immer wieder. Damit es wegging. Jenes Seltsame, Neblige, das seit Wochen immer wieder in ihrem Kopf aufblitzte, als sähe sie Plastikzombies in der Geisterbahn.

Schließlich trat sie mit den Füßen gegen den Badezimmerschrank, so fest, dass er wackelte. Dann ließ sie sich in die Badewanne sacken, stellte das Wasser an und legte den Kopf in den Nacken.

Aber natürlich. Auch hier. Wie bei ihr zu Hause: Leuchtsterne an der Decke. Der Familienfluch, eine grenzenlose Liebe zu den Sternen, selbst zu denen aus Plastik.

«Und der Mond zieht über mich und meine Mupfel hinweg, und die Sterne ...», murmelte Janne vor sich hin, während heißes Wasser über sie lief, ihre Kleidung durchtränkte und ein klebriges Gefühl auf ihrer Haut hinterließ.

Was wohl aus ihnen geworden war? Aus Wawa, dem Waran. Aus Ping, dem lispelnden Pinguin. Und der Muschel am Strand von Titiwu?

Im Vergleich schienen ihr die Marionettentiere aus Augsburg gerade realer als alles, was ihr eigenes Leben gewesen war. Gewesen sein mochte.

Sie rutschte noch tiefer in die Wanne, schüttete einen Badezusatz ins Wasser. Süßlicher Duft waberte in ihre Nase. «Black forest Dreams» versprach das Etikett auf der Plastikflasche und «große Seifenblasen zum Träumen und Pusten» ...

Ein Geräusch holte Janne zurück aus ihrer Versunkenheit.

Es klopfte.

Die Tür öffnete sich einen Spalt. Benny spähte herein und hinter ihm Leon.

«Jan-ne?», fragte Benny zaghaft und schob sich langsam ins Bad hinein. «Was machst du da?»

Sie hob den Kopf und schaute freundlich. «Oh, ich puste Schwarzwaldträume kaputt. Ein weit unterschätzter Zeitvertreib. Wollt ihr auch mal?»

Sie konzentrierte sich erneut auf die Seifenblasen, ein heiteres Lächeln auf den Lippen. Benny trat von einem Bein auf das andere, klappte den Mund mehrmals auf und zu. Er erinnerte an eine Bauchrednerpuppe, fand Janne, nur ohne Redner. Sie kicherte, es klang auch in ihren Ohren nicht allzu gut. Aber was sollte sie ihm sagen? Was denn nur? Etwa: *Ich vermute, nein, glaube, ach was, ich weiß: Da ist eine Lüge in unserem Leben?*

Sie blickte zu Benny, dann zu Leon, der ebenfalls hereingekommen war und etwas ratlos wirkte. Und plötzlich packte sie eine Wut, eine Wut, die von hier bis Delmenhorst reichte. Sie rappelte sich hoch. Wasser quitschte und plitschte über den Wannenrand. Badeschaum flog.

«Weißt du, es ist so, Benny. Mir wird gerade etwas klar.» Sie schnaubte, raufte sich die Haare. «Okay, sagen wir, ansatzweise klar. Ich vermute stark, dass die uns einen riesigen Bären aufgebunden haben. Alle zusammen. Mama, Opa, Oma. Die ganze Bande.» Sie schnippte etwas Badeschaum von ihrer Schulter.

«Oder weißt du, was im Herbst 1992 wirklich passiert ist? Kannst du mir sagen, warum unser Großvater damals so plötzlich seine große Liebe zu uns entdeckte und nicht mehr ohne uns leben wollte, nachdem er und Oma uns problemlos jahrelang ignoriert hatten?»

Ihre Augen sprühten vor Zorn.

Die Rachegöttin der Helmkamp'schen Familiensaga, durchzuckte es Leon. Aber gefährlich blass schien sie ihm, ebenso wie ihr Bruder. Der öffnete erneut den Mund, brachte aber immer noch nichts heraus. Schließlich zuckte er, offenbar völlig überfordert, die Schultern und stürmte hinaus, die vermaledeite LP in der Hand, die er sich vom Wannenrand geschnappt hatte.

Janne aber stieg aus der Wanne und stapfte Benny hinterher. Badeschaum tropfte, legte eine Spur aus Schwarzwaldträumen, der auch Leon zurück ins Wohnzimmer folgte.

Dort kauerte Benny neben dem Schallplattenspieler, von dem erneut Gesang aufstieg.

Leon kannte sich nur wenig aus mit klassischer Musik. Seine musikalische Bildung hatte aus der englischen Hitparade und dem Pfeifen der Spatzen vor dem Fenster ihrer Souterrainwohnung bestanden. Doch dies hier, diese helle klare Stimme, die ihm ans Herz griff, als hätte sie kleine Hände, die machte ihn fassungslos.

Stumm beobachtete er die beiden Geschwister, die reglos Spalier standen, wie kleine Steinstatuen ihrer selbst. Ihre Mutter aber sang, sternenklar und licht, bis Janne plötzlich einen Satz nach vorn machte und den Tonarm von der Platte riss.

Stille senkte sich über die Küche, eine wispernde, gespenstische Stille, die den Raum ausfüllte, wie es vorher der Gesang getan hatte. Janne verschränkte die Arme und schob ihre Hände unter die Achselhöhlen. Sie wirkte so verloren, dass Leon sie am liebsten in den Arm genommen hätte und einen Schritt auf sie zumachte. Doch ein Blick von ihr genügte, und er schreckte zurück. Misstrauen lag darin.

Leon sah zu Benny. Der zuckte die Schultern, riskierte aber selbst einen Blick auf seine Schwester und blieb an ihren Stiefeln hängen. Rote Doc Martens in einem Stadium, das schon jenseits von ausgelatscht war.

«Kauf dir mal neue Schuhe», murmelte Benny.

«Was?»

«Ich hab gesagt, kauf dir mal neue Schuhe.»

Einen kurzen Moment lang dachte Benny, seine Schwester würde ihn schlagen. Sie kam langsam näher, die Lippen ein Strich und die Pupillen so verengt, dass er den hellbraunen Ring um ihre fast nachtschwarzen Augen erkennen konnte. Benny nahm unwillkürlich Haltung an. Sie blieb jedoch ruhig vor ihm stehen, blickte ihn ebenso ruhig an, ihre Stimme nur ein Wispern. «Nimmst du eigentlich jemals irgendetwas ernst? Oder bist du einfach nur ein Clown?»

Bennys Gesicht verzerrte sich. Doch Janne hatte, wie es schien, schon anderes im Sinn. Sie verschwand im Schlafzimmer ihrer Mutter, kam mit einer trockenen Hose und dem Gesicht eines Kamikazefliegers – oder zumindest dem, was Benny sich darunter vorstellte – wieder heraus und griff in der Küche nach ihrem Rucksack. Dabei rauschte sie wortlos an ihm vorbei, blieb aber kurz bei Leon stehen. «Es tut mir leid, dass du das alles mitmachen musst. Ich muss jetzt gehen. Findest du den Weg nach Hause?»

Leon war so perplex, dass ihm erst mal nichts einfiel. Vor ihm stand eine völlig Fremde. Erst als sie schon fast aus der Tür war, rief er ihr hinterher: «Wo willst du denn hin?»

Sie drehte sich noch einmal um, das Gesicht verschlossen und entrückt, wie von einer anderen Welt. Und ebenso anders klang ihre Stimme, als sie erwiderte: «Ich weiß es nicht. Aber ich werde versuchen, es herauszufinden.»

25

Maximal fünf Sekunden noch, schätzte Paul Johann Helmkamp. Dann würde dem jungen Mann mit dem Cowboyhut das Rosinen-Scone samt Clotted Cream auf sein Gucci-Hemd platschen. Die sehr blonde Frau neben ihm schien ähnlich zu denken und hatte bereits ihr Handy gezückt. Um, wie sie lauthals verkündete, diesen Moment für die «Friends» in Übersee festzuhalten.

Sein Blick schweifte weiter. Über rote Sofas und breite Sessel. Er streifte alte Holzmöbel und die gestärkten weißen Tischtücher, auf denen hier – in der Wohnhalle des Hamburger Traditionshotels – serviert wurde, was Hanseaten «Afternoon Tea» nannten und Nichteingeweihte schlicht «Törtchenorgie». Denn neben blassen Sandwiches warteten auf silbernen Etageren vor allem Berge von Scones, Tarts und Pies darauf, mit Kannen von Earl Grey heruntergespült zu werden. Dazu knisterte im Kamin das Feuer, das hier ebenso obligatorisch war wie der Mann am Klavier, der flauschig weichen Jazz in die Ohren plätschern ließ.

«Ach ja», sagte Paul Johann. Zu wem im Besonderen wusste er auch nicht. Es war so ein allgemeines «Ach ja». *Ach ja* wie: Wie viele Jahre, ach was, Jahrzehnte trinke ich hier nun schon Tee? Und ein *Ach ja* wie: War es eine gute Idee, heute hierherzukommen, ausgerechnet heute – an unserem Hochzeitstag? Und ganz sicher auch ein *Ach ja* wie: Gurkensandwiches.

Denn Paul Johann Helmkamp war ein Mann, der Traditionen liebte. Und blasse Weißbrotdreiecke, gefüllt mit Gurke, Butter und Kresse, gehörten nun mal zu den Labsalen seines Lebens – seit er sich, damals vor über sechzig Jahren, das erste Mal so etwas hatte leisten können. Das Teetrinken bei den Reichen und Schönen.

Er sah nach draußen, wo sich auf der Alster ein beleuchteter weißer Dampfer vorbeischob. Der für die Alsterpunschfahrt...

Es war Zeit.

Paul Johann gab dem Ober ein Zeichen, stand auf und knöpfte gerade sein Jackett zu, als sein Handy erstickte Laute von sich gab. Er ignorierte es. Schließlich war Samstag, niemand musste ihn jetzt... Und überhaupt, wer seine Privatnummer hatte, der wusste auch, dass er nicht gestört werden wollte. Doch es hörte nicht auf zu summen, bis endlich die Mailbox ranging. Nur aus Neugier zog er das Gerät aus der Jackentasche. Dann setzte er sich wieder, blinzelte und rieb sich die Augen.

«Alles in Ordnung, Herr Helmkamp?», fragte der Ober, der die Rechnung brachte.

Der alte Mann reagierte nicht, murmelte nur vor sich hin und wischte sich die Stirn, als würde er plötzlich schwitzen.

«Herr Helmkamp?», wiederholte der Ober.

«Alles gut, danke. Ich müsste nur mal ungestört telefonieren. Ist hinten frei?»

Der Ober nickte, begleitete ihn zu der abgetrennten Nische am hinteren Ende des Raums, in der Tisch und Stühle standen. Paul Johann setzte sich, legte beide Hände flach auf den Tisch und schnappte ein paarmal nach Luft.

Dann nahm er sein Telefon in die Hand, schaute noch

einmal aufs Display. Nein, er hatte sich nicht geirrt. Wer angerufen hatte, war tatsächlich seine Enkelin. Dr. Janne Maria Helmkamp persönlich.

Dünn hatte sie ausgesehen, da im Gericht, dachte er. Und älter. Und doch immer noch so zornig wie damals das junge Mädchen, das ihn ebenso abgelehnt hatte wie all sein Geld. Paul Johann trommelte mit den Fingern auf den Tisch.

Was konnte sie von ihm wollen? Vielleicht über die Prozesskosten sprechen? Denkbar, aber unwahrscheinlich. Die würde er sowieso übernehmen. Sollte sie doch Zeter und Mordio schreien. Was sie wahrscheinlich tun würde.

Er schnaufte, rieb sich die weißen Augenbrauen und zog sein Jackett aus. Ihm war heiß. Mehr als das. Er schwitzte. Ungewöhnlich stark. Eine Sintflut aus Salz, Wasser und – waren das Stresshormone?

«Schnack bloß keen dumm Tüch, Hannes», schalt er sich und schnaubte. Ja, der große Süßwarenmagnat prustete empört in sein feines Leinentaschentuch mit den Ausmaßen eines Kinderbadetuchs.

Als er den Kopf wieder hob, machte er einen kleinen Laut. Denn nun erblickte er ihn: im Spiegel gegenüber an der Wand – einen alten Mann. Mit hellblauen Augen, die jetzt im Alter immer durchscheinender wirkten. Wässrig. Nenn das Kind beim Namen, Hannes. Du verwässerst. Dann nickte er sich zu. Du bist ein alter Mann, Hannes, bring dein Leben in Ordnung. Das ist es doch, was du wolltest, oder?

Er gab sich einen Ruck oder auch zwei, nahm das Handy und tippte endlich auf die Nummer, um sie zurückzurufen. Sie nahm sofort ab. Erschrocken zuckte er zusammen.

«Opa?», hörte er Janne in den Hörer rufen. «Opa? Bist du dran?»

Energisch, klar wie Glas. Eine kalte Dusche war nichts dagegen. Ihr gebt euch nichts, ihr zwei, hatte Martha immer gesagt. Ach, Martha.

Fokus, Hannes, Fokus.

«Hallo, Janne. Wie geht es dir?»

Es wurde still in der Leitung. Paul Johann schaute ratlos auf sein Display. Stimmte mit dem Empfang etwas nicht? Doch, er hörte doch etwas, leise Blasmusik, im Hintergrund. Blasmusik?

«Wo bist du, Janne?»

«Ist doch egal», sagte seine Enkelin, immer noch mit dieser Eisesstimme, schob dann aber ein geknurrtes «Auf dem Marktplatz von Eschersweiler» hinterher.

«Ist deine Mutter bei dir?»

«Nein, ist sie nicht, Opa. Und genau deshalb rufe ich an. Ich habe ... Ich habe sie ...»

Ihre Stimme kippte weg. Er hörte, dass sie noch etwas sagte, konnte es aber nicht verstehen.

«Janne, sprich bitte lauter, ich verstehe dich nicht.»

Schweigen in der Leitung. Blechbläser, die *Oh du Fröhliche* spielten. Aber ja, dachte Paul Johann. Morgen ist der 1. Advent. Da hat Martha immer –

«Ich habe sie in die Klinik geschickt. Heute Nacht. Sie ist wieder manisch.»

Er legte das Handy auf den Tisch und stützte den Kopf in beide Hände.

«Hörst du mich, Opa?»

Er stellte den Lautsprecher an.

«O-pa?»

Ihre Stimme war gar nicht kalt, fand er jetzt, sondern angespannt. Als spräche sie durch zusammengebissene Zähne. *Beruhig sie, Hannes. Vielleicht macht sie sich Vorwürfe.*

«Das war sicher das Richtige, Janne. Ich hatte schon länger das Gefühl, dass es ihr nicht gut geht.»

Fast mitfühlend klang das, dachte nun Janne am anderen Ende. Und gleichzeitig: *alter Schmierenkomödiant.* Sie entfernte sich ein paar Schritte von den spielfreudigen Adventsbläsern und holte Luft. Von ganz tief unten, wo ihr Herz saß, nahm es in die Hand und sagte fest: «Aber deswegen rufe ich nicht an. Es gibt da etwas, was ich wissen möchte, Opa. Was ist im Herbst 1992 passiert? Wirklich passiert?»

Es gab einen Schlag.

«Opa?»

Noch einen.

«Opa?»

Ich muss etwas sagen, dachte Hannes, *aber was?* Er haute noch einmal mit der Hand auf den Tisch. Wahrscheinlich dachte sie, er wäre umgefallen. *Los, sag was, Hannes.*

«Ich höre dich, Janne.»

«Ist alles in Ordnung?»

War da etwa Sorge in ihrer Stimme? Paul Johann schnaubte, wippte vor und zurück, klopfte weiter mit der Hand auf den Tisch.

«Ich weiß es nicht, Janne.»

«Was?»

«Ich weiß es nicht.» Seine Stimme leise, fast nur ein Flüstern.

«Willst du mich auf den Arm nehmen?»

«Nicht im Geringsten, Janne. Keiner weiß, was wirklich passiert ist.»

«Aber irgendwas ist passiert?»

«Vielleicht fährst du mal nach Rügen.»

Jannes Gedanken rasten. «Vineta, wir suchen es» – das war es, woran sie sich erinnerte. Und einen Batzen Gefühle, so angenehm wie ein Besuch in der Folterkammer. Was verdammt war damals passiert?

«Was soll ich denn da?»

Sie hörte ihn rascheln.

«O-pa?»

«Es tut mir leid, Janne, ich muss jetzt gehen. Ich habe noch eine Verabredung, weißt du?»

«Du kannst mich jetzt doch nicht einfach so –»

«Auf Wiedersehen, Janne … Auf Wiedersehen, Deern.»

* * *

Aufgelegt. Er hatte aufgelegt.

Ungläubig fixierte Janne das Display. Stampfte mit dem Fuß auf. Hätte gern irgendwo draufgehauen. Doch um sie herum strömten die Eschersweiler über den Platz, beglückt von Glühwein, Bratwurst und Blasmusik und ihrem ersten Besuch auf dem Weihnachtsmarkt.

Sie flüchtete in eine Seitenstraße, lief kopflos durch den Ort mit seinen malerischen Gassen. Kopfsteinpflaster, das ihr in die Füße drückte. Was hatte Benny gesagt? Kauf dir neue Schuhe? Frechheit. Sie hörte die Uhr am Marktplatz schlagen. Sechsmal. 18:00 Uhr. Sie sollte nach Hause. Aber wie eigentlich?

Janne trottete zurück zum Marktplatz. Wenn irgendwo Busse abfuhren, dann dort. Doch Eschersweiler galt nicht umsonst als die versteckte Perle des Schwarzwalds. «Versteckt ist das Stichwort», brummte sie, während sie den

Platz nach Haltestellen absuchte. Pustekuchen, hier fuhr nichts. Außer alten Mercedes-Karossen.

Fluchend zog sie ihr Handy aus der Tasche und sah, dass Benny angerufen hatte. Und Ella. Gerade als sie mit ihrem Opa telefonierte. Sie überlegte, ob sie zurückrufen sollte. Konnte sich nicht entscheiden, zumal angesichts des Handys die gesammelte Wut auf ihren Opa wieder hochkochte.

Einen kurzen Moment lang war sie versucht, das Ding auf den Boden zu werfen. Darauf herumzutrampeln, bis es Mus wäre. Aber da sie stolz darauf war, emotional in den letzten Jahren gewisse Fortschritte gemacht zu haben, atmete sie stattdessen schlicht ein. Tief und langsam. Ein. Und wieder aus. Puh. Und ein. Und aus. Und wieder –

«Was machst du da? Den Schnellkurs ‹Hyperventilieren für Anfänger›?»

Ihr Kopf fuhr hoch. Benny und sein Gefährt standen hinter ihr, keine fünf Meter entfernt auf der anderen Straßenseite.

«Und was machst du da? Deine Schwester stalken?»

Benny kam über die Straße geschlendert, den Helm unter dem einen Arm, eine große Papiertüte unter dem anderen.

«Na ja, einer musste Mama ja ein paar Sachen bringen. Das habe ich dann mal übernommen. Und auf dem Weg zurück dachte ich eben, ich gehe noch mal auf den Weihnachtsmarkt und kaufe Abendbrot.» Er schwenkte seine Tüte. «Und schau gleich mal, ob ich hier eventuell verirrte Schwestern herumlaufen sehe.»

«Mein weiser Bruder», sagte sie und versuchte zu lächeln, doch es verunglückte unterwegs.

Benny streckte den Arm aus. «Komm her.»

Janne spürte seinen dünnen, sehnigen Arm um sich, legte ihren Kopf an seinen.

«Tut mir leid, das mit den Schuhen vorhin, das war doof.»

Janne nickte. «Mir tut's auch leid. Ich war garstig.» Sie stupste ihn an. «Komm, lass uns nach Hause fahren, Großer.»

* * *

Paul Johann Helmkamp stand am Jungfernstieg und klopfte Puderzucker von seinem neuen Mantel. Blauer Loden. Von Alpenschafen. So hatte es ihm der Verkäufer versichert. Er hätte ihn ihr gern geschenkt, seinen Alpenschafmantel. So blass, wie sie ausgesehen hatte gestern, seine Enkelin. Wie erfroren trotz der Bullenhitze im Gerichtssaal.

Reiß dich zusammen, Hannes, die Deern will doch keine Mäntel von dir, sondern Antworten. Aber er konnte jetzt einfach nicht mehr. Er brauchte eine Verschnaufpause. Und er hatte tatsächlich eine Verabredung. Mit Martha. Martha, die im Gespräch mit Janne vielleicht besser gewusst hätte, was zu sagen wäre, es nicht so grauenhaft vermasselt hätte.

Doch Martha war nicht mehr. Sie war so still gegangen, wie sie gelebt hatte, im Mittagsschlaf. Das Hausmädchen hatte sie gefunden. Er war nicht da gewesen, *natürlich*, sondern in Köln auf der Süßwarenmesse. Es schmerzte ihn bis heute, dass er gerade über Brausebonbons mit Bubble-Tea-Geschmack verhandelt hatte, als seine Frau starb.

Doch nun, nun hatte er einen Termin mit ihr. Der Alsterdampfer legte gerade an. Paul Johann aß schnell die letzte Mutzenmandel, klopfte noch einmal Zucker vom Alpenschafloden, kramte die beiden Tickets heraus und stakste Richtung Wasser. Der Fahrkartenkontrolleur runzelte kurz die Stirn, als er ihm die zwei Tickets hinhielt. Doch dann knipste er sie ab, und Paul Johann ging an Bord. Für die Punschfahrt auf dem Alsterdampfer. Martha hatte sie immer mit ihm machen wollen. Zweiundvierzig Jahre lang. Nun hatte er endlich Zeit dafür.

* * *

Das Gefährt knatterte, zischte und puffte. Und so wie sich Janne nach anderthalb Stunden Reise damit fühlte, hätte sie dasselbe auch gern getan. Jedenfalls ächzte sie beträchtlich, als Benny bei Albstadt zum Tanken anhielt und sie ihre steifen Gliedmaßen langsam aus dem Beiwagen des Motorrads schälte. Sie fühlte sich reif für einen Ganzkörper-Gelenke-Austausch.

«Wassen los?»

«Weißt du, wie alt ich bin?»

Benny feixte. «Kurz vorm Greisenalter?» Er öffnete den Tank des Gefährts und setzte den Einfüllstutzen an. «Du machst einfach zu wenig Sport, weißt du?»

Janne nickte. «Gut, dass mir das mal einer sagt.» Während das Benzin in den Tank gluckerte, kramte Benny sein Portemonnaie aus dem Rucksack. Janne zeigte auf die große bunte Papiertüte darin. «Was hast du da eigentlich gekauft?»

«Gebratene Laugenbrezeln mit Fleischkäse. Müssen wir nur noch warm machen.»

«Wir?»

Benny schraubte den Tank zu. «Na ja, ich dachte, du kommst noch mit zu mir, oder? Meine Mitbewohner kennst du ja schon.»

Janne schüttelte den Kopf. «Sorry, Benny, aber ich glaube, ich kann das jetzt nicht ... reden und so.»

«Du musst doch nichts sagen.»

Janne schüttelte weiter. Den Kopf und alles, was sonst noch ging. Benny legte ihr kurz die Hand auf die Schulter und ging dann an den Schalter, um das Benzin zu bezahlen. Als er zurückkam, wies sie auf eine Imbissbude auf der anderen Straßenseite.

«Bevor ich mich wieder in das Höllengefährt setze, brauche ich Stärkung.»

Sie kauften Kaffee und zwei recht altbackene Käs-Weckle, die sie neben einem geparkten Lkw verzehrten.

«Janni?», fragte Benny kauend.

«Hm?»

«Kann ich dich noch was fragen?»

«Vielleicht.»

«Ich verstehe es immer noch nicht so ganz.» Benny wedelte ratlos mit den Händen. «Was hat dich denn vorhin so erschreckt an der blöden Schallplatte?»

Janne kickte ein Steinchen weg, fuhr sich durch die Haare, kickte noch ein Steinchen, sah Benny nicht an.

«Wir waren da, Benny. Wir waren auf Rügen. Es ist dort was passiert. Nur erinnere ich mich nicht. Und das macht mich wahnsinnig. Und –» Sie ließ den Kopf sinken. «Ich weiß nicht weiter. Einfach nicht weiter.»

Ratlos blickte Benny auf den Menschen vor sich. Seine Schwester, die er noch nie so erlebt hatte. Janne war für ihn immer so etwas wie der Mount Rushmore seines Lebens gewesen, überlebensgroß, klug, in Stein gemeißelt. Stattdessen stand da nun eine zitternde Frau, die den Kopf schüttelte und nur noch Satzfetzen von sich gab.

«Einfach hinfahren», hörte er heraus und so was wie «Nadel», «Heuhaufen», «total bescheuert».

«Wo willst du hinfahren? Nach Rügen?»

Sie wippte mutlos mit den Schultern, nickte aber.

«Dann komm ich mit!»

Immerhin sah sie ihn jetzt an.

«Aber deine Brezeltüte bleibt hier.»

«Aye, aye, Käpt'n.»

Ein wackeliges Lächeln schaffte es in ihr Gesicht, dann drehte sich Janne halb um, fixierte das Ortsschild gegenüber und zückte ihr Handy.

«Soll ich dich also lieber heim nach Pfaffingen bringen?», bot Benny an.

«Danke, eher nicht», sagte Janne abwesend und tippte auf ihrem Display herum, um nach Zugverbindungen zu suchen. Aber ja, fiel es ihm ein. Das hier war zwar ein sehr kleiner Ort, doch er hatte einen Bahnhof.

«Benny?», murmelte sie schließlich.

«Hm?»

«Und ...», sie räusperte sich, «und Leon?»

«Was ist mit Leon?» Benny schaute unschuldig.

«BENNY.» Janne hob den Blick, ihre Augenbrauen tanzten über ihre Stirn, als sei sie eine Zeichentrickfigur.

Benny aber grinste nur.

Janne knurrte irgendetwas, was sich auf Brüder im Allgemeinen und Besonderen bezog. Dann klaubte sie ihren Rucksack aus dem Motorradbeiwagen und wollte einfach losstapfen, als Benny ein wenig ernster sagte: «Er hat noch viel gefragt, auch über dich, aber ich hab geschwiegen wie ein Grab.»

«Das kannst du deiner Großmutter erzählen. Wahrscheinlich ist der Mann jetzt sogar über meine Sockengröße im Bilde, ja?»

Benny grinste noch breiter. «Man tut, was man kann.»

Janne seufzte, wirkte aber insgesamt etwas fröhlicher.

«Also ich soll dich wirklich nicht nach Hause bringen?»

Sie hob die Schultern und ließ sie erst nach einigen Momenten wieder fallen. «Gute Frage. Aber nein, ich glaube, besser nicht. Danke fürs Mitnehmen, Großer, aber mein geriatriereifes Hinterteil und ich brauchen jetzt eine andere Fortbewegungsart. In 20 Minuten geht ein Zug.»

Ihr Handy rumorte. Janne warf nicht mal einen Blick darauf, sondern marschierte endgültig los.

Benny seufzte nun ebenfalls und startete das Motorrad. Und während er der einsamen Gestalt nachblickte, die nun Richtung Bahnhof stapfte, musste er an Ravi, seine Oma und die Kuh denken. Manches war leichter gewesen in Indien.

* * *

«Konrad!»

«Was? Was ist? Alarm? Ein Blinddarm?» Konrad fuhr hoch, sprang aus dem Bett und in seine Jeans.

Ella grinste, obwohl ihre Stirn noch immer sorgenvoll gerunzelt war.

«Schatz, du hast zu viel *Emergency Room* geguckt. Du bist Urologe, kein Chirurg. Wenn es bei dir Notfälle gibt, hat das mit viel Pipi oder Sex zu tun – aber nicht mit Blinddärmen.»

Konrad entspannte sich, zog seine Hose wieder aus und legte sich zurück ins Bett. Dann drehte er sich auf die Seite und betrachtete Ella nach kurzem Blick auf die Nachttischuhr mit ernstem Gesicht.

«Mein liebstes Hasimuckelschnuddelchen, es ist fast eins. Ich hoffe für dich, du hast einen sehr, sehr ernsten Grund, warum du mich aus dem Tiefschlaf gerissen hast. Denn ich muss in viereinhalb Stunden aufstehen, um mich wieder um meine Sex- und Pipi-Patienten zu kümmern und mir bei der Privatvisite das Gelaber vom Chef anzuhören.» Er zog die Brauen zusammen, machte einen spitzen Mund und sagte mit näselnder Stimme: «Also, Herr Dr. Breuer, wie ich schon gestern ausführte, ist bei einer Hodenruptur angezeigt, alle –»

«Autsch», machte Ella. «Ruptur? Das klingt nach Aua. Habt ihr das oft?»

«Na ja, zumindest immer wieder. Wenn irgendwelche Deppen sich prügeln und wohin treten. Gern kommen auch die Kampfsport-Jungs mit so was.» Er fuchtelte mit der Hand durch die Luft und senkte die Stimme zu einem coolen Knurren. «Eh, Digger, du, mir tut da was voll weh, aber ist voll peinliche Stelle.»

Ella lachte, und Konrad lachte auch, froh, die Sorge in ihrem Gesicht vertrieben zu haben. Er strich ihr eine Haarsträhne aus der Stirn.

«Was war denn nun eigentlich, Schatz?»

Ihre Miene verdüsterte sich wieder. «Janne geht nicht mal jetzt ans Telefon. Ich versuche es ja schon den ganzen Tag. Aber sie ist permanent *not available* oder will nicht rangehen. Auf WhatsApps antwortet sie nicht. Und am Festnetz ist nur der AB, der mittlerweile das Gespräch mit mir verweigert. Ich versteh das einfach nicht. Und eben dachte ich, ich versuche es mal ganz spät, sozusagen als Überraschungsmanöver – aber nichts. Sie ist wie vom Erdboden verschwunden.»

Konrads Stirn legte sich jetzt ebenfalls in Falten, er rollte die Bettdecke zurück und wollte gerade erneut in seine Jeans steigen, als es an der Tür klingelte.

«Was um Gottes willen –?», setzte er an. Doch Ella war längst zum Fenster gerannt, öffnete es und winkte dann so frenetisch nach unten, als trainiere sie für einen Karnevalsumzug.

«Hallo, Süße, komm rauf!»

Konrad seufzte, sah auf die Uhr, dann sehnsüchtig zum Bett, seufzte erneut und schicksalsergeben.

Denn natürlich wusste er, wer da unten auf der Straße stand. Es gab außer ihm nur einen Menschen, dem Ella nachts um eins aus dem dritten Stock alberne Koseworte zuzirpen würde: Janne Helmkamp, die verlorene Freundin.

* * *

«Warum hast du mir denn nicht wenigstens eine WhatsApp geschickt, du blöde Nuss?»

Zerknirschung machte sich in Jannes Gesicht breit. «Tut mir leid, ich war zu durcheinander, wusste einfach nicht, was ich schreiben sollte, Ella. Es ist alles …», sie hickste, «… alles ist …» Sie winkte ab. «Eigentlich wollte ich ja zum Bus, weißt du, aber der letzte Bus war natürlich schon weg, und da dachte ich, vielleicht … Es tut mir leid, wenn ich euch geweckt habe, aber …»

Ein hilfloser Gulplaut kam aus ihrer Kehle. Ella verstand auch so.

«Da hast du richtig gedacht. Und nun erzähl.»

Das tat Janne, trank dabei zwei Gläser von Konrads Lieblingswein und wurde noch müder, als sie ohnehin schon war. Dennoch redete sie. Weiter und weiter. Es ließ sich einfach nicht abstellen. Und es half, das Chaos in ihrem Kopf in überschaubarere Bahnen zu lenken.

Gegen zwei schickten sie Konrad ins Bett. Gegen drei

hatten sie einen Schlachtplan, und gegen halb vier, Janne lag schon eingemummelt auf der Gästecouch, sagte Ella: «Tja, einfach wäre irgendwie schöner gewesen – aber so wird's auch gehen. Nur wer fährt mit dir?»

«Benny natürlich.»

Ellas Gesicht verzog sich.

«Was?», fragte Janne.

«Dein Bruder ist das Chaos schlechthin.»

«Aber er ist mein Bruder.»

«Das ist keine Qualifikation, das ist ein Schicksal.»

Janne feixte und schwenkte ihren Zeigefinger. «Werd nicht frech, Pupillen-Pikserin.»

«Schlaf jetzt. Klappe zu, Robo-Doc», gab Ella zurück und stopfte umständlich die Wolldecke um Janne fest.

«Aber tu mir bitte einen Gefallen, ja?»

«Was?» Janne fielen schon die Augen zu.

«Ruf dann mal an von unterwegs. Sonst treibe ich Konrad in den Wahnsinn. Und Baby-Konrad gleich mit.»

26

«Rechts, Janne, rechts!»

«Nein. Noch geradeaus. Dann erst rechts.»

«Sag ich doch, rechts.»

Janne scherte aus, machte eine Vollbremsung auf dem Seitenstreifen und drehte sich nach hinten um zu Leon und Benny.

«Was habt ihr zwei vor? Wollt ihr mich in den Wahnsinn treiben?»

Statt einer Antwort hörte sie vorne neben sich leises Hecheln.

«Und du bist mal sowieso ganz still, Mister», sagte sie und blickte nun neben sich auf den Beifahrersitz. «Wer mir von hinten auf die Schulter kotzt, hat drei Tage Redeverbot.»

Der Angesprochene duckte den massigen Kopf und schob seinen Unterkiefer noch weiter nach vorn.

«Leon, das Tier braucht einen Kieferorthopäden.»

«Mein Hund hat ganz wunderbare Zähne, sie sind nur zu groß für seinen Mund. Aber goldig ist er trotzdem, oder?», tönte es von der Rückbank.

Janne schwieg diplomatisch, während Leon sich vorbeugte und verzückt das hechelnde Felltier anstrahlte, das vorne angeschnallt neben Janne hockte.

«Ich komme mit», hatte er Janne zwei Tage vorher erklärt. «Ich habe sowieso noch Urlaubstage, war noch nie auf Rügen, und du brauchst mich schließlich. Ich meine, wer sonst soll schlechte Witze reißen und dir die Haare lausen?»

Janne hatte nur gegrinst, zu gerührt und zu erleichtert, um etwas zu sagen. Denn sie hatte ihm gleich noch am letzten Wochenende eine Mail geschrieben, eine ziemlich lange. Um ihm zu danken und zu erklären, was zu erklären ging, und überhaupt. Dann hatte er sich erst mal nicht gemeldet, und sie hatte schon vermutet, dass er nun doch genug hatte. Von ihr und ihrer globalen Seltsamkeit. Und davon, dass jedes Treffen mit ihr irgendwie unschön entgleiste.

Dann aber hatte er plötzlich vor der Tür gestanden mit seinem Hund. Sie waren zusammen durch die Weinberge gelaufen, hatten Händchen gehalten, ganz altmodisch, und sich einen ebenso altmodischen Kuss gegeben. Und endlich war alles einen Moment lang wieder gut gewesen.

So gut, dass sie den Mann allmählich als eine Art Wiedergutmachungsgeschenk betrachtete. Das jedenfalls dachte sie manchmal: dass es dem Schicksal vielleicht doch peinlich war, ihr so viele seltsame Karten zugespielt zu haben. Und dass es ihr dafür nun Leon, den Joker, geschickt hatte – eine Art kleinen Bruder von Mary Poppins.

Er konnte zwar weder fliegen noch tanzen und hatte skurril anmutende Essgewohnheiten – *Mint Jelly auf Käse, gorgeous, isn't it?* Doch den magischen Kindermädchentrick beherrschte er aus dem Effeff: mit einem Fingerschnippen Probleme zu lösen und dabei so charmant zu lächeln, dass sich selbst die Topfpflanzen in ihn verliebten.

Einen Haken hatte der Mann aber trotzdem, und der tackelte auf vier kurzen Beinen durch die Welt und war launischer als jede Diva. Am Vortag war Godzilla so weit gegangen, per Zielpinkeln exakt in den geöffneten Rucksack von Benny hineinzutreffen – den er offenbar nicht mochte.

Nun saß das Tier neben Janne und guckte mürrisch. Aber das war ihr im Moment eigentlich ganz lieb. Denn die beiden anderen Herren im Auto waren umso aktiver und wurden nicht müde, unter regem Gewedel ihrer Smartphones diverse Fahrtrouten anzumahnen.

Janne nickte, bog nach rechts, nach links und sonst wohin. Im Grunde aber hörte sie kaum etwas. Die Landschaft draußen entwickelte eine seltsame Sogkraft, zog mehr und mehr ihre Aufmerksamkeit auf sich. Felder, Wolken, Bauernhäuser, ganze Alleen voll knorriger alter Linden flogen vorbei – und ließen das Summen in ihrem Inneren immer lauter werden. Dieses Summen, das, einem Bienenschwarm gleich, in ihren Ohren vibrierte, seit sie am Morgen in Binz losgefahren waren.

Natürlich hatte sie inzwischen gegoogelt. Hatte Fremdwörter und Informationen aufgepickt, die nun durch ihre Gedanken hüpften wie bockige Fohlen. *Lokalisierte Amnesie, mnestisches Blockadesyndrom*, riefen sie ihr zu und: *Da ist was faul mit deiner Gehirn-Biochemie, und das schon lange.*

Rein theoretisch verstand sie das alles. Doch so viele Abhandlungen von sicherlich brillanten Vertretern der Neuropsychiatrie sie auch las, keiner fand Worte für das, was sich in ihrem Kopf abspielte. Da trudelten und taumelten Bilder herum, die sie nicht zuordnen konnte. Da flatterten Gefühle herbei und wieder weg und hinterließen unschöne Spuren. *Holla, ich bin's, dein Schuldsyndrom.*

Wieder und wieder spulte sie für sich ab, an was sie sich noch erinnerte. Aber es war eben nicht viel: dass ihre Mutter «Vineta, wir suchen es» gerufen hatte, dass es da eine Kinderstimme gab sowie offenbar ein Café Vineta. Und das Nächste war dann schon, dass ihr Opa gekommen und Benny und sie mit sich genommen hatte. Das war alles. Dazwischen gab es nur Bildschnipsel und ein vages Gefühl von irgendwas.

Manchmal war sie kurz davor, umzukehren, die ganze Sache abzublasen. Denn was wollte sie hier eigentlich finden? Eine Erinnerung, die sich doch offenbar nicht finden lassen wollte? Die Jahrzehnte in ihr verschlossen geblieben war, *highly confidential* – und das vielleicht auch besser bleiben sollte?

Janne schüttelte sich, als könne sie so loswerden, was an ihr nagte. Godzilla nahm das zum Anlass, leise zu quieken. Es klang wie ein Ferkel. Sie schielte kurz hinüber. Er starrte sie an, wackelte mit seinen komischen kleinen Rosettenohren. Versuchte der Hund etwa, mit ihr zu flirten? Aber nein, sagte sie sich, wer flirtet, sabbert dabei nicht aufs Autopolster der Angebeteten.

«Leon, hast du kein Lätzchen für dein Untier dabei?»

Godzilla quiekte erneut. Bis es Janne dämmerte.

«Der muss.»

«Kann gar nicht sein, der hat doch gerade –»

«Der muss, Leon.»

Janne suchte und Janne fand – einen Feldweg. Sie hielt an und versuchte, Godzilla aus seinem Spezialgurt Marke Doggy-Drive zu befreien, was dieser mit unfreundlichem Knurren quittierte.

«He, Freund, ich habe gerade deine Pinkelpause organisiert. Ich an deiner Stelle wäre ein bisschen entgegenkommender.»

«Freundlich ist in seinem Sozialverhalten nicht vorgesehen. Keiner kann aus seiner Haut», tat Benny von hinten kund.

«Was du nicht sagst, großer Hunde-Guru. Was meint denn das Herrchen? Bin ich gleich zwei Finger kürzer?»

Doch Leon reagierte nicht, wischte nur hektisch an seinem Handy herum. Janne machte «Pffh», stieg aus und öffnete die Beifahrertür.

«Bitte sehr, der Herr. Einmal Pinkeln gefällig?»

Godzilla würdigte sie keines Blickes, ließ sich vom Sitz nach draußen plumpsen und verschwand in einem Maisfeld. Janne blickte über das Feld, das sich bis zum Horizont zu ziehen schien. Es war still hier im Boddenland, im Westen der Insel, weit weg vom Villenglanz und Tourigewimmel der Kurbäder.

Allzu lange währte die Ruhe nicht. Unter lautem Rufen, das entfernt an eine verstimmte Trompete erinnerte, näherte sich ein Schwarm großer Vögel. In perfektem V zogen sie über ihre Köpfe hinweg und ließen dabei das Summen in Jannes Ohren lauter werden.

«Guck mal, Kraniche … na ja, glaub ich jedenfalls», sagte Benny, der ebenfalls ausgestiegen war. Er zückte sein Handy und tippte darauf herum. «Tatsache, Rügen ist ein wichtiger Rastplatz für Kraniche auf ihrem Zug nach Süden. Hier also stoppen sie, vertreten sich die Beine, essen Currywurst und fliegen dann weiter. Gute Reise, Jungs», rief er und winkte gerade noch grinsend den Vögeln hinterher, als er merkte, dass mit seiner Schwester etwas nicht stimmte. Sie klapperte mit den Lidern wie eine defekte Puppe.

«Janne, alles okay?», fragte er.

Doch Janne sagte nichts. Nur Leon meldete sich vom Autorücksitz, er war fertig mit Handywischen.

«Mein Hund ist genial. Ich wusste es», rief er und kam aus dem Fiat gekrochen, was bei seiner Größe vage an eine Akrobatiknummer erinnerte.

«Dein Hund ist vor allem eines: verschwunden, mein Lieber», antwortete Benny. «Gone with the wind and into the Maisfeld.»

Leon lachte, sah zu Janne hinüber und verstummte, als er ihr verstörtes Gesicht bemerkte.

«Was ist denn, Miss Tweedledee?»

«Die Kraniche», flüsterte sie. «Ich habe sie gehört.»

«Na ja, die waren ja auch nicht zu überhören, Schwesterchen, mit ihrem irren James-Last-Sound», warf Benny ein.

«Nein, damals», sagte sie und schwankte.

Leon fing sie auf und klopfte ihr auf dem Rücken herum.

«Du brauchst nicht zu klopfen», sagte Benny. «Sie hat Erinnerungen, keinen Husten.»

Janne nickte und hörte dann gar nicht mehr auf damit.

«Wie lange geht das noch?», flüsterte Benny.

«Keine Ahnung», flüsterte Leon zurück: «Aber so ist es eben, wenn das Leben zurückkommt – volles Karadscho.»

Janne hörte auf zu nicken und sah Leon an. «Es heißt: Karacho. Und. Ich. Weiß. Es. Jetzt. Wieder.»

Ihre Stimme klang höher und so fremd, dass es Benny eine Gänsehaut über den Rücken jagte. «Was weißt du, Schwesterherz?»

Wieder die Geisterbahnstimme.

«Ich habe sie damals gehört, die Kraniche. Und ich glaube, dass es hier war.»

«Hier?» Benny guckte ratlos auf das Maisfeld vor ihnen. Doch Janne antwortete nicht. Stattdessen marschierte sie ein paar Schritte von ihnen weg, ging in die Hocke, vergrub den Kopf in ihren Armen und schaukelte eine Weile vor und zurück.

Bennys Miene wurde leicht panisch. «Was macht sie?»

«Ich weiß es nicht, Benny.»

«Ich denke, du bist Psychologe.»

Leon seufzte. «Ich bin gehandicapt. Ein Fall von massivem Distanzverlust.»

Von etwas weiter weg war jetzt heiseres Gebell zu hören, das gar nicht enden wollte.

«Godzilla», riefen Benny und Leon aus einem Mund.

Das Kläffen erreichte hysterische Höhenlagen. Sie rannten am Rande des Feldes entlang und schließlich hinein.

Janne hatte sich unterdes auf einen Feldstein gesetzt. Eigentlich war sie ganz froh, einen Moment allein zu sein. Sie holte tief Luft, sog die frische Luft regelrecht in sich hinein und schaute sich um. Spätherbstlicht flutete das flache Land vor ihr mit matten Goldtönen, und obwohl es schon fast elf war, lagen Nebelreste auf den Äckern umher wie verlorene Zuckerwatte.

Die Luft roch salzig, nach Seetang und feuchtem Moos, die Ostsee war nicht weit. Ja, dachte sie, das ist sie, die viel zitierte Inselmagie. Wo man sich auch befand, das Meer wartete quasi immer um die Ecke. Sie saß ganz still, versuchte, etwas von der Gelassenheit dieser Landschaft in sich aufzunehmen. Und diesen winzigen Moment festzuhalten. Diesen kleinen Moment aus ihrem Leben, der beim Rufen der Kraniche vor ihr aufgetaucht war und nun wieder zu versinken drohte. Sie fühlte sich, als versuche sie, einen Traum festzuhalten – ein

Hologramm, das nun vor ihren Augen verblasste und zurückging, wo immer es hergekommen war. Und sie wusste verdammt noch mal nicht, wo das war.

Die Hunderetter kamen zurück, ziemlich mit Matsch beschmiert, aber siegreich: Leon schleppte Godzilla und Benny einen vertrockneten Maiskolben. Beide umstrahlte der Glanz von Großwildjägern.

* * *

Danach mussten sie nicht mehr lange fahren. Denn was Leon ihnen eigentlich hatte mitteilen wollen, bevor sein Hund die Regie übernahm, war, dass sie schon ganz nah dran waren: an einem Gasthof namens Vineta. Ganz in der Nähe, nicht weit von einem kleinen Hafen.

Warum dieser keine Internetseite hatte und so auch für Nichteingeborene zu finden wäre, erschloss sich ihnen sogleich nach ihrer Ankunft. Die Vineta-Stube hatte nicht nur ihre besten Jahre hinter sich, sie wirkte, als ob sie niemals welche gehabt hätte.

Nicht viel mehr als eine Bretterbude war es, die aber mit fünf Resopaltischen, ebenso vielen Bratwurstsorten und Frittierfett in Zehn-Liter-Kanistern offenbar alles bereithielt, was die Skipper des kleinen Hafens nebenan sich wünschten.

«Ich bin die Pommes, er ist das Schaschlik», versuchte Leon, der Herr der schlechten Witze, die Situation zu retten.

«Yes. Reschpekt», steuerte Benny bei. «Diese heilige Halle hat noch kein Erbsenproteinbratling entehrt.»

Janne hörte gar nicht zu, sondern steuerte direkt auf die schon etwas betagter wirkende Verkäuferin zu. Sie trug eine rote Kittelschürze mit blauen Bällchen darauf und sah auch sonst so aus, wie sich manche Touristen wohl noch immer eine Bilderbuchoma Ost vorstellten: gut justierte Pudellöckchen, eine Hornbrille mit Gläsern wie aus Kunstharz und eine resolute Miene, die verkündete, dass sie als verdiente Aktivistin Jahrzehnte ihres Lebens der sozialistischen Planerfüllung gewidmet hatte. Selbst Godzilla hielt sich auffällig hinter Leons Beinen versteckt. Was aber nicht nötig gewesen wäre.

Denn kaum hatte die Dame «das Hundchen» entdeckt, kam sie hinter ihrer Theke hervor, begleitet von einer ganzen Handvoll Wurstscheiben. Allerlei Koseworte gurrend, ging sie dann in die Knie und machte diesen Tag zu einem, den Godzilla golden in seinem Tagebuch einkringeln würde: Bratwurst satt. Das Tier ließ sich nicht nur füttern und nach Herzenslust kraulen, es entblödete sich auch nicht, am Ende auch noch Männchen zu machen.

«So was hat er noch nie getan», stammelte Leon und starrte fassungslos auf seinen Hund, der mit seinen dicken Pfoten in der Luft zappelte und seine neue Freundin anhimmelte.

«Du brauchst dich nicht entschuldigen, Kumpel», meinte Benny gutmütig und klopfte ihm auf die Schulter.

«Das ist ja en äschte Schatzebobbes», warf die alte Dame dazwischen ein, «wie haast es denn, das Hundsche?»

Janne sah Benny an. Seine Mundwinkel zuckten rauf und runter. Leon hingegen, der ohne Heinz Schenk und den Blauen Bock sozialisiert worden war, schaute etwas verwirrt.

Wie sich dann herausstellte, kam Gerda Winschmann aus Darmstadt, war erst vier Jahre hier, und das auch nur, weil der Karl-Heinz – «mein Ältester» – unbedingt hierhergewollt hatte.

«Und wissen Sie vielleicht, wer hier vorher drin war?», fragte Janne.

Gerda Winschmann hob so bedauernd die Schultern, dass die Kittelschürze spannte. «Keine Ahnung. Tut mir escht leid.»

Sie aßen dann noch jeder eine Rindswurst, die Gerda extra aus Frankfurt importierte. Und während sie an den Resopaltischen standen und dem Gedudel von Ostseewelle Region Nord lauschten, merkte Leon, wie Janne sich immer wieder umschaute. Ihr Blick schweifte mehrmals zu einer mannshohen Plastikfigur in der Ecke. Es war ein gelber Vogel. Er trug eine blaue Kappe und eine Latzhose, auf der vorne ein Schraubenschlüssel prangte und «Minol» stand.

«Was ist das denn», fragte Benny, «ein Tankstellen-Bibo?»

«Erkennst du hier was?», fragte Leon.

«Nicht das Geringste», sagte Janne.

Er nahm ihre Hand und drückte sie. Benny guckte schwierig, sein ewig heiteres Jungsgesicht ganz zerknittert. Nur Godzilla kaute ungerührt an dem Wurstzipfel herum, den die Gerda ihrem Schatzebobbes trotz Leons Fütterverbot noch schnell zugesteckt hatte.

* * *

Im Laufe des Nachmittags klapperten sie eine Pension, drei Campingplätze und vier Cafés rund um den Jasmunder Bodden ab. Dort nämlich befand sich, laut Jannes Recherche, einer der Orte, an dem man die versunkene Goldstadt Vineta vermutet hatte.

Doch es war vergebens. Nirgendwo wollte Jannes Kopf auch nur das kleinste bisschen Erinnerung produzieren, ja, er streikte auf ganzer Linie. Als nachmittags wieder Kraniche über sie hinwegzogen, sah sie nicht mal mehr hoch, murmelte nur «so laute Vögel».

Danach sprach sie kein Wort mehr. Nicht im Auto, nicht auf dem Fußweg zu ihrer Ferienwohnung in Binz und auch nicht nach dem Abendessen, das sie nicht anrührte, obwohl Benny extra Naan gebacken und Leon ein Glas Mint Jelly spendiert hatte. Sie stand einfach nur am Fenster und sah hinaus. Und als sie nicht mehr stehen mochte, setzte sie sich und sah hinaus. Und als Benny und Leon sagten, sie würden jetzt ins Bett gehen, nickte sie und sah hinaus.

Nicht dass es da viel zu sehen gegeben hätte. Menschen waren kaum noch unterwegs auf der Strandpromenade, die Ostsee lag im Dunkeln, nur die weißen Kugellampen der Binzer Seebrücke stachen daraus hervor wie eine Reihe verirrter Pfefferminzlollis. Und zum hundertsten Mal fragte Janne sich, ob sie schon hier gewesen war, hier auf Rügen. Und zum hundertsten Mal quäkte es aus ihr zurück: «Keine Ahnung. Kannst du bitte mal was anderes fragen?» Und auch nicht zum ersten Mal fragte Janne sich, ob sie nicht einfach nach Hause fahren sollten.

Dieses Mal aber stand sie auf und begann Sachen im Wohnzimmer zusammenzusuchen. Prüfte, ob die verbleibenden Miettage der Wohnung eventuell stornierbar waren. Und kämpfte mit einem Wäscheständer, um auf diesem die vom Matsch befreiten, nassen Hosen der Maisfeldhelden zu platzieren. Der Ständer aber verweigerte vehement das Aufklappen, bis eine Tür aufging und Leon dastand. Oder zumindest der Teil von ihm, der wach war.

«Was machst du da? Inventur?» Er rieb sich das Gesicht.

«Wir fahren morgen früh nach Hause. Das alles war eine sehr dumme Idee.»

«Zufällig bin ich Fachmann für dumme Ideen. Und ich kann dir versichern: Es war keine.»

Sie hörte gar nicht zu, sondern hantierte weiter mit dem verkanteten Gestell herum.

«Darf ich?», fragte er und nahm es ihr sanft aus der Hand. «Hast du ein Glück, dass ich zudem Fachmann für Wäscheständer-Klappungen bin.»

Janne hörte gar nicht zu, sondern wummste jetzt eine Küchenschublade zu, die sich aber nicht wummsen lassen wollte, sondern hartnäckig stecken blieb.

Sie zog sie noch mal auf und wollte gerade ausholen, als Leon dazwischensprang und die Arme hob.

«Gnade für die Schublade. Sie hat dir nichts getan.»

Janne sah ihn an. Das erste Mal seit Stunden, dachte Leon. Sie musterte ihn sogar sehr genau. Von der karierten Pyjamajacke bis zu den braunen Cordpantoletten.

«Du trägst sie ja doch.»

«Nur dir zu Ehren.»

Ein Lächeln huschte über ihr Gesicht. Eher der Schatten davon, dachte Leon, aber es war ein Anfang. Er öffnete die Arme. Sie zögerte, runzelte die Augenbrauen. Er ließ die Arme wieder sinken.

«Es wird irgendwann peinlich, hier so zu stehen, weißt du.»

Janne nickte.

«Du findest es auch peinlich, ja?»

Sie schüttelte den Kopf, machte einen Schritt auf ihn zu. Und noch einen.

Nur ein Meter war noch zwischen ihnen, doch Leon erschien dieser wie der Grand Canyon. Er stand ganz still und blickte auf seine braunen Cordpuschen, die nicht die echten alten von seinem Uropa, sondern von Woolworth waren. Das ging ihr offenbar auch gerade auf.

«Wo in Gottes Namen hast du diese Schuhe her?»

Ein strahlendes Lächeln segelte über Leons verschlafenes Gesicht. «Ich wusste, dass sie dir gefallen.»

Sie kam noch ein Stück näher, stupste ihn mit dem Zeigefinger in die Brust. «Wie ich bereits sagte, du bist schon reichlich gaga, Mister Bloomdale, oder?»

Leon hob beide Hände nach oben. «Gnade.»

Sie stupste ihn wieder mit dem Finger, diesmal in den Bauch.

«He, lass die Weichteile in Ruhe.»

«Mint Jelly, ja?»

Leon räusperte sich laut und wichtig, richtete sich dann sehr gerade auf, sodass er in seinem Pyjama nun gewisse Ähnlichkeiten mit einem karierten Leuchtturm aufwies.

«Liebe Frau Dr. Helmkamp», setzte er an, doch da hatte sie sich schon in seine Arme geworfen, mit einer Wucht, die ihn beinahe das Gleichgewicht gekostet hätte.

Sie endeten auf dem Sofa, das zu kurz für Leon und zu schmal für sie beide war, aber sie kamen klar. Leon erzählte Janne, wie es war, wenn in Liverpool morgens die Marktstände aufgebaut wurden und seine Mutter im Winter Eiskristalle im Haar hatte vor Kälte. Janne erzählte Leon, wie sie mit sechzehn eine Beule in den Lamborghini ihres Opas gefahren hatte. Leon lachte. Janne weinte ein bisschen. Leon weinte auch. Und Janne entspannte sich endlich. Sie sagte ihm, dass es ihr nicht gut ging im Moment, aber jetzt gerade doch. Er sagte ihr, dass es ihm noch nie so gut gegangen sei. Sie sagte, dass sie wirklich nach Hause fahren wolle, dass das doch alles Schnee von gestern sei und von ihr aus alles bleiben könne, wo der Pfeffer wächst. Er sagte, dass es doch ihr Gestern und ihr Schnee sei. Und wo denn überhaupt der Pfeffer wachse. Und irgendwann schliefen sie ein, Arm in Arm auf einem viel zu kleinen Sofa, dem sie in Gedanken den Hashtag #bestsofaever verliehen. Mit einer etwas peinlichen Menge Kuss-Smileys dahinter.

* * *

Als Leon am Morgen aufwachte, lag er noch immer auf dem Sofa, allerdings allein. Von Janne war nur noch ein Zettel übrig, vor ihm auf dem gekachelten Sofatisch.

> *Lieber Leon,*
> *du hast recht. Ich muss da jetzt noch mal hin. Zum Schnee von gestern. Zur Gerda. Und vielleicht auch dahin, wo der Pfeffer wächst. Aber besser allein. Mach dir einen schönen Tag in Binz. Ich hoffe, mein Bruder nervt nicht.*
> *Bis heute Abend,*
> *Janne*

«Hm», machte Leon und sah seinen Hund an, der sich erwartungsvoll vor dem Sofa postiert hatte. «Nun also doch? Verstehst du das, Stinkerchen?»

Godzilla knickte ein Ohr zur Seite.

«Mehr hast du nicht zu sagen?»

Das Tier starrte ihn eine Weile an, dann trottete es zum Sessel und legte seinen Kopf auf den Pullover, den Janne dort liegen gelassen hatte.

«Verstehe», sagte Leon. «Dann sind wir also schon zu zweit, ja?» Er beugte sich hinüber und strich Godzilla über den Kopf. «Ist ja gut. Ich vermisse sie auch. Die Frage ist nur, was machen wir jetzt?»

Leon sah auf die Uhr, es war kurz vor acht. Also erst mal Gassi, dann Frühstück, dann weitersehen. Doch selbst die lose Idee einer Tagesordnung war mit Mitgliedern der Familie Helmkamp keine einfache Sache – das hätte er sich eigentlich denken können.

Denn gerade als er mit Godzilla Richtung Strandpromenade marschierte, erschien Benny auf der Terrasse der Wohnung und brüllte hinter ihm her: «Das Auto ist weg.»

Leon seufzte, drehte um und ging zurück. «Ich weiß. Deine Schwester auch.»

Benny nickte und hielt sich mit beiden Händen die Augen zu. Er sah aus wie ein Emoji.

«Sie macht das schon», legte Leon nach.

Benny gab seine Augen frei. «Das ist ja das Schlimme. Sie macht immer. Sie macht ihr Leben lang. Ob es ihr guttut oder nicht. Da ist sie haarklein wie der Alte.»

Leon grinste. Genauso etwas hatte er auch schon gedacht – sich aber gehütet, es in Worte zu fassen. Wohlweislich.

* * *

Sie fuhr langsam. So langsam, dass selbst ein Trecker sie überholte. Von seinem Anhänger winkte ihr, auf einem Berg von Steckrüben thronend, ein weizenblonder Dreikäsehoch zu. Kaum älter als Benny damals, dachte Janne. Damals, als … Nein, sie sollte jetzt besser nicht so was denken, sondern sich auf die Straße konzentrieren und überlegen, was sie Gerda Winschmann fragen wollte.

Vielleicht: Dieser Riesenvogel, den Sie da haben, dieser

Plastikvogel mit der Tankwarthose, hat der schon immer hier gestanden? Und können Sie mir vielleicht auch sagen, was er in meinem Traum verloren hatte letzte Nacht?

Okay. Es gab bestimmt schmissigere Einstiegsfragen. Zumal die Gerda enttäuscht sein dürfte, weil der Schatzebobbes nicht mit war. Aber der lag jetzt bestimmt in Binz bei Leon auf dem Sofa und damit exakt dort, wo Janne selbst auch lieber läge. Sehr viel lieber. Ihre Unterlippe wackelte vor sich hin, als ob sie losheulen wollte, das Weichei.

Sie stellte das Radio an, suchte nach einem Sender, der irgendetwas außer Popsoße brachte, fand Klavierklänge. Die *Träumerei* von Schumann. Ausgerechnet. Sie trat auf die Bremse, fuhr rechts ran, machte den Motor aus.

Genug jetzt. Während Lang Lang weiter deutsche Romantik aus dem Radio zauberte und ihre Unterlippe weiter wackeln wollte, legte sie den Kopf aufs Lenkrad und murmelte vor sich hin. «Hör mal auf, das reicht jetzt. So was von.»

Doch ihr Gehirn dachte gar nicht daran. Ganz im Gegenteil, bei dem hier, den Klavierklängen von Robert Schumann, da zog es gleich die große Rote Karte.

Denn kein anderes Stück hatte ihr Vater so oft gespielt bei seinen Konzerten. Federico Antonio Monterubbianesi verehrte die deutsche Romantik. Ihre Klarheit und Reinheit – dabei rollte er das R stets mit Karacho – und nicht zuletzt, dachte Janne, auch ihre Schlichtheit. Die *Träumerei*, die hatte er selbst dann noch hinbekommen, als er kaum mehr die Tasten richtig treffen konnte. Handtremor. Klar, bei dem Wodkakonsum. Sie erinnerte sich gut an den silbernen Flachmann, der stets in seinem Frack steckte. Nie hatte sie ihren Vater aus etwas anderem trinken sehen. Wenn schon vor die Hunde gehen, dann mit Stil.

Lang Lang war jetzt fertig, der Moderator quatschte irgendetwas, das an ihr vorbeirauschte.

Fahr weiter.

Doch sie konnte nicht. Sie wollte einfach hier sitzen und jemandem beim Klavierspielen zuhören. So wie als Kind. So wie das Kind, das auf Papas Armen durch den Garten geflogen war. *Possiamo volare, mia piccola soleluna. Wir können fliegen – fliegen, wohin du willst.* Doch er war nirgendwo mit ihr hingeflogen, ihr Vater. Er war selbst einfach nur ein großes Kind gewesen. Ein großes begabtes Kind, das den Dämonen seiner eigenen Vergangenheit nie entkommen war.

Viel war es nicht, was Janne wusste. Nur dass ihr Vater Federico aus Palermo stammte, aus einer Schaustellerfamilie. Manchmal hatte er ihr davon erzählt, von den Farben und der Musik auf dem Rummel, dem Leben im Wohnwagen. Und wie sehr er das alles vermisst hatte. Damals, als sie ihn weggeholt hatten – so drückte er es immer aus. *Wer, Papa, wer hat dich weggeholt?* Ein netter Mann war es, mit einem weißen Schal und vielen klugen Worten. Ein Tasten-Wunderkind hatte er ihn genannt. Nur weil er auf dem Rummel immer Klavier spielte für alle. Auf dem alten Klavier mit dem klemmenden C. Ein Stipendium hatte er bekommen. Ein Förderprogramm für junge Musiktalente. In einem Internat oben in Mailand. Seine Eltern waren so stolz. Wussten nicht, dass die anderen Kinder dort ihn Rummel-Rico nannten. Und anderes. Statt Improvisieren und Schlager nachspielen hieß es nun Etüden üben. Stundenlang. Zweimal war er weggelaufen. Zweimal hatte sein eigener Vater ihn zurückgeprügelt. Wortwörtlich. Mit sechzehn dann erste Preise. Erfolg. Geld. Trotzdem hatte er das Klavierspielen die meiste Zeit gehasst. Das Liebste hatte es ihm genommen. Seine Familie. Sein Zuhause.

Mio padre aveva appena così deciso – aber mein Vater hatte eben so entschieden, murmelte Janne jetzt. Es war der Satz, den Federico immer wieder gesagt hatte. Traurigkeit hatte daraus geklungen. Auch Verbitterung.

Geht es denn immer so weiter?, fragte sie sich und sah in den Himmel, wo erneut Kraniche zogen.

Ist es einfach eine endlose Kette von Verletzungen, die wir unbewusst und trotz bester Absichten von einer Generation an die nächste reichen?

Lang Lang spielte jetzt eine Fuge von Bach. *Klar sei er, der Signore Bach*, hatte ihr Vater immer gesagt. *Nix Geschnörkel. Da weiß man, was man hat.*

Janne aber spähte den großen grauen Vögeln hinterher, bis sie am Horizont verschwanden, und fühlte sich ein wenig getröstet. Von Bach, der so viel Klarheit, und von Lang Lang, der es in seiner Jugend auch nicht immer einfach gehabt hatte, soviel sie wusste.

Siehst du, irgendwelche Kinderkacke tragen wir doch alle mit uns rum, sagte sie sich. Es geht nur darum, was man damit anfängt. Ob man sich auffressen lässt oder – ja, was eigentlich? Die Gummistiefel anzieht und hindurchwatet?

Sie blickte in den Rückspiegel und nickte sich mehrmals aufmunternd zu. Das hatte zwar was von einem übermotivierten Verkaufstrainer, zumindest aber wackelte die Unterlippe nicht mehr. Sie ließ den Motor an.

Als sie schließlich ankam bei der Vineta-Stube, musste sie erst mal warten. Es war halb zehn und Hochbetrieb. Männer in blauen, grauen oder einfach schmutzigen Latzhosen und

Männer in gelbem Ölzeug belagerten Gerdas Resopaltische und putzten Mettbrötchen, Thüringer und Pommes weg. Das Wurstbusiness scheint recht männlich geprägt zu sein, dachte Janne, doch Gerda und ihre Pudellöckchen hielten sich wacker.

Als sie endlich dazu kam, ihre Frage zu stellen, reichte Gerda erst mal eine frisch gefüllte Flasche gelben Inhalts über den Tresen und rief: «Hinnerk, dein Senf.» Dann bestätigte sie, während sie mit einem Eierschneider hantierte, was Janne schon vermutet hatte: Der riesige gelbe Plastikvogel stammte nicht von hier, sondern von einer anderen Imbissbude. Einer, die einmal vier Kilometer weiter nördlich gestanden hatte. Auf einem Campingplatz, der vor ein paar Jahren saniert worden sei. Brandneu sei da alles. Sogar so ein Dings hätten die da jetzt, sagte die Gerda und drehte ihren Finger in der Luft.

«Dings?», wiederholte Janne.

«Na, so ein Wirbeldings, wo man so Düsen hat, die einem den Poppes rubbeln.» Gerda wurde ein bisschen rot.

«Ach so.» Janne verstand und nahm das Eibrot entgegen, das ebenfalls für Hinnerk war. Sie reichte es dem bärtigen Mann mit dem gelben Ölzeug, der schon die Senfflasche bekommen hatte. Er sah sie an und griente ein bisschen, dann öffnete er den Mund und brummte: «Stets dienstbereit zu Ihrem Wohl ist immer der Minol-Pirol.»

Auch Jannes Mund ging ein Stück weit auf, klappte aber unverrichteter Dinge wieder zu, da nun auch die anderen Kerle einfielen und zusammen grölten: «Den Teletipp, der helfen soll, gibt Ihnen der Minol-Pirol.»

Gerda schaute ratlos. Janne aber lachte und ging zu dem Vogel hinüber. «Der Minol-Pirol, ja?»

Die Männer nickten, die Gesichter unter den Bärten blank vor Freude. Hinnerk zückte jetzt sogar sein Handy, und dann schauten sie gemeinsam zwei schwarz-weiß animierte Werbespots aus dem DDR-Fernsehen der Sechzigerjahre. Offenbar war der Ost-Bibo der verseschmiedende Werbestar der Tankstellenkette Minol gewesen.

«Warum interessieren Sie sich denn so für unser altes Vögelchen?», fragte der andere Mann mit Ölzeug und einem leichten Geruch von Ostseesprotte.

«Ich denke, ich bin ihm schon einmal begegnet, vor langer Zeit», sagte sie. «Und wir haben vielleicht noch ein Hühnchen miteinander zu rupfen, wenn man das so sagen kann.»

Die Männer fanden das lustig, und überhaupt war das Eis jetzt gebrochen. So was von, dass der mit der grauen Latzhose Janne auf die Schulter klopfte und der mit der blauen Latzhose ihr was von seinen Pommes anbot. Sie bedankte sich und war sehr gerührt, zumal die Gerda ihr nun noch eine Wurst ausgab und Hinnerk ihr den Weg zum Campingplatz auf der Rückseite einer leeren Senfflasche aufmalte.

Zum Abschied riefen sie ihr hinterher: «Zum Wochenend ist alles klar, für den, der freitags tanken war.»

Und genau das murmelte Janne wie ein Mantra vor sich hin, während sie zu dem Campingplatz fuhr. Denn das Summen in ihren Ohren war wieder da. Und das, obwohl sie doch am Tag zuvor schon hier gewesen waren: beim Camping-Resort Zum kleinen Habicht. Fünf Sterne. Mit Badeparadies.

Ob es denn auch einen großen Habicht gäbe, hatte Leon gestern gefragt. «Haha, sehr komisch», hatte Benny erwidert. Janne aber hatte nichts gesagt, weil sie sich so angestrengt hatte. So sehr, dass ihr ganz schummrig wurde. Doch es hatte alles nichts geholfen.

Denn mochte sie sich auch bestens daran erinnern, dass Hansi Büttner mit dem bockigen Gesicht ihr in der dritten Klasse immer ein Bein gestellt hatte oder an den Schlürf-Sound, der sich mithilfe einer fast leeren Packung Caprisonne erzeugen ließ, so versagte ihre Erinnerung hier auf ganzer Linie.

Sie kannte diesen Campingplatz nicht. Da klingelte nichts. Gar nichts. Auch jetzt nicht, wo sie alles noch einmal genau in Augenschein nahm – die ästhetisch etwas verwegene Tropendeko über dem Eingang, den Hinweis, dass es auch Outdoor-Whirlpools gäbe, mit dem nachträglich reinretuschierten H, und das Häuschen für die Anmeldung, das als riesiger Flamingo gestaltet war.

Nein, da war nicht mal das Basismodell einer Erinnerung. Ganz zu schweigen von Extras wie Namen, Stimmen oder Wörtern.

Nichts.

Was hatte ihr Kopf dann nachts im Traum mit dem blöden gelben Vogel gewollt? Eine kleine Scherzeinlage? Lustig, Kopf, wirklich. Haha.

Janne warf noch einen Blick auf das Gelände, versuchte, doch noch irgendwas zu finden. Aber da war nichts zu finden, also drehte sie sich um und ging. Hinüber zu ihrem kleinen roten Auto, das sie zurückbringen würde zu dem Leben, das auf sie wartete.

«Tach auch», singsangte eine Stimme hinter ihr.

Sie fuhr herum. Etwa zwanzig Meter entfernt saß in einer dunklen Ecke vor einem Schuppen ein alter Mann, den sie vorher nicht wahrgenommen hatte. Er hatte die Schiebermütze tief ins Gesicht gezogen und schnitzte. Sie trat etwas näher.

«Suchen Sie was?», brummte es von unter der Mütze.

«Nicht wirklich.»

«Also eigentlich schon?»

Er sah endlich hoch. Der Mann war steinalt, als habe ihn jemand aus einer Museumsvitrine genommen und auf diesen Platz fallen lassen.

Janne zuckte die Schultern. «Nein, ich glaube nicht.» Sie seufzte, sah sich noch einmal um. «Arbeiten Sie hier?»

Er wackelte mit dem Kopf. «Mal so. Mal so. Aber hab mir schon gedacht, dass Sie kommen. Hab schon mal ein bisschen wat rutsöökt.»

Janne brachte kein Wort heraus, starrte den Mann nur an wie eine Marienerscheinung. «Wat rutsöökt?», wiederholte sie schließlich.

Er taxierte sie aus schmalen Augen, die in einem Runzelmeer versanken. «Sie waren dat doch, die gestern bei Gerda nach die olle Vineta-Stube gefragt hat, nich wahr?»

Janne nickte.

«Na also», sagte der Alte, als sei damit alles geklärt, legte das Messer weg, schob die Mütze zurecht und stand auf. Er winkte ihr mitzukommen und ging in den Schuppen, der, wie sich jetzt herausstellte, Werkstatt, Wohnort und Katzenasyl zugleich war.

Mindestens sieben Tiere lagen verteilt auf Sesseln, Kisten und Regalen und schliefen. Zwei weitere verscheuchte der Mann von Tisch und Stühlen, die wie alles andere hier auch aussahen, als seien sie mindestens hundert Jahre alt. Offenbar war dieser Schuppen bei der Generalerneuerung übersehen worden oder schlicht nicht whirlpoolwürdig gewesen, dachte Janne.

«Bin glieks wieder da, nimm Platz, Deern», nuschelte der Alte durch seine beachtliche Schneidezahnlücke und verschwand im Hinterzimmer.

Janne setzte sich vorsichtig auf einen der Stühle und betrachtete den Kaffeebecher auf dem Tisch. Seine verblasste Glasur verwies in Rot mit gelben Rauten auf den «Deutschen Turn- und Sportbund DDR». Sie schätzte gerade, dass Sammler locker ein paar Hunderter für die Tasse zahlen würden, als der Alte zurückkam.

«Also die echte Vinetastuuv, dat war die hier.»

Er legte ein Foto neben den sozialistischen Kaffeepott. Dann noch eins und noch eins. Das Surren in Jannes Ohren erreichte Hornissenniveau. Sie kannte das alte Fachwerkhaus, sie kannte es definitiv. Und sie kannte auch das Zimmer, das ein weiteres Foto zeigte. Sie brauchte gar nicht hinzugucken, sie wusste es auch so: Die «gute Stube» des Gasthofes hatte getäfelte Wände gehabt. Gestrichen in jenem Nordischblau, das IKEA später berühmt machen sollte.

Jannes Gedanken rasten, ergaben aber nur wenig Sinn. Der Alte beobachtete sie unterdes sehr aufmerksam. Und legte, da sie schwieg, einfach mal nach.

«Vielleicht interessiert Ihnen ja auch, wie dat damals hier aussah?»

Er schob ein weiteres Foto über den Tisch. Es zeigte einen fast leeren Campingplatz, auf dessen weitläufigen Rasenflächen vier dunkle kleine Blockhütten standen. Und den Hütten gegenüber residierte vor einer Imbissbude kein anderer als Minol-Pirol, der gelbe Tankstellenvogel.

Janne starrte lange darauf, ihr Gesicht völlig reglos – bis es sich plötzlich verzerrte, der Mund in ganz schiefe Winkel, die Brauen ein dunkler Balken. Unter dem verdatterten Blick des alten Mannes, mit dem sie kaum einen kompletten Satz gewechselt hatte, platzte ein Schnieflaut aus ihr heraus. Dann war es wieder still. Sie vergrub nur das Gesicht in den Händen, und ihr Rücken bebte von Zeit zu Zeit, als wogte etwas hindurch, das jedoch keine Redezeit bekam.

Der Alte sah sich das eine Weile an und knetete seine Hände. Schließlich tappte er ihr einmal an die Schulter und murmelte: «Na, min Deern, is doch allens gut jetzt.»

Als sie sich etwas beruhigte, stand er auf, holte eine Flasche aus dem Hinterzimmer und schenkte zwei kleine zerkratzte Gläser randvoll mit einer durchsichtigen Flüssigkeit. Eines schob er Janne hin. «Fix runter damit. Dat hilft.»

Janne blinzelte ihn aus geröteten Augen an, nahm aber das Glas und schnupperte daran.

«Hau wech!», ermunterte er sie noch mal.

Sie schüttelte den Kopf. «Ich habe seit gestern nichts mehr gegessen.»

Er nickte, verschwand erneut im Hinterzimmer. Dieses Mal brachte er ihr in der bloßen Hand eine Scheibe Rosinenbrot mit dick Butter drauf. «Is nich mehr ganz frisch, aber von Lina gebacken, und die kann wat.»

Janne nahm das Brot und biss hinein. Es schmeckte in der Tat sehr gut, auch wenn an der Unterseite etwas Leberwurst klebte – wahrscheinlich von seinem eigenen Frühstück. Sie hoffte jedenfalls, dass es Leberwurst war und kein Katzenfutter.

Der Alte setzte sich wieder und räusperte sich, dann nahm er seine Schiebermütze ab und quetschte sie in den

Händen zusammen. «Wat wir uns ja immer gefragt haben», setzte er an, dann war eine Weile Pause.

Janne kaute ihr Brot, wartete.

«Nu ja, wat aus euch geworden is?»

Janne hörte auf zu kauen. Er taxierte sie immer noch sehr genau.

«Aus uns?», wiederholte eine Stimme, die nur entfernt wie ihre eigene klang.

«Na, aus euch zwei Lütten. Eure Mudder war ja völlig außer sich, als sie zurückkam. Hat hier rumgeschrien, wo ihre Kinder sind. Aber das geschah ihr recht, oder? Dat macht man doch auch nich, einfach zwei so lütte Kinners ...»

«Meine Mutter?»

«Na, dat war doch wohl eure Mudder. Die Frau mit die vielen blonden Haare.» Er gestikulierte über seinem fast kahlen Kopf herum, als wolle er sich eine Trockenhaube aufsetzen. «Die sah man aus wie een aus Hollywood.»

Janne nickte, wiederholte leise «wie een aus Hollywood» und schniefte schon wieder.

Der Alte schob ihr das gefüllte Glas wieder hin. «Trink man, Deern, hast ja nu wat gegessen.»

Sie nahm das Glas und einen kräftigen Schluck. Es brannte. Erst im Hals, dann im Magen. Aber das war gut so, schließlich fühlte sich da drin gerade alles an wie tausend Jahre Eiszeit.

«Aber ... Aber woher ... woher wissen Sie das alles?»

Ihr Gegenüber beugte sich leicht vor. Mit einer Miene, die Janne an die beiden Muppets-Opas erinnerte, verkündete er: «Nu, ick war doch damals hier Platzwart, Deern.»

«Damals?», wiederholte sie, aber im Grunde nur, um Zeit zu schinden.

«Na, du warst doch die Deern, dat hier mit sin Bruder –» Er wedelte mit der Hand und knötterte ein «Oder nich?» hinterher.

Janne stand auf, stellte sich ans Fenster des Schuppens, ein kleines Eisenfenster, mit einer Quer- und einer Längssprosse. Und dann kam endlich der Moment. Der, auf den sie gewartet hatte. Eigentlich hatte sie sich vorgestellt, dass es wie das Anstellen eines Projektors sein würde. *So, bitte schön, hier einmal der vergessene Lebensfilm vom Herbst 1992, und entschuldigen Sie bitte die Umstände.* Und dann: *Film ab!*

Stattdessen bekam sie eine löchrige Fototapete. Doch die immerhin entrollte sich nun, als sie aus dem alten Schuppen auf die Rückseite des Campingplatzes schaute, den Waldrand sah, das alte Gehöft weiter links und auf einmal wusste, dass es hier gewesen war. Dass sie das Mädchen gewesen war, von dem der alte Mann sprach.

Janne drehte sich um. «Ja, ich denke schon.»

Der Alte stutzte, seine zerfurchte Stirn knautschte sich noch mehr zusammen. Eine Ziehharmonikastirn, dachte Janne, als er meckernd lachte. «Sie denken's, aber wissen's nich?»

«So könnte man es sagen.» Janne fuhr sich ratlos mit der Hand durch die kurzen Haare.

«Könnte man», wiederholte er und lachmeckerte erneut. Dann beugte er sich etwas vor und räusperte sich umständlich, bevor er fortfuhr: «Also, dat war ja sowieso allens recht seltsam. Denn wat ick nie ganz verstanden habe ... Warum habt ihr zwei nicht um Hilfe gerufen? Also, dat war wohl außerhalb von die Saison, aber tagsüber war doch immer mal een hier.»

Janne schwieg, kniff die Augen zusammen und wedelte mit den Händen, als wollte sie ein Insekt vertreiben. Dann stand sie plötzlich auf. «Vielen Dank. Ich muss jetzt gehen.»

«Hab ick wat Dummes ge...?»

«Nein, es ist alles –», ihre Stimme brach ab. *Gut,* hatte sie sagen wollen, aber dafür reichte es nicht. Sie hob stattdessen kurz die Hand. Im Gehen drehte sie sich aber doch noch mal um und fragte, bevor sie den Schuppen verließ: «Wann wurden die Hütten denn abgerissen?»

«Och», erwiderte der Alte und strich einem roten Kater über den Kopf, der nun auf seiner Schulter hockte, als ob er da festgeklebt wäre. «Gar nich lang her. Und een is ja noch da ... also gewissermaßen ...»

«Gewissermaßen?» Jannes Stirn schob sich über der Nase zu einer verwirrten Falte.

«Nu ja, die haben sie nach achtern versetzt, und Hanno wohnt da nu in.»

«Und Hanno ist?»

«Ein Pony. All die Kinners lieben ihn.»

Janne nickte automatisch, brauchte aber einen Moment, um das zu verdauen. Sie würde also unter den Augen eines Ponys diese Hütte betreten und versuchen zu finden, was immer dort zu finden war. Nun ja, nichts war vollkommen auf dieser Welt.

27

Paul Johann Helmkamp saß auf seinem Nappaleder-Chefsessel und drehte sein Telefon in den Händen, hin und her, drunter und drüber. Dann machte er «Hhrrggxxxsss», pfefferte das Handy auf den Tisch und begann auf und ab zu marschieren in seinem Wohnzimmer mit den Ausmaßen eines Ballsaals. So ging es im Wechsel seit fast zwei Stunden: Handygedrehe. Marschieren.

Sein Butler schaute immer mal herein, schüttelte den Kopf, enthielt sich aber jeden Kommentars. Dafür wurde er schließlich bezahlt.

Kein Wort hatte er durchklingen lassen nach seiner Rückkehr aus Hamburg, der Chef. Nicht dass er sonst besonders mitteilsam war, aber gewisse Vertraulichkeiten gab es eben schon nach fast vierzig Jahren miteinander. Doch dieses Mal nichts als Schweigen, Brüten, Handygedrehe. Nur dass er eventuell bald wieder abreisen müsste, hatte er gesagt, und dass er, also Lüders, ihm einen Koffer mit allem Nötigen packen solle. Der stand nun in der Diele bereit. Was aber fehlte, war offenbar eine Entscheidung.

Ernst Lüders, der «englische» Butler, der hier seit Jahrzehnten nur Lüders hieß und so norddeutsch war wie Matjes und Speckstippe, steckte nochmals den Kopf ins Zimmer. Paul Johann Helmkamp hörte jetzt Musik, nein, mehr als das, er lauschte mit gesenktem Kopf. Dem *Ave Maria* von Gounod.

Sie war es, das erkannte er sofort. Marina Helmkamp sang von der alten Platte – es war die erste, die sie aufgenommen hatte. Ihr Vater selbst hatte die Aufnahme finanziert, zu ihrem zwanzigsten Geburtstag. Ernst Lüders erinnerte sich noch gut. Er hatte gerade seine Stelle angetreten, als der Chef ihn rief, um ihm etwas vorzuspielen. Er sah es noch vor sich, wie der Herr Direktor mit seinen klobigen Fingern die Platte auflegte und sich dann mit stolz blitzenden Augen zu ihm umdrehte.

«Sie ist die Beste, min Deern, oder?»

Sicher, aber darum geht es doch gar nicht, hätte er gern gesagt. Denn er hatte sie schon damals verehrt – Marina Helmkamp, den blonden Sopran-Engel, die Stimme gewordene Seele. Aber er war ja nur der Butler. Und da galt eben das Butler-Gesetz: kein Kommentar.

Genauso wenig sagte er jetzt etwas, außer «Sehr wohl», als Paul Johann Helmkamp mitten im *Ave Maria* aus der Halle stapfte, nach seinem Mantel verlangte und sich das Köfferchen griff. Erst als der Alte auch noch in der Diele – ein Traum aus schwarzem Marmor – die Autoschlüssel für den Rolls-Royce von der Wand klaubte, kam Bewegung in Lüders.

«Soll ich Pellegrini holen lassen?», fragte er, das Haustelefon schon in der Hand.

Paul Johann Helmkamp winkte ab. «Ich fahre selbst.»

Und das war der Moment, in dem Ernst Lüders die so hart trainierte Contenance verließ. «S... Sie wollen selbst fahren, Chef?», stammelte er, die Stimme so verzagt wie sein freundlich gealtertes Jungengesicht.

Aber der Herr Direktor hörte ihn schon nicht mehr. Er machte kehrt und marschierte nach links einen Gang entlang an weiteren Zimmerfluchten der Villa vorbei, bis er den hauseigenen Zugang zur Garage erreichte. In derselben angekommen, drückte er eine Weile fluchend an dem Monitor herum, über den das smart gesteuerte Garagentor zu öffnen sein sollte. Doch was sich öffnete, war lediglich die Klappe für King George, seinen Cocker Spaniel.

«Einen Moment mal bitte, Chef», sagte sein Butler hinter ihm.

Der alte Paul Johann trat zur Seite und ging kopfschüttelnd zu seinem Auto, als sich jetzt fast lautlos das riesige Tor auftat.

«Chef?», tönte es erneut von hinten. «Darf ich etwas sagen?»

«Na, das tun Sie ja schon, Lüders.»

«Ich selbst könnte Sie fahren, wenn es –»

«Halten Sie mich für senil?»

Ernst Lüders erbleichte, doch nahm dann all seinen Mut zusammen. «Das nicht, aber jetzt gerade vielleicht nicht in der Verfassung, um –»

«Ich bin bester Verfassung», brüllte Paul Johann Helmkamp und öffnete die Autotür seines schwarzen Rolls-Royce. «Ich war in meinem gesamten Leben noch nie so gefasst. Ja, ich bin der König der Verfassungen.»

Dann wummste er sein Gepäck nach hinten, stieg ein, ließ den Motor an und setzte zurück – direkt gegen den meterdicken Pfosten, der eine tragende Stütze der riesigen Garage war.

«Ich war nur froh, dass nicht noch die Decke über uns eingestürzt ist, Jettchen», würde Ernst Lüders seiner Frau später erzählen. Jetzt aber sah er zu, dass er hinkam, zu seinem Chef und der zerdepperten Limousine, die mehr kostete, als er in zehn Arbeitsjahren verdiente.

Paul Johann Helmkamp saß ganz still. Als habe jemand eine Nadel in ihn reingepikt und alle Energie abgelassen. Sein Kopf hing nach unten, die Hände ebenso, als er murmelte, fast nur flüsterte: «Ich mache mir Sorgen, Lüders, solche Sorgen. Es macht mich noch ganz rammdösig.»

* * *

Es war 16:00 Uhr, als Leon langsam die gute Laune verließ. Godzilla merkte es am hektischen Zucken des Fußes, auf dem er seinen Kopf abgelegt hatte. Benny an der rasanten Zunahme von englischen Schimpfwörtern in Leons Sätzen. Und als dieser ihn zum dritten Mal fragte, ob er bitte mal auf sein «bloody phone» schauen könne, ob Janne oder «anyone f* * * ing else» sich vielleicht gemeldet hätte, der Aufschluss geben könne, wo «for heaven's sake» sie eigentlich sei, hatte er genug.

«Meine Güte, mach mal halblang. Dich hat's aber erwischt, oder? Das ist meine Schwester, nicht die Queen of Sheba.»

Leon hörte gar nicht zu, sondern suchte per Handy einen Autoverleih in Binz.

«Das ist nicht dein Ernst, oder?» Benny starrte auf Leons Handy. «Du willst 'ne Karre mieten, um Schwesterchen zu retten. Wer bist du, F* * * ing Prince Charming?»

Leon hob den Blick und sah Benny an. Eine ganze Weile und sehr ruhig. Zu ruhig. «Du hast keine Ahnung, oder?»

Benny juckelte etwas unbehaglich auf seinem Stuhl herum und aß ein großes Stück seiner Sanddorntorte. Dann hob er die Schultern und öffnete die Hände wie ein schlechter Mafioso-Darsteller. «Was willst du?»

Leon lehnte sich zurück, die Arme verschränkt. «Ja, was

kann ich wollen? Sag du es mir. Ein wenig Verantwortungsgefühl, vielleicht?» Er stutzte, rieb sich das Gesicht. «Gosh, I sound like a pensionierter Grundschullehrer, don't I?»

Benny lächelte mitfühlend. «Glaub mir, ich versteh das. Janne zu lieben kann einen an gewisse Grenzen bringen.»

Verwirrung zog durch Leons Miene, was Benny nicht entging. Und er hätte seinen überaus geschätzten Hintern darauf verwettet, dass es das Wort Liebe war, das den coolen Engländer irritierte. Er grinste zufrieden. Das war natürlich vollste Absicht gewesen. Doch cool war er und blieb er, der gute Mr Bloomdale, das musste er ihm lassen.

«Also gut, buddy», fuhr Leon fort, «dann pass mal auf. Solltest du eines Tages mein Schwager werden wollen, dann mach doch jetzt bitte Folgendes: Rufe deinen Opa an und frage ihn noch einmal in allen Einzelheiten, was genau er über die Geschehnisse von damals noch weiß. Was ist?»

Benny zog ein unglückliches Gesicht. «Du kennst meinen Opa nicht. Der wird nichts sagen, was er nicht will. Und Janne hat ihn doch schon gefragt.»

Mit einem Blick, der kurz vor der Explosion stand, erwiderte Leon: «Okay, kannst du mir dann vielleicht seine Telefonnummer geben? Oder ist die ein Staatsgeheimnis?»

Benny nagte an seiner Unterlippe, was ein Familienfluch sein musste, dachte Leon und auch, dass Paul Johann Helmkamp offenbar seine ganze Sippschaft fest an der Kandare hatte. Der sonst so freche junge Mann neben ihm jedenfalls wog nun unsicher sein Handy in den Händen, doch schließlich zuckte er die Schultern, tippte auf dem Display herum und murmelte: «Ach was, wahrscheinlich freut er sich. Noch jemand, den er volltexten kann. Ich werd' dich nur besser kurz anmelden.»

Leon nickte und speicherte die Nummer ab, die Benny gerade geschickt hatte. «Sag ihm einfach, es geht ums bloody Ganze.»

«Ums bloody Ganze?», feixte Benny.

Leon knurrte unwirsch und boxte ihn mit dem Ellbogen in die Seite.

«Aua!»

«You are welcome.»

Benny boxte zurück, aber in den Bauch. «He, ganz schön knautschig da um die Mitte, was?» Er schielte nach Leons unberührtem Stück Schwarzwälderkirsch. «Dann kann ich die da haben, ja?»

Leon nickte abwesend. Er stand auf, zog seine Jacke an, packte das Handy ein und warf Benny einen langen forschenden Blick zu.

«Was?»

«Kann ich dir meinen Hund anvertrauen?»

Benny sah unter den Tisch, wo Godzilla ruhig und rhythmisch schnarchte.

«Geht klar, Capt'n, ich pass auf dein Schnorcheltier auf. Du rettest dafür meine Schwester. Deal?» Er hielt Leon die Hand hin für ein High Five.

Der zog die Augenbrauen bis zum Anschlag, schlug aber ein und machte sich dann auf, um irgendwo da draußen Janne Helmkamp zu finden.

* * *

Sein erster und einziger Anhaltspunkt war Gerda Winschmann, die in ihrer Bude schon fast Feierabend hatte.

Ja, die blonde Frau von gestern sei hier gewesen und sie hätten zusammen den Minol-Pirol geguckt, sagte Gerda und strahlte. Und außerdem könne Leon gern die letzte Thüringer haben, Senf sei auch noch da.

Leon aber wollte keine Bratwurst, sondern eine zusammenhängende Wiedergabe jedes einzelnen Satzes, den Janne geäußert hatte. Gerda war damit überfordert und schrubbte lieber weiter den Fritteusenkorb. Und wo denn der Schatzebobbes sei.

Leon fluchte lautlos und fing noch mal von vorne an. Wer-wo-was-wie-wann-warum. Das funktionierte besser, und irgendwann hatte er alles sortiert und verstanden: den Tankstellenvogel, Janne und den Senf. Er bedankte sich und fuhr mit quietschenden Reifen davon.

Danach brauchte er keine fünf Minuten, um den Campingplatz zu erreichen. Und nicht mal eine, um zu begreifen, dass hier niemand mehr war. Nirgendwo brannte Licht, alles war geschlossen, nicht mal ein Auto oder Fahrrad stand herum – zumindest soweit er das im Schein der einzelnen Glühbirne erkennen konnte, die an einem Schuppen nur denkbar zögerlich Licht, eigentlich nur Geflackere von sich gab. Der Rest des Platzes war stockdunkel.

Leon stieg trotzdem aus, knipste seine Handytaschenlampe an und stromerte quer über den Platz, vorbei am Flamingo-Häuschen und Badeparadies mit Spaßrutsche, vorbei an etlichen Wohnwagen im Winterschlaf, an Minigolf, der Cocktailbar Happy Cherry und – Leon sah sogar zwei Mal hin – dem Vineta-Schlemmerstübchen. Weiter, weiter. Warum, wusste er auch nicht. Es war nur so ein Gefühl. Doch Leon war ganz gut mit Nur-so-Gefühlen. Die hatten ihn selten getrogen. Und taten es auch dieses Mal nicht.

Er war jetzt kurz vorm Wald, ganz hinten am Ende des

Platzes, weit weg von Minigolf und glücklichen Kirschen, da, wo nur noch eine Baustellenlampe ihr fahlgelbes Licht verströmte. Dort stand zwischen einem ausrangierten Flüssiggastank und einem alten Traktor eine kleine Blockhütte.

Über der Tür prangte ein Schild, von dem ein von Kindern gemaltes Pony grinste. Versperrt war sie nur mit einem einfachen Riegel. Leon wäre aber wohl trotzdem nicht hineingegangen, hätte er nicht plötzlich ein Summen gehört.

Er überlegte kurz, ob er Halluzinationen oder schlicht zu wenig gegessen hatte, aber doch – in dem von außen verschlossenen Stall summte jemand. Das Pony konnte es ja wohl kaum sein.

Er ruckte den Riegel zurück, spähte hinein. Eine Duftwolke aus Heu, Mist und Eau de Pferd schob sich ihm entgegen. Er nieste, bekam ein leises Wiehern zur Antwort. Ansonsten hörte er nur das Summen. Ein kieksiges, kleines Möchtegernsummen war das, das dauernd seine Richtung verlor, abbrach, von vorne anfing.

Licht gab es nicht, und durch das einzige Fenster und die gelbe Notleuchte draußen war der Stall nur schwach ausgeleuchtet. Was er erkennen konnte, war das Pony – ein freundlich blickendes Minipferd mit Kugelbauch und adretten Stirnfransen –, eine Krippe mit Stroh, einen riesigen Stoffhund und, ihm stockte kurz der Atem, hinten in der Ecke eine zusammengekauerte Gestalt.

Leon ging hinein und langsam näher. Sehr langsam. Denn er hatte plötzlich das, was er eigentlich nie hatte: Bedenken. Ja, Leon Bloomdale bedachte so viel, dass ihm ganz schummrig wurde und nicht viel Schlaues dabei rumkam. *Mein Gott, was macht sie da?*, überlegte also der Herr Diplompsychologe mit dem brillanten Scharfsinn und hatte erst mal so gar keine Ahnung, was er tun sollte. Normalerweise saßen seine Patienten eben nicht in Ponyställen und waren ihm auch nicht derart ans Herz gewachsen. So sehr, dass ihm jetzt ganz elend wurde.

Denn keine Frage, die Gestalt in der Ecke war Dr. Janne Helmkamp – oder das, was von ihr gerade präsent war. Und das schien nicht allzu viel zu sein. Sie hatte den Kopf seitlich an die dunklen Balken gelehnt, summte und zupfte mit den Fingern unablässig kleine Späne aus dem Holz.

«Janne?», flüsterte er schließlich.

Doch außer dem Pony hob niemand den Kopf.

«Janne?», wiederholte er etwas lauter.

Das Pony stampfte unruhig mit den Hufen. Leon klopfte ihm besänftigend auf den Rücken. Dann schob er sich langsam weiter Richtung Ecke und dankte dem Himmel und der deutschen Stipendiatenförderung dafür, dass er an sein Studium noch zwei Jahre Traumaforschung hatte dranhängen können.

Denn die Frau vor ihm war nicht hier, zumindest nicht in dieser Zeit. Und als er nun mithilfe seines Handys vorsichtig die Ecke beleuchtete und die Kerben und Schnitzereien im Holz sah, ahnte er, wo sie eigentlich war. Es waren Buchstaben, wenn er sich nicht täuschte, auch Figuren. Auf jeden Fall nicht frisch, sondern stark nachgedunkelt. Möglicherweise also sogar mehr als zwei Jahrzehnte alt. Möglicherweise also aus dem Jahr 1992.

«Janne», versuchte er es noch einmal, doch sie reagierte nicht, zupfte weiter Holzfitzelchen und summte.

Mittlerweile hatte Leon erkannt, was sie da summte. Seine Oma hatte ihm das Kinderlied immer vorgesungen: *Der Mond ist aufgegangen.* Allerdings summte Janne nur die

Melodie der ersten beiden Zeilen. *Der Mond ist aufgegangen. Die goldnen Sternlein prangen.* Mehr nicht. Wieder und wieder.

Leon setzte sich neben sie, griff behutsam nach ihrer freien linken Hand. Sie war eiskalt. Er nahm sie zwischen seine eigenen Hände, versuchte, sie zu wärmen.

«Hast du die gemacht?», fragte er.

Janne summte weiter, doch ließ vom Zupfen ab und legte ihre rechte Hand auf das alte Holz, betastete die Schnitzereien, eine nach der anderen.

Als sie bei der letzten angelangt war, verstummte sie. Es war plötzlich ruhig, fast unheimlich, als stünde alles still außer der Zeit – die, so hoffte Leon, nun endlich ihre knarzenden Pforten öffnen und es freigeben würde: all das, was sie eingefroren und doch nie hatte Vergangenheit werden lassen.

Jannes Atem ging schneller, und als sie doch noch antwortete, hätte Leon beinahe auf sein Handy gesehen, ob es vielleicht sein Navi war, das sprach. So monoton, fast abwesend klang die Stimme, die sagte: «Weißt du, wie lange einunddreißig Stunden sind?»

Leon bewegte vage den Kopf, wartete, ob noch etwas käme. Minuten vergingen, doch Janne saß stumm und wie erstarrt neben ihm, ihre Hand in seiner Jackentasche ein lebloses Ding.

Draußen hörte er wieder Kraniche trompeten. Janne hörte sie auch, das spürte er an ihrer Hand, die sich jetzt bewegte, um seine Finger krampfte.

«Sie gelten in der Wappenkunde als Symbol der Vorsicht und der schlaflosen Wachsamkeit, wusstest du das?», flüsterte sie.

Immerhin redet sie, dachte Leon, stupste sie an die Schulter. *Gut sind Bewegung, leichte Berührungen, alles, was die traumatisierte Person im Hier und Jetzt verankert*, offerierte sein Gehirn, das sich nun doch wieder daran zu erinnern schien, dass es in Psychologie promoviert war.

«Was meinst du?», fragte er.

«Na, die Kraniche.» Sie richtete sich auf, blickte nach oben, als könne sie durch die dunklen Balken sehen.

«Auf alten Häusern findet man ihn manchmal noch – den *Grus vigilans*, den wachsamen Kranich. Eine Kranichfigur aus Stein, die das Haus beschützen soll: Der Vogel hält mit einer Klaue einen Stein hoch. Sollte er einschlafen und der Stein runterfallen, kann das Geräusch ihn wecken.»

Sie sackte wieder in sich zusammen, drehte sich zur Seite, nahm das Holzgezupfe wieder auf.

Audienz beendet, dachte Leon, seufzte und drehte sich ebenfalls um, weil irgendetwas hinter ihm – schmatzte. Es war das Pony, das näher gekommen war und an dem herunterhängenden Bändel seines Fleecepullis herumkaute.

Er lächelte etwas gequält, tätschelte dem Tier die Mähne und versuchte gerade, es höflich, aber bestimmt zur Herausgabe des Bändels zu bewegen, als er Janne wieder sprechen hörte.

Leon fuhr herum.

Es war eine andere Stimme, nein, dieselbe. Es war die gespenstisch hohe Stimme vom Tag zuvor.

«Sie hat gesagt, sie wollte nur mal kurz wegfahren und etwas zu essen besorgen. Aber Benny hat Fieber, Mama, hab ich gesagt, wir brauchen etwas aus der Apotheke. Jaja, hat sie gesagt, mit diesem Lachen, dass sie dann immer hatte. Ich hörte nur noch, wie sie draußen Gas gab, so sehr, dass die Reifen quietschten. Das war das Letzte, was ich von ihr hörte – und dann nichts mehr. Nichts mehr. Sie war einfach weg und blieb weg. Und irgendwann … irgendwann … bin ich einfach eingeschlafen, weißt du?» Jannes Atmung beschleunigte sich. «Da war kein Steinchen, das mich wecken konnte. Ich bin einfach eingeschlafen, verstehst du?»

Ihr Kopf hob sich leicht zu Leon empor. Ein-, zweimal schwappte ihr Blick über sein Gesicht, streifte seine Augen – als versuchte sie, ihn anzusehen, käme aber einfach nicht ans Ziel. Dann nickte sie kurz und senkte den Blick zurück auf die Kerben. Nur ihre linke Hand schloss sich jetzt wieder fest um seine.

«Weißt du, es ist alles wieder da, Leon. Alles», sagte sie zu der dunklen Wand vor sich. «Die endlosen Stunden, die Angst. Die Frage. Diese fürchterliche Frage.»

Ihr Atem ging noch schneller, sie keuchte fast. Leon überlegte kurz, ob sie der Sache gewachsen war, ob er vielleicht lieber versuchen sollte, sie hinaus- und in Bewegung zu bringen und so hoffentlich wieder ins Hier und Jetzt.

Doch Janne sprach weiter, drängend, immer schneller. Wie sie aufgewacht war, weil Benny weinte … «Nein, brüllte, Leon, er brüllte wie am Spieß, der kleine Kerl, und ich wusste nicht, was ich tun sollte. Ich habe ihn gehalten und gewiegt, habe gesungen, so lang. Doch er weinte immer weiter. Und sein Kopf war ganz heiß, und dann fing er auch noch an zu zittern, redete völlig durcheinander … rief nach unserer Mutter, nach mir, obwohl ich doch neben ihm saß.»

Sie hob den Kopf und sah ihn das erste Mal, seit er gekommen war, richtig an. Und zu seiner immensen Erleichterung war es nun wieder Janne. Nicht das verschreckte Kind, nicht die paralysierte Holzzupferin.

«Weißt du, wie lange einunddreißig Stunden sind?», wiederholte sie. Doch es schien ihm, als fragte sie eher sich selbst.

Er drückte wortlos ihre Hand.

«Ich habe dann irgendwann angefangen zu schnitzen. Mit dem Taschenmesser, das Opa mir geschenkt hatte. Wahrscheinlich, um nicht durchzudrehen. Denn die ganze Zeit habe ich überlegt. Fieberhaft. Und gewartet. Und gehofft. So lange war sie noch nie zuvor weg gewesen. Eine Nacht, ja, aber sie war immer zurückgekommen. Aber diesmal …»

Ihre Stimme strauchelte. «Was, was nur sollte ich tun? WAS?»

Noch bevor Leon etwas erwidern konnte, sprang sie auf und begann das Pony zu streicheln. Rhythmisch, fast mechanisch, als wäre es eine Fließbandarbeit. Trotzdem kam sie natürlich. Die Frage, die Janne erwartet, die sie gefürchtet hatte.

«Warum hast du nicht um Hilfe gerufen?»

Ihren Blick würde Leon nie vergessen. Er war voller Zorn.

«Warum fragt ihr das alle? Ihr habt keine Ahnung, oder? Kei. Ne. Ah. Nung.» Sie spuckte ihm die Silben förmlich vor die Füße und rannte aus dem Stall.

Der Mond war jetzt aufgegangen. Ein fahlgelber Frisbee am Himmel. Wie eine dieser Solarkugeln aus dem Baumarkt, dachte Leon, der Janne gefolgt war. Und im Bunde mit der flackernden Bauleuchte schien ihm das käsige Licht der Stimmung durchaus angemessen – gespenstisch.

Janne lehnte an einem verrosteten Flüssiggastank, bohrte mit der Fußspitze Löcher in den Boden. Eine Eule kru-hute aus dem Wald hinter ihnen, und irgendwann würde sich auch die Frau neben ihm zu einer weiteren Lautäußerung durchringen, dachte er und wurde nicht enttäuscht.

«Natürlich habt ihr keine Ahnung», wiederholte sie schließlich. «Denn ihr wisst ja auch nicht, wie das ist, wenn man als Kind morgens aufwacht, und in der Küche sitzt irgendein Mann, den die Mama nachts in einer Bar aufgegabelt hat. Sie selbst aber ist verschwunden, auf, auf und davon – immer dem nächsten High hinterher.»

Janne ging ein paar Schritte weg und begann Steinchen gegen den Gastank zu kicken. In rhythmischem Tempo. *Klick. Klick. Klick.* Leon brummte irgendwas mit sehr gezischtem S und ging zu ihr.

«Nein, Janne, das weiß ich nicht. Aber vielleicht erzählst du es mir?»

Er spürte den Zorn in ihr, dachte, gleich kickt sie dich sonst wohin, und trat einen Schritt zurück. Janne aber stoppte mitten in der Bewegung, taxierte den Mann vor ihr eine Weile und lächelte dann plötzlich.

«Du gibst nie auf, oder?»

Dann kickte sie weiter, aber langsamer, fast trödelnd, und auch ihre Stimme klang gut eine Oktave tiefer.

«Es war immer so, seit ich denken kann. Ich hatte eben eine Mutter, die entweder auf dem Tisch tanzte oder darunter kauerte und weinte. Und weißt du was, Leon? Als Kind nimmst du das einfach als normal. Ist halt Mama. Und die ist die Beste. Basta.»

Sie hatte aufgehört mit dem Kicken, dafür schoss Leon jetzt ein Steinchen direkt in den offenen Einfüllstutzen des alten Tanks.

«Tor! Mein Bruder wäre stolz auf mich.»

«Dein Bruder mag Fußball?»

«Jimmy ist ein Fußball-Freak. Der lässt sich das Manchester-United-Logo sogar in seinen Toast rösten.»

Er hörte Janne lächeln und dachte, jetzt oder nie. Und so fragte er, während er ein zweites Steinchen im Einfüllstutzen versenkte, mit beiläufiger Stimme: «Was spürst du eigentlich, wenn du an das kleine Mädchen von damals denkst? Was würdest du ihm raten, von heute aus?»

Jannes Kopf fuhr herum, die Augen voller Spott. «Komm mir jetzt nicht mit so 'ner Psychonummer, ja? Ich bin nicht deine Patientin.»

Leon hob beide Hände, als wolle er sich ergeben. «Ist ja gut, little porcupine, don't shoot me.»

Janne legte den Kopf schief. «Hast du mich gerade ein Stachelschwein genannt?»

Leon versuchte ein Grinsen.

Janne versuchte es nicht.

«Was tust du überhaupt hier? Wieso bist du nicht in Binz und hältst meinen Bruder davon ab, Dummheiten zu machen?»

«Ich glaube, da hätte ich sowieso keine Chance.»

Janne grinste jetzt doch noch und wandte den Kopf Richtung Stall. Von dort hörte man leise das Pony wiehern. Es stand am Fenster und spähte hinaus zu ihnen. Sie ging hinüber, öffnete die Tür.

«Komm raus, Dickerchen, kannst auf die Wiese. Late-Night-Snack.»

«Es heißt Hanno», monierte Leon, während das Pony hinausgetrottet kam. «Und er ist nicht dick, das ist nur das viele Gras. Das bläht.»

«Ich weiß. Aber der Name ist echt schräg. Ich meine, hast du mal die *Buddenbrooks* gelesen? Hanno hieß da doch der Enkel vom alten Konsul – dieser Unglücksrabe, der nichts auf die Reihe kriegte. So nennt man doch kein Pony.»

Leon ging ebenfalls hinüber und streichelte dem literarischen Pony die Mähne, das daraufhin eine Kaskade kleiner Blubberlaute von sich gab.

«Ich glaube, es möchte gar nicht auf die Wiese. Es möchte einfach bei uns sein, ein bisschen mit uns reden», fuhr Janne fort, lehnte den Kopf an Hannos plüschige Mähne und sah nahezu friedlich aus. Und was dann geschah, sollte Leon sich lange vorwerfen, ganz einfach, weil es derart unprofessionell war: Sein Handy klingelte.

Der *Walkürenritt* geisterte durch die Nacht – er hatte den Klingelton längst ändern wollen, verdammt –, und es dauerte gefühlt Stunden, bis er das blöde Ding aus seiner Jacke gezogen, angeknipst hatte und gucken konnte, wer da anrief. Und als wäre das nicht schon schlimm genug, hatte Janne neben ihm freie Sicht auf sein Display … Er sah nur noch, wie sich ihr Blick an dem dort angezeigten Namen festsog und wie sie dann so hastig vor ihm zurückwich, dass sie fast taumelte. Ihre Augen funkelten zornig.

«Was soll das?», zischte sie, während das Handy weiter vor sich hin tutete und darauf immer noch groß und deutlich der Name «Paul Johann Helmkamp» leuchtete.

Leon kniff ein paarmal die Augen zusammen, dann erst kam er in Bewegung und drückte den Anruf weg. Sein Blick hob sich, kletterte an ihr empor und blieb irgendwo zwischen Hals und Kinn stecken, während er sagte: «Es ist nicht so, wie du denkst. Wobei ich nicht genau weiß, was du denkst. Aber deiner Miene nach würde ich darauf wetten, dass es nichts Erfreuliches ist. Und da liegst –»

«Halt einfach die Klappe, Leon», sagte Janne und betrachtete ihn wie ein missglücktes Experiment, so ungläubig wie ratlos. «Ich bin mir sicher, dass du mir eine ganz famose Erklärung dafür liefern kannst, warum du die Nummer meines Großvaters eingespeichert hast. Aber genauso sicher bin ich mir, dass ich diese nicht hören will.»

Und damit drehte sie sich um und ging mit langen Schritten davon. Hanno, das Literaturpony, aber wieherte leise und stupste Leon an.

«Danke, old chum. Aber das nennt man, glaube ich, Mission an die Wand gefahren, oder?», sagte Leon und führte das kleine dicke Pferd in den Stall zurück.

* * *

Er saß noch ein Weilchen bei Hanno, sie aßen jeder einen Apfel aus einer Kiste, dann klopfte Leon dem Pony zum Abschied noch mal auf den Hals. Als er schleppenden Schrittes zu seinem Leihwagen zurückkehrte, hörte er, wie etwas weiter entfernt ein Motor angelassen wurde und ein Auto wegfuhr. Wahrscheinlich die Eiskönigin in ihrem Antikmobil.

Leon überlegte gerade, warum es in dieser gottverlassenen Gegend überhaupt ein Handynetz gab, als das Telefon erneut klingelte. Und dieses Mal nahm er ab.

«Hier ist Paul Johann Helmkamp», meldete sich eine sonore Stimme und klang, als wäre damit schon alles gesagt.

«Hallo.»

«Sie wollen mit mir sprechen, sagt mein Enkel?»

Das wirkte mehr wie ein Befehl als eine Frage. Aber das war beim Herrn Direktor wahrscheinlich immer so, vermutete Leon und hätte gern «nicht mehr» geantwortet, aber riss sich zusammen.

«Ja, danke für Ihren Anruf, Herr Helmkamp. Es passt nur gerade nicht so. Janne ist –»

«WAS ist mit meiner Enkelin?», kam es aus dem Hörer geschossen.

Leon fühlte kurzfristig den Impuls zu salutieren. Holla, dachte er und begriff langsam etwas mehr, warum offenbar die gesamte Familie Probleme mit dem alten Herrn hatte.

«Nichts, alles ... okay so weit», improvisierte er und gab sich einen Ruck. «Aber wo ich Sie gerade dran habe, Herr Helmkamp ... und ich hoffe, das kommt jetzt nicht zu überraschend. Aber ich bin ja Psychologe, wie Sie vielleicht schon wissen, und um Janne etwas besser beistehen zu können, wüsste ich gerne Folgendes: Wann und wie wurde die Amnesie bei ihr denn damals festgestellt? Ich meine, das wurde sie doch, oder?»

Die Antwort war erst ein Kratzen in der Leitung, dann Geräusche, als ob jemand hin und her ginge, schließlich eine eisige Stimme, die von oben herab bekundete: «Ich glaube nicht, dass Sie das was angeht, Herr Bloomdale. Auch wenn Sie, wie mein Enkel mir sagt, zu meiner Enkelin in einer wie auch immer gearteten Beziehung stehen.»

«Alles klar, Herr Helmkamp», sagte Leon, der nun bereits wusste, was er wissen wollte. «Dann wünsche ich Ihnen noch einen schönen Abend.»

Er legte auf und war sich sicher: Das Kind hatte keinerlei psychologische Hilfe bekommen. Sie hatten das kleine Mädchen allein gelassen mit einem Trauma und getan, was so viele taten: geschwiegen. Tabu, dachte er, immer wieder Tabus. Und *bloody hell.* Das dachte er auch.

* * *

«Gut so?», fragte Direktor Helmkamp und legte das Handy auf den Tisch, direkt neben den leeren Cognacschwenker.

Ernst Lüders duckte leicht den Kopf, wie es sehr zurückhaltenden Menschen eigen ist. Zudem stieg leichte Röte in seine blassen Wangen, er pustete Luft aus und gab mit dem letzten Atem ein leises «Aber vielleicht sollten Sie ...?» preis.

«Was, Lüders?», donnerte der alte Helmkamp. «Ist es noch nicht genug?»

Das schmale Gesicht von Ernst Lüders wurde noch schmaler, ja, es zurrte regelrecht zusammen.

«... auch Ihre Tochter anrufen?», beendete er seinen Satz.

Paul Johann Helmkamp drehte sein Glas in den Händen, betrachtete seinen Butler und erkannte einen Menschen, der es wirklich gut mit ihm meinte. Mit ihm und seiner verrückten Familie.

«Wie geht es eigentlich Ihrer Frau, Lüders? Sie hatte doch diese schreckliche Gürtelrose, oder?»

Das war zehn Jahre her, aber Ernst Lüders verzog keine Miene.

«Viel besser, danke der Nachfrage.»

Er rückte die halbleere Flasche Remy Martin in die Mitte des Tisches, räumte sein Glas auf das silberne Tablett zurück und zog seine weißen Handschuhe an. «Danke für den Cognac, Chef. Ich würde mich jetzt zurückziehen, wenn es recht ist.»

Der Herr Direktor nickte, stand gemeinsam mit ihm auf und streckte ihm die Hand hin.

Ernst Lüders blinzelte, hatte sich aber schnell wieder gefasst. Er zog einen Handschuh wieder aus und nahm die Hand des Mannes, den seine Geschäftskollegen gern den «Zuckerhai» nannten. Er fragte sich einen Moment, ob sie sich irrten. Sicher war er sich aber nicht.

«Danke!»

Ernst Lüders nickte und hätte beinahe «Sehr wohl» gesagt. Doch das konnte er sich gerade noch verkneifen. Er lächelte so fein, wie es seine Art war, und ging leise aus dem Zimmer.

28

Tübingen, 9.12.

Jannilein, wo steckst du? Müssen wir uns Sorgen machen? Na ja, tun wir ehrlich gesagt schon – denn dein Brüderchen ist hier zwar wieder aufgetaucht (hab ihn gestern in der Forelle getroffen, in netter weiblicher Begleitung :-)). Aber er quittiert Fragen nach dir mit chronischem Schulterzucken. Wo ist sie? Zuckzuck. Wie geht es ihr? Zuckzuck. Ist alles in Ordnung? Zuckzuckzuck. Ich hätte ihn fast eigenhändig erwürgt. Aber Konrad hat mich abgehalten, er ist ja nicht so für öffentliche Szenen. Und klar, stell dir die Schlagzeile vor: Schwangere erwürgt Zuckererben. Schön wäre das nicht.
Janne, meine Liebe, können wir was für dich tun? Dir ein paar selbst getrocknete Spaghetti schicken? Deinen Opa erschießen?
Du weißt, Konrad und ich sind immer für dich da – und wenn es ein Telefonat nachts um drei ist. Ich denk an dich.
See you later, alligator, es grüßen dich
das Mutti in spe samt dem Huschband

Janne legte das Handy zur Seite und trank zwei große Schlucke Tee, in den sie wie hier üblich Marmelade gerührt hatte. Sie stützte ihren Kopf in eine Hand, als wolle sie nachdenken. Das wollte sie auch, nur funktionierte es nicht. Eigentlich funktionierte gar nichts. Außer hier zu sitzen, in dieser stillen Niemand-fragt-dich-was-Oase im Herzen von Sellin, in die sie geflohen war wie eine Schiffbrüchige.

«Wie lange möchten Sie bleiben?», hatte Sophia, die Inhaberin der kleinen Pension plus Teestube, gefragt, als sie ankam.

«Ich weiß es nicht», hatte sie gesagt, immer noch diese Panik in der Stimme.

Sophia, eine große, kräftige Frau mit rollendem R und großzügigem Lächeln, hatte nur genickt und ihr den Zimmerschlüssel gereicht.

Pfaffingen, 9.12.

Liebe Frau Doktor,
danke für Ihre Nachricht. Ich hoffe, es geht Ihnen gut und die familiären Turbulenzen, von denen Sie schreiben, lassen sich bald beruhigen. Tja, man hat es ja nicht immer leicht mit der Familie ...
Die Frau Dr. Popescu ist gestern, wie vereinbart, eingetroffen. Ich habe für sie eine kleine Wohnung bei meinem Cousin organisiert, da kann sie erst mal bleiben, solange seine Tochter in Australien ist. Ich habe ihr schon die Praxis und alles gezeigt, so kann sie morgen gleich loslegen.
Ich hoffe aber, dass Sie bald wieder hier bei uns in Pfaffingen sein können, wo Sie uns allen sehr fehlen, liebe Frau Doktor!
Herzliche Grüße
von Ihrer Magda Sonnemann

Janne nickte. Sich selbst Mut zu. Sonnchen würde den Laden schon schmeißen. Sie musste eben. Es ging einfach nicht anders. Ihr Kopf war noch immer ein Tollhaus – eine Abfertigungszone für Lebensszenen, die Schlange standen und drängelten, um endlich dranzukommen. Doch sie war langsam, so langsam. Es fühlte sich an, als ließe ihr Gehirn permanent die Zunge raushängen: *Puh, kann nicht mehr, lass mich in Ruhe.* Janne trank noch ein paar Schlucke, während sie hinaussah auf die weißen Villen mit all dem netten Schnickschnack – Türmchen, Erker, verschnörkelten Veranden. Eine Zuckergusswelt.

* * *

Blaubeuren, 10.12.

Schwesterherz, was treibst du? Hab die Tage Ella getroffen. Boah, die hat vielleicht genervt. Ich mein, was soll ich sagen? Janne sitzt irgendwo auf Rügen mit einem Riesenhaufen Kinderkacke – und ich weiß auch nicht, wie ich helfen soll? Aber reden würd' ich schon gern mit dir. Über all das und so. Ich mein, warum hat uns niemand was gesagt, all die Jahre? Ist schon 'n Ding. Ruf mich doch mal an, Grüße, Benny

Janne las die WhatsApp noch einmal. Stellte sich das Zusammentreffen von Benny und Ella vor. Und grinste. Es fühlte sich ungewohnt an, etwas eingerostet. Aber doch: Mundwinkel hoch, Zähne zeigen, freuen. *Geht noch.* Sie drehte die leere Tasse in den Händen, das feine weiße Porzellan mit dem blauen Netzmuster, schaute nach der Gravur. Kaiserliche Porzellanmanufaktur. Kein Wunder, dass der Tee sogar teurer war als die Kaviarschnittchen. Aber es war richtig hier für sie. Niemand fragte sie etwas. Hier, an diesem Ort, der ebenso aus der Zeit gefallen schien wie sie selbst: Sophias Russian Tea Room in Sellin, im Erdgeschoss der alten weißen Villa, in der sie Quartier gefunden hatte.

«Frei», hatten sie so was als Kinder genannt: den Platz, an dem man sich beim Fangenspielen ausruhen konnte. Aber gab es das wirklich – eine Pausenzone vom Leben?

Janne zapfte sich neuen Tee vom Samowar, schaute sich

um. Dunkle Holzvertäfelung, Sofas und Sessel in violettem Samt, gemütlich flackernde Kerzen auf jedem Tisch, zwei zischende Samowars und, alles überragend, ein monumentaler Ölschinken, der den Winterpalast in Sankt Petersburg zeigte. *Jedenfalls hätte ich wohl kaum einen besseren Ort finden können,* dachte sie, *um aus meinem Leben auszusteigen.*

* * *

Delmenhorst, 14.12.

Liebe Janne,
es weiß ja keiner so recht, wo du steckst. Aber dein Bruder sagte mir heute, dass ihr zusammen in Rügen wart. Und dass ihr Fragen habt. Das verstehe ich und will gern versuchen, einiges zu erklären.
Wäre es vielleicht möglich, dass du mich besuchst? Den Weg solltest du ja noch kennen.
Es grüßt dich herzlich
Opa

Am Tisch neben ihr saß heute ein buddhistischer Mönch. Mit seinem kahlen Kopf und der leuchtend roten Robe wirkte er hier etwa so real wie ein Klavier spielendes Einhorn, doch das schien ihn keineswegs zu stören. Er rührte in seinem Tee und lächelte Janne immer wieder über sein Buch hinweg an. Warum? Janne konnte sich nicht vorstellen, dass ihr Mienenspiel sonderlich einladend wirkte. Sie legte das Handy zur Seite und hätte das gern auch mit der Mail ihres Großvaters getan.

Sie konnte das nicht. Ihn besuchen. Zuhören. Reden. Verstehen. Nein. Jetzt nicht, vielleicht überhaupt nicht. Es war einfach zu viel. Sie konnte doch gerade erst langsam wieder Luft holen. Konnte am Strand spazieren gehen, Wind um die Nase und mit den Möwen reden, konnte Small Talk mit Sophia. Mehr war nicht drin. Doch immerhin.

Der Mönch am Tisch nebenan aß jetzt Apfelstrudel und schmierte sich Sahne an die rote Robe. Was machte er nur in Sellin? Urlaub vom Mönchsein? Den Tee hielt er wie eine Schale. Als sei er lebensnotwendig. Und las dazu, sie schaute noch einmal genauer hin, doch ja, der Mönch las *Die Verwandlung* von Franz Kafka.

Kafka? 1:0 für den Mann mit der Robe.

* * *

Pfaffingen, 16.12.

Liebe Frau Doktor,
es läuft gut so weit. Nur Blutabnehmen kann die Frau Dr. Popescu echt im Leben nicht, das mache ich lieber alles. Und die Patienten fragen nach Ihnen. Was soll ich sagen?
Es grüßt Sie herzlich
Ihre Magda Sonnemann

Janne seufzte. Tja, was sollte Sonnchen den Patienten sagen? Die Frau Doktor ist vorübergehend wegen Überlastung geschlossen? Hat generelle Seelenpein? Weiß, kurz gesagt, auch nicht, was los ist? Janne schüttelte unmerklich den Kopf. Das ging nicht, schließlich war es ihr Beruf, zu wissen, was los ist.

Aber welche Diagnose würde sie stellen, wenn sie ihre eigene Patientin wäre? Chronische Familienmigräne? Eine Ibuprofen, ab ins Bett und dann gut? Haha, toller Witz, Jannilein, du warst auch schon mal komischer.

Das Handy dingelte schon wieder. Dieses Mal war es Bruno, der schrieb. Von diesem und jenem und wie es ihr ginge. Ganz zuletzt erwähnte er noch Gerlinde. Gerlinde Herner mit den Schnitten an den Armen. Und dem verbiesterten Deppen als Vater. Bruno schrieb, von seinem Neffen wisse er, dass sie schon seit Tagen wieder nicht in der Schule war. Und auf keinerlei Nachricht reagiere. Kommt mir irgendwie bekannt vor, murmelte Janne und wollte gerade das Handy wieder weglegen, als eine weitere WhatsApp kam.

Janne rieb sich die Stirn. Sie sollte es ausstellen. Sie wollte keine weiteren Nachrichten. Keine Fragen. Keine Probleme.

Natürlich schaute sie doch. Die WhatsApp kam von Benny, ein Schnappschuss von der Rügentour. Janne mit Godzilla im Arm am Rande des Maisfelds, der lachende Leon daneben.

Janne vergrößerte das Foto und schaute ihn genau an. Leon Bloomdale und sein Lachen und seinen verrückten Hund. Dann fuhr sie sich durch die Haare, die immer länger wurden. Alles wurde hier immer länger, die Tage, die Schatten der Platanen vor dem Fenster, die Gedanken.

Und sie dachte viel an ihn. Denn er war der Einzige, von dem sie sich wirklich dringend ein Lebenszeichen wünschte. Doch er schwieg. Wo auch immer er steckte. Aber wahrscheinlich doch wieder in Tübingen, er hatte ja nur ein paar Tage freigehabt.

Und dort schwieg er nun eben vor sich hin. So laut, dass Janne es bis Rügen hören konnte. Und es beschäftigte sie. Tingelte durch ihren müden Kopf wie ein boshafter Tinnitus: Nett warst du nicht gerade. Und was hast du dir eigentlich dabei gedacht? Der Mann folgt dir bei Wind und Wetter in die Abgründe deiner Familiengeschichte, und was machst du? Alberne Szenen. Denn natürlich hatte er Opas Telefonnummer von deinem Bruder. Und natürlich hatte er keine Ahnung, wie er reagieren sollte.

Auf so was war letztlich keiner von ihnen vorbereitet. Eine fünfundzwanzig Jahre lang verschleppte Gedächtnisblockade. Eine Amnesie-Seniorin sozusagen – die sich auch jetzt nur langsam und wackelig vorwärtsbewegte. Janne wusste einiges wieder. Das meiste sogar, vermutete sie, doch nicht alles. Und es machte sie wahnsinnig. Dieses Gefühl, ihr hätte jemand etwas weggenommen. Ein Lebenszeitdiebstahl gewissermaßen, und sie wusste nicht, wen sie deswegen anzeigen sollte.

Der Mönch lächelte ihr schon wieder zu. Das hatte ihr gerade noch gefehlt. Erleuchtung zum Frühstück, all-inclusive. Haha, dachte sie und lachte nicht mal selbst über ihren eigenen doofen Witz. Zumal der Mann unglaublich nett aussah. Und ein Grübchen in der Wange hatte so wie – aber nein, an den wollte sie ja besser nicht denken. Der Mönch also. Der jetzt aufstand und – kam er etwa näher? Wollte er was von ihr? Sie missionieren? Spirituell betütern? Sah sie etwa so mitgenommen aus?

Jannes Nackenmuskeln zogen sich zusammen. Eine Katze hätte jetzt einen Buckel gemacht, dachte sie gerade noch, da war der Mönch auch schon an ihr vorbei und zur Tür hinaus. Ein kalter Wind wehte kurz herein, und sie hörte noch, wie er draußen etwas pfiff. War das *Mamma Mia*? Gab es Abba auch in Tibet?

* * *

Tübingen, 20.12.

Janne-Schatz,
danke für deine Nachricht, aber ist wirklich alles okay? Es sind jetzt über zwei Wochen, die du verschwunden bist, ein bisschen lang fürs Mal-Luft-Holen vom Alltag, findest du nicht? Zumal ich in den fünfzehn Jahren, die ich dich kenne, nicht ein einziges Mal erlebt habe, dass du NICHT arbeiten wolltest. Daher musst du schon verstehen, dass ich mir Sorgen mache. Also, pass gut auf dich auf, hörst du?
Es grüßen und umarmen dich
Ella, Konrad und Henry (= Arbeitstitel – aber ja: ein kleiner Junge :-))

Janne ließ den Blick schweifen. Heute Morgen waren neben dem Mönch noch zwei weitere Gäste da. Jeder an einem Tisch für sich allein.

Eine Frau in Faltenrock und Bluse, die kerzengerade saß und energisch in ihrem Teeglas rührte. Vor ihr lag der Baedecker von Rügen, die ausführliche XL-Version – und Janne vermutete stark, dass Sellin nur selten so gründlich besichtigt worden war wie heute. Und drüben am Fenster kauerte etwas zusammengesunken eine junge Frau, die fortwährend strickte. Es sah aus wie ein Babystrumpf, der immer länger und länger wurde. Jedes Mal, wenn sie das Garn vom Knäuel nachziehen musste, sagte sie leise «Ach, ja» und sah auf ihr Handy.

Janne schaute ebenfalls auf ihr Handy. Immer noch keine Nachricht von Leon. Dafür weitere von Benny, Bruno und Magda Sonnemann. *Taptaptap*, machten ihre Finger. Und der Mönch lächelte. Klar, was sonst. Mit dieser Herzensgüte, wie sie wohl lange Stunden auf einem Meditationskissen mit sich bringen.

Janne schaute muffig zurück, sie konnte einfach nicht anders. Die Uhr tickte, ihr Leben wartete da draußen und klopfte immer aufdringlicher an die Tür. Und sie wusste nicht, was sie machen sollte: einfach weiter, immer weiter so? Wird schon werden, Augen zu und durch? Das Dumme war nur, sie wusste nicht mal, wo sie anfangen sollte. Ihr Ich oder das, was sie immer dafür gehalten hatte, fühlte sich so lebensfroh an wie eine labbrige Bananenschale.

Aber weiter hier herumlungern und dumpf die Zeit totschlagen? Sie knallte ihre Tasse auf den Teller und stand auf. Der Mönch hörte auf zu lächeln, blickte sie aufmerksam an. Sie nickte ihm zu und stapfte hinaus. Sie musste jetzt etwas tun. Fragte sich nur, was.

* * *

Cleveland, 21.12.

Liebe Kollegin,
vielen Dank für Ihre Mail. Klar, ich erinnere mich noch gut an den Kongress in Baltimore. Haben Sie nicht diesen tollen Angio-Vortrag mit dem Pferde-Cartoon gehalten? Und zum Abendbrot gab es verbrannte Dim-Sums von Baltimores schlechtestem China-Take-away.
Ja, genau, ich bin mittlerweile acht Jahre hier in Ohio und recht zufrieden, die Forschungsmittel fließen, und die Ausstattung ist ein Traum – aber ach, wenn nur das schreckliche Brot nicht wäre. ;-)
Aber nun zu Ihrer Anfrage betreffs Ihrer Patientin mit der dissoziativen Amnesie (DA). Nach Rücksprache mit meinem dazu forschenden Kollegen muss ich Ihnen leider mitteilen, dass es derzeit kein bekanntes evidenzbasiertes Verfahren gibt, um eine DA zu behandeln. Eingesetzt werden verschie-

dene Psychotherapieverfahren, auch Hypnose. Ein sehr interessantes, aber therapeutisch noch in den Kinderschuhen steckendes neurobiologisches Konzept zum Thema ist die *state-dependent-memory*-Theorie. Vereinfacht ausgedrückt besagt diese, dass sich Erinnerungen, die unter bestimmten Bedingungen «codiert», also geprägt wurden, leichter abrufen lassen in einem Zustand, der diesen Bedingungen entspricht – ob internal oder external. Ich sende Ihnen entsprechendes Material in den Links anbei.
All diese Verfahren, darauf wies mein Kollege mehrfach hin, gehören in einen therapeutisch geschützten Rahmen. Denn natürlich kann das plötzliche Wiedererleben traumatischer Erinnerungen hohe, auch gefährliche Grade an Stress induzieren.
Grundsätzlich sind hier in den USA die Therapie wie auch die schiere Existenz dissoziativer Amnesien noch immer ein umkämpftes Thema – nicht zuletzt dank Hollywood, das ja immer gut ist für ein Ich-wachte-auf-und-wusste-nicht-mehr-wer-ich-war-Drama.
Doch gerade die jüngste Forschung kann z. B. gut belegen, dass bei Patienten mit DA tatsächlich ein Ungleichgewicht der Neurotransmitter im Gehirn vorliegt. Auch hierzu alle Studienergebnisse in den Links anbei. Die Kollegen leiten aus diesen ab, dass die Amnesie die belastenden Emotionen quasi «unter Verschluss» hält. Oder wie meine Kollegin Dr. Newman es ausdrückt: Manche Erfahrungen sind so überwältigend und traumatisch, dass sie sich wie ein Schatten im Gehirn verstecken.
Ich hoffe, Ihnen damit weiterhelfen zu können, und wünsche alles Gute für Sie und Ihre Patientin.
Herzliche Grüße,
Robert K. Moeller

State-dependent memory? Aber klar, Dr. Robert Möller, der sich inzwischen mit oe schrieb, hatte absolut recht. Das Konzept war so schlicht wie überzeugend: Versetze das Gehirn in den Zustand, in dem es die nun blockierten Erfahrungen gemacht hat, und die Erinnerungen können leichter den Weg zurückfinden. Also sollte sie vielleicht …

«Frau Helmkamp?»

Jannes Kopf fuhr hoch. Sophia war unbemerkt neben sie getreten und hielt ihr ein tragbares Telefon hin – mit leidvoll verzogener Miene.

«Tut mir sährr leid, muss ich stören, sagt, ist dringend, Läben und Tod … und Ihre Handy ist aus.»

Janne wurde eiskalt, und nicht nur das, innerhalb von Mikrosekunden schienen sich sämtliche ihrer Körperzellen in Granit zu verwandeln. Schließlich war Magda Sonnemann die Einzige, die ihre Adresse hier kannte. Und wenn ihre Praxismanagerin, die Nerven wie ein Auftragskiller hatte, jetzt sogar auf dem Festnetz anrief, war irgendetwas nicht gut. Gar nicht gut – etwa mit ihrer Mutter?

Ihre Hand zitterte, als sie nach dem Telefon griff. So sehr, dass sie es beinahe hätte fallen lassen.

Es war Bruno.

«Tut mir leid, Meckerle. Aber dein Handy ist aus. Wie geht's dir denn so?»

«Es geht, Bruno. Es geht. Moment mal, ja?» Sie stapfte mit dem Telefon nach draußen ins Freie, dann holte sie tief Luft. «Was gibt's denn?»

«Na ja, Sonnchen meinte eigentlich, ich sollte dich nicht stören. Aber ich dachte, das wolltest du wissen.»

«Was denn, Bruno?»

Es wurde still in der Leitung.

«Bruno?»

«Na ja, es geht um die Gerlinde. Sie kommt kaum noch aus ihrem Zimmer, sagt ihre Mutter. Und ritzt sich wieder ganz schlimm die Arme.»

Sie hielt das Telefon weiter weg, blickte in den Himmel. Wollte nichts hören. Sich nicht belasten. In ihrer Wattewelt bleiben.

«Jan-ne?»

«Ich bin noch dran, Bruno.»

«Na ja, und da dachte ich halt, vielleicht kannst du es versuchen, ich meine, sie anzurufen. Sie hat doch Vertrauen zu dir. Oder?»

Janne schwieg wieder. Doch ihre Gedanken ließen sich nicht so leicht bremsen. Sie dachte an Gerlinde und an die Gespräche, die sie mit dem verschüchterten Teenager in ihrer Praxis geführt hatte. Sie erinnerte sich auch an den grässlichen Hausbesuch, bei dem ihr Vater dazwischengefunkt hatte. Es schien ihr, als seien Monate vergangen seitdem. Doch es waren wohl nur Wochen. Hatte das Mädchen Vertrauen zu ihr? Janne wusste es nicht. Nicht mehr. Sie wusste ja nicht einmal, ob sie selbst noch Vertrauen zu sich hatte.

«Jan-ne?»

«Ich bin noch dran, Bruno.»

«Na ja, das Problem ist, dass sie mit niemandem reden will. Selbst in der Schule nicht. Na ja, und, wie gesagt, da dachte ich halt, vielleicht kannst du es versuchen, ich mein, sie anrufen.»

Janne schwieg weiter.

«JANNE?»

Brunos gutmütige Stimme klang jetzt deutlich nach Unverständnis. Janne schwitzte, obwohl kalter Wind durch ihren Pullover pfiff.

«Ich kann jetzt nicht, Bruno. Es tut mir sehr leid.»

Einige Momente blieb es still in der Leitung.

«Alles klar. Pass auf dich auf, Meckerle.»

Die Enttäuschung in Brunos Stimme linderte auch der vertraute Spitzname nicht.

Sie sah von draußen in die Teestube. Der Babystrumpf der strickenden Frau reichte inzwischen bis unter den Tisch. Der Mönch war heute nicht da. Und der Wind zerrte an Jannes Haaren wie ihre Gedanken an ihr.

* * *

«Lieber Leon»
«Hallo, Leon»
«Na?»

Lass es. Janne knallte das Handy auf den Tisch, nahm den Teelöffel und zog damit energisch Rasterlinien in den Erdbeerquark, der ihr Abendessen sein sollte. Okay, sagte sie sich dann, wer gerade dabei ist, gegen sich selbst im Fruchtquark-Tic-Tac-Toe zu verlieren, hat wahrscheinlich allmählich die Talkurve erreicht. Jetzt kann es nur noch besser werden.

Vielleicht einfach: *Ich vermisse dich?*, überlegte sie weiter. Ganz schlicht, keine großen Kapriolen? Aber der Mann war ein Meister der Kapriole, also sollte sie vielleicht schon etwas zulegen in der Esprit-Sektion.

Ihr war aber nicht nach Esprit. Ihr war ja nicht mal danach, ein fünfzehnjähriges Mädchen anzurufen, das Hilfe brauchte. Ihr war nach gar nichts. Gähnende Leere in der Wunschabteilung.

Janne stellte sich ans Fenster und sah auf die unbelebte Straße hinaus. Ein paar Weihnachtsgirlanden schaukelten im Wind. Die kleine Gartenpforte unten am Haus quietschte auf und zu. Hatte sie jemand offen gelassen? Ihr Blick wanderte die Straße hoch Richtung Seebrücke.

Weiter oben brachten zwei Männer gerade einen aufgeblasenen Weihnachtsmann über dem Pizza-Take-away an. Dabei sah ihnen jemand zu. Der Mönch. Eingewickelt in seine Draußen-Robe, stand er vor dem Pizzaladen und schaute so gebannt hinauf, als würde dort gerade *Kung Fu Panda* gezeigt.

Als die Männer fertig waren, sprach er kurz mit ihnen und reichte ihnen die Hände.

Na typisch, dachte Janne. So sind sie, diese Gutmenschen. Händchendrücker und Immerlächler. Und zu Weihnachten gibt es ein dinkelgefülltes Lotuskissen. *Und du bist eine garstige alte Schachtel, die* – wie drückte es Benny aus? – *ihre Kindheit nicht verwurstet kriegt.*

Sie zog ihre Jacke über und verließ die Pension. Neugierig war sie doch.

* * *

Er saß ganz draußen. Allein, soweit sie erkennen konnte. Auf der Seebrücke. Umtost von Seewind und Wellen. Was sollte das werden? Das Mahnmal «Frieden für die Ostseefische»?

Janne stand oben an der Riesentreppe, die in Sellin von der Steilküste hinunter zum Meer führte. Gleich vorne auf der Brücke thronte der weiße Pavillon, der sie an eine Sahnebaisertorte erinnerte – irgendetwas jedenfalls mit Zipfelchen und Hütchen und definitiv zu viel Zuckerguss. Und die durchaus expressiv zu nennende Weihnachtsbeleuchtung machte es auch nicht besser. Bauwerk samt Brücke schwebten einem illuminierten UFO gleich über der dunklen Ostsee.

Janne zögerte. *Taptap*, machten ihre Finger auf dem Geländer. Was willst du da unten? Keine Ahnung. *Taptap.* Na vielleicht – *Taptaptap* – hatte so ein Mönch ja was Schlaues zu sagen. Das war doch der Deal, wenn sie sich recht erinnerte: Das Volk ernährte die Mönche, die dafür nach Erleuchtung suchten. Wobei, schoss es ihr mit Blick auf den lichtumflorten Pavillon durch den Kopf, Erleuchtung haben wir hier ja weiß Gott genug.

* * *

«Grüezi. Kommen näher bitte, danke», sagte der Mönch, ohne sich umzudrehen. Es saß direkt auf dem Steg, ganz hinten neben der riesigen Tauchglocke, die Schaulustige auf den Boden der Ostsee versenken konnte, und blickte aufs Meer. Seine Stimme hatte was von der des Alm-Öhis auf Jannes alter Heidi-Platte: brummelig, etwas heiser und unglaublich beruhigend.

Trotzdem brauchte Janne einen Moment, die weltfern wirkende Gestalt vor ihr mit einem Grüezi zusammenzukriegen. Aber sie hatte es ja gegoogelt. Nahe Zürich im Kloster Rikon gab es die größte tibetisch-buddhistische Exilgemeinde außerhalb Asiens. Also kam so ein Grüezi nicht völlig überraschend – zumindest sofern der Mann nicht direkt aus Fernost angereist war.

«Entschuldigung, ich wollte nicht stören.»

«Alles gut», sagte er und nickte.

«Aber Sie … meditieren doch gerade, oder?»

Er drehte sich jetzt doch um und zog seine Robe enger um sich. «Nein, ich bin frieren.»

«Dabei wollte ich auch nicht stören.»

Der Mönch lachte. Ein kicherndes Gebrummel, das aus ihm herausrieselte und abrupt wieder abbrach. «Wie geht Ihnen?», fragte er, als würden sie sich gerade beim Bäcker treffen und nicht am späten Abend auf einem verlassenen Holzsteg einen Meter über der Ostsee.

«Na ja, eines zumindest kann ich mit Sicherheit sagen: Ich habe in den letzten Tagen für mein Leben genug Tee getrunken», sagte Janne. Wieder rieselte das Brummelkichern.

«Und Sie? Wie geht es Ihnen?», fuhr sie fort.

«Immer gut.» Er klang erstaunt über die Frage, und Janne wusste nun nicht mehr, was sie sagen sollte. Also eigentlich wusste sie es schon – *Was um alles in der Welt machen Sie hier?* –, aber hielt es doch für unschön, so mit der Tür ins Haus zu platzen.

«Abend gut», merkte der Mönch an.

Das fand Janne nicht und wusste noch weniger, was sie beitragen sollte.

«Fische singen», fuhr der Mönch fort.

«Aha.» Okay, jetzt kommt sie, die buddhistische Message, dachte sie: *Wir sind alle eins, du, der Fisch und ich, und wir singen zusammen für den Frieden.*

«Sie wissen?», fragte er und stand auf. Er war einen halben Kopf kleiner als sie. «Vocal communication is known for more than two hundred of the thirty thousand known fish species. And some of them can even sing.»

Sein Englisch klang britischer als das von Leon.

«Sie nehmen Arm», fuhr er fort und legte den Kopf ein wenig schief. «Wie sagen Arm bei Fisch?»

«Flosse», half Janne aus und fragte sich, ob sie dieses Gespräch gerade wirklich führte.

«Flosse, gute Wort. Good sound.»

Soweit Janne erkennen konnte, strahlte er regelrecht. Janne nickte einfach mal.

«Sie nehmen Flosse, um machen Klang», fuhr er fort.

Neben ihnen schwappte eine Welle hoch.

Und das war der Moment, in dem das Licht ausging.

* * *

Bis auf einen blassen Lichtschein vom Pavillon hinten war es stockdunkel draußen auf dem Steg.

«Oh», machte der Mönch.

Janne machte gar nichts. Außer zu zittern. Sie begann so umgehend zu beben und zu schlottern, als habe jemand den Schalter auf «Schüttelfrost» umgelegt.

«Alle gut?», fragte der Mönch.

«Kssss», machte Janne.

«Kssss», wiederholte der Mönch. «Gute Klang.»

«I... I... Ich muss hier weg», sagte Janne.

«Traurig», sagte der Mönch.

«Traurig?»

«Nicht gute Wort? I mean what a pity. We could hear them now. They like the darkness.»

«Wen? Wer?», fragte Janne und vergaß einen Moment das Zittern.

«Barsche», sagte der Mönch. «You have them here, don't you?»

«Ich hab keine Ahnung.»

Janne zuckte die Schultern, das Zittern begann erneut. Dann aber sagte der Mönch «Stopp» und nahm ihre Hand.

«You scare the fish, you know.»

Janne senkte den Kopf, blickte auf ihre festgehaltene Hand, obwohl sie kaum etwas sehen konnte. Und dann schoss ihr etwas durch den Kopf, was sie irgendwo gelesen hatte.

«Dürfen Sie das denn? Mich anfassen, also eine Frau, meine ich?», platzte es aus ihr heraus.

Sie spürte, wie er neben ihr gluckerte, und hörte wieder sein feinstes Oxford-Englisch: «Wir sind doch nicht im Mittelalter.»

Neben ihnen schwappte eine weitere Welle hoch. Hinten im Pavillon gingen, es war fast zehn, nun auch noch die restlichen Lichter aus. Es wurde stockdunkel. Ein Dickicht aus Finsternis, das Janne anzukriechen schien, ihr den Hals enger und enger schnürte. Was sie erfüllte, war daher kein Schrecken mehr, sondern ein Mount Everest der Angst. Sie schwitzte, keuchte, bebte und wäre wohl noch eine Weile damit fortgefahren, hätte der Mönch nicht an ihrer Hand gezogen.

«Wollen wir sitzen?»

Er führte sie ein paar Schritte nach rechts, wo neben der Tauchglocke zwei Poller als vage Schemen erkennbar waren.

«Ich. Will. Nach. Hause», keuchte Janne, die von der ganzen Zitterei ganz kurzatmig war.

Der Mönch nickte und zog weiter an ihrer Hand, bis sie sich neben ihm auf einem der Poller niedergelassen hatte. Ihr fiel auf, dass er ebenfalls zitterte.

«Sie frieren immer noch.»

«Ja, frieren. Keine gute Idee sitzen hier. But … But … wish from my heart.»

Janne bewegte vage den Kopf. Es entzog sich einfach ihrer Vorstellungskraft, warum es jemandes Herzenswunsch war, im Dezember auf einem Ostseeanleger zu hocken. Aber frieren musste er ja trotzdem nicht dabei, dachte sie und kramte in ihrer Jacke herum.

«Hier», sagte sie dann und reichte dem Mönch eine kleine rosa Plastikkapsel. «Ziehen Sie das mal über.» Auf sein verwirrtes Schweigen hin schob sie ein «Man nennt es Notfall-Poncho» hinterher.

Er verbeugte sich leicht mit gefalteten Händen und nahm den Poncho behutsam in Empfang. Ein wenig kämpfte er mit dessen Entfaltung, doch kurz darauf saß er in blassrosa Plastik verpackt neben Janne und pfiff zwei Takte *Dancing Queen*.

«Sie mögen Abba, oder?»

Der Mönch gluckste leise. «Guter Spirit. Auch Céline Dion.»

Janne nickte, weil sie nicht wusste, was sie sonst tun sollte. Sie hatte noch nie gehört, dass tibetische Mönche auf Popmusik standen. Aber ihr wurde langsam bewusst, dass sie ganz generell keine Ahnung hatte, was Mönche so mochten.

Der Mond hatte jetzt Mitleid mit ihr, kam hinter seiner Wolke hervor und gab Janne mit seinem hellen Licht ein wenig Ruhe zurück. Sie atmete hörbar aus.

«Sie fürchten dunkel?», fragte der Mönch leise.

Janne nickte, betrachtete verstohlen sein rundliches Gesicht. Konnte im Halbdunkel den freundlichen Ausdruck darin erahnen, der ihr nun gar nicht mehr künstlich vorkam.

«Warum?»

Sie hob nur einmal die Schultern, senkte den Kopf.

Er aber pfiff erneut ein paar Takte Abba. «Ich haben immer Angst vor Wasser, wenn Kind.»

Als sie weiter schwieg, fügte er hinzu: «So mein Vater zeigt mir Schwimmen.»

«Und, hat es geholfen?»

«Nein.»

«Und dann?»

«Er zeigt mir, wie hören Fische.»

«Und das hat dann geholfen?»

Er lächelte, nahm seine Brille ab und sah aus, als ob er etwas Wichtiges sagen wollte, aber nicht wusste, wie.

Janne fuhr sich durch die Haare und sah aus, als ob sie nichts sagen wollte, es aber besser tun sollte. Daher neigte der Mönch jetzt fragend den Kopf zur Seite, während er den rosa Notfall-Poncho enger um seine Robe zog.

Der Wind hatte etwas nachgelassen, die Ostsee unter ihnen war nur noch ein gemütliches *Schwapp-Schwapp*, und der Mond hatte sich nun endgültig zum Scheinen entschlossen, sodass sein Silberlicht auf den Wellen tanzte.

Und da soll noch einer sagen, die Natur sei nicht kitschig, dachte Janne. Doch was sie dann von sich gab, war etwas ganz anderes. Und sie hatte keine Ahnung, wo es eigentlich herkam. Wo solche Sätze in einem aufbewahrt wurden, um dann bei Gelegenheit wie ein großes Brotmesser aus der Schublade gezogen zu werden und das Leben entzweizuschneiden – in ein Vorher und ein Nachher.

«Meine Mutter hat mir auch etwas gezeigt», sagte sie.

Es blieb still.

«Mutig zu sein. Keine Angst zu haben. Aber …», sie schnappte nach Luft, «… ich hab da ziemlich versagt.»

Es blieb immer noch still.

«Total versagt», bekräftigte sie, verkrampfte und verschraubte ihre Hände ineinander und hatte den Eindruck, als täten ihre Gedanken dasselbe. Als würden sie in ihrem Kopf dauernd nur im Kreis rennen – eine Art Seelen-Ringelpietz. *Aber das ist wohl der Normalzustand für uns Unerleuchtete,* dachte sie und wagte einen Blick nach links, wo ihr nächtlicher Gesprächspartner langsam den Kopf vor- und zurückschob und dabei leicht an eine Schildkröte erinnerte.

«Angst ist normal», sagte er dann auf Englisch, das Gesicht etwas abgewandt, als spräche er zum Wind. «Je näher wir der Wahrheit kommen.»

«Ist das buddhistisch?», fragte Janne.

«Nein, gesunder Menschenverstand», erwiderte der Mönch und sah sie an. «Warum sind Sie so böse mit sich?»

Janne sprang auf, fuchtelte hilflos mit den Armen. «Ich bin nicht böse.»

Der Mönch gluckerte leise. Dann versuchte er es erneut auf Deutsch: «Sie wie Tiger in Karton. Besser Karton aufmachen?»

Janne ging zwei Schritte an die Reling der Seebrücke, feuerte ein dort herumliegendes Steinchen in die Ostsee und fuhr wieder herum. «Und dann? Kommt der Tiger raus, *buh!*, und frisst mich auf?»

«Sie glauben?» Er nahm seine immer etwas schief sitzende Brille ab, lächelte freundlich. «Ich dachte, kluge Frau Sie.»

Und damit stand er auf, klopfte seine Robe und den Plastik-Poncho ab und reichte ihr seinen Arm. Seine englische Stimme sagte: «Wollen wir gehen? Im Übrigen, ja, meiden wir Mönche Körperkontakt generell. Aber es ist etwas anderes, wenn ein Notfall vorliegt. Und ein Tiger im Karton ist definitiv einer, meinen Sie nicht?»

Janne klappte nur zweimal den Mund auf und zu, dann

legte sie ihre Hand auf seinen Arm, und sie gingen schweigend zurück zur Pension.

* * *

Sellin, 22.12.

Lieber Leon,
ich sitze auf Rügen herum und spreche nachts mit einem Mönch über Tiger und Fische. Es könnte mir besser gehen – aber auch schlechter. Eigentlich glaube ich sogar, dass es mir besser geht. Aber was weiß ich schon? Manchmal scheint mir, herzlich wenig. Aber was ich weiß, ist, dass ich mich ziemlich scheußlich benommen habe dir gegenüber. Ich meine, das macht man doch nicht – einen Menschen, der einem immer mehr ans Herz wächst, einfach so vor einem Stall stehen zu lassen, noch dazu mit einem übergriffigen Pony. Ich war garstig – schon wieder. Vergibst du mir – schon wieder?
Es sind seltsame Zeiten in meinem Leben, aber zugleich gibt es eben auch dich. Und wäre ich etwas lyrischer veranlagt, käme ich wohl nicht umhin, dich meine Lavalampe in der Dunkelheit zu nennen. Gott sei Dank, dass Ärzte so prosaisch sind.
Nein, ernsthaft, als ich da herumstand vor deinem Haus neulich und sah, wie es oben im dritten Stock psychedelisch von der Fensterbank blubberte, da wurde mir klar: Ich würde auch bei dir klingeln, wenn es tatsächlich deine Lampe wäre. Ja, selbst mit einem quietschebunt wabernden Hippie-Accessoire im Fenster wärst du für mich einfach der unwiderstehlichste englische Psychologe mit seltsamen Schuhen (ich habe sie gesehen! In deiner Garderobe!! Ist das Schlangenleder?), der mir je untergekommen ist.

Und ich hoffe, die Tragweite dieser Aussage wird hier deutlich. Unsittlichere Anträge habe ich, glaube ich, nie einem Mann gemacht. Aber ich habe auch noch nie einen Mann kennengelernt, der mich so leicht auf die Palme bringen kann. ;-)
Apropos: Wie geht es dir und dem Untier? Magst du mir mal schreiben? Ich weiß noch nicht genau, wann ich zurückkomme. Aber ich schicke schon mal Grüße, eine Umarmung und einen Kuss – den dicksten, den du dir vorstellen kannst.
Janne

Sie drückte auf Senden, schob den Laptop zur Seite und atmete aus. *Gut so?*, fragte sie den blauen Esel an der Wand, den Chagall den melancholischen genannt hatte. IKEA-Kunst, hatte sie gedacht, als sie das Zimmer erstmals betreten hatte, doch inzwischen erschien ihr das Tier wie ein treuer Verbündeter. Zumal es vage zu nicken schien und somit bestens in die Menagerie seltsamer Kreaturen passte, die ihr Leben zusehends bevölkerten – von neurotischen Hunden und Ziegenböcken auf Arztvisite bis zu singenden Fischen und natürlich Tigern. Die vor allem.

Janne stand auf, nahm ihren Rucksack und stopfte ihn mit den schwersten Büchern voll, die sie auf dem kleinen Regal neben dem Bett finden konnte. Dann probierte sie ihn auf dem Rücken aus. Doch. Es fühlte sich richtig an – so wie in ihrem Traum in der Nacht. Sie war schweißgebadet aufgewacht. Weil sie im Traum gelaufen und gelaufen, doch immer mehr im Boden versunken war. Denn da lastete etwas auf ihren Schultern. Und dieses Etwas hatte mit früher, mit damals zu tun. Da war sie sich ganz sicher. Nur was?

Aber vielleicht, dachte sie, *kann ich es ja herausfinden. Und vielleicht kann mir ein schwerer Rucksack dabei helfen. State-dependent memory, oder?* Sie nahm die Autoschlüssel vom Tisch. Zumindest versuchen würde sie es.

* * *

Als sie beim Campingplatz ankam, war Hanno, das Pony, nicht da und auch sonst niemand. Janne setzte sich in den leeren Stall und strich noch einmal mit den Fingern über die Kerben und Schnitzereien, die sie dort vor über zwanzig Jahren hinterlassen hatte. Strichmännchen waren es, ein verunglücktes J. Und ein dicker Fisch. Warum hatte sie einen Fisch geschnitzt? Keine Ahnung, wahrscheinlich weil es einfach war. Er lächelte. Ein freundlicher Fisch. Bestimmt konnte er auch singen, fuhr es ihr durch den Kopf, und sie dachte an den Mönch, ihren nächtlichen Freund vom Steg.

Dachte an sein freundliches Gesicht, den Schalk in den Augen, der für sie so unerwartet gekommen war. Und ebenso unerwartet schwappte ein Lächeln über ihr eigenes Gesicht, wärmte sie, als habe dort jemand einen Heizstrahler angemacht. Also kauerte sie nun eben in einer alten Hütte am Ende eines verlassenen Campingplatzes, starrte, umflort von Hafer-, Pipi- und Ponyduft, auf verwitterte Holzbalken und grinste grundlos vor sich hin.

Das sind sie, die Sternstunden des Lebens, kommentierte ihr Kopf. Und das war nicht mal ironisch gemeint. Sie überlegte sogar, ob sie für Ella ein Selfie machen sollte. Aber was sollte sie dazu schreiben? *Das Pony hatte schon was vor, aber es war trotzdem nett hier? Janne auf der Suche nach der verlorenen Kindheit?*

Irgendwann stand sie auf, mit Rucksack, und lief los. Lief zu der nicht weit entfernten Ostsee, schaute eine Weile den durch die Luft segelnden Möwen zu, lief zurück und weiter, vom Campingplatz aus einen Feldweg entlang. Die Gurte des Rucksacks kniffen ihr in die Schultern. Dick und schwer drückte er auf ihren Rücken wie ein übergewichtiger Boxsack. Vielleicht hätte sie die beiden Atlanten nicht einpacken sollen?

Aber so verstand sie nun mal dieses *memory*-Prinzip des Kollegen: Versetze dich in den Zustand, in dem die Erfahrung gemacht wurde, und vielleicht wird dein Gehirn die entsprechende Schublade öffnen.

In Jannes Gehirn öffnete sich nur leider herzlich wenig. Auf ging lediglich eine Blase an ihrer Ferse. Sie lief jetzt zwei Stunden, und ihrem Gehirn war es offenbar schnurzpiepegal, was amerikanische Neurologen über das Wiederfinden von Erinnerungen ermittelt hatten. Es dachte das, was sich jedes vernünftige Denkorgan in dieser Situation denken würde: *Kaffee. Müde. Heiße Füße. Was soll das Ganze eigentlich?*

Janne setzte sich auf einen Stein, zog ihr Handy hervor und rief Ella an, per Videocall. Die hatte Mittagspause und stromerte durch die Babyabteilung eines Kaufhauses, weswegen sie in hoher Frequenz «iss des süüüß» oder «goldisch» in die Unterhaltung einstreute. Und Janne fragte sich gerade, warum werdende Mütter in den Dialekt ihrer Kindheit zurückfielen, als Ella: «Oaaah, gugge mal da» rief und den Bildschirm auf ein monströses Fellwesen richtete, ja, einen solchen Giganten der Stofftierfabrikation, dass er kaum ins Bild passte.

«Was ist das, Ella? Ein Plüsch-King-Kong? Fällt es wehrlose Frauen an?»

Ella kicherte und schwenkte das Handy, sodass Janne

ganz schummrig wurde. Dennoch sah sie es. Direkt hinter dem Plüschtierriesen. Es war eine Puppe. Eine Stoffpuppe, mit blauer Kittelschürze und Quäkerhut, eine Holly Hobbie. Genauso eine hatte ihre Mutter ihr von einer Konzertreise mitgebracht, damals, als sie noch Konzerte gab. *Ihre* Holly. Die dann später in der Hütte zurückgeblieben war. Sie hatte sie nie wiederbekommen.

Und dann passierte alles auf einmal. «Ella, ich muss Schluss machen», rief Janne noch, dann machte sie Schluss und die Augen zu. Es schien ihr einfach sinnvoller angesichts dessen, dass gerade eine Geisterbahn durch ihren Kopf ratterte. Eine schnaufende alte Lok, deren Waggons randvoll beladen waren – mit Bildern, Tönen, Gefühlen, Stimmen, Dunkelheit. Dem Gepäck der Vergangenheit und dem letzten Puzzleteil, das ihrer Erinnerung noch fehlte.

Genau dieses Puzzleteil flutschte nun an seinen Platz. Janne hatte fast das Gefühl, sie könnte es hören. Ein satter, runder Laut, einer gut geölten Tür gleich, die ins Schloss fällt.

Und plötzlich spürte sie wieder, wie kalt es in der Hütte gewesen war. Erinnerte sich, nein, wusste, wie lange sie gezögert und gehofft hatte. Und wie doch die Hoffnung, ihre Mutter würde zurückkommen, dann mit der Sonne des zweiten Abends hinter dem Minol-Pirol versunken war. Und dass sie trotzdem noch immer gezögert hatte. Denn da klangen die Worte ihres Vaters durch ihren Kopf, laut tönend wie ein Gesetz: *Es geht niemanden etwas an, was mit Mama ist. Hörst du, Janne? Niemanden außer uns.*

Sie hatte sich daran gehalten, all die Jahre. Hatte gelogen, wenn die Lehrerin in der Schule fragte, warum ihre Mutter nie zum Elternabend kam. Wenn die Nachbarin wissen wollte, ob alles in Ordnung sei. Sogar beim Zahnarzt, als ihre Mutter grußlos aus dem Wartezimmer verschwunden war.

Jetzt aber, in jener Nacht, in der dunklen Hütte, in der sie Figuren und Buchstaben ins Holz schnitzte, während der Kopf ihres kleinen Bruders immer heißer wurde und sein Weinen in Brüllen überging, da wurde der kleinen Janne klar: Ihr Vater, der Gartenflieger, der große Tasten-Zampano, ihr Ein und Alles und Jedes, hatte etwas völlig Falsches gesagt. Es war nicht richtig gewesen, mit niemandem über ihre Mutter zu sprechen. Was sie tatsächlich gebraucht hätten, sie alle zusammen, war Hilfe.

Janne sah die kleine Janne vor sich, fast als liefe ein Film vor ihr ab: wie sie damals mithilfe eines fast leeren Feuerzeugs im Dunkel der Hütte nach etwas Schwerem suchte und sich schließlich für einen Stuhl entschied. Den sie packte, um mit aller Kraft wieder und wieder auf die Fensterscheibe einzuschlagen. Wie sie sich die Hände zerschnitt, als sie die Reste der Scheibe herausbrach, dann den kranken Bruder Huckepack nahm und aus dem Fenster kroch.

Wie sie durch die Nacht lief. Weiter und weiter. Und die Dunkelheit roch und die Angst im Mund schmeckte. Salzig und bitter. Wie Benny weinte auf ihrem Rücken, Benny, der immer schwerer wurde. Auf dem Weg, der immer holpriger wurde. Und von dem sie nicht wusste, ob er der richtige war.

Janne erinnerte sich auch wieder, dass sie hoch zu den Sternen geblickt und dabei an die Worte ihrer Mutter gedacht hatte: *Folgt dem Nordstern!* Und dass sie dann den Himmel absuchte, aber sich einfach nicht entscheiden konnte: Welcher war der Nordstern? Am Ende nahm sie den, der am hellsten blinkte. Und folgte ihm. Weiter und weiter. Doch ihre Füße wurden zusehends schwerer, und Benny war nun ganz still auf ihrem Rücken, ein schlaffes, schweres Paket aus Armen und Beinen, das Hitze ausstrahlte wie ein kleiner Ofen.

Und so verließ die Elfjährige irgendwann die Zuversicht. Knickten die Beine ein bei jedem Schritt, kamen Tränen, Müdigkeit, Zweifel. Und schließlich die völlige Dunkelheit, als sich selbst der Mond zurückzog und sich hinter einer Wolke versteckte …

All das spürte nun auch die erwachsene Janne wieder. Spürte sie nun ebenfalls trocken und bitter im Mund, die Angst von damals. Kalter Schweiß rann ihr in den Nacken, sie wollte weg. Wollte das hier nicht. Lief los. Immer schneller, der Rucksack wie Backsteine auf dem Rücken. Zurück zum Auto. Aber wo stand das verdammte Ding?

Sie blieb stehen, riss ihr Handy aus der Jackentasche, fummelte fahrig damit herum, bis endlich das Navi aufploppte und sie ortete. Janne starrte auf das Display, schüttelte den Kopf, starrte wieder hin, verzog das Gesicht. Lachte sie? Oder weinte? Sie wusste es selbst nicht. Was sie jetzt aber wusste, war, dass sie sich offenbar auf genau jenem Feldweg befand, auf dem sie auch vor vierundzwanzig Jahren gelaufen war. Nicht wissend, was einem nun dank moderner Technik ein Fingertippen aufs Handy verriet: dass sie nur noch einen knappen Kilometer von der Vineta-Stube entfernt war. Dass es nur noch knappe zweihundert Schritte waren.

«Halte durch», murmelte sie, ob zu sich selbst oder dem Kind, das sie einmal gewesen war, konnte sie nicht sagen.

Doch sie ging jetzt weiter. Schritt für Schritt. So wie vor all den Jahren. Bis endlich, endlich am Ende des Wegs ein Licht auftauchen würde.

Und während sie so lief, mit schweren Füßen und zu vielen Gedanken im Kopf, und die alten Bäume rechts und links mit ihren langen herabhängenden Armen musterte, die ganze idyllische Szenerie, die sich seitdem wohl kaum verändert hatte – da spürte sie es in sich. Es war kein Gedanke, eher ein Wissen, ein weiches, zuversichtliches Gefühl: *was für einen Mut Janne Helmkamp, elf Jahre, gehabt hatte. Was für ein großes mutiges Löwenherz.*

Damals allerdings hatte das niemanden interessiert. Nicht die Polizei, die kam und Fragen stellte. Nicht den Sanitäter des Krankenwagens, der ihren Bruder mitnahm. Und schon gar nicht den Fotografen der Lokalzeitung, der endlich einmal Aufregung witterte. Was zählte, war die Limousine ihres Großvaters, die schon wenige Stunden später eintraf, das Kopfschütteln und Bedauern der Erwachsenen, der Menschen, die über sie bestimmten.

Und als sie dann schließlich in das schwarze Auto stieg, in dem vorne bereits ihre Großmutter mit den akkurat frisierten Locken wartete, da wusste sie es. Ja, da brannte sich die Erkenntnis förmlich in sie ein für alle Zeit: Es war ein Fehler gewesen. Das Schicksal – oder war allein sie selbst es gewesen? – hatte zwar ihren Bruder gerettet, aber alles andere kaputt gemacht.

Janne blieb stehen und holte Luft. Nun hatte sie ihre Erinnerungen also wieder. War wieder ein ganzer Mensch. Und doch auch nicht. Es fühlte sich komisch an. Was etwa die Untertreibung des Jahrtausends war. Ihr schien, als quäkte irgendwo in ihr eine Navi-Stimme: «Sie haben Ihr Ziel erreicht» – während das boshafte Gerät sie stattdessen auf die Molukken gelenkt hatte.

Denn es war ein fernes Land, das sie betrat. Eines, in dem sie sich nicht auskannte, nur herumstümperte. So viel war ihr klar.

Tja, es lernt sich nicht so einfach, das Menschsein, Robo-Doc, hätte Ella wahrscheinlich gewitzelt.

Die hatte gut reden. Janne fühlte sich wie eine Analphabetin. Was hatte der Mönch gesagt? Angst sei normal, je näher man der Wahrheit käme? Dann musste sie haarscharf dran sein, an der Wahrheit.

Aber was war die Wahrheit?

Dass man ein Kind in einen fürchterlichen Konflikt gebracht hatte? Eine Zerreißprobe, die emotional nicht zu gewinnen war? Noch dazu von einem Mädchen, das jahrelang und viel zu früh die Verantwortung für Mutter und Bruder zu tragen hatte?

Aber gerade Letzteres wusste sie doch eigentlich schon lange. Warum fühlte es sich dann jetzt so anders an? So nach bitterböser Wahrheit, nach Losheulenwollen und doch nicht wissen, wieso.

Sie spürte Tränen, wollte sie wegwischen. Ärgerlich. Energisch. Wie so oft. *Weg damit, weiter, marsch, marsch.* Doch dann zuckte etwas in ihrem Gesicht. Etwas ganz anderes. Sie konnte es erst gar nicht einordnen. Rauf und runter ging es. *Frühsport für die Mundwinkel*, dachte sie noch. *Und was wird das bitte? Ein Nervenzusammenbruch?*

Doch das kleine Lächeln hörte nicht hin. Ihm war es offenbar herzlich egal, was sie da dachte. Es machte es sich gemütlich auf ihren Lippen, streckte ihr die Zunge raus und sagte: «Klappe. Sei doch einfach mal still und hör zu. Hör genau hin.»

Und endlich hörte sie hin. Hörte eine Kinderstimme. Die sang, während ein Mädchen seinen kranken Bruder durch die Nacht trug. Während die Dunkelheit mit langen spitzen Fingern nach ihr griff. Und sang, als ihr längst schon die Knie schlotterten vor Angst. Und auch die große Janne sang jetzt. Das alte Bänkellied, die *Serenade für Niniputz*. Ganz leise, wie ein Echo aus einer fernen Zeit.

«Wer ist das eigentlich, Papa, dieser Niniputz?», hatte sie ihn einmal gefragt.

Ihr Vater hatte seine dunklen Augen gerollt und ein wichtiges Gesicht gemacht. «Oh, das ist ein alter Bekannter von mir. Ich kenne ihn noch aus meiner Kindheit. Er lebte in Meran unten am Fluss. Hatte riesige Ohren und Hasenzähne und konnte besser Maroni knacken als jeder andere.»

«Und das zwischen seinen bloßen Zähnen, ja?»

Ihr Vater hatte gelacht, und auch Janne lachte jetzt. Ein wenig müde. *Aber*, dachte sie, *man findet ja nicht alle Tage seine Kinderseele auf einem Feldweg wieder.* Und auch wenn die ihre etwas angestaubt und mitgenommen wirkte, so hatte sie doch den Eindruck, dass sie sie jetzt von hier mitnehmen konnte. Dass sie einen Anfang gefunden hatte. Dass sie zurückgehen konnte. Zurück zu ihrem Auto. Zurück zu ihrem Leben.

***

In der Pension winkte ihr Sophia, sie solle kurz kommen. In der Hand hielt sie ein Buch, das schon recht angegilbt und zerfleddert aussah, sowie einen Umschlag aus brauner Pappe.

«Hier, für Ihnen, hat Herr Chökrön lassen hier. Er muss leider abreisen heute, hat suchen Sie über alle.» Ihr linker Arm ruderte wie zur Illustrierung durch die Luft. «Also soll ich gäben Sie mit herzliche Grüße.»

«Äh ... danke», sagte Janne und hob fragend die Schultern. Doch Sophia nickte nur, drückte ihr das Buch in die Hand und schickte ihr einen dieser richtungsweisenden Blicke, die sie in Perfektion beherrschte. Janne vermutete, dass sie früher Lehrerin gewesen war. Oder Zirkusdompteurin.

Sie ging auf ihr Zimmer, eine Angelegenheit von wohltuender Schlichtheit – Bett, Tisch, Stuhl, Schrank, fertig –, und begrüßte den blauen Esel – «Hallo, Esel» –, während sie den Rucksack auf den Boden und sich selbst aufs Bett plumpsen ließ. Enttäuschung zupfte an ihr mit spitzen Fingern. Sie hätte gern noch einmal mit ihm geplaudert. Mit ... wie hatte Sophia gesagt? – Herrn Chökrön? Über Fische und überhaupt.

Aber er hatte etwas dagelassen. Ein Buch, das sich nun als zweisprachige Ausgabe von *Alice in Wonderland* entpuppte. In Chinesisch und Englisch, gedruckt in Chengdu, 1978. Als sie es öffnete, fiel eine Karte heraus. Schlicht und weiß, beschrieben mit einer klaren, fein ziselierten Schrift. Janne las den Text. Lächelte. Las noch einmal.

Liebe Dame von Brücke,
dies ist für Sie. Ich hätte gern persönlich überreicht.
Aber sind Sie hinausgegangen – ich hoffe und wünsche,
dass Sie tun wie Alice: gucken für weiße Kaninchen.
Auch ich war hier wegen Kaninchen. Aber eigentlich
war Fisch. :-)
Mein Vater war hier 1978, wissen Sie. Als Student von

Nordkorea. Und er sagt, er hat hören Fische singen auf Rügen. Nie schöner in sein Leben wieder. Aber vielleicht mein Vater hat gelogen? Er oft lügen, wissen Sie. War seine Art, sich machen lustig über Leben.
Ich wünsche, auch Sie finden gute Weg für machen lustig über Leben. Ist beste Weg, sagen mein Vater immer. Hatte recht. So recht.
Grüße von mein Herz,
Yengtsan Pema Chökrön

Janne ließ die Karte sinken. Lächelte erneut, wenn auch etwas wackliger. *Grüße von mein Herz.* Ein spitzer Ton kam aus ihr heraus, sie schluckte. Und schniefte. Einmal. Zweimal. Weinte schließlich wie ein oder gleich eine ganze Meute Schlosshunde. Ja, sie schluchzten aus ihr heraus, die Schlosshunde, die da seit Stunden warteten, es war wie … Ach, sie wusste nicht, was es war. Es war ihr auch wurscht. Sie schniefte und schluchzte, blätterte in dem alten Buch und war gerührt.

Und nachdem sie von alldem irgendwann sehr müde geworden war, ließ sie sich nach hinten sacken und sagte «Ach, Esel» zu dem blauen Esel.

Der antwortete mal wieder nicht, starrte nach Eselsart stur auf seinen Dorfweiher, und Janne dachte daran, dass Chagall wieder und wieder das Dorf seiner Kindheit gemalt hatte. Auch so einer, der davon nicht loskam, murmelte sie – und schlief endlich ein.

* * *

Es war früher Abend, als sie aufwachte. Sie hatte Hunger, Nackenschmerzen und immer noch zu viele Fragen im

Kopf: Warum hatten sie alle angelogen? Warum hatten ihre Mutter und ihre Großeltern ihr nie erzählt, was wirklich passiert war? Und was eigentlich hatte ihre Mutter gemacht, während ihre Kinder fast anderthalb Tage in dieser Hütte saßen?

Janne setzte sich auf, griff nach einer Packung Knäckebrot und dippte die Scheiben stückchenweise in den Riesentopf Erdnussbutter, den sie gekauft hatte und der jetzt fast leer war. Und während sie kaute und den beruhigenden Erdnussmulsch im Mund spürte – diese träge Masse aus Bröseln und Nusspampe –, rollten ihre Gedanken die letzten zwei Tage noch einmal durch, ihre Wanderung, das Gespräch mit dem Mönch, das Telefonat mit Bruno. Und Gerlinde.

Dass sie dann zum Telefon griff, war keine Frage mehr.

«Janne? Bist du's?» In Brunos Stimme lag Erstaunen.

«Yep. Sag, was ich wissen wollte … also, wenn ich die Gerlinde anrufen soll, hast du zufällig ihre Handynummer? Weil beim Herner auf dem Festnetz anzurufen, wäre jetzt nichts, was ich dringend tun möchte.»

Sie hörte ihn vor Freude schnaufen und konnte sich bestens vorstellen, wie er sein Handy rauskramte und umständlich darauf herumtippte. Schließlich sagte er, er müsse seinen Neffen, den Schulkameraden von Gerlinde, fragen. Fünf Minuten später kam die Nummer per SMS und ein Rückruf, bei dem Bruno in blumigsten Metaphern erklärte, dass sie «die Beschte ever» sei. Und am Ende konnte er dann nicht umhin zu fragen: «Kommscht nun bald wieder?»

Janne schnaufte ein wenig. «Ich weiß es noch nicht genau, Bruno. Aber …», sie zuppelte an ihrem Kinn herum, dachte an Herrn Chökrön, sein Geschenk und an Alice in ihrem

Wunderland und fuhr schließlich fort: «Weißt du, manchmal muss man, um den Weg zu finden, vielleicht einfach mal stehen bleiben und Ausschau nach weißen Kaninchen halten.»

«Meckerle?»

«Yes, Brunole?»

«Hascht was trunke?»

Janne kicherte – etwas überdreht, aber sehr froh. «Irgendwie schon, Bruno. Tee. Literweise Tee. Tee für ein ganzes Leben.»

* * *

Sie brauchte noch einen Tag. Um sich von den Wellen zu verabschieden, ein letztes Mal den Möwen zuzuwinken und noch einmal einzutauchen in das wunderbar Unwirkliche, Stillstehende, das so ein verlassener Badeort im Winter ausstrahlte. Kein Wunder, dass es hier Mönche gibt, dachte sie und hob eine Muschel auf. Sie hatte ganze Tüten davon in ihrem Zimmer. Sie würde sie alle mitnehmen, als Andenken. Und als Vademecum, wenn sie in die Höhle des Löwen ging. Denn das war es, natürlich, was sie jetzt tun musste. An Delmenhorst führte kein Weg vorbei.

Es war der 23. Dezember, als sie schließlich losfuhr. Unter heftigem Gewinke von Sophia, die ihr noch Brote geschmiert und eine Thermoskanne voll – *natürlich* – Tee überreicht hatte mitsamt einer sehr russischen Portion guter Wünsche, die unter anderem eine robuste Gesundheit und ewigen Frühling in ihrem Herzen umfasste. Janne konnte kaum sprechen vor Rührung, zumal nun auch noch die junge Frau mit dem endlosen Kinderstrumpf ans Fenster des Tea Room trat und schüchtern winkte.

Noch einmal blickte Janne auf die weiße Villa, die schon deutlich bessere Jahre gesehen hatte, ihr in diesem Moment jedoch als das schönste Schloss der Welt erschien.

Sie spürte ein Ziehen in sich, fast wäre sie umgekehrt. Einfach alles wieder auspacken, weiter Tee trinken und zu Alice in ihr Wunderland flüchten. Sie kannte das Buch von früher, hatte es tags zuvor aber trotzdem noch einmal gelesen. Oder eher verschlungen, in einem Rutsch. Wie als Kind. Als Bücher ihre einzigen Freunde waren.

Doch sie war kein Kind mehr, dachte Janne, während sie anfuhr und Sophia und die weiße Villa im Rückspiegel kleiner wurden. Sie hatte heute Möglichkeiten. Die Auswege eines Erwachsenen.

Wie hatte sie gestern am Telefon zu Gerlinde gesagt? «Gefühle haben oft Tarnkappen auf – gerade die hässlichen und schwierigen, doch man kann sie verstehen lernen.»

Sie hatten lange gesprochen, fast eine Stunde. Und es war nicht einfach gewesen.

Immer wieder hatte Janne es förmlich hören können, wie das Mädchen erneut den Abwehrwall um sich hochzog. Hatte auf ihre vorsichtigen Fragen nur noch einsilbige Antworten, bestenfalls ein genuscheltes «Weiß nicht» bekommen.

Aus einem Impuls heraus hatte sie dann gefragt: «Wollen wir vielleicht lieber skypen, Gerlinde? Ich würde dir gern etwas zeigen hier, weißt du?»

Janne hatte keine Ahnung gehabt, was sie ihr zeigen sollte. Zumal dann, als das Mädchen sich tatsächlich darauf einließ, ein erschreckend blasser Teenager auf ihrem Display erschien. Mit matten Augen, die von Depression sprachen, von Desinteresse an eigentlich allem.

Kurz entschlossen hatte sie die Handykamera dann hinüber zu Chagall geschwenkt. Zu ihrem Freund, dem blauen Esel. Und hatte zu erzählen begonnen. Von sich selbst und wie schwer die letzten Wochen für sie gewesen seien. Warum, wusste sie auch nicht so genau. Doch es hatte funktioniert.

Das Mädchen hatte zugehört und sie teilweise sogar neugierig, fast staunend angesehen.

«Sie kenne des auch, ja?», hatte sie schließlich gefragt. Ganz leise. «Des Schwere. Des net weggehe will?»

Janne hatte genickt. Mehrmals. Und sich dann weiter vorgewagt: «Kannst du denn vielleicht sagen, was so schwer ist, Gerlinde?»

«Alles», hatte das Mädchen geflüstert. «Ich halte es einfach nicht mehr aus.»

«Verstehe. Und meinst du, dass das immer so bleiben wird? Oder dass es vielleicht doch Hilfe gibt gegen dieses Dunkle, Graue? Damit es weggeht?»

Gerlindes Kinn hatte gezittert. So sehr mühte sie sich, nicht zu weinen. Janne wäre am liebsten durchs Telefon gekrochen, um das Mädchen in den Arm zu nehmen.

«Es gibt Hilfe, Gerlinde, niemand muss mit so einem Gefühl leben. Man kann es vertreiben oder –»

Das Mädchen sah sie an, Zweifel im Blick und ein solches Verlorensein. Janne überlegte fieberhaft. *Was nur, was sag ich?* Überlegte, was sie noch von Gerlinde wusste. Musik, die war ihr ganz wichtig, ihre Freundin Lara, ihr Hase Pucki und … ach richtig, die geliebte Oma. Die letztes Jahr gestorben war. *Mist*, dachte Janne. Und kapierte zugleich, dass sie so nicht weiterkam. Aber dann fiel ihr doch noch etwas ein. Hatte die Oma nicht immer …? Ja, das hatte Gerlinde ihr erzählt: Meine Oma hat immer mit mir gesungen, am liebsten Volkslieder. So altes Zeug …

«Wollen wir etwas singen, Gerlinde?»

Die Augen des Mädchens weiteten sich, der Mund ein ratloses O. *Quatsch*, dachte Janne, *das ist totaler Quatsch.* Doch dann dachte sie an ein Mädchen, das auch gesungen hatte. Den ganzen langen Weg durch die Nacht. Also holte sie tief Luft, schloss die Augen und begann. Mit dem Ersten, was ihr einfiel.

Muss i' denn, muss i' denn
zum Städtele hinaus

Sie sang das ganze Lied, den Text direkt vom Display ihres Handys ab. Und irgendwann sah sie, wie auch Gerlinde den Mund bewegte, die Zeilen erst nur mitsprach, aber schließlich auch Töne produzierte. Sie sangen alle Strophen. Über tausend Kilometer Luftlinie hinweg.

«Man kann es auch verstehen lernen», sagte Janne dann.

«Versteha lerna?»

«Ja.» Janne versuchte, Gerlinde über den kleinen Bildschirm in die Augen zu sehen. «Das Schwere in sich, meine ich. Weißt du, ich glaube, jedes Gefühl hat eine Botschaft, auch hässliche Gefühle, die, die so wehtun. Gerade die. Nur sind sie eben oft schwierig zu verstehen. Oder haben Tarnkappen auf.»

Es zuckte um Gerlindes Mund, sie sah Janne jedoch weiter an.

«Es gibt Hilfe, Gerlinde», wiederholte Janne. «Menschen, die sich gut auskennen mit schwierigen Gefühlen. Und auch wenn du dir das im Moment vielleicht nicht vorstellen kannst: Aber es kommen wieder … bessere Tage. Tage, wo es leichter ist. Kannst du mir das glauben?»

Gerlindes ganzes Gesicht zuckte nun, ihre Augen schweiften zu Chagalls blauem Esel, verweilten dort momentelang, doch dann nickte sie. Fast unmerklich.

Janne aber sackte etwas in ihren Sessel zurück und schloss kurz die Augen. Erleichtert. Froh. So froh. Sie wusste, dass sie es geschafft hatte, wieder eine Verbindung zu dem Mädchen hatte. Und als Gerlinde dann noch hörte, dass die Frau Doktor ab Januar wieder in ihrer Praxis sei und sie gemeinsam weitersehen würden, da konnte Janne sogar den Hauch eines Lächelns in dem blassen Gesicht erkennen.

Daran dachte sie jetzt, während sie auf die Brücke zu fuhr, die sie von Rügen zurück aufs Festland bringen würde. An das Lächeln der blassen Gerlinde und an das, was sie nun mit Gewissheit wusste: Sie selbst war auch wieder da – Dr. Janne Helmkamp. Mit allem Drum und Dran. Und ein paar seltsamen Extras. Sie gluckste und trommelte aufs Lenkrad. *Taptaptap.*

Kurz vor Rostock hatte sie noch einmal einen kurzen Aussetzer, schwankte, ob sie am Autobahnkreuz nicht doch links abfahren sollte. Nach Hause. Oder gleich nach Tübingen. Zu Leon. Er hatte geantwortet auf ihre Mail. Es waren nur ein paar Zeilen, doch eben eine dieser wundersamen Nachrichten, wie sie nur Leon Bloomdale verfassen konnte. Janne war so was von erleichtert gewesen.

Gerade diese Erleichterung und das Wissen, dass da jemand war, mitsamt seinem Hund, seinem Mint Jelly und seiner hinreißenden Liebenswürdigkeit, die trugen sie jetzt weiter. Immer geradeaus auf der Autobahn Richtung Westen. Mit einem Sausen in den Ohren und angespannten Mundwinkeln.

Ja, sie würde die Unternehmervilla betreten, in die sie seit fünfzehn Jahren keinen Fuß gesetzt hatte. Würde Fragen fragen. Sehr viele. Und sie war sich ziemlich sicher, dass das alte Steingesicht ihr antworten würde. Zumindest das.

29

Drei Stunden später bremste sie scharf ab, beinahe wäre sie vorbeigefahren. Das rote Backsteintor, das die Einfahrt zur Villa Helmkamp markierte, war völlig zugewachsen. Seit Oma nicht mehr da war, machten die Rosen offenbar, was sie wollten.

Janne parkte das Auto draußen auf der Straße, kramte ihren Schlüsselbund aus der Tasche und betrachtete den etwas angelaufenen Sicherheitsschlüssel mit seinen schiefen Zähnchen und Rillen. Ob er noch passte? Nach fünfzehn Jahren? Sicher gab es längst ein chipgesteuertes Security-System mit Pupillenkennung oder anderem schickem Firlefanz.

Sie versuchte es trotzdem. An der kleinen Pforte neben der Einfahrt, die nie jemand benutzte. Besucher der Villa fuhren oder wurden gefahren. Die Angestellten hatten einen Hintereingang. Das ist hier eben wie bei den verdammten Guldenburgs, dachte Janne und wäre fast wieder umgekehrt, als jemand allen Ernstes «Fräulein Janne!» rief.

Sie drehte sich um. War das eine Erscheinung? Doch nein, Tatsache, Lüders, der Butler ihres Opas, näherte sich auf einem Hollandrad und winkte.

«Wie schön, da wird Ihr Großvater sich aber freuen. Aber warum haben Sie denn nicht vorher angerufen?», sprudelte der Mann, den Janne früher nie mehr als drei Wörter am Stück hatte sagen hören.

«Hallo, Herr Lüders, es war eine eher ... hm ... spontane Entscheidung. Ist er denn zu Hause?»

Der nette feine Mann, den Janne immer gemocht hatte, nickte ein wenig zögerlich. Fast schien es ihr, als wolle er noch etwas sagen, hätte es sich dann aber anders überlegt.

«Passt denn der Schlüssel noch?», fragte sie und schwenkte denselben Richtung Tür.

«Ich denke schon. Ihr Großvater hat darauf bestanden, dass das alte Schloss hier an der kleinen Pforte erhalten bleibt. Aber es geht auch einfacher.» Er holte eine antik aussehende Taschenuhr aus seiner Anzugweste, drückte auf ein Knöpfchen, und schon öffnete sich das Tor zur Einfahrt ohne irgendein Geräusch.

«Sesam, öffne dich. Na, hereinspaziert ins Paradies», murmelte Janne.

«Pardon?», fragte Lüders.

«Nichts, Herr Lüders. Entschuldigung, ich bin nur etwas müde.»

Sie folgte dem Butler, der sein Rad jetzt schob und ihr die Neuerungen an Haus und Hof erklärte, als sei er ein Reiseleiter. Und in gewisser Weise war er das auch: *Mein persönlicher Charon*, dachte Janne. *Ein Fährmann im Frack, der mich in eine andere Welt geleitet.*

Ihr persönlicher Hades bestand aus einer zweistöckigen Villa, an der sich gleich drei Architekten mit Hang zum Neoklassizismus ausgetobt hatten. Sie war, anders gesagt, nahezu absurd geschmacklos. Ein großes Säulenportal markierte den Eingang, über dem sich ein Baldachin aus Marmor wölbte. Soweit Janne wusste, hatte einer der Architekten zudem eine Büste von Paul Johann höchstpersönlich neben dem

Eingang vorgeschlagen. Aber das war offenbar der Punkt, an dem selbst ihr Opa ein Einsehen gehabt hatte – oder ihre Oma eingeschritten war, eine Bremer Bürgerstochter mit hanseatischem Hang zur Zurückhaltung.

Sie folgte Ernst Lüders in die Eingangshalle, wo es noch mehr Marmor, Gipslöwen und eine dramatisch geschwungene Treppe gab, die aussah wie eine Filmstaffage und einst, so wollten es die Annalen, sogar von Marika Rökks roten Tanzschuhen beehrt worden war.

«Mögen Sie gleich in den Salon gehen, Fräulein Janne? Ich schaue, was Ihr Großvater –»

«Danke, Herr Lüders. Aber ich geh erst mal kurz in die Küche und hole mir was zu trinken.»

«Aber ich kann Ihnen doch gern gleich –»

«Danke, Herr Lüders.»

«Soll ich nicht doch –?»

Irgendetwas in seiner Stimme ließ Janne aufhorchen. Aber der Mann war einfach zu diskret, um mehr zu sagen. Also steuerte sie die Küche an und versuchte dabei, die Gefühle und Erinnerungen abzuschütteln, die sie ankrochen und in ihren klebrigen Klauen hielten. Wut war dabei, die permanente Wut eines Teenagers, der sich in diesem Haus eingesperrt gefühlt hatte, aber – und das war es, was sie überraschte – auch ein Gefühl der Nostalgie. Ein sanfter Hauch von «Weißt du noch?», den sie achselzuckend, aber immerhin doch: zur Kenntnis nahm.

Mit etwas verkniffenem Lächeln öffnete sie schließlich die Küchentür. Aber statt wie erwartet Marie zu sehen, die Köchin und Trägerin des Apfelstreusel-Königinnen-Ordens, blickte sie in ein paar blaue Augen, die ebenso verblüfft zurückblickten.

«Stalkst du mich, oder wie kommt es, dass du ständig an denselben komischen Orten auftauchst wie ich?»

«Das muss man dir lassen, Schwesterchen», erwiderte ihr Bruder und wischte sich etwas Mehl von der Nase. «Was nette Begrüßungen angeht, liegst du echt gaaanz weit vorn. Aber ich freue mich auch, dich zu sehen. Im Übrigen könnte ich dich dasselbe fragen. Was, bitte schön, machst du hier? Ich für meinen Teil habe ja zumindest eine Aufgabe.»

«Ach ja? Die Küche verwüsten? Und was hast du mit Marie gemacht? Die kriegt zu viel, wenn sie diesen Schweinestall sieht, ganz abgesehen –»

Benny runzelte die Augenbrauen. «Wie lange warst du eigentlich nicht hier?»

Janne zuckte die Achseln. «Lange.»

«Marie ist vor drei Jahren in Rente gegangen.»

Janne zog einen Flunsch, nuschelte: «Konnt ich ja nicht wissen. Du erzählst ja nix.»

«Und du warst seit Jahrhunderten nicht hier. Nicht mal bei Omas Beerdigung.»

«Auf wessen Seite stehst du eigentlich?»

«Sind wir im Krieg? Hab ich was verpasst?»

Benny wandte sich wieder dem blassen Teigklops vor sich zu und gab ihm einen nicht allzu freundlichen Klaps. Janne rieb sich die Stirn.

«Gibt's hier wenigstens einen Kaffee?»

Ihr Bruder wies auf eine Thermoskanne auf dem alten Küchenbüfett. Janne schenkte sich eine Tasse ein, trank schweigend ein paar Schlucke. Dann trat sie neben ihren Bruder und drückte ihm einen Kuss auf die mehlige Wange.

«Tut mir leid. Bin etwas durcheinander.»

Benny sah sie aufmerksam an. «Aber geht es dir sonst ein bisschen besser, ja?»

Janne wiegte den Kopf hin und her. «Ich denke schon. Es ist nur alles immer noch … nun ja, seltsam.»

Benny nickte. «Leon hat mir alles erklärt.»

Ihre linke Augenbraue schoss nach oben. «Hat er das?»

Benny nickte jetzt geradezu rhythmisch. «Ist schon ein toller Typ, dein –»

«Und wie lange bist du hier?», unterbrach Janne ihn, eine verlegene Falte über ihrer langen Nase, die Benny äußerst amüsant fand.

«Schon eine Weile. Ich meine, du warst verschwunden, mein neuer Job fängt erst in zwei Wochen an, und Opa ging es nicht so gut. Da dachte ich –»

«Opa ging es nicht gut?»

Benny band sich die Schürze ab, auf der *Hellraiser* stand und ein glatzköpfiger Mann mit Stecknadeln im Kopf zu sehen war.

«Die gehört aber nicht der Marie?» Janne deutete auf die Schürze.

Benny grinste. «Hat mir mein Chef in Agra zum Abschied geschenkt. Ist einer meiner Lieblingsfilme.» Er schenkte sich ebenfalls Kaffee ein, wies auf den blank gescheuerten, meterlangen Holzküchentisch. «Tu dich mal setzen.»

«Ich steh lieber.»

«Herrgott, Janne.»

«Ich fühl mich hier einfach nicht wohl.»

Sie lief auf und ab. Benny schob sich auf einen der Küchenstühle, stützte seinen Kopf in beide Hände und sagte, den Blick in den Holztisch vor ihm gebohrt: «Weißt du, was ich nie ganz verstanden habe?»

Als keine Antwort kam, hob er doch noch den Kopf und schaute Janne an mit dem Versuch eines Lächelns oder zumindest einer Art Dehnung der Lippen. «Was hat er dir eigentlich getan? Opa, meine ich? Außer zu viel Geld zu haben und dein Großvater zu sein?»

Sie wirkt, als ob sie gleich explodieren würde, dachte Benny, *aber sei's drum.* «Reden», hatte Leon gesagt. «Alles aussprechen, auch wenn's wehtut.» In diesem Moment kamen ihm allerdings gewisse Zweifel hinsichtlich der praktischen Durchführbarkeit.

Denn seine Schwester hämmerte jetzt mehrmals mit der Faust gegen den Kühlschrank. Dann ging sie zu der kleinen Pinnwand daneben, sortierte vergilbte Postkarten und Terminzettelchen um und bohrte die Stecknadeln wie kleine spitze Pfeile in den Kork, bis sie schließlich herumfuhr.

«Und du? Schluckst einfach alles, was er über dich gesagt hat, ja? Alles vergeben und vergessen?»

«Er ist alt, Janne. Und ...» Benny stand auf, kam zu ihr und stupste sie seitlich mit dem Kopf an. «Muss man nicht auch irgendwann mal ... na ja, verzeihen können?»

«Eine ganze Kindheit?»

Wieder begann sie auf und ab zu laufen und schüttelte in periodischen Abständen den Kopf.

«Wir waren hier doch wie eingekerkert, Benny. Im Millionärspalast von Mr Zucker. Nicht mal allein ins Schwimmbad gehen durften wir – ohne Erlaubnis von ganz oben. Und meine Freundin Anke, die war plötzlich auch nicht mehr gut genug.» Sie blieb vor Benny stehen, säuselte: «Wollen wir nicht mal die Marlene einladen, Janne? Klammer auf. Der Vater ist mein Kumpel aus dem Rotary Club. Klammer zu. Ja, ganz groß war das, oder? Und keiner, keiner hat uns gefragt, ob wir nicht lieber bei Mama gewesen wären. Oder wie verdammt noch mal es uns eigentlich ging.»

Ihre Stimme wackelte, sie fuchtelte mit den Händen durch die Luft. Benny setzte sich wieder an den Tisch, drehte eine Weile seine Tasse in den Fingern.

«Aber jetzt, wo du weißt, was wirklich passiert ist – damals, meine ich –, da kannst du das doch verstehen, oder nicht?»

«Darum geht es nicht, Benny. Es geht ...», sie stützte sich ihm gegenüber mit beiden Armen auf den Tisch, «... es geht darum, dass dieser Mann immer, sein Leben lang, über uns alle bestimmt hat, ob direkt oder indirekt. Über Mama, Papa, über Oma, über dich und mich. Und es immer noch versucht. Verstehst du das denn nicht?» Sie rang ihre Hände. «Was ist? Was guckst du so?»

Benny schwieg, wippte mit dem Kinn. Janne drehte sich um. Ihr Großvater stand in der Küchentür und hatte ganz offensichtlich ihre letzten Worte gehört.

Janne richtete sich auf, guckte wie jemand, der gerade dringend irgendwo anders auf der Welt sein möchte, kriegte dann aber ein «Hallo, Opa» hin.

«Hallo, Janne», sagte ihr Großvater. «Schön, dass du da bist.» Er zog einen Stuhl am Tisch hervor und setzte sich. «Glaub ich jedenfalls.»

Janne sah Benny an, deutlich irritiert. Hatte der Alte etwa einen Witz gemacht? Paul Johann Helmkamp der Dritte beliebte zu scherzen? Ihr Bruder grinste nur und entfernte sich aus der Schusslinie.

«Ihr entschuldigt? Das Brot.» Er machte sich wieder an seinem Teig zu schaffen.

Janne aber brachte ein wenig Abstand zwischen sich und

ihren Opa und lehnte sich nun mit verschränkten Armen an das alte weiße Küchenbüfett. Sie musterte ihren Opa. Er sah grau aus im Gesicht, die Tränensäcke ausgeprägter als sonst, die eine Mundhälfte schien ihr leicht hängend.

«Hattest du einen Schlaganfall?»

Er nickte, verzog die Lippen zu einem matten Greisenlächeln. «Aber nur einen leichten. Alles wieder picobello jetzt.»

«Und deine Motorik?»

Er schob seine Brille nach unten und schickte darüber hinweg einen blassblauen Blick. «Ist das ein Verhör?»

Benny drehte sich um, den Teig in der Hand. «Ihr sagt Bescheid, wenn ihr die Colts rausholt, ja? Dann gehe ich nämlich. Ich bin Pazifist.»

Janne zuckte die Schultern. «Ich mein's ja nur gut. Was nimmst du denn ein?»

Ihr Opa zuckte ebenfalls die Schultern. «Was Lüders mir hinlegt.»

Seine Enkelin murmelte irgendetwas Unverständliches, das viele lange Wörter enthielt. Dann lief sie noch einige Meterstrecken rauf und runter, während Paul Johann sie nicht aus den Augen ließ.

«Und wem verdanken wir die Ehre deines Besuchs?», fragte er schließlich bedächtig.

«Es gibt eine Menge Fragen, Opa. Und ich möchte Antworten.»

«Sehr wohl, mein Fräulein. Was darf's denn sein? Gebratene, gekochte oder frisch gebackene Antworten?»

Janne ging zu ihrem Bruder hinüber. «Hast du ihm Drogen gegeben?»

Benny ignorierte sie, klopfte auf seinen Hefeteig ein, aus

dem er zum Abendessen das «Best Bio-Naan in Town» zu machen gedachte, auch wenn Delmenhorst-Süd ihm das wahrscheinlich nicht danken würde.

«Gibt's vielleicht noch Kaffee?», meldete sich Paul Johann.

«Klar, Opa, bedien dich», sagte Benny und reichte ihm die Thermoskanne.

Janne schob einen Becher hinterher. «Aber ohne Zucker, Opa.»

«Ist es nicht schlichtweg wunderbar, eine Ärztin in der Familie zu haben?», murmelte der und löffelte sich solche Berge an Zucker in die Tasse, dass Benny schon mal in Deckung ging. Der Siedepunkt schien bald erreicht.

Janne hatte wieder ihren Posten vor dem alten Büfett bezogen und sah nun zu, wie ihr Großvater den Kaffeesirup trank.

«Okay», sagte sie schließlich. Und dann noch mal. «Okay.» Mehr kam nicht.

Ihr Opa guckte. Auch Benny sah von seinem Brot auf.

«Du hast Mehl im Gesicht», brachte sie schließlich hervor und schluckte. Irgendjemand hatte Klumpen in ihrem Hals deponiert. Oder Kröten. Dicke Kröten.

So ging das nicht. Aber wie sonst?

Die Frage verpuffte. Genauso wie der ganze Furor, der sie hierhergetrieben hatte, plötzlich ein wenig verpufft schien – und der Tiger im Karton nur noch ein Kater Mikesch war. Sie war müde. Müde des ewigen Wütendseins.

Na super, Top-Zeitpunkt, höhnte es zugleich in ihr. *Drei Meter vorm Ziel.* Und es half ja auch nichts. Sie musste da jetzt durch.

Wie in Zeitlupe kehrte sie zum Tisch zurück, legte die Hände auf die Tischplatte und starrte auf ihren Kaffeebecher. Gianni Versace. Sie seufzte. Der verdammte Becher war von Gianni Versace.

«Fragen also, sagtest du?», soufflierte ihr Großvater, milde Ironie in der Stimme.

Janne sah noch einmal auf den Zweihundert-Euro-Kaffeebecher, ballte dann die Hände zu Fäusten und begann: «Ich war in der Hütte, oben auf Rügen. Ich habe dort gesessen und die Kraniche gehört, wie damals.»

Sie schloss für einen kurzen Moment die Augen. Benny ließ den Teig fallen und kam zu ihr, während Paul Johann Helmkamp das machte, was er am besten konnte: sein Steingesicht.

«Und ich weiß nun wieder», fuhr Janne mit ruhiger Stimme fort, «zumindest in groben Zügen, was passiert ist. Aber was ich nicht weiß und was ich mich die ganze Zeit frage, Opa, ist: Was hat Mama eigentlich gemacht, während Benny und ich da in der Hütte saßen? Und warum in Gottes Namen habt ihr nie mit uns darüber gesprochen?»

Ihr Großvater verschränkte die Arme vor seinem beträchtlichen Bauch und wippte eine Weile langsam vor und zurück. Dann stand er auf. «Ich denke, es ist Zeit. Dass ihr beide jetzt mal mitkommt. Und euch etwas anseht.»

Benny schaute zu Janne, die rang nur die Hände. Keine Ahnung, was der Alte nun wieder hatte. Sie folgten ihrem Großvater durchs Haus, über lange Flure mit dicken Teppichen.

Die Füße versinken darin wie im Morast, dachte Janne und auch, dass sie schon mal heiterere Vergleiche gefunden hatte.

* * *

Sie gingen in das Arbeitszimmer ihres Großvaters. Eine Räumlichkeit von den Ausmaßen einer Zweizimmerwohnung und mit dem Ambiente eines englischen Gentleman Club. Dunkelgrüne Ledersofas, holzgetäfelte Wände, ein Globus und ein riesiger Eichenschreibtisch, auf dem – das einzige Zugeständnis an die Moderne in dieser Bastion bilderbuchhafter Männlichkeit – ein Laptop stand.

Ihr Opa drückte auf einen Knopf an seinem Schreibtisch und wies auf die Sitzgruppe davor, sie mögen sich doch bitte setzen.

«Lüders, könnten Sie kurz kommen und mir mit dem Beamer helfen?», sprach er in Richtung seines Füllfederhalters, der aufrecht in einer Halterung stand und offenbar ein Mikro enthielt.

«Wie bei *James Bond*, oder?», sagte Benny.

Janne verdrehte nur die Augen.

Ernst Lüders erschien keine drei Sekunden später, vernetzte Laptop und Beamer, zog eine Leinwand von irgendwoher aus dem Holzgetäfel und verdunkelte das Zimmer leicht. Als er sich wieder zurückziehen wollte, sagte Paul Johann: «Bitte bleiben Sie, Lüders.»

Janne kniff die Augen zusammen. Nicht wegen dieser durchaus ungewöhnlichen Bitte ihres Opas. Sondern wegen des leicht schrillen Tons in seiner Stimme. Was wurde das hier? Mal wieder Geisterstunde?

Das erste Foto zeigte die Hütte. So wie sie damals ausgesehen hatte. Die Scheibe neben der Tür war eingeschlagen, am Boden lagen große Scherben. Janne fasste nach Bennys Hand. Niemand sagte etwas.

Die Maus am Laptop klickte.

Auf der Leinwand erschien ein großes altes Fachwerkhaus, etwas schief schon, aber gut erhalten. «Vineta-Stube» stand auf einem blauen Emailleschild über der Tür. Über dem Schriftzug flogen zwei stilisierte Kraniche.

Jannes Finger krampften sich um Bennys.

Klick, machte die Maus.

Das nächste Bild erschien und mit ihm ein blondes Mädchen. Es lag auf einem Sofa und schlief. Beide Hände und Unterarme waren dick verbunden. Die Wände rundherum waren blau. Ein graues Blassblau.

«Blau, aber natürlich», murmelte Janne.

Klick, antwortete die Maus.

Jetzt sah man einen Krankenwagen vor dem Gasthaus stehen, in den ein Sanitäter gerade ein Kind auf einer Bahre schob. Das blonde Mädchen stand davor, sah zu. Eine Frau hatte einen Arm um das Mädchen gelegt, es hielt sich trotzdem steif und aufrecht wie ein kleiner Zinnsoldat.

Janne fiepte.

Benny legte einen Arm um sie. «Ist doch alles gut, Große.»

Ihr Großvater blieb stumm.

«Und wo war Mama?», fragte Janne.

Es klickte ein letztes Mal.

Janne schloss die Augen, um sie dann nur sehr langsam wieder zu öffnen. So hörte sie zuerst, dass Benny «Ach, du Scheiße» murmelte, bevor sie ihn selbst entdeckte. Den Zeitungsausschnitt, eine kurze Meldung vom 6.10.1992.

Millionenerbin randaliert im Urlaubsflieger

Berin-Tegel – Am gestrigen Mittag konnte ein Flug der Condor erst verspätet starten, da eine Passagierin kurz vor dem Start versuchte, die Tür der Maschine zu öffnen. Als das Bordpersonal sie daran zu hindern versuchte, schlug die Frau um sich.

Es handelt sich dabei nach derzeitigem Stand der Ermittlungen um Marina Helmkamp, die Tochter von Süßwarenproduzent Paul Johann Helmkamp. Sie habe dringend nach Hause gemusst, mehr könne sie dazu nicht sagen, erklärte Marina Helmkamp, nachdem die Polizei sie von Bord der Maschine geholt hatte – die dann mit 45 Minuten Verspätung starten konnte. Ihr Ziel: Mallorca.

«Wow. Da hat sie sich aber echt was geleistet.»

«Hat sie nicht, Benny», entfuhr es Janne. So unmittelbar, als hätte es keine Zeit der Welt. «Und das weißt du auch.»

Ernst Lüders knipste das Licht am Schreibtisch wieder an. Jannes Blick fiel auf die Wand dahinter, sah, dass da immer noch die goldene Werder-Bremen-Sponsorentafel anno 1985 hing. Und daneben die Ehrenmitgliedsurkunde vom Rotary Club. Fehlt nur noch das Millionäre-aller-Länder-vereinigt-euch-Emblem in Gold, sinnierte sie vor sich hin, bis ihr klar wurde, dass von ihr offenbar weitere Redebeiträge erwartet wurden.

Denn keiner der anderen Anwesenden gab einen Ton von sich, stattdessen starrte die gesamte Herrenriege sie an, wartend. Worauf? Sollte sie sich ernsthaft erklären müssen?

Janne seufzte, beugte sich leicht vor und sprach mit einer monotonen Stimme, die ihre Gefühle besser verbarg als ein Schutzschild: «Okay – aber das wisst ihr doch auch, oder? Ich meine, dass in einer manischen Phase die Schuld- und Steuerungsfähigkeit nicht nur eingeschränkt, sondern sogar ausgeschlossen ist. Mama konnte nichts dafür. Nicht das Geringste. Patienten mit einer bipolaren Störung sind genauso krank wie solche, die Multiple Sklerose oder Krebs haben. Es handelt sich um eine Fehlsteuerung im Körper. Einfach nur das. Ich schätze mal, sie hatte damals bereits Phasen mit

Rapid Cycling, also einem schnellen Wechsel der Episoden, und ist dann im Flugzeug quasi plötzlich aufgewacht. Aus der Manie. Schön war das sicher nicht.»

Meine Stimme klingt wie aus einer Konservenbüchse, dachte sie noch, dann lehnte sie sich zurück, pustete etwas Luft von sich und spürte, wie es in ihr rumorte. Ein Hexensabbat war nichts dagegen.

Benny zog einen nachdenklichen Flunsch.

Ernst Lüders guckte, wie er es immer tat: so gar nicht.

Nur ihr Großvater konnte sich zumindest zu einer Lautäußerung durchringen. «Aber was wollte sie denn nur auf Mallorca?»

Er klingt irgendwie fassungslos. Noch immer, nach all den Jahren, dachte Janne und richtete sich auf.

«Das ist völlig sekundär, Opa. In einer Manie überstürzen sich Gedanken und Ideen. Mama sagte immer, es sei, als führe ein Zug durch ihren Kopf. Schneller und schneller, und ließe alles andere hinter sich.»

«*Rapid Cycling*, ja?», wiederholte Benny, was bei ihm hängen geblieben war. «Aber trotzdem … wie konnte sie uns so völlig vergessen? Tagelang?»

Janne drückte seine Hand. Sie fühlte sich seltsam. Verwirrt und ruhig zugleich. Einerseits war da das Kind in ihr. Dem waren alle Erklärungen egal. Das wiederholte dauernd nur wie Benny: «Vergessen? Tagelang?» Mit einer piepsigen Stimme, die die Welt nicht mehr verstand. Andererseits hatte der Zeitungsartikel etwas bestätigt, das gar nicht genug bestätigt werden konnte: dass es damals richtig gewesen war, Hilfe zu holen. Sie hatte also nicht versagt, als sie das «Tabu» brach. War nicht überängstlich gewesen. Wären sie in der Hütte geblieben, hätten sie zum Zeitpunkt des

Vorfalls im Flugzeug bereits ganze zwei Tage dort festgesessen – in welchem Zustand auch immer.

«Aber immerhin wollte sie dann noch zurückkommen», sagte Benny schließlich mit so viel Nachdruck, als müsse er vor allem sich selbst überzeugen.

«Ppphh», machte sein Opa und schob die Ratsherrenbrauen Richtung Stirn.

Janne beäugte ihn unterdes mit einem jener Blicke, die sie in Perfektion beherrschte.

«Wer hat die Sache dann eigentlich angezettelt, Opa?» Ihr Tonfall hätte auch bei einem KGB-Verhör gute Dienste geleistet, und sie wusste es, aber es war ihr egal.

Paul Johann verschränkte die Arme hinter seinem Schreibtisch. «Ich weiß nicht, wovon du redest, Kind.»

Ernst Lüders, der immer noch neben dem Herrn Direktor stand, trat von einem Bein aufs andere. Janne aber erhob sich, ging hinüber zum Schreibtisch und stellte sich direkt davor.

«Ich würde nur einfach gern eins wissen, Opa. Warum? Warum habt ihr so entschieden? Dass Mama endlich Hilfe brauchte, war klar. Aber warum der Schwarzwald? Warum so weit weg? Nur weil es dort eine sauteure, aber ach so diskrete Privatklinik gab? Du willst mir ja wohl nicht erzählen, dass das ihre eigene Idee war, oder? Und warum gerade zu diesem Zeitpunkt? Und nicht all die Jahre vorher, in denen es euch – ich möchte nicht ausfallend werden …» Sie schob ihr Kinn vor, ein nahezu inspiriertes Funkeln in den Augen. «… nun, vielleicht doch: Jahre, in denen es euch einen feuchten Dreck geschert hat, was mit uns ist. Wo wart ihr, wenn Mama im Morgengrauen irgendwelche Männer bei uns zu Hause anschleppte? Wo wart ihr, wenn sie tagelang traurig im Bett lag und Benny –», ihre Stimme kippte jetzt doch, die Wut hatte sie wieder in den Klauen. Sie winkte ab.

«Wir dachten –» Paul Johann der Dritte nestelte an seinem Hemdkragen in dem vergeblichen Versuch, ihn zu lockern. «Wir dachten», wiederholte er und richtete seine blassblauen Augen auf Janne mit einer Miene so atypischer Unsicherheit, dass selbst seiner Enkelin kurz die Luft wegblieb. Dennoch klang seine Stimme fest und überzeugend und nach drei Ausrufezeichen dahinter, als er schließlich den ganzen Satz formulierte: «Deine Oma und ich dachten nun mal, es sei das Beste so.»

«Wie bitte?»

Jannes Stimme war leise, hatte aber um die hunderttausend Volt, schätzte Benny. Auch er war inzwischen an den schweren Schreibtisch getreten und blickte hin und her. Fast schien es, als wolle er den beiden Kontrahenten beruhigend auf die Schultern klopfen – oder anderes zur Deeskalation beitragen. Doch sein Großvater war ebenfalls aufgestanden, ein leicht schwankender Hüne, der nun um seinen Schreibtisch herumkam mit geöffneten Armen, als wolle er einen Waffenstillstand erwirken. Janne aber wich zurück. Schritt für Schritt ging sie langsam rückwärts, drehte sich schließlich um und lief hinüber zur Beamer-Leinwand. Auf die hatte der Laptop, wahrscheinlich weil ihn die Langeweile quälte, noch ein anderes Foto projiziert. Vielleicht, dachte Janne später, war es aber auch Ernst Lüders gewesen.

Das neue Foto zeigte die junge Marina mit ihrem Mann Federico und ihren Kindern. Benny als Säugling, Janne mit vielen großen Zähnen in ihrem schmalen Gesicht und die Augen fest auf ihren Papa gerichtet, der sie auf dem Arm hielt.

Janne starrte eine Weile auf das Bild, dann beugte sie sich vor, lehnte die Stirn an die Leinwand. «Das Beste? Tatsächlich?», wiederholte sie tonlos.

«Ja, das dachten deine Oma und ich», erwiderte Paul Johann, seine Stimme weit weniger sonor als sonst.

Janne fing an zu lachen. Ein missratenes Lachen, quietschend und schrill. *Bajazzo*, dachte sie, *ich klinge wie der blöde Bajazzo.* Ridi bajazzo – *Lache, Bajazzo, auch wenn das Herz dir bricht! Würde sie jemals diesen ganzen Opernkrempel aus ihrem Kopf kriegen? Diese Langzeitpartitur ihrer Kindheit?*

«Und Papa? Warum habt ihr auch Papa weggeschickt? Der war doch einfach nur überfordert mit allem. Ihr hättet doch locker jemanden einstellen können. Eine Haushälterin, eine Psychologin, was weiß ich, die uns geholfen hätte, wenn Mama, na ja, eben so war?»

Paul Johann Helmkamp fasste nach einer Tischkante, um sich zu stabilisieren, ließ sich schließlich auf die kleine Rollkommode neben dem Schreibtisch sacken.

Die Stille, die dann eintrat, hatte etwas Lautes, Wummerndes, wie nach einem Knall, der noch in den Ohren klingt. Zumindest bis ein dezentes Räuspern sie durchbrach.

«Herr Direktor, es tut mir sehr leid, dass ich jetzt stören muss», ertönte die wohlbemessene Stimme von Ernst Lüders. «Aber Ihr nächster Termin steht an. Es ist 15:00 Uhr. Was soll ich ausrichten?»

Janne wandte sich um, guckte ungläubig.

Benny stand immer noch am Schreibtisch, stumm, als hätte es ihm die Sprache verschlagen.

Ihr Opa blickte zu Lüders, dann zu seinen beiden Enkeln.

«Geh nur, Opa. Geh spielen», spöttelte Janne.

«Es reicht, Janne», kam es dann doch von Benny, den Blick dabei aber auf seinen Großvater gerichtet, der immer noch auf der Kommode hockte. «Willst du, Opa? Oder soll ich –?»

Der alte Paul Johann kämpfte sich hoch, klopfte Benny auf die Schulter. «Mach du nur, mein Junge. Es ist ja nur Meyer mit den aktuellen Zahlen. Lass es dir erklären und frag alles, was du nicht verstehst.» Dann sah er Janne an. «Ich muss mich einen Moment ausruhen.»

«Ist schon gut», murmelte sie. Doch jedes der drei kleinen Wörter hatte Widerhaken, die sich in ihre Gedanken bohrten. Es war eben *nicht gut*. Was hatte er gesagt? *Wir dachten, es sei das Beste so*? Das war alles? Mehr würde sie nicht bekommen?

Die alte Wut wallte in ihr hoch, machte ein stechendes Gefühl im Magen, bis ihr ganz schwindlig wurde. Sie musste hier raus. Wenigstens für ein paar Minuten. Mit einem gemurmelten «Bis später» hastete sie an den drei Männern vorbei, durch die Weite der Villa, hinaus in den Park. Dort tapste sie frierend an Rhododendren-Wäldern und Thuja-Soldaten vorbei, bis ihr Gehirn langsam seinen gewohnten Betriebsmodus wiederfand. An eine kahle Eiche gelehnt, guckte sie ihre Mails durch und sah, dass Ella etwas auf Facebook gepostet hatte: eine Packung Fischstäbchen, darunter ein chinesisches Sprichwort: *Govern a family as you would cook a small fish – very gently.*

Janne brauchte einen Moment, aber dann lachte sie. Lachte jetzt wirklich. Lachte, weil sie eben nicht heulen wollte. Und weil sie die Absurdität eines Lebens erkannte, in dem ein kleines Mädchen an den Rand der Verzweiflung gebracht worden war – und es dabei niemanden gab, niemanden, den man wirklich dafür verantwortlich machen konnte. Denn jeder von ihnen hatte in seiner eigenen kleinen Hölle gesessen: ihre Mutter, ihr Vater und am Ende auch ihre Großeltern.

Was hatte Leon gefragt, bevor sie ihn angebiestert hatte? «Was würdest du dem kleinen Mädchen von damals raten?» *Lauf*, dachte Janne jetzt, *lauf ganz weit weg, nimm dein kleines Ich, bevor es zerrieben wird zwischen den Mahlsteinen dieser Familie, die wunderbar und verrückt zugleich, aber vor allem einfach zu viel gewesen ist für einen so jungen Menschen.*

Sie spazierte noch eine Weile durch den Park, schaute nach dem alten Baumhaus, in dem Benny und sie ganze Sonntage verbracht hatten, sah, dass im Teich sogar noch der riesige Koi-Karpfen mit den markanten weißen Streifen auf dem Kopf lebte.

Und dann, ja dann entdeckte sie ganz hinten im Park, quasi am Außenposten der Helmkamp'schen Welt, eine Rose. Sie blühte. Jetzt im Dezember. Trotzig und aufrecht aus allerlei immergrünem Laubwerk hervor. Janne schaute auf das Namensschild, das von einem Zweig baumelte. Sie hatte hellrosa Blüten und hieß *New Dawn*. Neuanfang. Okay, sagte sie sich, das ist jetzt echt kitschig. Dennoch machte sie ein Foto und schickte es Ella. «Wird schon alles», schrieb sie darunter. «Very gently – wie der Fisch.»

***

«Das ist also dein neuer Job?»

Bennys Kopf fuhr hoch. Seine Schwester stand in der Tür und hatte etwas von einer Rachegöttin. Fehlten nur noch die wehenden Haare. Und ein Schwert in der Hand. Doch stattdessen entdeckte er zwei Tischtennisschläger.

«Na, komm schon, großer Firmenboss. Lass dich abziehen von mir.»

Sie kam näher, deutete auf die riesige Exceltabelle, die auf seinem PC die Umsätze der Helmkamp AG international des letzten Monats anzeigte.

«Also hab ich recht, ja? Dein neuer Job?»

Benny wand sich etwas auf dem breiten Ledersessel. «Na ja, ich habe lange mit –»

«Lass mich raten», warf Janne feixend ein. «Mit Leon gesprochen?»

«Kann ich auch mal ausreden?»

Janne strich ihm über die Haare. «Ist ja gut, Igelchen. Musst nicht gleich die Stacheln aufstellen. Was ist jetzt, eine Partie gefällig?»

* * *

Bis sie endlich aufgab, schlug er Janne drei Mal hintereinander beim Tischtennis. Und das haushoch.

«Wo hast du diesen fiesen Spin gelernt, du Schurke?»

«You see, mate, just keep 'em sharp and nice», grunzte Benny und lachte. «Mein Chef in Indien war früher australischer Jugendmeister im Pingpong.»

«Das hättest du mir auch vorher sagen können.»

«Und mir die Chance entgehen lassen, einmal besser zu sein als du? Warum?»

Janne hörte ihn sehr genau. Den leichten Unterton. *Okay*, dachte sie, *scheinbar ist heute D-Day, der Tag der Abrechnung. Bringen wir es also hinter uns.* Sie ließ sich auf das zerknautschte Sofa in der Ecke des Hobbykellers fallen, streckte die Beine von sich und dann, in dem Versuch, einen Witz zu machen, die Zunge raus.

«So schlimm? Deine Schwester, das Karrieremonster?»

Benny ließ sich neben sie plumpsen. «Logo, als Schwester bist du das Grauen schlechthin.»

Janne linste ihn von der Seite an, nicht ganz sicher, wie er das meinte. «Mach mal halblang, mon chéri. Ich habe dir immerhin früher die Windeln gewechselt.»

Benny rollte die Augen. «Das ist verjährt. Und ich bin keine Praline.» Er duckte sich, als sie ihm ans Ohr fassen und offenbar daran ziehen wollte. «Spinnst du? So was machen nur alte Tanten.» Er lachte jetzt doch.

«Ach, stell dich nicht so an», murmelte Janne, legte den Kopf ein wenig schief und fragte deutlich ernster: «Nun sag schon. Du willst echt für den Alten arbeiten? Hast du ihm von –» Sie wedelte mit den Händen. «Na ja, davon erzählt?»

Bennys Gesicht kolorierte sich in diversen Rottönen, dann bejahte er mit zaghaftem Kinnwippen. «Na ja, er war nicht gerade begeistert, aber wir haben einen Deal. Er bezahlt meine Schulden, und ich stottere sie bei ihm ab.»

Janne sah aus, als ob sie noch etwas sagen wollte, biss sich dann aber auf die Lippen und nickte nur.

«Und du?», fragte Benny und holte aus einer Kiste, die hinter ihm stand, ein Bier. «Auch eins?»

«Jetzt?»

Benny verdrehte die Augen. «Das ist Bier, kein Strohrum.»

Janne nahm die Flasche, ließ den Bügelverschluss ploppen und trank einen Schluck. Benny aber räusperte sich, fast so gekonnt wie Ernst Lüders. Dann verstummte er wieder, bis es schließlich aus ihm herausplatzte.

«Es war auch so ein Deal, weißt du? Zwischen Opa und Mama. Ein verdammter Pakt. Ein Schweigepakt.»

«Wovon redest du, bitte?» Janne sprang auf, die Arme verschränkt, Eiszeit im Gesicht.

Da ist sie wieder, meine Schwester, der Terminator, dachte Benny noch und gab sich trotzdem einen Ruck. Sie hatte ja recht mit ihrem Zorn. Das war das Blöde mit ihr. Sie hatte leider meistens recht.

Er stand ebenfalls auf, murmelte «Am besten liest du's selbst» und verschwand. Als er zurückkam, schwenkte er einen vergilbten Umschlag.

«Da. Hat Opa mir letzte Woche gegeben.»

Janne starrte eine Weile wortlos auf den Brief, und Benny befürchtete schon, sie würde einfach kehrtmachen und wieder abhauen. Doch sie ließ sich zurück auf das Sofa fallen, nahm den Umschlag entgegen und drehte ihn eine Weile fast ratlos in den Händen. Die Adresse trug die Handschrift ihrer Mutter. Der Poststempel stammte vom Dezember 1992 und markierte eine Briefmarke, die Willy Brandt zeigte. Sie hielt den Brief etwas von sich weg.

Als handelte es sich um eine unliebsame Rechnung, dachte Benny. Und wartete. Janne auch. Worauf, hätte er um sein Leben nicht sagen können. Die kleinen, nach rechts und links umfallenden Buchstaben ihrer Mutter auf dem Umschlag riefen doch förmlich: *Lies mich. Lies mich. Ich enthalte Wahrheit.*

Aber seine Schwester schien taub und immun dagegen. Sie saß einfach nur da und tat nichts. Oder halt, sie tat doch etwas: zittern. Benny kniff die Augen zusammen, guckte noch mal hin. Tatsächlich, die schmalen Hände, die den Brief hielten, flatterten. Im Grunde bebte die ganze Frau neben ihm. Was war los mit ihr? Hatte sie etwa Angst? Benjamin Helmkamp hätte nicht erstaunter sein können, wären vor seinen Augen kleine Nilpferde aus einer Torte gesprungen.

Er setzte sich neben Janne auf das Sofa und stupste sie an. «Du willst das nicht lesen, oder?»

Kopfschütteln.

Benny kramte sein Gehirn durch, suchte nach irgendetwas, was er sagen könnte, fand aber nur: «Bollocks.» Und das sagte er dann auch. Laut und deutlich.

Jannes Kopf fuhr hoch. «Waaas?»

Benny hob beide Hände. «Bitte nicht schießen! Aber mal echt, Janne, das ist doch Quatsch mit Soße. Nun lies das verdammte Ding, oder soll ich's dir vorlesen?»

Ihr Mund schob sich zusammen zu einem Janne-Flunsch. Und es war dieser Moment, in dem Benny auffiel, dass und warum sie so verändert aussah: Ihre Haare waren gewachsen, wellten sich leicht.

Was hatte Ravi gesagt, als er das Jugendfoto von ihr gesehen hatte? A Princess? Benny unterdrückte nur mit Mühe ein Grinsen. Sie würde ihn vierteilen, wenn er ihr das erzählte. Aber es war was dran. Sie sah aus wie die Prinzessin auf der Erbse. Zartbesaitet wie wir alle. Und als Kind hatte sie sich wahrscheinlich einfach einen Panzer übergestülpt. Verpanzert und los.

Er nahm ihr den Brief aus der Hand, holte verlegen schnaufend ein paarmal Luft und musste sich offenbar erst noch gewöhnen an seine neue Rolle als Schwesternbeschützer. Dann aber reckte er sich. «Weißt du, im Grunde ist es schnell erzählt. Der Deal war, dass Opa und Oma das Sorgerecht für uns bekamen. Ohne Gezeter, ohne Anwälte, ohne Wenn und Aber. Opa hat da tierisch Druck gemacht, du kannst es dir vorstellen. Und Mama hat schließlich eingewilligt, aber nur unter einer Bedingung: Solange du dich nicht erinnern würdest, sollte keiner erzählen, was auf Rügen passiert ist. Ein Deal eben, verstehst du?»

«Aber warum? Warum denn, verdammt?» Janne brüllte fast.

Benny ruckelte hin und her. «Sie hat sich geschämt, Janne. Wie immer, wenn sie aus einer Manie aufwachte und erkannte, was passiert war. Aber diesmal …»

Sie sahen sich beide an.

«Aber diesmal? Was, Benny?»

«Willst du's doch hören?»

Sie nickte, drückte seine Hand. Endlich.

Benny zog den Brief aus dem Umschlag, suchte einen Moment nach der Textstelle. Dann las er vor. Aus dem Brief seiner Mutter an ihren Großvater, verfasst wenige Wochen nach den Geschehnissen in der Hütte auf Rügen.

Du spielst mit harten Bandagen, Papa. Aber das hast Du ja immer getan.

Ja, es ist schlimm. Zu wissen, dass ich meinen Kindern solches Leid zugefügt habe. So schlimm, dass ich manchmal nicht mehr leben will. Damit sie endlich frei sind von mir. Und Du hast wohl recht, es ist wohl wirklich besser, wenn sie bei Euch sind. Behütet und sicher. Ohne eine Mutter, deren Gehirn ständig Achterbahn fährt.

Vielleicht ist das ganz einfach meine Strafe. Ohne die zu leben, die mir das Wichtigste auf der Welt sind. Aber wenn ja, dann frage ich mich, was ich eigentlich verbrochen habe? Eine Krankheit zu haben, die man nicht erklären kann? Manchmal wünschte ich mir, mir würde einfach etwas fehlen, ein Arm oder ein Bein. Dann könnte es wenigstens jeder sehen und irgendwie verstehen, weißt Du?

Benny stoppte. Janne sah, dass seine Augen so nass waren, dass er nichts mehr erkennen konnte. Sie nahm ihm vorsichtig den Brief aus der Hand und las ihn zu Ende vor.

Trotzdem, Papa. Wenn ich jetzt durch diesen Umstand, dass mein kleines Mädchen sich an nichts mehr erinnert, die Chance habe, dass sie beide nicht erfahren, was ich getan habe – dann lass mir bitte diese kleine Gnade. Lass mich ihre verrückte, aber liebevolle Mutter sein – und bleiben in ihrer Erinnerung. Ich bitte Dich.
Es grüßt Dich
Marina

Janne schniefte, Benny heulte.

Janne sagte: «Ach, Scheiße.»

Benny sagte: «Ganz genau.»

Und dann lachten sie. Es biss etwas im Hals, das Lachen, als wollte es nicht so recht rauskommen. Ein verstopftes Lachen gewissermaßen, dachte Janne, aber besser als gar keins. Und dann fragte sie wie aus dem Nichts: «Wusstest du, dass Grunzbarsche mit anderen Fischen im Chor singen?»

Benny warf ihr einen schrägen Seitenblick zu. «So richtig gut ist dir das da auf Rügen nicht bekommen, oder?»

«Haha. Ich mein's ernst, das ist wichtig.»

Benny nickte. «Haha, ich mein's auch ernst.» Er drehte seine leere Bierflasche in den Händen und pustete ein paarmal Luft von sich. «Das mag ja jetzt ein wenig komisch klingen –» Dann griff er noch einmal nach hinten. «Noch ein Bier? Hier ist auch Mädchenbier, wenn du willst.»

Seine Schwester stöhnte, hielt sich die Hände vor die Augen. «Das hab ich nicht gehört.» Und akzeptierte trotzdem das alkoholfreie Pils mit Zitronenbrause. Sie ließen beide Flaschen aneinanderklirren.

«Auf uns.»

«Und auf Mama.»

«Und auf Papa.»

«Meinst du?»

Janne nickte.

Benny und sie tranken. Eine Stille trat ein, die ihnen beiden guttat. Zumindest bis über ihnen ein Rasenmäher durch den Helmkamp'schen Landschaftspark ratterte, was immer der im Dezember dort sollte.

Dann sagte Benny, die Stimme belegt: «Also ... ich wollte dir noch danken. Also ... dass du mich damals gerettet hast, meine ich.»

Janne schwieg, sah ihn nur an.

«Du warst es, die die Scheibe eingeschlagen hat, richtig?», fuhr Benny fort. «Und dann bist du den ganzen Weg bis zum Gasthof gelaufen – mit mir auf dem Rücken, oder? Ich hab mir das mal auf der Karte angesehen. Das waren mindestens sechs Kilometer.»

Jannes Gesicht zuckte, das ganze Gesicht. Benny hatte so etwas noch nie gesehen. Er nahm ihre Hand und hielt sie fest, bis ihr Gesicht sich endlich für ein Lächeln entschied. So saßen sie einige Momente und hörten, wie Lüders nun über ihnen mit dem Gärtner schimpfte.

«He, Junior-Chef.» Janne kniff ihren Bruder ins Knie, das nackt aus seiner zerschlissenen Jeans ragte. «Mit den Klamotten muss Opa bei dir aber noch ein bisschen nachlegen, was?»

Ihre Augen lachten wieder so spöttisch wie eh und je. *Doch irgendwo dadrin leuchtet auch etwas Neues*, dachte Benny. Dann lehnte er sich an sie, seinen Kopf an ihrem, und flüsterte: «Bist die Beste, Quaki.»

* * *

Janne blieb noch bis zum frühen Abend. Sie tranken zusammen Kaffee und aßen Zevener Himmelstorte, wo auch immer Ernst Lüders die in der kurzen Zeit – und das am Tag vor Weihnachten – aufgetrieben hatte. Diese Torte bestand aus Mürbeteigböden mit Zimt und Haselnüssen, Unmengen von Sahne – und etwa dreitausend Kalorien pro Stück, schätzte Janne. Aber ihr Opa liebte sie nun mal. Denn er hatte sie, wie er natürlich auch dieses Mal erzählte, «als Kind nur ein Mal im Jahr bekommen …» – und Benny und Janne krähten im Chor: «… zum Geburtstag im Marktcafé in Zeven.»

«Undankbare Kinder», moserte der alte Paul Johann und gluckste leise.

Ansonsten sprachen sie noch über dies und das. Den Brand bei Lückmanns in der Nachbarstraße, die Rose, die draußen am Haus partout noch blühen wollte, und am Ende sogar noch über das «olle Schietwedder», das jetzt von draußen ans Fenster pladderte.

Es war ein brüchiger Frieden, doch es war einer.

Bevor sie ging, sah Janne noch die Medikamente und Arztberichte ihres Großvaters durch, während Lüders neben ihr von einem Bein auf das andere trat. Dann fragte sie: «Meinen Sie, er lässt sich von mir untersuchen?»

Ernst Lüders verengte seine Augen, kratzte sich an der Nase, ein unkontrollierter Moment, der das schiere Ausmaß seiner Ratlosigkeit widerspiegelte. «Meinen Sie, das ist eine gute Idee, Fräulein Janne?»

Sie stand auf, griff nach ihren Autoschlüsseln. «Oh ja. Je länger ich darüber nachdenke, desto mehr glaube ich, dass das sogar eine ganz fabelhafte Idee ist.»

Der Butler zog ein wenig den Kopf ein.

«Ich bin gleich wieder da, hole nur meine Arzttasche», rief sie, schon im Rausgehen.

«Uff», machte Ernst Lüders, laut und deutlich, sah sich dann aber schnell um, ob nicht jemand Zeuge dieser erneuten Unbotmäßigkeit geworden war. Er zog die weißen Handschuhe glatt und eilte, um den Herrn Direktor über die Pläne seiner Enkelin in Kenntnis zu setzen.

* * *

Ihr Großvater hatte sich wieder hingelegt. Zu viele Überraschungen, zu viel Torte, zu viel alles, dachte Janne, als sie die Tür zum Schlafzimmer öffnete. Sie hatte es noch nie betreten. Nicht einmal in den Jahren, die sie hier gewohnt hatte.

Er trug einen Pyjama aus dunkelblauer Seide mit einem Wappen am Revers – erstaunlich eigentlich, dass nicht noch ein paar Goldkrönchen appliziert waren, überlegte Janne –, und er quiekte, als sie ihm die Blutdruckmanschette um den Arm band.

«Gehst du mit allen Patienten so ruppig um?»

«Nein, nur mit dir.»

Paul Johann griente.

«Was gibt's zu lachen?»

«Nichts. Ich bin nur kitzlig.»

«Am Ellbogen?» Janne fixierte ihn über ihre lange Nase hinweg. «Hast du schon wieder Cognac getrunken?»

«Nur einen lütten.»

Sie schüttelte den Kopf, brummte vor sich hin: «Lüders muss besser auf dich aufpassen.»

«W…?»

«Ruhe jetzt, ich muss zählen.» Sie fühlte seinen Puls. «Der ist in Ordnung. Jetzt noch der Blutdruck, dann horche ich dich ab und prüfe die Reflexe.»

Er sagte es, als sie gerade die Metallsonde des Stethoskops auf seine Lunge drückte. Seine Stimme war belegt, sodass sie ihn kaum verstand.

«Es tut mir leid, Janne. Ich denke, ich würde heute manches anders machen.»

Janne fror förmlich ein in der Bewegung. Nur mit Mühe richtete sie sich auf. Ihr Blick irrte durchs Zimmer, suchte etwas, das nicht ihr Großvater war, fand ein Bild über dem Bett: die *Sternennacht* von Vincent van Gogh. Ausgerechnet. Sie starrte einen Augenblick darauf, versuchte, nicht zu lachen – wussten ihre Großeltern eigentlich, dass van Gogh manisch-depressiv gewesen war? –, und wiederholte dann: «*Manches*, Opa?»

Er riss seine Augen auf, diese hellblauen Teiche der Rechtschaffenheit. Janne schnaufte.

«Ihr musstet doch von ihr weg, Kind. So ging es doch nicht weiter.» Und als Janne beharrlich schwieg, fügte er hinzu: «Aber wir hätten es dir sagen sollen. Was passiert ist, meine ich.»

Janne nickte. Ein paarmal, fast abwesend, die Augen immer noch auf van Goghs Sterne gerichtet.

«Weißt du, was mich in jener Nacht gerettet hat?», flüsterte sie, und Paul Johann fluchte innerlich, dass er sein Hörgerät schon herausgenommen hatte, doch er beugte sich vor, um sie zu verstehen,

«Ich bin dem Nordstern gefolgt. Immer dem Nordstern nach, bis ich Licht sah.» Eine Träne kullerte über ihre Wange.

«Es tut mir so leid, min Deern.»

Und Janne schaute ihm endlich in die Augen. Dann nickte sie. Nur einmal. Ihr Großvater nickte auch. Die kurze Stille danach hatte etwas von der Zevener Himmelstorte: wunderbar im ersten Moment, aber so gehaltvoll, dass sie fast zu schwer wurde.

«Kann ich das jetzt wieder anziehen?», fragte Paul Johann schließlich und zeigte auf die Pyjamajacke.

«Deinen Krönungsdress? Yes, Grandpa.»

«Ach, schnackt wi utländisch nu?»

Sie grinste nur und half ihm in die Pyjamajacke. Dabei fiel ihr Blick auf seine Füße, die nackt unter der blauen Seide hervorguckten. Leicht schrumpelige alte Füße mit einem Gewirr blauer Adern darauf und einem lang herausstehenden zweiten und vierten Zeh. Ganz genau wie ihre eigenen. Der Albtraum beim Schuhekaufen, zumindest in der Frauenabteilung.

Und es lag wohl an diesen Füßen, die ihren Großvater plötzlich so viel mehr wie das aussehen ließen, was er war: ein sehr alter Mann. Vielleicht war es aber auch die völlig surreale Situation (sie im Schlafzimmer des alten Steingesichts) oder schlicht der viele russisch-Rügener Rauchtee, der sie weichgekocht hatte – aber sie glaubte ihm. Tatsächlich. Dass es ihm leidtat.

Und während Janne ihm noch half, die Knöpfe an seinem

albernen Seidenanzug zu schließen, auch die Decke um ihn feststopfte und er kurz seine Hand auf ihre legte und *Danke* flüsterte, da spürte sie es. Dass sie ihm wohl verzeihen konnte.

Sie ging dann noch einmal durchs Haus und spähte in ihr altes Zimmer, in dem sie mit fünfzehn die pastellfarbenen Mädchenträume ihrer Oma mithilfe von Nirvana- und The-Cure-Poster exekutiert hatte. Es war alles unverändert. Ein Museum, dachte sie und war doch gerührt. Selbst ihre Bad-Religion-Platte stand noch griffbereit neben der alten Stereoanlage.

Und vielleicht war es dieser Kontrast: die Punkrock-Band neben den Blümchengardinen ihrer Großmutter. Vielleicht waren es die Zierdeckchen und Seidenblumen im ganzen Haus, die lachsfarbene Veloursledercouch mit passendem Teppich, der Handstaubsauger an der Wand jeden Zimmers, die geharkten Kieselwege im Park. Aber vor allem lag es wohl an den Fotos im Flur, vor denen sie lange stehen blieb: Ihre Oma selbst bei dreißig Grad Hitze in Istanbul in ihrem Chanel-Kostüm plus passender Handtasche. Ihr Opa vor immer größer werdenden Luxuslimousinen. Der Stolz, es geschafft zu haben, der dem Jungen aus einfachsten Verhältnissen auch nach Jahrzehnten noch ins Gesicht geschrieben stand.

Jedenfalls begriff sie es plötzlich: dass die beiden Menschen, die hier zusammengelebt hatten, einfach überfordert gewesen waren. Dass sie nicht böse oder schlecht, sondern einfach Menschen gewesen waren, für die alles, was anders, seltsam, verrückt oder sonst wie nicht gesellschaftsfähig schien, erst einmal suspekt war. Nicht beherrschbar, etwas, was man am besten verbarg. Selbst wenn es die eigene Tochter betraf. Oder die eigene Enkelin.

Und man musste das wohl verstehen, dachte Janne. *Nein, sie waren keine bösen Menschen. Sie hatten es wirklich so für das Beste gehalten.*

* * *

Es war kurz vor sechs, als sie endlich losfuhr. Und kurz nach sechs, als sie wieder anhielt. Vor einem kleinen Haus ein paar Straßen weiter, in das jetzt ein Bestattungsunternehmen eingezogen war. Janne zögerte, fotografierte dann doch lieber den alten Gartenzwerg, der immer noch im Vorgarten residierte. Das Haus hatte sowieso einen fiesgelben Anstrich bekommen, aber den Zwerg würde ihre Mutter garantiert wiedererkennen. Sie hatte ihn damals Lohengrin getauft.

Sie schickte ihn ihr per SMS, schrieb aber zunächst den Text dreimal um. Am Ende sandte sie nur zwei Sätze in den Schwarzwald: «Ich brauche noch Zeit, Mama. Aber ich melde mich.» Und nach einem weiteren Blick auf das verunstaltete Haus ihrer frühen Kindheit schickte sie ihrer Mutter noch einen Smiley hinterher.

Danach tippte sie auf das Foto, das als Icon ganz oben auf ihrem Display platziert war, und wählte Anrufen. Er nahm sofort ab.

«Sprichst du noch mit mir?»

Schweigen.

«Leon?»

«Na ja, pädagogisch wertvoll ist das nicht.»

Jannes Mundwinkel wagten sich nach oben. «Aber?»

Seine Stimme blieb unbewegt. «Wer sagt, dass es ein Aber gibt?»

«Ich habe es genau gehört, da war definitiv eins», beharrte sie und lächelte.

Es kruschpelte in der Leitung.

«Was machst du da. Origami?»

«Ruhe, ich muss gerade mal mit Godzilla reden.»

Leon legte das Handy weg, flüsterte von weiter weg: «Muss diese Frau immer das letzte Wort haben?» Dann kam er wieder an den Hörer. «Mein Hund sagt, das gehe in Ordnung. Er findet, Pädagogik sei sowieso überbewertet und du die beste Ohrenkraulerin der Welt.»

«Leon?»

«Yes, dear?»

«Du hast einen Knall.»

«Aber?»

«Wer sagt, dass es ein Aber gibt?»

Er lachte. «Ich habe dich vermisst. Manchmal frage ich mich zwar, ob das klug ist. Aber es ist so.»

Janne lächelte wieder und bekam das Lächeln überhaupt nicht mehr weg – die ganzen sechshundertvierundfünfzig Kilometer lang nicht.

* * *

Er hatte gesagt, es sei ihm egal, wann sie da sei. Sie solle klingeln, notfalls würde Godzilla aufmachen. Es war 1:57 Uhr, als sie endlich vor der Haustür des riesigen Fachwerkhauses in der Tübinger Altstadt ankam. Und bevor sie auf die Klingel drückte, fragte sie sich, einen winzigen Moment nur: *Womit habe ich ihn eigentlich verdient? Diesen Mann, der wie Prince Charming auf seinem verdammten Pferd in meinem Leben aufgetaucht ist und mir bei meinen Schlachten zur Seite steht.* Doch dann sagte sie sich, dass man auch einfach mal Glück haben konnte. Auf der falschen Seite hatte sie schließlich lange genug gestanden.

30

«Jetzt spinnt er total.» Janne zerknäulte das Schreiben in ihrer Hand. Leon faltete es wieder auseinander. Es kam vom Amtsgericht Memmingen und belegte, dass die restlichen Kosten des Prozesses Helmkamp gegen Helmkamp, die Janne seit Monaten abstotterte, komplett beglichen worden waren. Vom Beklagten.

«Und das ist noch nicht alles», wetterte sie mit hochroten Wangen. «Da, guck dir das an. Guck. Es. Dir. An.» Ihre Stimme preschte mit etwa einhundert Ausrufezeichen durch Leons Wohnzimmer.

Derselbe nahm das dünne Thermoblatt, das sie ihm hinhielt, und vermutete, dass seiner Herzallerliebsten wohl gleich Dampf aus den Ohren steigen würde, wenn er jetzt nicht pronto einen Blick darauf … Und für einen kurzen Moment verschlug es selbst Leon die Sprache. Als Sohn einer alleinerziehenden Marktverkäuferin, die um jeden Penny hatte kämpfen müssen, war man auf so was einfach nicht vorbereitet: einen Bankauszug mit derart vielen Nullen hinter der Eins.

«Er ist verrückt geworden», moserte Janne weiter. «Dement wahrscheinlich.»

Leons Blick schwappte hin und her. Zu Janne. Zur Überweisung. Zurück zu Jannes entrüsteten Augen. Und dann noch einmal zum Betreff der Überweisung ihres Großvaters. «Es steht dir zu. Verschenk es, wenn du's nicht willst.»

* * *

«Was kochst du da?»

«*Curry à la Leon* nach einem Rezept von Benny.»

«Das klingt irgendwie gefährlich.» Janne schob sich neben Leon in die Kochnische und beäugte die beiden bunten Pappdöschen, die offenbar vorrangig am Kochprozess beteiligt waren. «Und was haben wir hier? *Des Maharadschas Freude*? *Das Glück von 1001 Nacht*? Sind das pulverisierte Bollywoodfilme?»

Spott sprang aus ihren Augen, und Leon biss sie, da er gerade keine Hand frei hatte, freundlich in die Schulter.

«He, großer Küchen-Maestro, mich gibt's nicht als Vorspeise.»

«Schade eigentlich», brummte er. «Der Maharadscha hätte bestimmt seine Freude.»

Er probierte das Curry, streute noch etwas aus dem Döschen mit dem bunten Glück darüber und zeigte Janne dann die Herstellerdaten auf der Rückseite: Helmkamp AG, Delmenhorst.

«Nicht im Ernst», staunte sie. «Ich fasse es nicht. Will der aus der Keksbude einen Gemischtwarenladen machen?»

Leon zuckte die Achseln. «Dein Opa findet's prima. Neuer Wind und so. Aber das sind nur Dummys, Probedöschen. Sie wollen dort erst mal eine Infrastruktur aufbauen, sagt Benny, also in Agra. Und Arbeitsplätze schaffen für die Leute aus den Slums. Ein junger Mann, den Benny kennt, soll da als Vermittler arbeiten.»

«Doch nicht etwa Ravi?», fragte Janne.

Leon nickte. «Im Moment lernt er gerade Lesen und Schreiben. Auf Firmenkosten natürlich.»

«Cool.» Janne strahlte.

Sie nahm die Freuden des Mahadscharas noch einmal zur Hand. «Die Produkttitel könnten sie ja vielleicht noch mal überdenken.»

«Ich find sie prima», sagte Leon, «ebenso wie die Million von deinem Opa.»

«Pah», knurrte die Frau seines Herzens und wandte sich dem Ausräumen der Spülmaschine zu. Nach einigen *Klackklacks* und *Pengpengs* gab es schließlich ein finales lautes Klirren, und Janne schaute fassungslos auf die Scherben von Leons Lieblingstasse.

«Ich ... Ich kauf dir 'ne neue.»

Leon nickte. «Geld dafür hast du jetzt ja.»

Mit Jannes Blick hätte man Diamanten schneiden können. «Sehr komisch.» Sie sammelte die Scherben ein und hockte sich dann verbiestert auf eine Fußbank, bis Leon sich hinunterbeugte und ihr zuflüsterte: «He, sweetie-pie, alles okay da unten?»

«Das Gesäusel kannst du dir sparen, das ist nicht lustig.»

«Ach nein? Schade.» Leon kniete sich vor sie hin, nahm ihre widerstrebende Hand in seine. «Honey plum dearest –», setzte er an.

«Le-on!», warnte die Honigpflaume. «Gleich gibt's Tote.»

Er ließ sich nicht beirren, platzierte sich jetzt einfach auf den Küchenboden, zu ihren Füßen, und hielt weiter ihre Hand. Ganz fest. «Schatz, wir müssen reden.»

Jannes Mundwinkel begannen zu zucken, doch sie versuchte weiter, stoisch zu gucken. «Was willst du?»

Leons Miene entspannte sich. «Sie spricht zu mir», raunte er Godzilla zu, der interessiert herbeigetrottet war. «Der Abend ist gerettet.»

«Dein Herrchen ist ein Schwachkopf, aber ich liebe ihn trotzdem», teilte Janne dem Hund mit und gab Leon einen Kuss. Der zog sie zu sich runter, sodass sie jetzt beide auf dem Boden saßen, Arm in Arm gleich neben den Chappidosen.

«Jannika?»

«Hm?»

«Ich wollte dir wirklich was sagen.»

Janne drückte ihren Kopf an Leons Schulter und seufzte zufrieden. «Wassen?»

Leon rückte ein Stück von ihr weg, setzte sich auf und blickte sie an. Janne hob den Kopf, blinzelte. Wenn Leon ernst wurde, wurde es ernst.

«Hast du dir eigentlich mal überlegt, warum du das Geld deines Opas so sehr hasst?»

Janne machte sich los, stand auf, ging ein paar Schritte, die Augenbrauen ein dunkler Balken über der Nasenwurzel. «Ich weiß nicht, was du meinst.»

Leon stand ebenfalls auf, wandte sich wieder dem Essen zu. Und ganz nebenbei, während er in der Freude des Maharadschas rührte, verlautbarte er: «Na ja, er hat damit ja so einiges angestellt. Denk mal an deinen Vater.»

Wenn Blicke töten könnten, dachte er, *wäre ich nun ein vierfach toter Mann, mindestens.* Doch er hatte es sagen wollen. Unbedingt. Auch wenn er jetzt wahrscheinlich tagelang allein schlafen musste.

Janne redete kein Wort mehr mit ihm, bis Ella und Konrad zum Essen kamen – mit Nepomuk, ihrem kleinen Sohn, der die Stimmung umgehend aufhellte.

Janne gab Zirplaute von sich, die Leon ihr nie zugetraut

hätte. Und obwohl er selbst zwar immer behauptete, Nepomuk könne man allenfalls ein Meerschweinchen nennen, war er völlig vernarrt in das Kind. Daher war er es auch, der drei Stunden später mit dem sich in der Post-Bäuerchen-Phase in den Schlaf muckelnden Baby durch die Wohnung trabte und so das Schrummeln von Jannes Handy in der Garderobe hörte.

«Hast du einen geheimen Midnight-Lover, Tweedledee?», fragte er, zurück im Wohnzimmer. «Gleich fünf Nachrichten hintereinander.»

«So spät noch?», fragte Ella.

«Meine Freunde, die Supermodels der Diskretion», spottete Janne, holte das Handy aber an den Tisch und tippte darauf herum. Die anderen redeten weiter, Leon legte den inzwischen schlummernden Nepomuk in seinen Tragestuhl, neben dem sich sogleich der selbst ernannte Babywächter des Hauses postierte: Godzilla. Dann schenkte er Wein nach, und sie redeten noch ein Weilchen, bis sehr auffällig wurde, dass eine Person am Tisch hartnäckig schwieg: Janne, die einfach nur auf ihr Handy guckte.

Leon stupste sie an. «Alles in Ordnung?»

Das Gespräch verstummte. Janne verzog den Mund, hielt das Handy jetzt von sich weg wie eine Mordwaffe.

«Die machen mich fertig.»

Leon streckte die Hand nach dem Smartphone aus. «Darf ich?»

Janne machte eine einladende Geste. «Bedien dich, der Irrsinn ist für alle da. Am besten liest du's gleich vor.»

Er nahm das Telefon, überflog kurz die Nachricht und pfiff anerkennend. Dann trank er noch einen Schluck Wein – und las vor.

Liebe Janne. Dein Opa und ich haben lange darüber gesprochen. Er war hier bei mir, weißt du? Und wir haben uns nicht gestritten. Erstaunlich, oder? Na ja, und dabei ist die Idee entstanden. Denn wir wissen natürlich, dass wir dir schon einen sehr guten Grund liefern müssen, damit du das Geld nimmst. Das ist unsere Idee: Warum nicht eine Stiftung gründen? Eine für Kinder, die Eltern haben wie mich – temporarily out of order. Eine Stiftung vielleicht, die Hilfsangebote macht, in Schulen geht und informiert. Und wir dachten eben, dass das etwas wäre, was du sinnvoll fändest und vielleicht auch gern planen oder leiten würdest. Es ist nur so eine Idee. Dein Opa würde auch noch mehr Geld investieren. Sag einfach, was du brauchst. Ich umarme dich, Mama. PS: Vielen Dank für die Playbackaufnahme der Mahler-Lieder, ich übe! Wenn du das nächste Mal kommst, singe ich dir vor.

«Sie kennt dich gut», sagte Konrad, nachdem Leon fertig war.

«Zu gut», murrte Janne.

«Wirst du drüber nachdenken?», fragte Ella.

Jannes Blick surrte zu dem schlafenden Nepomuk und verweilte dort eine lange Zeit. «Ja», sagte sie dann. «Das werde ich.»

* * *

«Und? Hast du nachgedacht?», fragte Leon am nächsten Morgen beim Frühstück und verteilte mit seligem Lächeln Mint Jelly auf seinem Käsebrötchen.

Janne verzog das Gesicht. «Ich finde, der Käse könnte auf Schadensersatz klagen.»

Leon gab ihr einen Kuss. «Mein Sonnenschein.»

Janne verdrehte die Augen, löffelte ihr Buchweizen-Müsli, frisch geschrotet.

Als sie beide fast mit der Zeitung durch waren, deren Teile sie sich in genau getaktetem Rhythmus über den Tisch reichten, hielt Janne beim letzten Tausch Leons Hand mit dem Wirtschaftsteil fest.

«Ich sage es ungern. Aber du hattest recht.»

Leons Gesicht erheiterte sich. «Ich wusste, dass heute mein Tag ist. Gleich heute Morgen, als die alte Tante SWR tatsächlich die Sex Pistols spielte. Aber könntest du dich zu einer Spezifizierung hinreißen lassen?»

Janne ging zu ihm, quetschte sich neben ihn auf die Küchenbank und lehnte ihren Kopf an seinen. Dann sagte sie mit Blick auf das Mint-Jelly-Glas: «Du hattest recht. Es ist kindisch, das Geld meines Opas zu hassen. Reine Projektion ist das.»

Sie holte tief Luft, Leon legte den Arm um sie.

«Und ich glaube ... mein Vater ...» Ihre Stimme flutschte weg. Sie holte noch mal Luft. «Mein Vater wäre so oder so gegangen. Aber es war wohl leichter, Opa dafür zu hassen.» Sie zuckte die Schultern. «Ich war eben ein Kind.»

Leon nickte. «Kinder sind so. Herzerwärmend direkt.»

Er seufzte. Janne schwieg, blickte fragend zu ihm hoch, weißblondes Lockengewirr im Gesicht.

«Bald siehst du aus wie ein Engelchen, Sweetheart, und ich kann dich an Weihnachten an Krippenspiele verleihen.»

«Haha», machte Janne, sah ihn immer noch an, wartete.

«Ich war acht, als mein Vater uns verlassen hat», sagte Leon schließlich. «Ich habe danach viele, viele Jahre nicht mit ihm geredet.»

Janne drückte seine Hand. «Und heute?»

«Ungefähr so wie bei dir und deinem Opa: Wir schreiben uns zum Geburtstag.»

Er nahm das Mint Jelly, tauchte einen Esslöffel hinein und aß den Aufstrich pur, dann lächelte er millimeterklein. «Hmmm, es gibt nichts Besseres gegen Gefühlsmigräne, weißt du.» Er drehte sich zu Janne und küsste sie auf die Nase. «Und? Wirst du sein Geld nehmen?»

Janne nickte. «Ein intriganter Senfseggl ist er trotzdem. Aber die Idee mit der Stiftung ist gut.»

«Amen», sagte Leon. «But could you specify *Senfseggl*, my love?»

31

Im Herbst darauf bekam Janne die Nachricht, auf die sie wirklich gewartet hatte. Es war ein Brief, vierzig Seiten dick. Der Bericht eines Detektivs, den Benny und sie beauftragt hatten, um ihren Vater ausfindig zu machen – Federico Alfonso, den Klavier spielenden Säufer. Er befand sich nach Jahren als Barpianist auf immer drittklassigeren Kreuzfahrtschiffen in einem Pflegeheim bei Mailand, wo er zuletzt als Verkäufer in einem Musikalienhandel gearbeitet hatte. Sein Zustand wurde als mittelgradig dement angegeben.

Benny und sie überlegten lange. Aber nicht sehr.

An einem Freitag im September kam Benny per Zug aus dem Norden angereist. Samstagmorgens ganz früh setzten sie sich ins Auto – einen Leihwagen, denn Benny weigerte sich, noch einmal einen Fuß in die Butterdose zu setzen – und fuhren hin.

* * *

Es war nicht wie im Film. Es war so, wie es sich nicht mal der schlecht gelaunteste Drehbuchautor ausdenken könnte. Ihr Vater – oder das, was von ihm noch übrig war – hatte gerade sein Mittagessen ins Bett gekippt, als sie kamen. Er schrie rum und schlug nach beiden Pflegern, die ihn zu beruhigen versuchten.

Warten Sie bitte draußen, hieß es. Ob sie ihm in der Zeit was gegeben hatten, wusste Janne nicht. Jedenfalls war da, als sie ins Zimmer kamen und den dösenden Mann im Bett erblickten, nichts, gar nichts, was sie an Federico, den Gartenflieger und Fantasiepiloten ihrer Kindheit, erinnert hätte. Es war für sie schlicht ein eingefallener alter Mensch mit fast weißen Haaren und leeren Augen.

Janne und Benny setzten sich neben sein Bett.

«Babbo», sagte Janne. Warum, wusste sie auch nicht. Vielleicht weil sie es einfach noch einmal in ihrem Leben zu jemandem sagen wollte.

Benny knetete seine Finger und schwieg.

«Babbo», wiederholte Janne und beugte sich vor. «Ich bin's. Janne.»

Und weil ihr Vater sie nicht mal ansah und aus einem Impuls heraus, der Gott weiß woher kam, sagte ihre Stimme dann … Es war doch ihre Stimme? *«Vogliamo cantare una canzone, babbo?»*

Der alte Mann wandte jetzt zumindest den Kopf in ihre Richtung. Janne erstarrte, atmete kaum, tastete nach Bennys Hand.

«Mi scusi, signora?»

Seine Stimme. Es war *seine* Stimme. So jubelte etwas in ihr und wollte zugleich weglaufen, sich verkriechen.

«Wollen wir etwas singen, Papa, wie früher?», beharrte sie und versuchte hartnäckig, in dem verwitterten Gesicht vor sich etwas wiederzufinden. Etwas Bekanntes, vielleicht sogar Vertrautes. Doch Federicos müde dunkle Augen betrachteten sie nur argwöhnisch und wandten sich dann der Bettdecke zu. Audienz beendet.

«Lass uns lieber wieder gehen, Janne. Vielleicht versuchen wir es später noch einmal», flüsterte Benny.

Doch Janne war noch nicht fertig.

Sie griff nach ihrem Rucksack und zog ein Päckchen heraus, das sie Federico hinhielt.

«Das ist für dich. *Un dono.*»

Federicos lange schmale Hände griffen nach dem Päckchen, drehten es aber ratlos von rechts nach links.

«Soll ich es dir aufmachen … *babbo*?», fragte Benny.

Janne heulte fast. Denn ihr wurde klar, dass sie ihren Bruder noch nie jemanden hatte «Papa» nennen hören.

Der alte Mann im Bett richtete sein hageres Vogelgesicht nun auf Benny, den er überhaupt erst jetzt richtig wahrzunehmen schien. Seine Miene veränderte sich, wurde weicher, fast staunend.

«Matteo?», flüsterte er.

Benny blickte zu Janne, rang fragend die Hände.

Die seufzte, schloss einen Moment die Augen, dann erklärte sie leise: «Sein jüngerer Bruder.»

Bennys Augen weiteten sich, sein Mund bebte sichtlich, doch er gewann seine Fassung zurück und reichte seinem Vater stumm die Hand.

«Matteo», wiederholte der. Immer wieder «Matteo», während er Bennys Finger mit beiden Händen umklammert hielt.

«Wir haben dir ein Geschenk mitgebracht.» Benny deutete auf das Päckchen. «Willst du es nicht aufmachen?»

Federico legte den Kopf schief, als lauschte er auf etwas. Sein Blick flackerte, war aber noch immer auf Bennys Gesicht gerichtet, das er mit den Augen abzutasten schien. Er öffnete die Lippen, wollte etwas sagen, es kam nur nichts heraus. Sein Kopf sackte nach vorn. Leise, fast tonlos murmelte er schließlich: *«Non sei Matteo.»*

Die raue Stimme wirkte anklagend. Benny schüttelte den

Kopf. Federico ließ die Hand seines Sohnes fallen, drehte das Gesicht zur Wand.

Bennys Blick schweifte nur kurz zu Janne, senkte sich dann auf den Boden, seine Schultern fielen nach vorn. Er sah mutlos aus. So mutlos, dass Janne am liebsten den alten Mann im Bett genommen und geschüttelt hätte. *Das ist dein Sohn hier, hörst du, dein Sohn, der seine ganze Kindheit hindurch von dir geträumt hat. Also los, mach was. Irgendwas.*

Stattdessen stand sie auf. «Komm, Benny, lass uns gehen. Ich glaube, das alles hier war ein Fehler.»

Aber nun war Benny noch nicht fertig. Er wickelte das Päckchen aus, das noch immer auf der Bettdecke lag. Es war eine Spieluhr. Gestaltet als altmodisches Karussell mit zwei bunten Holzpferden. Öffnete man eine kleine Schublade unter diesen, erklang die Melodie von *Santa Lucia*, und die Holzpferde begannen langsam auf und ab zu wippen.

Janne hatte sie in einem kleinen Laden in Reutlingen entdeckt. Er gehörte dem letzten Spielzeugmacher Baden-Württembergs, einem älteren Herrn, der aussah wie der Weihnachtsmann. Und in diesem Moment, hier bei ihrem Vater, fragte sie sich, ob er es vielleicht tatsächlich gewesen war.

Denn als Benny die Spieluhr in Gang setzte, wandte ihr Vater den Kopf. Das Leuchten kehrte zurück in seine Augen, seine Mundwinkel zuckten erst unentschlossen, doch schoben sich am Ende nach oben. Er lächelte. Und das nahm seinem Gesicht den weggetretenen Ausdruck, ja, veränderte es derart, dass Janne schlicht die Puste wegblieb.

Vor ihr saß ihr Vater. Alt, grau und nur ein Abglanz seiner selbst. Doch er war es. Federico Antonio Monterubbianesi.

Der jetzt seinem Sohn die Spieluhr abnahm und sie fast

ehrfürchtig in den Händen hielt. Die sentimentale Melodie des Volkslieds erklang wieder und wieder. Federico bewegte die Lippen.

«Was redet er da?», flüsterte Benny.

«Er singt das Lied mit.»

Sie saßen noch eine Weile bei ihm. Er sprach sogar ein wenig, aber nur italienisch. Janne verstand nicht alles, doch vieles. Und dann sagte er plötzlich, dass seine Familie auch ein Karussell besäße, aber mit *cigni* – Schwänen. Und fügte hinzu: *«Devo mostrarlo a mia figlia.»* Er blickte Janne an, nickte, wenn auch mehr zu sich selbst, wie es schien. *«Il suo nome è soleluna.»*

«Das muss ich meiner Tochter zeigen. Sie heißt Soleluna», übersetzte Janne. Sie brachte die Worte kaum heraus.

Benny legte den Arm um sie, während ihr Vater die Spieluhr erneut in Gang setzte, aber zusehends müder schien. Seine Augen fielen immer wieder zu.

Die Geschwister sahen sich an. Es war Zeit.

Zum Abschied reichten sie ihm die Hände. Er ignorierte sie. Erst als sie an der Tür waren, hob er den Kopf. Sein Blick schien wieder weit entfernt, als sähe er etwas anderes – eine andere, vielleicht eine schönere Realität. Das jedenfalls hoffte Janne für ihn.

«Danke, *signora*. Danke.»

Seine Stimme klang, als ob er es meinte. Janne betrachtete ihn einen letzten Moment lang, dann schloss sie die Tür hinter sich und wischte sich die Tränen aus den Augen.

Auf dem Flur sprachen sie noch mit einer Pflegerin. Aminata Owusu stand auf ihrem Namensschild. Sie hatte viele bunte Zöpfchen und eine so herzliche Freundlichkeit an sich, dass Janne fast schon wieder heulte. Es sei schön, dass mal jemand da sei, sagte Aminata auf Englisch, und ihn aufgeheitert habe. Zuletzt, es sei Monate her, sei eine alte Dame aus Palermo gekommen, er habe aber nur an die Wand geschaut.

Ob es hier ein Klavier gäbe, fragte Janne. Er ist Pianist, wissen Sie. Benny lächelte, weil er deutlich den Stolz in Jannes Stimme vernahm. Oh ja, das hätten sie, erwiderte Aminata, im Aufenthaltsraum. Und letztes Jahr, als er noch hin und wieder dorthin gegangen sei, hätte er auch gespielt. *Bellissima*, sagte sie. Und rollte die Augen.

Als sie sich verabschiedeten, hielt sie Jannes Hand kurz fest. «Sie kommen von weit her?»

Janne stutzte, blinzelte mehrmals, bevor sie erwiderte: «Ja, ich glaube, so könnte man es sagen. Wir kommen von weit her.»

Aminata nickte. «Ich verstehe.»

* * *

Einen Monat später erreichte sie eine Mail. Aus dem Seniorenheim. Von Aminata Owusu, der netten Pflegerin. Sie hätte sich erinnert, dass bei der letzten Weihnachtsfeier eine Kollegin Videoaufnahmen gemacht hätte, und so könnten sie doch auch mal hören, wie *bellissima* ihr Vater gespielt hätte. *Und herzliche Grüße. Wir alle lieben Federicos Spieluhr.* Um das «lieben» hatte sie zwei Herz-Smileys platziert.

Janne brauchte fast den ganzen Tag, bis sie so weit war. Trotzdem hielt sie unbewusst die Luft an, als sie endlich die Datei öffnete und ihren Vater sah. Den eingesunkenen alten Mann am Klavier, dem eine freundliche Seele ein frisches Hemd und ein Jackett angezogen und die grauen Haare frisiert hatte. Und wieder war die Verwandlung fast gespenstisch. Trotz seiner verwitterten Züge, der Tränensäcke unter den Augen, trotz des eigentümlich fernen Blickes saß da ihr Vater. *Babbo.* Und hob beide Hände auf das Klavier, so wie er es immer getan hatte, mit dieser gewissen Grandezza, und spielte.

Einen Walzer, ein Weihnachtslied.

Und dann, Janne meinte ein minimales Lächeln aufblitzen zu sehen, spielte er *Die Serenade für Niniputz.* Das Lied, das er zu Bennys Geburt komponiert hatte und das sie so oft zusammen gesungen hatten.

Und für eine Sekunde nur, vielleicht nur für einen Bruchteil davon, meinte sie, hinter ihm auf ihrem Stuhl in den Kulissen die kleine Janne zu sehen. Das Mädchen mit den dicken Zöpfen und den ernsten Augen.

Die große Janne nickte ihm zu. Streckte die Hand aus. Lächelte.

«Lass uns gehen», murmelte sie.

Und die kleine Janne sah sie an, zog einen misstrauischen Flunsch, doch dann legte sie ihre kleine Hand in ihre große, und sie machten sich auf den Weg.

Dank und Literaturliste

Ein großes Dankeschön geht an …

meine Lektorinnen Ditta Friedrich und Heike Brillmann-Ede – für das wunderbare, inspirierende Lektorat, das mir half, dem Roman sein wahres Gesicht zu geben,

meine Mutter – für die unerschrockene Lektüre der Erstentwürfe sowie ihren nie versiegenden Optimismus,

meine Freundin Sigrid, die der Hauptfigur fachlich und mir mit so viel Enthusiasmus zur Seite stand,

Balu, unseren Labrador und Relax-Guru. Möge er mir verzeihen, dass ich ihn im Roman zur Bulldogge gemacht habe,

und last, aber gewiss nicht least, sondern immer und überhaupt an Wilhelm, meinen Ehemann und Schreibcoach in Personalunion – für alles.

* * *

Herzlich danken möchte ich aber auch den vielen Menschen, die in diversen Internetforen ihre Geschichten und Erfahrungen im Umgang mit einer bipolaren Erkrankung geteilt haben. Diese haben mich nicht nur sehr berührt, sondern auch wichtige Hintergrundinformationen geliefert – ebenso wie eine Vielzahl von Büchern, Berichten, Filmen und Dokumentationen, von denen ich hier eine Auswahl nennen möchte:

Bipolar – meine Mama ist anders, Spielfilm von Martin Koolhoven, 2015

Gabriel, Naema: *Sinus,* AAP Verlag, 2013

Großmann, Andreschka: *Die schönste Krankheit der Welt.* Ein Film über bipolare Störungen, Dokumentation, 2014

Huisman, Violaine: *Die Entflohene,* Verlag S. Fischer, 2019

Infinitely Polar Bear, Spielfilm von Maya Forbes, 2016

Jungbauer, Johannes/ Heitmann, Katharina (Hg.): *Unsichtbare Narben. Erwachsene Kinder psychisch erkrankter Eltern berichten,* BALANCE buch + medien verlag, 2018

Lanisch, Alina: *Wenn Eltern psychisch krank sind: Ich sehe was, was du nicht siehst,* taz, 29.06.2017

Lenz, Albert: *Kinder psychisch kranker Eltern,* Hogrefe Verlag, 2014

Melle, Thomas: *Die Welt im Rücken,* Rowohlt Berlin, 2018

Rosner, Antonia: *Mein Leben mit einer bipolaren Mutter,* ze.tt (ZEIT online), 27.05.2017

Schlösser, Sebastian: *Lieber Matz, Dein Papa hat 'ne Meise,* Ullstein, 2012

Wehr, Nicole: *In einer Manie war meine Mutter nicht zu stoppen,* Interview mit Naema Gabriel, brigitte.de, 28.07.2014

Wilhelm, Ulrike: *Vom Himmel in die Hölle und zurück,* Bastei Lübbe, 2013

* * *

Rund 3,8 Millionen Kinder in Deutschland wachsen mit mindestens einem psychisch erkrankten oder suchtkranken Elternteil auf – Experten gehen von einer weit höheren Dunkelziffer aus, denn die Angst vor Stigmatisierung ist groß. Schließen möchte ich daher mit den beiden ersten der vom Paritätischen Landesverband Hamburg zusammengestellten «13 Bitten von Kindern psychisch erkrankter Eltern»:

Sucht uns – hinter unseren Eltern.
Findet uns – obwohl wir lächeln.